Tucholsky Wagner Zola Scott Sydow Freud Schlegel
Turgenev Fonatne
Twain Wallace Walther von der Vogelweide Fouqué Friedrich II. von Preußen
Weber Freiligrath Frey
Fechner Fichte Weiße Rose von Fallersleben Kant Ernst Richthofen Frommel
Hölderlin
Engels Fielding Eichendorff Tacitus Dumas
Fehrs Faber Flaubert Eliasberg Ebner Eschenbach
Feuerbach Maximilian I. von Habsburg Fock Eliot Zweig Vergil
Ewald Elisabeth von Österreich
Goethe London
Mendelssohn Balzac Shakespeare Dostojewski Ganghofer
Lichtenberg Rathenau Doyle Gjellerup
Trackl Stevenson Hambruch
Mommsen Thoma Tolstoi Lenz Hanrieder Droste-Hülshoff
Dach Verne von Arnim Hägele Hauff Humboldt
Karrillon Reuter Rousseau Hagen Hauptmann Gautier
Garschin Baudelaire
Damaschke Defoe Hebbel
Descartes Hegel Kussmaul Herder
Wolfram von Eschenbach Dickens Schopenhauer Rilke George
Bronner Darwin Melville Grimm Jerome Bebel Proust
Campe Horváth Aristoteles
Bismarck Vigny Barlach Voltaire Federer Herodot
Gengenbach Heine
Storm Casanova Tersteegen Grillparzer Georgy
Lessing Gilm
Chamberlain Langbein Gryphius
Brentano Lafontaine
Strachwitz Claudius Schiller Kralik Iffland Sokrates
Bellamy Schilling
Katharina II. von Rußland Gerstäcker Raabe Gibbon Tschechow
Löns Hesse Hoffmann Gogol Wilde Vulpius
Luther Heym Hofmannsthal Klee Hölty Morgenstern Gleim
Roth Heyse Klopstock Kleist Goedicke
Luxemburg Puschkin Homer Mörike
La Roche Horaz Musil
Machiavelli Kierkegaard Kraft Kraus
Navarra Aurel Musset Moltke
Lamprecht Kind Kirchhoff Hugo
Nestroy Marie de France
Laotse Ipsen Liebknecht
Nietzsche Nansen Ringelnatz
Marx Lassalle Gorki Klett Leibniz
von Ossietzky May vom Stein Lawrence Irving
Petalozzi Knigge
Platon Pückler Michelangelo Kafka
Sachs Poe Kock
Liebermann Korolenko
de Sade Praetorius Mistral Zetkin

Geschichten von deutscher Art

Paul Ernst

Impressum

Autor: Paul Ernst
Umschlagkonzept: toepferschumann, Berlin

Verlag: tradition GmbH, Hamburg
ISBN: 978-3-8472-5874-2
Printed in Germany

Text der Originalausgabe

Geschichten von deutscher Art

von

Paul Ernst

1928
Verlegt bei Georg Müller, München

Die Soldatenfrau

Im Anfang des siebzehnten Jahrhunderts lebte in einer entlegenen Landschaft des Deutschen Reichs ein armer Junker, ein Herr von Meder, auf einer zerfallenen Burg mit einigen schlechtbebauten Hufen Landes, welcher drei Söhne hatte. Der älteste war bestimmt zu heiraten und die Wirtschaft zu übernehmen, dem zweiten kaufte der Vater ein Hauptmannspatent, der dritte wurde in die Klosterschule getan, um zu lernen und, wenn er sein Alter erreicht, in das Kloster einzutreten, wo der Vater einen Platz zu vergeben hatte.

Dieser dritte Sohn, Karl von Meder, war auf einige Monate bei seinem Vater zu Besuch, bevor er Profeß tat. Er arbeitete auf dem Hofe, half bei der Ernte, jagte in freien Stunden und suchte noch soviel wie möglich von dem wirklichen Leben zu erfahren, bevor er endgültig zu den Büchern zurückkehrte.

Auf einem benachbarten Ritterschlosse saß ein alter Herr von Recke mit einer einzigen Tochter Elsbeth. Dieser war früher in guten Verhältnissen gewesen, aber durch Trägheit, Spielen, Trinken und törichte Reisen war auch er fast arm geworden. Er hatte einen Freund und Genossen seiner rohen Gelage, einen kinderlosen Witwer, einen Herrn von Borst. Diesem hatte er seine Tochter irgendwie verlobt, und die Leute erzählten sich, er habe sie an ihn im Spiel verloren.

Karl hatte Elsbeth kennen gelernt und die beiden jungen Leute hatten sich ineinander verliebt.

An einem Morgen sattelte er und ritt zu dem alten Recke hinüber. Er begann, indem er ihm auseinandersetzte, daß sein Gut, wenn es ordentlich bewirtschaftet werde, bessere Erträge abwerfen müsse. Der Boden sei für Körnerfrucht nicht günstig, aber Hanau liege in der Nähe, und wenn er Obstkulturen anlege und den Bauern die Hälfte vom Ertrage abgebe, so könne er große Einnahmen erzielen. Der alte Herr sah ihn mit seinen kleinen blutunterlaufenen Augen unter den buschigen Brauen an und sagte: »Elsbeth ist dem Borst versprochen.« Beschämt und erbittert trat der junge Meder ans Fenster und sah den Borst über die Brücke in den Hof reiten; bald trat Borst mit schweren Schritten in den Saal, es wurde Wein gebracht, die Karten kamen, der junge Meder schüttelte den Kopf, wie er zum Spiel eingeladen wurde.

Elsbeth hatte gehorcht. Sie ging in den Saal, trat vor ihren Bräutigam und rief: »Borst, ich heirate dich nicht.« Der antwortete nur: »Wirst schon zahm werden. So Eine will ich gerade, wie Du bist. Meine erste Frau sagte immer ja, da habe ich mir das Saufen angewöhnt. Du sollst mich wieder zu einem Mann machen.« Sie rief: »Eher gehe ich ins Wasser.« »Wenzel!« schrie der alte Recke und trumpfte seine Karte auf. »König!« trumpfte ihm Borst entgegen.

»Ich sage dir, ich trage ein Kind von Karl, ich habe Karl lieb!« rief ihm Elsbeth ins Gesicht.

Die beiden Alten ließen die Karten aus der Hand, die Bilder auf den Tisch gekehrt. Herr von Recke fragte Karl »Ist das wahr?« Der bejahte. Da hob der Vater seine Faust, um seiner Tochter ins Gesicht zu schlagen, die schluchzend vor ihm kniete. Sein Freund hielt den Arm zurück. »Ich nehme die Kuh mit dem Kalb,« sagte er. »Marsch ins Frauenzimmer!« schrie der Vater sie an; sie ging. Karl von Meder trat vor den Bräutigam und sagte: »Willst du Genugtuung?« Herr von Borst sah ihn kurz an, nahm seine Karten wieder auf und sprach: »Ich war am Spiel.« Karl ging ohne Gruß aus dem Saal.

Am Abend kletterte er außen an der Mauer in die Höhe und kam in Elsbeths Kammer. Er trat zu ihr, die nähend in ihrem Stuhl saß, und sagte: »Wir müssen Abschied nehmen. Ich gehe nach Hanau, ein Offizierspatent kann ich mir nicht kaufen, ich trete bei meinem Bruder ein als Gemeiner. Vielleicht habe ich Fortüne, denn es ist überall Krieg.« »Ich gehe mit!« erwiderte sie. »Willst du eine Soldatenfrau werden?« fragte er. Sie nickte. Er zog seinen Degen, setzte ihn ihr auf die Brust und sprach: »Wenn du etwas gegen meine Ehre tust, so weißt du Bescheid.« Sie nickte und sagte: »Du kannst mich von deinem Sold nicht ernähren. Ich will nichts Unehrenhaftes tun. Ich nähe für die reichen Bürgerfrauen.«

Die Beiden stiegen aus dem Fenster, sie setzte sich hinter ihm auf sein Pferd und ritt mit ihm in zwei Tagen nach Hanau.

Sein Bruder nahm ihn in seine Kompagnie unter einem bürgerlichen Namen. Wie er beim Schreiber eingeschrieben war, ging er zum Regimentsgeistlichen und ließ sich trauen. Elsbeth hatte einen

Glockentaler mitgenommen, ihr Patengeschenk; den gab sie dem Geistlichen. Dann suchten sich die Beiden eine Stube bei Bürgersleuten. Der Mann versah seinen Dienst, die Frau fand bald Arbeit, und so lebten sie zusammen und erwarteten die Geburt des Kindes.

Der Bruder hatte ihn nur auf Widerruf eingestellt, denn er hoffte, daß der Schwiegervater nachgeben werde, wenn er sah, daß er nichts mehr ändern konnte. Er schrieb an Herrn von Recke, teilte ihm Alles mit, stellte ihm nochmals vor, daß sein Bruder die Wirtschaft wieder in Gang bringen werde, und bat um seine Verzeihung und nachträgliche Einwilligung; er erhielt keine Antwort. Er schrieb nochmals; dann wartete er eine geraume Zeit; wie das Kind ein Vierteljahr alt war, schrieb er zum dritten Male.

Karl war auf Wache; der Bruder besuchte die Schwägerin, um ihr mitzuteilen, daß immer noch keine Nachricht kam, denn der Mann durfte von den Briefen nichts wissen. Das Kind war unten; die dreijährige Tochter des Wirts stand in der Hausschwelle und trug es mütterlich wiegend im Mantel. Die Frau saß allein am Fenster und nähte.

Wie sie weinte, suchte der Schwager sie zu trösten, indem er ihr sein eigenes Leben erzählte. Er war mit neunzehn Jahren zwischen liederliche Kameraden gekommen, hatte getrunken und gespielt und auf Ehrenwort eine Summe verloren, die er nicht bezahlen konnte. Wie er nachts zu seiner Wohnung ging, wurde ihm in der kühlen Luft seine Lage klar, und er beschloß, ein Ende zu machen. An einer einsamen Stelle zog er den Degen, klemmte den Griff zwischen zwei Pflastersteine und nahm einen Anlauf, sich in das Eisen zu stürzen; da riß ihn jemand am Kragen zurück, es war die Marketenderin. Sie fragte ihn aus, er erzählte ihr weinend alles, sie führte ihn in ihre Wohnung und wußte es durch Freundlichkeit und verständiges Zureden so einzurichten, daß er das Geld von ihr nahm und versprach, sie zu heiraten, obgleich sie zwanzig Jahre älter war wie er und einen schlechten Ruf hatte. Wenn er eine Mutter gekannt hätte, dann hätte er das nicht getan, aber die Mutter war bei der Geburt des Jüngsten gestorben. Nun erzählte er der Schwägerin, wie er mit dem Schleppsack verheiratet war. Er riß den Koller auf, und in dem engen Zimmer hin- und herrennend, schlug er sich mit beiden Fäusten verzweifelt auf die Brust und schrie: »Ein Hund bin ich, ich sollte mich totschießen, aber das Weib hat mir alle Ehre aus den Knochen gesogen, ich habe keinen Mut mehr, mich um die Ecke zu bringen.« Dann warf er sich in einen Stuhl und vergrub das Gesicht in beiden Händen.

Die Schwägerin hatte ihm mit trauriger Miene zugehört, sie kannte ja durch den Klatsch der Leute längst die Geschichte. Lange schwieg sie; dann erhob sie sich still, ging leise quer durch das Zimmer zu ihm und küßte ihn mit kühlem Munde auf die Stirn.

Er starrte sie entsetzt an, dann stürzte er zu ihren Füßen nieder und rief: »Du bist eine Heilige, Du bist eine Heilige, Du darfst ja nicht so sein wie die Andern.« Sie legte liebevoll ihre Hand auf seine Schulter. Da faßte ihn eine Raserei, er schlang seine Arme um ihre Beine, verbarg sein tränenüberströmtes Gesicht in ihrem Kleid und rief: »Ich liebe dich, ich liebe dich ja.« Sie erschrak und suchte ihn fortzustoßen; er sprang auf; umarmte sie und wollte sie küssen. Sie stemmte beide Hände gegen seine Brust und sagte. »Laß mich, sonst muß ich schreien.« Er antwortete: »Ich sterbe ja gern.«

Unterdessen dies in der Stube geschah, war der Mann abgelöst und ging nach Hause. Fast vor seiner Tür begegnete ihm sein Schwiegervater, der durch einen Zufall in die Stadt gekommen war. Die Beiden sahen sich einen Augenblick regungslos an, dann ergriff der Soldat sein Kind, welches das kleine Mädchen im Mantel tragend ihm brachte, hielt es dem alten Mann vor das Gesicht und rief: »Das ist Dein Enkel.« Das Kind freute sich, wie es so rasch hoch gehoben wurde, zappelte mit den Händchen, lachte und griff ungeschickt nach der Nase des Großvaters. Dieser sagte: »Gib mir das Kind. Ich bin nicht mehr, was ich war; ich habe einen Schlaganfall gehabt. Wir wollen zu Deiner Frau gehen.« Er eilte vor ihm her, sprang die Treppe hoch und stieß die Tür auf. Er kam gerade in dem Augenblicke, wie seine Frau den Schwager zurückstieß, daß er gegen die Wand taumelte. Der Soldat zog seinen Degen und stieß ihn dem Hauptmann durch die Brust. Wie der alte Mann mit dem Kind ins Zimmer trat, fand er den einen Bruder besinnungslos und blutig auf der Erde liegend, den andern mit verstörtem Gesicht vor ihm stehend.

Der Schwerverletzte wurde zu seiner Frau gebracht, der Soldat wurde in der gleichen Zeit abgeurteilt. Noch an demselben Nach-

hat mir Geld gegeben, daß ich schweigen sollte, ich habe das Geld genommen, aber ich habe es nicht versaufen können, der Wein wäre mir zu Gift geworden.« Dann zog er einen Geldbeutel aus der Tasche und warf ihn dem Weibe vor die Füße.

Der gerettete Bruder, noch immer mit nacktem Oberkörper, und seine weinende Frau knieten neben dem Verwundeten. »Nun läßt Du Dich verbinden,« sagte sie zu ihm und nahm seinen Kopf in ihren Schoß. »Du bist gut,« sprach er leise, »ich will auch gut werden.«

Der alte Vater kniete nieder zu ihnen, er gab das Kind seinem Schwiegersohn, faltete die Hände und sprach: »So will auch ich meine Sünde bekennen vor dem Volk. Ich bin ein alter Mann; ich bitte Euch um Verzeihung.«

mittag stellte sich die Kompagnie mit den Spießen in der Hauptstraße auf; vor dem Hause seines Bruders sollte der Mann seinen Gang beginnen. Er hatte gebeichtet, die letzte Ölung empfangen, der Priester stand noch bei ihm und sprach. Er wendete sich von ihm ab, zog den Koller aus und warf ihn auf die Erde, streifte das Hemd ab und sagte zu den Kameraden: »Seid barmherzig, macht's schnell.« Eben wollte er den ersten Schritt in die Gasse tun, da öffnete sich die Tür von des Bruders Hause und der Verwundete erschien, im Hemd, mit bloßen Füßen; der Verband hatte sich verschoben und das Blut sickerte ihm am Hemd nieder. Er sagte zu dem kommandierenden Offizier: »Er ist im Recht gewesen, ich wollte seine Frau vergewaltigen.« Der Offizier antwortete: »Er hat nach seinem Hauptmann gestochen.« »Er war nicht mehr Soldat, ich habe gestern schon seinen Abkehrschein unterschrieben.« Er warf das Blatt dem andern Offizier vor die Füße und hielt sich wankend am Türpfosten fest. Hinter ihm stand seine Frau und schrie: »Du verblutest, ich habe dich ausgelöst mit meinem Geld, mir gehörs' du, es war mein sauer verdientes Geld.« Er antwortete: »Laß mich in Ruhe, Vettel, du bist schuld daran, daß ich beinahe ein Schur geworden wäre an meinem leiblichen Bruder.«

Der Oberst kam mit dem Schultheiß. Das Blatt wurde ihr reicht, er sagte: »Laßt den Mann los.« Elsbeth schrie laut auf, s auf ihn zu und umarmte ihn, der Vater folgte mit dem Ki Arm.

Der Verwundete lag halb ohnmächtig quer über die S Haustritts, seine Frau machte sich jammernd um ihn zu der Feldscher kam und wollte ihn neu verbinden. Er we sagte leise: »Ich will sterben, daß ich von dem Schl komme. Ruft meinen Bruder und meine Schwägerin, verzeihen.«

Da trat ein Mann aus der Gasse hervor, stellte sich ten und bat, ob er reden dürfe. Der Oberst erlau Mann sagte: »Der Hauptmann hat mir ans Gewiss gehandelt als ein ehrlicher Kerl. Nun will ich a bekennen. Seine Ehe ist nicht gültig, ich habe d ren geheiratet, und weil ich mich ihrer schäm fen. Wie ich nach hier kam, da hatte sie den

Eine Kleinstadtgeschichte

Das Geschwisterpaar Lichtlein betrieb ein von den Eltern ererbtes Geschäft für Kolonial- und Materialwaren in einer kleinen deutschen Stadt. Die beiden unverheirateten Leute waren etwa fünfzig Jahre alt und hatten immer zusammen gelebt; erst, so lange die Eltern noch wirkten, als Kinder des Hauses und dann, als die Eltern gestorben waren, als selbständige Leute. Herr Lichtlein war glatt rasiert, trug eine Perücke und schnupfte. Wenn ein Stillstand im Geschäft war, so stand er in der Ladentür, die Hände auf dem Rücken gekreuzt, sah angelegentlich die leere Straße auf und ab, bemerkte das Gras zwischen den Pflastersteinen mit staunender Bewunderung Gottes, der auch für dieses Gras gesorgt hat, obwohl es von der Obrigkeit verfolgt wird, und dachte wohl an die fremden Länder, wo Wilde mit einem Blätterschurz Tabak rauchen, wo die Zigarren von glutäugigen Mädchen gedreht werden, die Kaffeebohne von dem fleißigen Neger geerntet wird, der gottlob! heute von dem unchristlichen Joch der Sklaverei befreit ist; wo der Engländer ein Vermögen erwirbt und der Spanier zurückgeht, indessen der Holländer sich auf seiner Stufe erhält. Zuweilen trat er auf die Straße und prüfte die Auslage des Schaufensters, das eine Auge schließend und den Kopf schräg haltend. In der Mitte stand der Zuckerhut, unten im blauen Papier, oben glänzend weiß; in diesem Artikel ist dank den Fortschritten der Wissenschaft und Agrikultur Europa den Kolonien nicht mehr tributpflichtig wie in früheren Zeiten. Schräg gegen den Hut gelehnt standen zwei Stangen Zimmet; in lackierten chinesischen Schalen war Tee, Kakao und Kaffee aufgestellt in den verschiedensten Preislagen von Prima Prima abwärts. Gewürznägelein und Pfeffer, Kümmel – ein vaterländisches Produkt – Korinthen, Muskatnüsse, Ingwer und Johannisbrot standen in kleinen Glasbüchsen, in großen Glasbüchsen waren getrocknete Zwetschen (bezieht man heute nur noch aus Serbien), Rosinen und Apfelschnitzel.

Im Laden selbst auf dem schön gebohnten Tresen waren zwei hohe Glasbüchsen aufgestellt, die eine mit Rocksbonbons, die andere mit gewöhnlichen Bonbons in grüner, roter und weißer Farbe; aus ihnen wurden einholende Kinder bedacht, und zwar nach dem Stande der Eltern: die vornehmen aus der ersten, die einfacheren aus der zweiten Büchse; auf der Erde befanden sich nebeneinander das Faß für die Heringe, für den Sirup und die grüne Seife; und an der Hinterwand wurden in Auszügen aufgehoben Gries und Sago, Reis und Zucker, Lorbeerblätter und Lakritzenstangen. Über dem Tresen von der Decke herab hing eine kunstvolle Schnitzarbeit, welche zwei verschlungene Schlangen vorstellte; in ihre Leiber waren Haken eingebohrt, und an denen hingen die schön geputzten Messingschalen der Wagen.

In seinen jungen Jahren hätte Herr Lichtlein sich gern etwas weiter in der Welt umgesehen und etwa einmal in Nordhausen konditioniert, einer großen Handelsstadt, in welcher die Eltern Geschäftsverbindungen besaßen. Indessen so lange der Vater lebte, hielt er es für seine Pflicht, den zu unterstützen im Geschäft; und als er gestorben war, stand die unverheiratete Schwester einsam und verlassen in der Welt da und hatte keine Stütze wie ihn. Er war weit entfernt, sich über die Weltkinder zu erheben, die in dem leicht zum Materialismus neigenden Kaufmannsstande ja besonders häufig sind, und er rühmte sich des Opfers durchaus nicht, das er gebracht hatte; nur ein herzliches Bedauern hatte er für die unglücklichen Weltkinder, welche die Süßigkeit eines guten Gewissens und die Ruhe eines in Gott fröhlichen Herzens nicht geschmeckt haben. O ja, auch er hatte seine Leidenschaften; aber er bezwang sie, denn was folgt auf die Befriedigung der Leidenschaften? Reue! Er hätte nicht mit dem alten Amtsgerichtsrat getauscht, von dem es hieß, daß er ein uneheliches Kind habe, wenn der Amtsgerichtsrat auch ein Studierter war. Und welche Spesen waren dem Manne aufgelaufen! Nein, wir sollen Gott dankbar dafür sein, wenn er uns die sittliche Kraft verliehen hat, der Verführung zu widerstehen, und sollen keinen Stein auf unsern Nächsten werfen, der diese Kraft nicht besitzt. Wenn der Apotheker eine freisinnige Zeitung hielt, so schadete er sich schon genug dadurch bei der feineren Kundschaft; denn wenn er auch Rezepte natürlich sicher hatte, Herr Lichtlein wußte, was er bloß für ein Seifengeschäft machen konnte, wenn er nicht die feinere Kundschaft geradezu abschreckte durch seine Ansichten. Muß man einen solchen Mann nicht bedauern?

Fräulein Lichtlein führte den Haushalt und erledigte einen großen Teil der Geschäftskorrespondenz, im Kontor auf einem hochgeschraubten Schreibstuhl sitzend. Auch sie hatte Opfer gebracht.

Denn sie stammte doch aus einer guten Familie und war vermögend; und ohne Rühmen war sie ihrer Zeit lange so anziehend gewesen wie Andere, welche die besten Partien gemacht haben; und sie hatte auch Heiratsvorschläge genug gehabt; aber sie hatte sich gesagt: Du mußt für deinen alleinstehenden Bruder sorgen, was sollte aus dem werden, wenn du ihn verläßt? Wer soll die Geschäftskorrespondenz führen? Und soll er die Sorge für seinen Körper einer lieblosen fremden Person übertragen, einem Mietling? – Auch sie war nicht übermütig ob ihrer Handlungsweise, sondern demütig, denn wir müssen Gott dankbar sein für alles Gute, das er in uns wirkt; und wenn er Opfer von uns verlangt, so hat er uns lieb; auch sie bedauerte die Armen, welche solcher Opfer von Gott nicht gewürdigt wurden, und etwa am Sonntag nachmittag prahlerisch aufgeputzt mit großen Hüten, am Arm des Mannes und die Kinder vor sich, nach dem Wäldchen hinausspazierten. Ihr alter schwarzer Hut tat noch seine Dienste; und wenn man schwarz geht und das Kleid bis oben geschlossen trägt und nicht die Sinnlichkeit der Männer durch einen üppig zur Schau gestellten hoffärtigen Busen reizt, so kann man ein Kleid lange haben. Denn sinnlich sind freilich alle Männer, auch Herr Lichtlein war da nicht ganz freizusprechen, wennschon er immerhin noch einer der Besten war; sie mußte für ihn beständig auf der Hut sein, sonst hätte er sich längst umgarnen lassen und hätte geheiratet.

Die Geschwister waren in behaglichen Verhältnissen. Sie lebten von dem Ertrage des Geschäftes, das ihnen Beiden gemeinsam gehörte, und sparten jedes Jahr eine größere Summe; diese trugen sie zuerst auf die Sparkasse, und wenn sie ein kleines Kapital zusammen hatten, so liehen sie es auf eine sichere erste Hypothek, die auf ihrer Beider Namen eingetragen war. Da Frauen ja weniger essen und auch sonst weniger Bedürfnisse haben wie Männer, so waren sie übereingekommen, daß Fräulein Lichtlein jährlich noch fünfzig Taler für sich allein bekommen solle. Dieses Geld bewahrte sie in einem langen Frauenstrumpf, der oben zugebunden war; er lag in ihrer Kommode, deren Schlüssel sie beständig bei sich trug.

Es kam in die Stadt eine Schauspielertruppe, welche einen Monat lang jeden Abend eine Vorstellung gab. Ein junger Schauspieler mit seiner gleichfalls jungen Schwester hatte ein Zimmer gegenüber dem Lichtleinschen Geschäft gemietet bei einem Schneider, welcher viele Kinder hatte und häufig ins Wirtshaus ging, wo er gegen die Regierung sprach. Gleich am ersten Tage kam die junge Schauspielerin über die Straße und machte allerhand Einkäufe bei Herrn Lichtlein, in Spiritus, Mehl, Speck (sie erzählte, daß sie zu Mittag eine Mehlsuppe kochen wolle) und Rocksbonbons. Sie war eine hübsche, freundliche und gebildete Person, die im Ausland gewesen war und viel gesehen hatte; Herr Lichtlein unterhielt sich gern mit ihr.

Nach einiger Zeit bemerkte er, daß das Geschwisterpaar sehr einfach lebte, und er kam auf den Gedanken, daß die Beiden wohl nicht viel verdienen mochten. Nun hatte er eine Sendung Schellfische erhalten, aber weil, eben als der Korb ankam, bei Schuster Keitel die Kuh geschlachtet werden mußte, so ging der Fisch schlecht und er besorgte, daß ihm das Letzte verderben könne. Er hatte ihn der Schauspielerin natürlich auch angepriesen, aber sie hatte immer unter allerhand Vorwänden abgelehnt, so daß er wohl einsah, daß sie aus Sparsamkeit sich zurückhielt. Da wickelte er einen Dreipfundfisch in Papier, ging über die Straße in das Haus, klopfte an und brachte ihn den Leuten als Geschenk. Sie waren sehr erfreut und wollten ihn in die Stube nötigen; aber er bat um Entschuldigung, weil er das Geschäft nicht dürfe leer stehen lassen, und empfahl sich gleich wieder. Die Schauspielerin holte dann noch ein Viertelpfund Tonnenbutter von ihm, denn sie wollte Buttersauce zu dem leckeren Essen machen. Am Mittag wurde der Tisch vor das Fenster gerückt und das Fenster geöffnet, so daß Herr Lichtlein aus der Ladentür hineinsehen konnte; dann deckte die Schauspielerin ein schönes neues Tischtuch auf, das noch zu der Aussteuer der Schneidersfrau gehörte, richtete die Teller und alles andere Eßgeschirr zu und trug den Fisch auf; dabei warf sie ihm eine Kußhand zu, und Herr Lichtlein verbeugte sich lächelnd, indem er die Hand auf das Herz legte. Die Schauspieler setzten sich, nahmen und aßen; und dabei sahen sie oftmals nach Herrn Lichtlein hinüber, lachten und klopften sich auf den Leib, um zu zeigen, wie gut der Schellfisch schmeckte; sie aßen die ganzen drei Pfund auf einmal, und Herr Lichtlein freute sich, wie sie satt wurden, und wie lustig sie waren. Nach der Mahlzeit schoben sie den Tisch fort, stellten sich am Fenster einander gegenüber und sangen ein schönes Liebesduett aus einer Oper, mit allen Handbewegungen und endlicher Umarmung, so daß Herr Lichtlein ganz gerührt wurde und sich in sein buntes Taschentuch schneuzte.

Indem kam seine Schwester vom obern Stock herunter, begann ihn zu tadeln, daß er als eingesessener Bürger sich mit diesen Leuten abgebe und auf ihre Faxen eingehe, und behauptete, daß die Leute über ihn lachen würden. Er wurde ärgerlich, da er schon selber ein schlechtes Gewissen hatte, und erwiderte entsprechend; und wie denn ein Wort das andere gab, so erklärte er am Schluß aus bloßem Ärger und Widerspruchsgeist, er werde abends auch in das Theater gehen. Die Schwester wurde blaß, schwieg still und verließ den Laden.

Herr Lichtlein hatte sich natürlich eine Karte für den ersten Platz genommen. Stadtmusikus Gumbrecht spielte Klavier und Barbier Baensch Geige. Dann ging der Vorhang hoch. Das Stück stellte vor, wie ein edler Mann in der Ferne weilt und seine Verwandten, welche auf seine Kosten leben, inzwischen über ihn spotten und ein edles junges Mädchen beschimpfen und schlecht behandeln, welches aus Dankbarkeit allein zu ihm hält und eine Dose mit seinem Bilde heimlich auf ihrem Herzen trägt. Dann kommt der edle Mann zurück, prüft unerkannt Alle und erkennt den einzigen Edelstein unter diesen Kieseln; diesen erwählt er dann zu seiner Gemahlin.

Das edle Mädchen wurde von der jungen Schauspielerin dargestellt, welche Herr Lichtlein kannte. Aber wie wunderbar sah sie aus! Große dunkle Augen leuchteten aus einem weiß und roten Gesicht; eine herrliche blonde Lockenfülle drängte sich unter einem zierlichen Häubchen hervor. Herr Lichtlein war von Allem so ergriffen und gerührt, daß ihm immer die Tränen kamen; er wollte sie verbergen, denn er schämte sich; aber da sah er Fleischer Löwe neben sich sitzen, breit und breitbeinig, die Hände auf die Beine gestützt, das volle Gesicht starr auf die Bühne gerichtet, und die Tränen rollten ihm, ohne daß er es merkte, über die rosigen Backen, und eine hing an der Nasenspitze.

Als Herr Lichtlein vor seiner Haustür angekommen war, schloß er behutsam auf und zu und ging leise die Treppe hoch. Seine Schwester hatte ihn kommen hören und stand mit der Lampe in der Hand, in Nachtjacke und Unterrock und mit der Nachtmütze auf dem Kopf in der Tür der Wohnstube. Stumm winkte sie ihn hinein. Dann begann sie:

»Ich wollte eigentlich zu Bett gehen, aber ich konnte es dann doch nicht übers Herz bringen, Dich ohne einen schwesterlichen Zuspruch zu lassen, damit Du nicht etwa auf die Meinung gerätst, ich grolle Dir über Dein freilich unverzeihliches Benehmen. Richtet nicht, auf daß ihr nicht gerichtet werdet. Ich habe die Person ja selber genau genug gesehen; die Verführung ist groß, und die Männer merken die schlaue Berechnung solcher Frauen nicht. Ich werde Dir immer treu zur Seite stehen, auch wenn Du die Achtung deiner Mitbürger verlieren solltest. Ich rühme mich dessen nicht; es ist nur meine Pflicht; und wenn ich auch in Manchem gefehlt haben mag, so habe ich doch immer mir Mühe gegeben, meine Pflicht zu erfüllen. Freilich, wir wissen nicht, ob das uns immer gelingt; auch ich weiß es nicht, wennschon ich auf manches Opfer zurückblicken kann, das ich Dir auf dem Altar der schwesterlichen Liebe gebracht habe.«

Herr Lichtlein war gereizt durch den Gegensatz in der Gestalt seiner Schwester zu der wunderschönen Schauspielerin und der frommen Rede zu der herrlichen Dichtung, welche er soeben genossen; und so fragte er in trockenem Tone: »Was sind denn das für Opfer gewesen?«

»Was das für Opfer gewesen sind? Ich selber, ich bin das Opfer gewesen! Ich konnte doch nicht von Dir gehen und Dich fremden Personen überlassen!«

»So? Nun, das Opfer bin ich gewesen! Ich war es, der Dich nicht allein lassen konnte, deshalb bin ich hier geblieben, wo man Nichts sieht von der Welt, Nichts hat für Geist und Gemüt, wo man ein Philister wird, der keine höheren Interessen hat! Jetzt weißt Du es! Nun verschone mich mit Deinen Vorwürfen.«

Die Lippen der Schwester zitterten. Sie erwiderte gefaßt: »Ich werde mich morgen nach einer Stellung umsehen und aus dem Hause gehen, denn ich mache keinen Anspruch auf Opfer. Mein Vermögen lasse ich im Geschäft, aus Achtung für die Eltern; Du kannst es mit vier Prozent verzinsen.«

»Gut, wenn es deine Absicht ist; ich habe nicht das Recht, Dich zurückzuhalten. Es wird ja bei mir dann eine Veränderung eintreten.«

»Du willst heiraten?« rief sie; dann fuhr sie in gefaßtem Tone fort: »Über das Vermögen muß natürlich etwas aufgesetzt werden, es ist nur um Leben und Sterben.«

Die Geschwister tranken ihren Morgenkaffee wie gewöhnlich im Kontor; aber sie sprachen kein Wort zusammen; Herr Lichtlein las aufmerksam die Zeitung und die Schwester berechnete in einem kleinen Heft allerhand Posten. Den ganzen Vormittag sahen sie sich nicht; auch zum Mittagessen schwiegen sie, und nur zum Schluß bat Herr Lichtlein seine Schwester, auf den Laden zu achten, da er einen Weg zu tun habe. Nach dem Mittagessen ist die stille Zeit, weil da die Hausfrauen und Dienstmädchen das Geschirr abwaschen; erst von vier Uhr an belebt sich das Geschäft wieder Etwas; und deshalb pflegte Herr Lichtlein seine Ausgänge immer möglichst in die Zeit von eins bis vier Uhr zu legen.

Er zog seinen schwarzen Anzug an, nahm den Zylinderhut aus der Schachtel und ging über die Straße zu den Schauspielern. Verwundert öffnete ihm der Bruder die Tür, dann aber streckten ihm Beide herzlich und froh die Hände entgegen; der Zylinder wurde ihm abgenommen und auf die Kommode gestellt und er selber in das Sofa gesetzt. Hier begann er nun, indessen die Beiden erwartungsvoll zuhörten, seine überlegte Rede. Er beklagte das unruhige und unsichere Leben des Schauspielers, lobte es, daß das Geschwisterpaar so treu zusammenhalte und so alle Verführungen leichter bestehen könne, sprach dann von sich selber und den Vorteilen des eingesessenen Bürgerstandes, der Holzberechtigung im Stadtforst, und wie wünschenswert es für ein junges Mädchen sein müsse, eine sichere Versorgung für ihre alten Tage zu haben. Die Schauspielerin bekam einen heftigen Husten, so daß sie ganz rot wurde und ihr die Augen voller Tränen standen; sie hielt sich die Hand vor den Mund und eilte hinaus, indem sie einen runden Rücken machte.

Herrn Lichtlein kam es gelegen, daß er mit dem Schauspieler nun allein war; er brachte seinen Heiratsantrag vor. Der Schauspieler schwieg eine Weile verlegen; Herr Lichtlein sah in der Pause zufällig auf seine roten Hände, welche ungeheuer aus den engen Manschetten und schwarzen Rockärmeln hervorkamen; er wurde befangen, und indem er gar nicht an seine strohfarbige Perücke und sein kümmerliches, langes, bartloses Gesicht mit der überhohen Oberlippe dachte, sondern nur an die Hände, entschuldigte er sich und erklärte, daß die Röte davon komme, wenn man im Winter die Heringe aus der scharfen Lake hervorhebe, welche mit Daumen und Zeigefinger der rechten Hand am Schwanz gefaßt und mit einem Schwung in ein Stück Zeitungspapier gelegt werden müssen, welches in der linken Hand bereit gehalten werde.

Der Schauspieler erwiderte ihm, daß der Antrag für sie Beide eine große Ehre sei; aber es sei nicht möglich, ihm nachzugeben. Denn als ein Geheimnis wolle er ihm anvertrauen, daß die Schauspielerin nicht seine Schwester sei, sondern seine Frau. Die Theaterdirektoren nämlich pflegten die Gagen zu drücken bei verheirateten Leuten, weil sie wüßten, daß die gern zusammenbleiben; deshalb hätten sie sich fälschlich als Geschwister ausgegeben und erhielten so fünfundsiebzig Mark Gage monatlich, während sie sonst nur sechzig erhalten würden. Herr Lichtlein war ganz niedergeschlagen, entschuldigte sich vielmals, daß er belästigt habe, und wollte aufstehen. Aber der Schauspieler hielt ihn zurück, und nachdem er seine Frau gerufen hatte, baten ihn die Beiden so lange, bis er zu einem Nachmittagskaffee bei ihnen blieb.

Die Frau brachte den Kaffee und hatte einen Teller mit Kuchen vom Bäcker geholt, und dann tranken und aßen sie alle drei, und die Schauspieler erzählten lustige Geschichten, und bald waren sie alle drei heiter und vergnügt und lachten; der Schauspieler machte Gang und Sprechweise aller Leute in der Straße nach, es wurde über Herrn Müller gesprochen, den Buchdruckereibesitzer und Herausgeber der Zeitung des Ortes, welcher die Theaterkritiken schrieb, und seine Ungerechtigkeit wurde getadelt; denn manche Schauspieler verstehen es eben, sich bei der Kritik lieb Kind zu machen; und zuletzt zeigte der Schauspieler Herrn Lichtlein, wie sich der dramatische Ton bildet, nämlich ganz unten in der Brust, indem er gegen den Gaumen anschlägt; er machte es ihm vor, indem er die Hand flach an die Nasenwurzel hielt und sagte »mi, mi, mi«; und Herr Lichtlein fühlte selber, wie sich der Ton unten bildete und oben anschlug.

So ging er nun ganz heiter und zufrieden nach Hause. Seine Schwester stand wortlos auf, ging die Treppe hoch in ihr Schlafzimmer, schlug sich in ihr türkisches Umschlagetuch, das fünfundvierzig Taler gekostet hatte, und machte nun gleichfalls einen Ausgang.

Sie ging zu dem Amtsgerichtsrat, der sie verwundert empfing und zum Sitzen nötigte. Sie setzte sich kerzengerade in ihrem bunten Tuch auf den Stuhl und begann gleich, daß sie gehört habe, er suche eine neue Haushälterin, und sie melde sich zu der Stelle.

Der Amtsgerichtsrat war verwundert, denn er wußte von Nichts; aber auf weiteres Befragen erfuhr er, seine bisherige Haushälterin, eine nicht mehr ganz junge Person, habe erzählt, der Herr Amtsgerichtsrat habe ihr Andeutungen von Heiraten gemacht; aber sie sei viel zu vernünftig, um über die Standesunterschiede hinwegzusehen in blinder Leidenschaft, und deshalb wolle sie lieber die Stelle aufgeben, so schwer es ihr werde, denn sie erhalte neunzig Taler und für zehn Taler zu Weihnachten.

Der Amtsgerichtsrat hieß Fräulein Lichtlein eine Weile warten und ging hinaus. Sie hörte, wie er in der Küche sprach und verstand alles. Er sagte:

»Sie altes Kamel, was haben Sie sich denn da wieder einmal eingebildet? Ich habe mich an Sie gewöhnt, wollen Sie bei mir bleiben oder nicht?«

Die Antwort konnte Fräulein Lichtlein nicht mehr hören; aber die folgenden Worte des Amtsgerichtsrats vernahm sie wieder deutlich:

»Das ist die Schwester von dem Schleicher, dem Lichtlein. Die Person nehme ich nicht. Wenn die einen Topf anguckt, dann wird die Milch drin sauer.«

Fräulein Lichtlein stand auf und verließ das Haus. Auf dem Gange hörte sie noch die Haushälterin sagen:

»Wenn der Herr Amtsgerichtsrat mit meiner Küche zufrieden sind . . .«

Die Geschwister lebten nunmehr eine Weile nebeneinander, und es schien sich nicht Viel in ihrem Verhältnis verändert zu haben;

nur daß sie fast gar nicht sprachen; aber auch früher hatten sie sich wenig mitgeteilt.

Fräulein Lichtlein ging Nachts oft im Hause herum mit ihrer Öllampe, und als der Bruder sie nach dem Grunde fragte, antwortete sie ihm, daß sie keinem Menschen mehr traue, und wer in Schauspielerinnen verliebt sei, der lasse sich auch Nachschlüssel machen. Er bemerkte dann zuletzt, indem er durch das Schlüsselloch seiner Schlafkammer spähte, daß sie ihren Geldstrumpf unter dem Arm trug; und es wurde ihm klar, daß sie ihn jetzt jede Nacht an einem anderen Ort im Hause versteckte.

Das Haus, welches die Beiden allein bewohnten, war ein engbrüstiges Gebäude, das unten nur Laden und Schreibstube enthielt, eine Treppe hoch das Wohnzimmer und die gute Stube und zwei Treppen hoch die beiden Schlafkammern. Dann kam das Dachgeschoß, welches nur ein einziger Raum war für leere Kisten, alte Flaschen und anderes Gerümpel; und darüber führte eine Stiege nach dem Hahnebalken. Auf dem Hahnebalken waren die nackten Ziegeln zu sehen, zwischen denen die Kalkstücke häufig abfielen; im Dachgeschoß war das Dach mit Brettern verschlagen. Diese waren unterhalb der Dachsparren angenagelt, oberhalb deren die Latten mit den darauf gelegten Ziegeln befestigt waren, so daß sich ein hohler Zwischenraum von der Dicke eines Dachsparrens zwischen Dach und Verschalung befand, der oben auf dem Hahnebalken ringsum offen war, während unten, im Dachgeschoß, sich natürlich keine Öffnung zeigte.

Eine Nacht wurde Herr Lichtlein durch ein heftiges Gepolter und Gerassel geweckt, dem nach einer Weile ein lautes Hilferufen seiner Schwester folgte. Er faßte sich Mut, bekleidete sich notdürftig und öffnete vorsichtig seine Kammertür, um zu lauschen. Die Rufe kamen vom Dachgeschoß, und es wurde ihm bald klar, wie Alles zusammenhing. Er ging mit dem Licht die Treppe hoch; da pochte und rief hinter der Verschalung seine Schwester; sie hatte ihren Strumpf oben auf dem Hahnebalken verstecken wollen, war ausgeglitten und nun zwischen Verschalung und Dach hinuntergerutscht. Die Rufe wurden immer ängstlicher und erstickter; Herr Lichtlein in seiner Not trippelte vor der Stelle hin und her und antwortete nur »ja, liebe Schwester; ja, liebe Schwester«; dann versuchte er mit den

Fingern ein Brett zu lösen, aber die Nägel bluteten ihm; zuletzt rief er ihr zu, er wolle seinen amerikanischen Kistenöffner holen, denn mit dem Brecheisen würde er die Verschalung zu sehr ruinieren. Er lief und kam mit dem Kistenöffner zurück, und riß in mühseliger Arbeit einige Bretter los, bis die Schwester hervorkriechen konnte. Sie war in Pantoffeln, Unterrock und Nachtjacke, mit Staub und Spinnweben bedeckt, kleine Kalkstückchen saßen in ihren Haaren, und ihr Gesicht war gänzlich verschmutzt. Den Geldstrumpf hielt sie unter dem Arme. Ohne ein Wort zu sagen, ging sie an ihm vorbei, die Treppe hinunter in ihr Schlafzimmer und schloß sich ein.

Am anderen Tage machte sie einen langen Ausgang. Als sie zurückkam, forderte sie ihren Bruder auf, ihr in die gute Stube zu folgen, wo die roten Plüschmöbel mit Überzügen versehen um den runden Tisch mit der Visitenkartenschale standen. Auf der Schale lag eine einzige Karte, ihre eigene. Sie hatte als junges Mädchen einmal von ihrem Vater hundert Stück als Weihnachtsgeschenk erhalten. »Das war auch Unsinn damals«, sagte sie, indem sie zufällig die Karte erblickte. Dann fuhr sie fort: »Je toller das Stück, je besser das Glück. Ich habe mein Testament gemacht. Den türkischen Schal nehme ich auch mit ins Grab.« Der Bruder sah sie erschreckt an. Sie fuhr fort: »Unsereins hat nichts von seinem Leben, wer Glück haben will, der muß schon schlecht sein. Der Schellfisch ist nun doch noch ausverkauft. Die hergelaufene Person kann ja den Amtsgerichtsrat heiraten. Opfer dankt Einem kein Mensch.«

Am späten Nachmittag ging Herr Lichtlein in den hintern Flur; er stieß an seine Stehleiter, denn es war schon dunkel hier, und er hatte sie nicht gesehen. Er dachte, seine Schwester habe oben von dem Haken eine Wurst abgeschnitten, schob ärgerlich die Leiter zusammen und wollte sie fortstellen; da stieß er mit dem Kopf an ihre Füße; sie hatte sich an einem Wursthaken erhängt.

Der weiße Rosenbusch

Das Schlachtfeld von Jena ist eine Hochebene von mehreren Stunden Umfang, in welcher verstreut eine Anzahl runde Vertiefungen liegen, wohl in Urzeiten durch strudelnde Wasser entstanden. In diese Vertiefungen sind meistens die Dörfer und einzelnen Gehöfte gebaut, so daß die Bewohner mit einem begrenzten Blick aufwachsen, indessen der Wanderer, der oben auf der Ebene geht, von Häusern und Menschen nicht eher etwas sieht, bis er dicht vor einer solchen Vertiefung angekommen ist.

Am Vorabend der Schlacht, als der deutsche Heerführer die unheilvolle Bewegung vom Rande der Ebene rückwärts machte, ritt ein preußischer Leutnant mit seinem Burschen in eine dieser Vertiefungen hinab, in welcher ein einsames Bauerngehöft lag, versteckt unter düstern alten Kastanienbäumen. Um den Weg abzukürzen, der sich langsam wand, lenkten sie die Pferde quer über den Acker. Ein noch junger Mann, der hinter dem Pfluge ging, wickelte die Zügel um den Pflugsterz und trat ihnen entgegen, indem er grob ausrief, über seinen Acker gehe kein öffentlicher Weg. Der Offizier fragte: »Ihr seid der Bauer?«, und wie der andere bejahend antwortete, fuhr er fort: »Es gefällt mir, daß Ihr auf Eurem Recht besteht. Ihr werdet ein ordentlicher Mann sein. Führt uns zu Eurem Haus.« Der Bauer faßte in den Zügel des Pferdes, lenkte es auf die Straße, und indem der Bursche folgte, kamen die drei auf den Hof. Der Offizier stieg ab und trat vorauf in das Haus; der Bauer hinter ihm; nach einer Weile kam der Soldat, der die beiden Pferde am Ring der Torfahrt festgebunden hatte.

Nachdem der Bauer noch seine Frau hatte rufen müssen, welche eintrat, indem sie die Hände an der blauen Schürze abtrocknete, begann der Offizier:

»Morgen ist die Schlacht, und es kann Keiner wissen, wie es für ihn ausgeht. Durch einen Zufall habe ich mein Vermögen bei mir, tausend Louisdor in bar« – er setzte einen leinenen Sack auf den Tisch – »und wenn ich falle oder gefangen werde, so geht das Geld für meine Familie verloren. Ich habe Vertrauen zu Euch, daß ihr nicht die Hinterbliebenen eines Deutschen, der auch für Euch kämpft, um ihr bißchen Armut betrügen werdet. Hebt mir das Geld auf, so gut ihr könnt. Bleibe ich am Leben, so hole ich es selber wieder ab, falle ich, so könnt Ihr es meinem Burschen übergeben; kommt auch mein Bursche nicht, so bringt ihr es mit diesem Briefe nach Görlitz zu meiner Frau, sobald die Straßen wieder sicher sind.«

Nach diesen Worten schüttelte der Offizier dem jungen Bauern die Hand, grüßte artig gegen die Frau und verließ mit dem Burschen das Zimmer.

Der Bauer ging mit seiner Frau in den Keller, nahm von dem größten Sauerkrauttopf den Stein und die Brettchen herunter, mit denen der eingelegte Kohl beschwert war, schüttete den in einen leeren Topf, der für das Salzfleisch beim Schweineschlachten gebraucht wurde, verbarg den Beutel mit dem Gold unten in dem Sauerkrauttopf und füllte Kohl wieder auf. Nachdem er die Brettchen und den Stein wieder an ihre Stelle gelegt hatte, wies er die Frau an, den übrigen Sauerkohl mit in die Küche zu nehmen, und ging nach oben.

In der Nacht, während Napoleon seine Artillerie durch den steilen Hohlweg auf die Hochebene schaffte und Davoust seine Kolonnen von der anderen Seite nach oben führte, wachte der Bauer aus schweren Träumen um das Geld auf. Er faßte neben sich und fand das Lager seiner Frau leer. Langsam erhob er sich und zog sich an, dann ging er in den Keller hinunter. Da saß die Frau gekauert vor dem geleerten Topf und zählte die Goldstücke in ihren Schoß. Erschreckt schlug sie die Schürze über den Schatz, als der Mann hinter sie trat. Er sagte Nichts. Nach langem Schweigen sprach sie: »Ein schönes Stück Geld, wir könnten jedem Jungen einen Hof hinterlassen.« Er erwiderte: »Tu das Geld in den Topf. Wenn du als Zweites ein Mädchen gehabt hättest, dann brauchtest du nicht solche Gedanken zu haben.« Sie wischte sich mit dem Handrücken eine Träne ans den Augen, denn ihre Hände waren von dem Krautsaft besudelt, dann brachte sie Alles wieder an seine Stelle.

Kanonendonner kam, Gewehrfeuer, Fliehende und Verfolger; der Hafer wurde zertreten; Tote und Verwundete lagen; die Verwundeten wurden aufgehoben; in der Nacht streiften Viele auf dem Schlachtfelde umher, um den Toten die Kleider auszuziehen, auch nach Geld und Taschenuhren und Ringen zu suchen.

Am Abend des anderen Tages kam der Bursche, erschöpft und elend. Der Bauer setzte ihm ein Stück Speck, Brot und eine Flasche Schnaps vor. Der Soldat verlangte einen Arbeitsanzug des Bauern, er wollte das Geld nach Görlitz bringen. Der Bauer schüttelte den Kopf. Der Soldat, welcher ihn falsch verstand, sagte: »Es ist nicht Fahnenflucht; behalte ich die Uniform, so werde ich nur gefangen. Wenn ich das Geld abgeliefert habe, suche ich mein Regiment wieder auf. Ich bin ein ordentlicher Kerl, ich muß jetzt Unteroffizier werden.« Der Bauer erwiderte ruhig: »Ich bin für das Geld verantwortlich; die Wege sind mir jetzt nicht sicher genug; ich bringe das Geld selber nach Görlitz, wenn es mir an der Zeit scheint.« Der Soldat fluchte und trat auf den Bauern zu: »Hältst Du mich für einen Spitzbuben?« Der Bauer zuckte nur die Achseln und sagte: »Ich bin verantwortlich.« »Du Hund willst mir zu verstehen geben, ich will die Witwe meines Leutnants bestehlen?« schrie der Soldat und schlug ihm mit der geballten Faust ins Gesicht. Eine Spitzhacke stand dem Bauern zur Hand; er hatte einen neuen Stiel aus Hornbaumholz hineingefaßt statt des alten rotbuchenen, der gesprungen war. Er ergriff die Hacke und schlug den Soldaten auf den Kopf. Der Mann fiel um, ohne einen Laut zu sagen. Der Bauer kniete nieder, nahm den Kopf des Toten in die Hand. In der Tür stand die Frau, lautlos die Hände über sich zusammenschlagend. »Faß an!« rief er ihr zu. Sie trug den weichen Körper an den Füßen, er an der Brust; er wendete sich zu dem alten Brunnen, der nicht mehr gebraucht wurde, weil die Eltern durch den Genuß des Wassers erkrankt und gestorben waren, während er als Knecht auf einem anderen Hof gedient hatte. Er schob den Leichnam vornüber auf den Rand und stürzte ihn hinunter. Vom Bau im vorigen Jahre lagen noch Steine und Sand in der Hofecke; bis nach Mitternacht karrte er davon herbei und stürzte nach; indessen hatte die Frau, weinend und leise für sich mit zitternder Stimme ihre Unschuld beteuernd, die Blutspuren in der Stube ausgescheuert.

In den folgenden Jahren kamen häufige Mißernten, so daß trotz der hohen Preise viele größere und kleinere Landwirte schlecht standen. Nach den Befreiungskriegen folgten dann die Jahre der niedrigen Preise, und mit ihnen eine schwere Notlage der Gutsbesitzer und auch der Bauern. In dieser ganzen Zeit, welche etwa ein Menschenalter währte, mußte mancher Besitzer um billigen Preis verkaufen und mit dem weißen Stabe von seiner Väter Hofe ziehen, und mancher schlaue Mann wurde reich, wenn er gerade bares Geld zur Verfügung hatte. Unser Bauer kaufte langsam Feld um Feld, Weide um Weide, wie sich die Gelegenheit bot; er kaufte auch um ein Billiges einen ganzen Hof; und als er starb, etwa in der zweiten Hälfte der Fünfzig, da besaß er mehr als ein mittelmäßiger Rittergutsbesitzer. Er hinterließ seine Witwe und die beiden Söhne, welche nun im Anfang der Dreißig standen. Kurz nach seinem Tode verlobten sie sich mit zwei Erbtöchtern, deren Väter in derselben Gegend begütert waren.

Es war ein neuer Pastor in die Gemeinde gekommen, in welche unser Hof eingepfarrt war. Als er mit seiner Frau die Witwe besuchte, da lud diese die Pastorsleute für den nächsten Sonntag zu einer Lustfahrt in ihrem leichten Wägelchen ein. Der älteste Sohn kutschierte und zeigte mit der Peitsche die Äcker, Felder, Weiden und Wiesen, welche ihnen selber gehörten oder ihren Schwiegereltern. Mehrere Stunden fuhren sie so, und der Frau wurde zum ersten Male die Größe ihres Besitzes klar. Sie rühmte ihren Reichtum gegen die Pastorin und sprach von ihrem verstorbenen Mann, wie er ein fleißiger Kirchengänger gewesen sei, und wie ihn die Regierung eigentlich hätte zum Amtsvorsteher wählen müssen, und da sprach sie vom Segen des Himmels; aber wie sie das Wort sprach, da tauchte die halbvergessene Erinnerung an das Verbrechen ihres Mannes in ihr auf, und sie verstummte plötzlich. Dann seufzte sie nach einer Weile und sagte, der älteste Sohn sei jähzornig, er gleiche ganz seinem Vater, und zuweilen habe sie Angst, daß Gott sie durch ihn strafen werde; dabei weinte sie einige Tränen. Der Sohn drehte sich um und gab ihr einen groben Verweis; verlegen lächelnd sprach sie zu den Pastorsleuten: »Er ist gut zu mir, er meint es nicht so böse, wie es klingt.« Der Sohn gab den Pferden einen Peitschenschlag, daß sie plötzlich stark anzogen.

Nun wurde in dieser Zeit ein alter Schäfer bettlägerig, der seit Langem für die Gemeinde gehütet hatte. Wie er merkte, daß es an das Letzte ging, ließ er den Pastor rufen, um ihm ein Geständnis zu machen und sein Gewissen zu erleichtern.

Damals, nach der Schlacht, als die Heere sich entfernt, hatte er seine Schafe, so viele ihm geblieben waren, auf die zerstampften

Haferfelder geführt, wie auch die Gänse in den Hafer geschickt wurden, damit von der zerstörten Frucht, die selbst mit der Sichel nicht mehr geerntet werden konnte, wenigstens noch etwas genutzt wurde. An einem mit Schlehdorn bewachsenen Rain, mitten in den Dörnern, hatte er die Leiche eines preußischen Leutnants gefunden, welche in ihrem Versteck übersehen sein mochte. Von Habgier getrieben, untersuchte er die Kleider des Toten, aber er fand nur eine Brieftasche mit Briefen und Aufzeichnungen. Einen goldenen Trauring wagte er nicht abzuziehen, denn die Hände waren schon etwas angeschwollen. In seiner Angst ging er die folgende Nacht mit Hacke und Schaufel an die Stelle und begrub den Leichnam; dann betete er über dem Grabe. In seinem Garten hatte er einen großen weißen Rosenbusch; von diesem hackte er einen kräftigen Trieb heraus und pflanzte ihn in die lockere Erde des Grabes, nachdem er in der Umgebung die Schlehen vernichtet hatte.

Die Brieftasche legte er zu Hause ins Schapp; und obwohl sie ihm gar nichts nützen konnte, lieferte er sie doch nicht beim Amtsvorsteher ab; er erzählte auch Niemandem von der Geschichte, weil er wohl wußte, daß er eine verbrecherische Absicht gehabt hatte bei der Durchsuchung des Gefallenen. So waren die Jahre vergangen, und er hatte die in Papier gewickelte Brieftasche immer an ihrer Stelle liegen lassen. Nun, auf dem Totenbette, wurde die Angst seines Gewissens größer wie die Furcht vor einer Strafe oder Beschämung, und er erzählte dem jungen Pastor alles, indem er ihm die Brieftasche übergab. Sie war aus violettem Leder, trug auf silbernem Schild ein Wappen und wurde durch ein nunmehr verrostetes stählernes Schloß zusammengehalten, das nicht durch einen Schlüssel zu öffnen war, sondern durch das Verschieben eines kleines Stiftes, welcher als Dorn des Schlüsselloches erschien. Der Pastor übergab die Tasche nebst einer Darstellung der Erzählung dem Amtsgericht; hier stellte man Nachforschungen an und fand bald die überlebende Witwe des vor dreißig Jahren Gefallenen; sie bewohnte zwei kleine Zimmer in demselben Hause in Görlitz, wo sie mit ihrem Gatten eine große Wohnung inne gehabt hatte.

Die Frau des Gefallenen hatte damals einen Brief erhalten, der am Tage vor der Schlacht geschrieben war. In diesem drückte der Offizier seine starken Befürchtungen über den Ausgang der Schlacht und des Krieges überhaupt aus. Um seine Familie für den Fall seines Todes sicherzustellen, hatte er einen umstrittenen Erbschaftsanspruch verkauft, den nach seinem Ableben eine alleinstehende Frau schwerlich hätte durchsetzen können, besonders in den schwierigen Zeiten, die er voraussah. Die bare Summe in Gold, welche nach menschlicher Berechnung unter diesen Verhältnissen den Wert seines Vermögens am besten darzustellen schien, hatte er einige Tage vorher erhalten; er mochte sie keinem Bankhaus anvertrauen, scheute sich auch, einen Boten mit ihr in die Heimat zu schicken, und so schrieb er ihr denn, er werde das Geld während der Schlacht einem zuverlässigen Mann zur Aufbewahrung übergeben, der es ihr bringen werde, wenn er selber fallen sollte.

Seit diesem Brief hatte die Frau keine Nachricht wieder von ihrem Gatten erhalten, dem sie kaum fünf Monate vorher angetraut war. Sie saß am Fenster ihres kleinen Stübchens, wo auf der Kommode alte Tassen und gravierte Glasbecher standen, und wo die sorgsam geschonten Stühle aus der guten Stube von den Eltern ihres Gatten an der Wand aufgereiht waren; sie nähte und stickte die Wäsche für das Kind, welches sie erwartete; und als nach der Schlacht alle Nachrichten ausblieben und der Name ihres Gatten unter den Vermißten angegeben war, da zog sie ein schwarzes Kleid an, das sie schon im Schrank hängen hatte, und häufige Tränen verdunkelten ihre Augen, daß sie oft aufhören mußte zu nähen, und mancher Tränentropfen fiel von ihren schönen Wimpern auf die kleinen Hemdchen des Säuglings.

Dann wurde das kleine Mädchen geboren und füllte die stillen Wände mit seinem Geschrei, und die kleinen Sorgen um das Kind verdeckten den großen Kummer; das Kindchen wuchs heran, und die Erhebung gegen die französischen Unterdrücker bereitete sich vor; die arme Mutter gab ihren goldenen Trauring her für das Vaterland und tauschte einen eisernen Ring ein; das war das einzige Stück aus kostbarem Metall gewesen, das sie noch gehabt hatte, alles andere Entbehrliche hatte sie gleich nach der Geburt verkauft, damit der Erlös das kleine Kapital vergrößere, das sie noch besaß; dann schnitt sie ihr schönes blondes Haar ab und verkaufte es und brachte das Geld zu der Sammelstelle; und wie dann die Heere ins Feld zogen und die Schlachten geschlagen wurden, da zupften ihre und des Kindes Hände unermüdlich Charpie, die sonst allerhand feine Stickarbeiten machten für ein mäßiges Geld.

Wie die Tochter zur schlanken Jungfrau heranwuchs und sie selber gebückter wurde, da kam eine neue Heiterkeit in ihr Gesicht und über die feinen Furchen ihrer Stirn. Der Sohn eines alten Regimentskameraden ihres Gatten, ein tüchtiger junger Offizier, reichte dem Mädchen die Hand; bald kamen Kinder, welche lustig und lärmend die Treppe zu dem stillen Stübchen der lächelnden Großmutter hinauftollten; und so verfloß ein Menschenalter nach dem schweren Schlag, welcher die Frau getroffen hatte.

Als sie dann vom Amtsgericht in Jena das Paket erhielt mit dem Geständnis des Schäfers und der alten Brieftasche, welche sie einst als Braut dem Verstorbenen geschenkt, da wurde sie so erschüttert, daß sie tagelang das Bett hüten mußte. Wie sie sich gefaßt hatte, da eröffnete sie Alles ihren Kindern und fragte sie um Rat, was sie tun sollte, denn sie fühlte den heißen Wunsch, wenigstens das Grab ihres Gatten zu besuchen, welches in der Aussage des Schäfers genau bezeichnet war. Die Brieftasche enthielt ihre fünf letzten Briefe, eine Locke ihres Haares und zwei eingeheftete Pergamentblätter, auf welche man damals flüchtige Aufzeichnungen mit Bleistift machte, die man mit Brotrinde leicht abwischen konnte, wenn man sie nicht mehr brauchte. Die meisten Aufzeichnungen, welche ja nur das Gedächtnis des Besitzers entlasten sollten, bestanden aus unverständlich abgekürzten Worten und aus Zahlen; die letzte Niederschrift war eine Adresse – die Adresse des Bauern, welchem der Leutnant das Geld übergeben hatte; unter dem Namen stand vermerkt in Zahlen: tausend, und dahinter das damals übliche Zeichen für Louisdor.

Nachdem der Sohn diese Niederschrift lange betrachtet, erklärte er der alten Dame, er werde sie auf ihrer Reise, welche er durchaus natürlich und gerechtfertigt finde, ohnehin begleiten; und dabei wolle er mit ihr Nachforschungen nach dem Mann anstellen, dessen Namen hier aufgeschrieben sei; denn er halte es nicht für unmöglich, daß der Verstorbene damals diesem sein Vermögen anvertraut habe.

Wie die Dame sich erholt und der Offizier Urlaub erhalten hatte, reisten dergestalt die Beiden nach Jena und zogen auf dem Amtsgericht alle Erkundigungen ein. Der Schäfer war inzwischen gestorben, indessen hätte er auch Wesentliches nicht mehr bekunden können. Der Amtsrichter, dem der Offizier seine weitere Vermutung mitteilte, erkannte sofort die aufgezeichnete Adresse, denn der Name des wohlhabenden Bauern war durch allerhand Kaufhandlungen dem Gerichte vertraut; und er wußte gleich zu berichten, daß allerdings allgemein aufgefallen war, wie der Mann ohne sichtbare Ursachen zu so großem Wohlstand gelangt sei. Die Angelegenheit bewegte ihn so, daß er die beiden bat, ihn und seinen Sekretär mitzunehmen, und zuerst die Witwe des Bauern aufzusuchen, ehe sie zu dem Grabe führen, damit man vielleicht aus der Überraschten eher ein Geständnis ziehe; gesetzlich sei freilich wegen der Verjährung Nichts mehr zu machen.

So nahmen sie also einen Wagen in ihrem Gasthof; der Sekretär stieg zu dem Kutscher auf den Bock, der Amtsrichter setzte sich zu den Herrschaften, und in kaum zwei Stunden fuhr man in den Bauernhof ein.

Die Witwe wie die beiden Söhne waren auf dem Hof. Der älteste Bruder hatte eben Gras eingefahren; die Sense steckte noch in der Fuhre fest, die Pferde waren schon abgeschirrt; der jüngere Bruder war auf dem Boden und maß Korn ab. Die Witwe führte die Fremden in die Stube, die Brüder folgten, gespannt auf die Ursache des Besuches.

Der Amtsrichter fragte die Frau, nachdem der Sekretär sich mit Aktenpapier und Schreibzeug am Tische niedergelassen hatte: »Ist der Bursche des preußischen Leutnants, der Ihnen die tausend Louisdor zur Aufbewahrung übergab, nach der Schlacht wieder bei Ihnen gewesen?«

Der Frau schwindelte vor Schreck, und unbesonnen erwiderte sie, was sie in ihrer Angst während der ersten Jahre immer leise vor sich hingesagt hatte: »Es kann ihn Niemand haben kommen sehen.«

»Ihr habt ihn im Keller begraben?«

»Im Brunnen«, sagte sie, noch immer bestürzt.

»Was, Ihr habt also doch einen Menschen gemordet?« schrie der jüngere Bruder; denn der plötzliche Reichtum des Vaters hatte seinerzeit allerhand Gerüchte erzeugt, und wie das so geht, waren die nicht weit von der Wahrheit entfernt, und von Kindheit an hatten sie den Brüdern in die Ohren geklungen.

Die Frau erhob sich. »Ja, was ist denn das? Was wollen denn die Herrschaften?« kam es über ihre bebenden Lippen, die vergeblich Festigkeit zu zeigen suchten.

»Schwatze nicht, Mutter, wenn Du etwas weißt,« sagte finster der ältere Sohn.

»Schweigen Sie!« donnerte ihn der Amtsrichter an.

»Die Alte ist halb blödsinnig, sie hätte schon längst unter Kuratel gemußt,« antwortete der Sohn.

Der Amtsrichter wies die Beiden aus dem Zimmer, um die zusammengesunkene Frau unbeeinflußt verhören zu können.

Draußen auf dem Hof standen sich die Brüder gegenüber.

»Ich will Nichts von dem Sündengeld«, sagte der Jüngere.

»Willst du vielleicht Knecht bei mir spielen?«, antwortete der Andere.

»Ich gehe nach Amerika, wo mich Keiner kennt.«

Rasend vor Wut ergriff der Andere die Sense und hieb auf den Jüngeren ein; mit einem furchtbaren Aufschrei stürzte der zu Boden. Der Andere ließ die Sense fallen und wischte sich über die Stirn; der Bruder verdrehte die Augen; er hatte ihn ermordet.

Die Knechte waren auf dem Felde. Nur die Kuhmagd stürzte aus dem Stall; aus dem Haus kamen die Fremden, die zitternde Mutter geführt von dem Amtsrichter. Wie sie vor dem Lebenden stand und ihn verständnislos ansah, sagte der: »Da wird das Blut bezahlt.« Dann ging er ruhig durch die starr stehenden Menschen zur Stalltür und schritt mit festen Tritten die Bodentreppe hinauf; als man sich über Alles klar wurde und ihm nachfolgte, war es zu spät; er hatte sich an einer Dachlatte erhängt.

Die Mutter erlangte ihre Besinnung nicht wieder.

Nach den Erinnerungen alter Leute fand man später im Hof die Stelle, wo der Brunnen gestanden hatte; man räumte ihn aus und traf unten Knochen, Zeugfetzen, Uniformknöpfe und Schuhe des ermordeten Soldaten.

Die alte Dame war von dem Schrecklichen so mitgenommen, daß sie wieder eine Woche das Bett hüten mußte; sie wurde von ihrem Schwiegersohn gepflegt. In der Stadt hatte sich das Gerücht von ihrer Geschichte verbreitet und allgemeine Rührung erzeugt; der Bürgermeister ließ vor dem Gasthaus, in dem sie lag, Stroh auf die Straße legen, damit sie nicht durch das Wagengeräusch gestört werde; Blumen und Früchte wurden von Unbekannten geschickt, und viele Bürger erkundigten sich täglich in eigener Person bei dem Wirt nach ihrem Befinden.

Sobald sie sich etwas kräftiger fühlte, verlangte sie, das Grab ihres Gatten endlich zu besuchen. Der Arzt meinte, daß bei der Herzkranken ein Versagen oder Aufschieben ihres Wunsches ebenso gefährlich sein könne, wie seine allzufrühe Befriedigung, und so gab er seine Erlaubnis, daß sie mit ihrem Sohne schon jetzt die Fahrt unternahm.

Jener Schößling der weißen Rose, welche in Thüringen so häufig auf den Kirchhöfen gepflanzt wird, daß man sie auch Kirchhofsrose nennt, hatte sich in den langen Jahren zu einem sehr großen Busch entwickelt von einer solchen Schönheit, daß er in der ganzen Gegend bekannt war. Der Wagen war auf der Landstraße gefahren bis zu der Stelle, wo sich der schmale Feldweg abzweigte, welcher zu dem Raine führte und dann an ihm entlang lief. Das Feld war jetzt mit Gerste bestanden, die eben begann, gelb zu werden; auf dem geringen Boden war sie nicht sehr üppig gekommen; aber Kornblumen und Mohnrosen machten das Feld freundlich und heiter. Der Rosenbusch stand in seiner schönsten Blüte; viele Hunderte von kleinen weißen Rosen waren halb oder ganz aufgebrochen an den oberen Enden der langen, gebogenen Ruten; die Dame war müde, der Offizier setzte sie sorgsam auf einen breiten Stein, der gerade unter dem Busche lag. Ein Hänflingsnest mit Jungen war mitten in den dornigen Zweigen; der alte Vogel, mit einem Körnchen im Schnabel, saß eine Weile ängstlich wartend wenige Schritte von ihnen auf einem kleinen dürren Stecken; als er sah, daß er sich nicht fürchten mußte, flog er eilig zum Nest, und das Geschrei der bittenden Jungen erscholl.

Unbeweglich und still standen die Gerstenähren, schon leise sich neigend, harrten die Kornblumen und hingen die leuchtenden

Mohnrosen. Eine Lerche, welche im Felde nistete, flog wie ein Pfeil schmetternd in die Höhe.

Die Dame sagte ganz leise: »Hier ruht es sich schön«; dann wurde sie plötzlich dem Sohn, welcher sie aufrecht sitzend hielt, schwer im Arm; eine heitere Ruhe war in ihrem gütigen Gesicht; ein Herzschlag hatte sie getroffen.

Man begrub sie unter dem weißen Rosenbusch, neben ihrem Gatten, welcher ihr vor dreißig Jahren vorangegangen war; ein niedriger Stein, welcher zwei verschlungene Hände aufweist, wurde zu Beider Erinnerung gesetzt.

Noch heute blüht der Rosenbusch über dem Grabstein; eine verworrene Erinnerung, daß zwei treu Liebende hier begraben liegen, die nach langen Jahren vereinigt wurden, hat sich im Volk erhalten, und es ist ein Glaube der Liebenden geworden, daß sie zu dem Grabe gehen und Jeder eine Rose brechen und im Gesangbuch aufheben muß, denn so lange die vertrocknete Rose dauert, so lange dauert auch ihre Liebe.

Mutter und Sohn

Bei einer Stadt Mitteldeutschlands lebte auf einem kleinen Hof ein Mann, der einige Äcker und Wiesen hatte, zwei Kühe und drei Ziegen hielt und die übrige geringe Wirtschaft von Schweinen und Federvieh, und sich hauptsächlich durch Lohnfuhren mit einem Gespann ernährte; der Besitz war so, daß er die Arbeiten mit seiner Frau allein besorgen mußte.

Der einzige Sohn der Leute wurde zu den Soldaten eingezogen; kurze Zeit darauf starb die Frau an einer plötzlichen Krankheit, und der Mann, welcher etwa in der Mitte der Fünfzig stand, war in seinem Hauswesen ganz allein. Da er auf die Dauer nicht mit den teuern Dienstboten wirtschaften konnte, so sah er sich nach einer tüchtigen Frau um und fand eine solche auch, die in jeder Hinsicht paßte, nur war sie freilich für seine Verhältnisse noch sehr jung, sie hatte kaum das zwanzigste Jahr vollendet. Der Sohn war mit der Heirat nicht zufrieden, denn er hatte gedacht, wenn er von den Soldaten loskomme, so würde er selber heiraten und das Wesen übernehmen; so schrieb er denn nur einen kalten Brief und kam nicht zur Hochzeit. Wie er entlassen war, suchte er sich eine Stellung in der Stadt bei einem großen Droschkenunternehmer und besuchte auch dann nicht den Vater und die neue Mutter.

Inzwischen wurde der Vater wegen Holzdiebstahls im Wiederholungsfalle angeklagt und zu einem Jahre Gefängnis verurteilt. Man muß solche Vergehen bei dieser Art von Leuten nicht so schwer nehmen; ein Holzdiebstahl wiegt in ihrer Moral nicht viel und erscheint als durchaus läßlich; der Mann hätte nicht einen baren Pfennig veruntreut oder in seiner Jugend als Kutscher bei fremden Herrschaften gar ein Körnchen Hafer seinen Pferden entzogen. Nach der Verurteilung schrieb er an seinen Sohn, daß der nach Hause kommen müsse, um sich des Wesens anzunehmen, da der Knecht Nichts tauge, den er angenommen; es gehöre ja doch später einmal Alles ihm selber, da er mit seiner zweiten Frau keine Kinder habe.

Der junge Mensch ging mit dem Brief zu seinem Herrn und bat um seine Entlassung. Der Herr hätte ihn gern behalten, denn er war ein fleißiger, ordentlicher und ruhiger Mann, wie sie heute selten sind, besonders unter den Kutschern, welche so viel Verführung zum Trinken haben; aber er sah selber ein, daß das nicht ging, und so zahlte er ihm denn seinen Lohn aus und entließ ihn. Der junge Mensch packte seine Sachen, brachte den Koffer zum Bahnhof und fuhr ab; auf der Station stieg er aus, nahm den Koffer auf den Rücken und ging durch die kleine Stadt zu seinem väterlichen Hause.

Im Hof war die Kutsche angespannt, es war eine Hochzeitsfuhre bestellt. Der Knecht, im Staat und mit der rosa Schleife auf dem linken Arm, stand vor dem einen Pferd, hatte es am Zügel und schlug ihm mit der Peitsche um die Füße, indem er schrie: »Ich will dir helfen tückschen.« Man sah, daß er schon getrunken hatte, obwohl es erst elf Uhr war. Der Sohn kannte den Gaul und wußte, daß er vorsichtig behandelt werden mußte, weil er biß; aber sonst war er ein gutes Tier, das Ehrgeiz hatte; man kam am besten mit ihm aus, wenn man ruhig war und ihn lobte. Wie er den angetrunkenen dummen Knecht und das zitternde, verängstigte Tier sah, überkam ihn die Wut; er faßte den Menschen am Kragen, der ließ verwundert los, er schleuderte ihn fort, daß er strauchelte und fiel, dann faßte er selber in den Zügel und klopfte beruhigend den schwitzenden Hals des Tieres. Der Knecht war wieder aufgestanden, blieb von weitem stehen und rief: »Wer bist Du denn? Ich soll dir wohl Eins in die Zähne geben?« Ein kräftiges junges Weib trat in die Tür, mit bräunlich schönem Gesicht, die gesunden vollen Arme in die Hüften gestemmt, und rief: »Bist du der Franz?« Der Sohn bejahte und beruhigte das Pferd weiter. »Na, dann kann ich ja gehen«, sagte patzig der Knecht und ging in den Pferdestall, indem er noch einmal zurückrief: »Das Trinkgeld will ich dir schenken, das es bei der Hochzeitsfuhre gibt.« Franz bat die Stiefmutter, seinen Koffer ins Haus zu bringen, gab ihr den Schlüssel und trug ihr auf, seinen guten Anzug und frische Wäsche herauszupacken, damit er sich gleich umziehen könne. Sie sagte: »Es war Zeit, daß du kamst.« Er begütigte das Pferd weiter, wartete, bis der fremde Bursche den Hof verlassen hatte, hängte jedem Pferd den einen Sielen ab, und ging ins Haus. Er zog sich schnell um, dann setzte er sich auf den Bock und fuhr los.

So kam er gleich in die Arbeit hinein, und da er von früher her ja genau Bescheid wußte, wo Alles stand und lag, so ging gleich am ersten Tag Alles so ruhig und genau seinen Gang, als sei es immer so gewesen.

Nur war es ihm unmöglich, »Mutter« zu sagen zu der Frau; er dachte immer bei dem Wort an seine richtige Mutter, die gebückt und verarbeitet war und häufig über allerlei Leiden klagte, und da wollte ihm das Wort als unpassend nicht über die Lippen; er sagte dafür »Frau«, wie wenn sie seine Herrin gewesen wäre, und sie duldete schweigend die wunderliche Anrede, indem sie wohl sein Gefühl verstand. Er mußte seinem Vater zugeben, daß sie tüchtig und fleißig war und mehr leistete, wie seine rechte Mutter geleistet hatte; und endlich sagte er sich, daß er ihr ja doch nicht grollen dürfe, sie habe eben den Mann geheiratet, um eine Versorgung zu haben – sie war eine arme Waise gewesen –, und tue nun ihre Arbeit; nur für ihn sei es freilich ein Unglück, aber daran habe ja doch die Frau nicht denken können.

Aber sehr viele Gedanken machen sich ja diese Art von Leuten nicht, welche von schwerer Arbeit in der freien Luft müde werden und das Wenige, das sie an Nachdenken leisten können, verwenden müssen, um ihre Tätigkeit vernünftig zu leiten; und indem ihr Leben ganz mit der Natur im Einklang ist, haben sie auch nicht die Art von Sorgen und Vorbedenken wie wir; sondern auch die Zuverlässigsten und Gründlichsten von ihnen leben doch in gewisser Art in den Tag hinein, indem sie den vorhandenen Zustand als unabänderlich empfinden und nur ihre einfache und gewohnte Pflicht innerhalb ihrer gegebenen Grenzen tun.

Hier aber erwuchs nun das Unglück bei den Beiden. Denn ihre Lage war außergewöhnlich und widerspruchsvoll, und um in ihr ohne Verfehlung zu leben, hätten sie bewußter Klarheit, beständiger Überlegung und nie nachlassender Willensanspannung bedurft. Sie lebten wirtschaftlich wie ein jung verheiratetes Ehepaar, und nach ihrem Alter, ihrer Gesundheit und der einfachen, natürlichen Gesinnung wäre auch möglich gewesen, daß sie ein solches Ehepaar waren; aber sie waren Mutter und Sohn, und jede Liebesbeziehung zwischen ihnen war ein Verbrechen, nicht nur vor ihrem Gewissen oder vor der Kirche, sondern auch vor dem Staat.

Franz schlief im Pferdestall auf der Bühne, wo der Knecht früher geschlafen hatte. Drei Uhr des Morgens stand er auf, fütterte seine

Pferde, striegelte und putzte; dann klopfte er am Fenster der Schlafkammer und weckte die Frau, die sich den Rock überwarf und gleich das Kaffeewasser ansetzte, dann in den Stall zu den Kühen ging, um ihnen Futter vorzuwerfen und zu melken. Gegen halb fünf tranken sie zusammen Kaffee, sie gab ihm den Brotbeutel, den sie inzwischen zurechtgemacht hatte, und er fuhr mit dem Geschirr fort; es waren damals gerade die Holzfuhren zu machen, und er mußte den ganzen Tag fort bleiben und kam erst Abends nach Hause. Abends besorgte er seine Pferde, aß schweigend das Abendbrot mit der Frau zusammen am Küchentisch, und ging müde zu Bett.

Am Sonntag wurden die nötigen Dinge besprochen, und der eigentlichen Erholung waren ein paar Stunden am Sonntagnachmittag gewidmet, um die Kaffeezeit, indessen im Stall die Pferde müßig stampften und sich mit den Schwänzen schlugen. Franz besaß einen einzelnen Band von Schillers Werken, den, in welchem der Wallenstein abgedruckt war; in diesem pflegte er dann zu lesen, indessen die Frau ruhig neben ihm saß und an einem Kleidungsstück ausbesserte.

An einem solchen Nachmittage, als die Beiden schon lange stumm nebeneinander gesessen hatten, fragte die Frau einmal, was das für ein Buch sei, in dem er lese. Er legte den Finger auf die Zeile, sah auf und suchte es ihr zu erklären; aber er wußte nicht recht, was das bedeutete, was in dem Buche geschrieben war; er schob es ihr zu, sie stand halb auf und sah hinein, auch er sah hinein und las ihr, mit dem Finger die Zeilen verfolgend, falsch betonte Verse vor; ihr Haar berührte sich, in der körperlichen Nähe erwachten alle ihre Sinne, und so geschah denn alles Weitere.

Sie weinte dann, er stand am Fenster und biß sich auf die Lippen. Zuletzt trocknete sie sich mit der Schürze die Tränen ab, stellte den Kaffee auf den Tisch und sagte. »Das ist nun einmal gewesen und ist nie wieder.«

Aber schon in der nächsten Nacht kam er zu ihr, und sie wehrte ihm nicht.

Nun vergingen ihnen Monate in dem gedankenlosen Glück befriedigter Jugendkraft und ermüdender körperlicher Arbeit, bis dann in einer Nacht das Kind kam. Franz nahm es der Mutter ab und kehrte nach einiger Zeit zurück; es wurde Nichts unter ihnen darüber gesprochen, was er getan. Einige Wochen darnach kam auch der Alte zurück, als ein elender Mann; seine Natur, die so lange an freie Luft und heftige körperliche Arbeit gewöhnt gewesen war, hatte das Gefängnisleben nicht vertragen können. Er kam in den Hof, sah in die Ställe, trat dann ins Haus und gab seiner Frau die Hand. »Du bist alt geworden«, sagte sie. »Ja,« erwiderte er, »ich mache es nicht mehr lange. Es war unrecht, daß ich Dich geheiratet habe; du wirst eine junge Witwe.« Sie seufzte. Er sagte nach einer Pause, nachdem er sich am Herd gesetzt und die Schuhe von den geschwollenen Füßen gezogen hatte: »Ich hätte Dich dem Franz geben sollen, das wäre besser gewesen.« »Für drei Leute wäre das besser gewesen«, erwiderte sie.

Franz kam am Abend nach Hause, besorgte die Pferde, trat in die Küche und gab seinem Vater die Hand. Der Vater sah die Beiden an. »Ihr wäret ein gutes Paar geworden,« sprach er. Jetzt schoß der Frau plötzlich die Flamme ins Gesicht.

Beim Abendessen sagte der Sohn, daß er nun wieder in die Stadt gehen wolle. Der Alte antwortete, er brauche einen Knecht, denn er könne nicht mehr viel leisten; aber wenn der Sohn in der Stadt mehr verdiene, so wolle er ihn nicht halten. Dann erwähnte er, daß er ihm den Knechtslohn für das abgelaufene Jahr geben wolle. Der Sohn schüttelte den Kopf und erwiderte: »Lohn nehme ich nicht, ich bin hier Herr gewesen in der Zeit.« Wieder wurde die Frau rot. »Was hast du denn, du steckst ja immer die rote Fahne auf?« fragte der Alte argwöhnisch verwundert. Die Frau antwortete Nichts.

Franz ging wieder zu seinem alten Herrn in Dienst. Er tat alle Arbeit ruhig und zuverlässig wie früher; aber er war noch stiller und zurückhaltender geworden, so daß ihn sein Herr einmal fragte, ob er denn etwas Besonderes auf dem Herzen habe.

Er hatte seine Taten auf dem Herzen.

Wie wir schon bei seinen Handlungen immer bedenken müssen, daß wir nicht den Maßstab eines Menschen von unserer Art anlegen dürfen, der überlegt, prüft und mit bewußten Absichten und Gedanken seine Taten tut, so müssen wir uns auch seine Gewissensvorwürfe nicht so vorstellen, wie sie bei Einem von uns sein würden. Wollte der Erzähler sie schildern, so würde er entweder in eine läppische Sentimentalität geraten oder in die kindischen psychologischen Analysen, welche unsere Zeit so liebt, die ja im Grunde nichts weiter sind wie die Selbstdarstellungen belangloser Literatenempfindungen.

Jedes Wesen in solcher Lage wird sich wahrscheinlich durch Selbstrechtfertigung zu behaupten suchen, indem es die Schuld auf Jemand anders schiebt. Franz kam bei allem Grübeln immer wieder auf den Gedanken: »Weshalb hat Gott mich zu diesen Verbrechen getrieben?« Er wußte, daß er ein ordentlicher Mann war, viel besser wie die meisten Anderen, daß die Frau besser war wie die meisten von Ihresgleichen, dennoch hatten sie Beide zwei Verbrechen begangen, über die sie selber, wenn sie von Andern getan wären, die härtesten Worte gesagt hätten; sie erschienen ihnen aber ganz einfach und natürlich, daß sie sich erst klar machen mußten, ehe sie zum rechten Urteil über ihre Taten kamen, was die andern Menschen sagen würden, wenn sie Alles wüßten. Er war ruhig über seine Taten und war doch nicht ruhig; vielleicht kann man sagen, seine Unruhe lag hauptsächlich im Verstand, der Gründe für Gottes Absichten suchte, und nicht im Gefühl, das ganz zu schweigen schien. Aber endlich wurde auch das Gefühl wach. Er ging an einem Abend an einem Haus vorbei, ans dessen geöffneten Fenstern das Geschrei eines Neugeborenen ertönte. Da plötzlich erwachte das dünne Geschrei seines Kindes in seinem Ohr, wie er es damals eingewickelt und fortgetragen hatte, das so lange geschlummert hatte, wie sein Gefühl geschlummert hatte; es war ihm, als richteten sich ihm alle Haare zu Berge, und er mußte an sich halten, um nicht sinnlos vor Entsetzen zu brüllen und fortzulaufen.

Von nun an bekam er das Geschrei des Kindes nicht wieder aus dem Gedächtnis, und jene andere gedankliche Unruhe wurde zurückgedrängt.

Er hatte den Einfall, ob es ihm helfen könne, wenn er in die Kirche gehe. Er sang mit der Gemeinde, hörte die Predigt, aber das nützte ihm Alles Nichts, er konnte auch mit großer Anstrengung die Predigt nicht verstehen; das waren Worte, die an ihm vorbeirauschten. Vielleicht hatten diese Worte einmal eine Bedeutung gehabt; aber der Prediger wußte nichts von dieser Bedeutung und die Gemeinde wußte nichts von ihr; so war das Alles tot.

Er beschloß, den Prediger in seiner Wohnung aufzusuchen. Ein freundliches Dienstmädchen mit weißer Schürze und weißem Häubchen öffnete ihm und führte ihn zu dem Studierzimmer des Herrn Pastors. Der Pastor gab ihm die Hand und lud ihn zum Sitzen ein. Er wußte nicht, was er sagen sollte, und drehte den Hut in der Hand herum; der Pastor nahm ihm den Hut ab und legte ihn auf den Tisch und begann das Gespräch, er habe ihn bis jetzt noch nicht in der Kirche gesehen, aber er freue sich nun, daß er ihn selber besuche, und er hoffe, ihm behilflich sein zu können. Der Pastor war ein guter Mann mit einem dünnen blonden Vollbart. Ein Kind kam ins Zimmer und wurde wieder hinausgeschickt, weil es störte. Franz schwieg noch immer. Der Pastor fragte, wie die Ernte ausgefallen sei. Da blickte er auf und sah den Pastor mit einem so gramverzerrten Gesicht an, daß der entsetzt vom Stuhle aufstand. Es verging eine Zeit, während der ging der Pastor im Zimmer auf und ab. Dann setzte er sich neben den Mann, und indem alles Pastorale von ihm abfiel und nur der gute und etwas schwache Mensch übrigblieb, nahm er seine Hände und sagte: »Sie wollen mir Etwas gestehen und können es noch nicht. Ich kann Ihnen da nicht sagen, was Sie tun sollen. Aber wenn Sie jetzt mir auch nichts sagen können, so wissen Sie, daß ich zu jeder Tag- und Nachtzeit für Sie zu sprechen bin.« Die gut gemeinten Worte rührten Franzen an das Herz. Er sagte. »Ich danke Ihnen, Herr Pastor. Sie wissen, daß ich ein Verbrecher bin, aber Sie stoßen mich nicht von sich.« Damit ging er.

Es kam ein Brief von der Frau, wenn er den Vater noch einmal sehen wolle, so müsse er schnell kommen. Er reiste und fand den Vater auf dem Sterbebett, und so, als ob er nur noch gewartet hätte, um ihm seine letzten Anweisungen zu geben. Er sagte: »Du kannst mit deiner Mutter nicht zusammen leben«; dabei sah er ihn scharf an; »sie muß wieder in Dienst gehen; vielleicht findet sie einen Witmann, der sie heiratet; sonst weißt du, was du ihr schuldig bist.« Dann wendete er sich zur Wand und entschlief.

Die Witwe drückte ihm weinend die Augen zu. »Er ist gut zu mir gewesen,« sagte sie, »er hat Alles gewußt.«

»Er hat Alles gewußt?« rief Franz erschrocken. Sie nickte.

Nun kam die Beerdigung und alles Andere; Franz hatte seine Sachen geholt und war auf seinem Elternhof eingezogen, die Frau suchte nach einem Dienst.

Er brütete viel und hatte keine Frische mehr zur Arbeit. An einem Abend, wie er mit der Frau in der Küche zusammensaß, sagte er: »Ich muß es dem Gericht anzeigen.« »Tu, was du meinst,« antwortete sie gleichgültig, »dann komme ich auch in Ruhe.«

So machte er sich den andern Tag in seiner Sonntagskleidung auf, ging aufs Gericht, wurde vor einen Herrn geführt und erzählte dem Alles, so gut er konnte. Der Herr hörte ruhig zu, spielte mit einem Bleistift, wiegte zuweilen mit dem Kopf, ein Beamter schrieb die Erzählung auf. Am Schlusse las der Beamte sein Nachgeschriebenes vor, da mußte er unterzeichnen. Dann sagte der Herr, er müsse ihn gleich in Verhaft nehmen Er sprach: »Wenn nur die Pferde gut behandelt werden.«

Im Gefängnis wurde ihm klar, daß er nicht richtig gehandelt hatte. Er hätte vielleicht doch lieber Alles dem Pastor sagen sollen; aber er wußte ja, daß der ihm auch nicht helfen konnte. Der Richter hatte ihm auf sein Befragen gesagt, er könne vielleicht zehn Jahre Zuchthaus bekommen, die Frau vielleicht vier Jahre. Nun, dann war er also sechsunddreißig, wenn er herauskam. Er konnte dann ja nach Amerika gehen; den Hof hätte er doch vorher verkaufen sollen, der wurde jetzt verschleudert, und sein Vater hatte es sich sauer werden lassen.

Er hatte gedacht, Gott wolle, daß er sich selbst anzeige; denn wer eine solche Tat getan, der muß bestraft werden; und wenn Gott ihn die Tat hatte tun lassen, so mußte er wohl den Willen haben, durch die Strafe ihn zu sich zu führen; denn er und die Frau waren nicht bei Gott, das wußte er; aber der Pastor und der Richter waren auch nicht bei Gott. Nun aber, wenn das auch nicht das Richtige gewesen war, so konnte er nicht mehr denken, er war zu müde; und dann war wohl Alles gleich.

Es schien keinerlei Möglichkeit zum Selbstmord in der Zelle zu sein; er biß sich zuletzt die Pulsadern an beiden Händen durch und ließ sich verbluten.

Ein Muttermörder

Ich habe einmal einer Hinrichtung beigewohnt. Wir waren im Gefängnishof versammelt, der von allen vier Seiten mit Mauern umgeben ist aus roten Ziegelsteinen; die kleinen vergitterten Fenster, welche ja immer dicht unter der Decke der Zellen angebracht sind, damit die Gefangenen nicht ins Freie sehen können, geben den Mauern etwas Totes, schlimmer noch, als wenn gar keine Fenster wären. Das Gerüst für den Scharfrichter war in einer Ecke errichtet; der Scharfrichter und zwei Gehilfen standen oben und warteten. Unten waren wir fünf Personen: zwei Richter, ein ganz junger Referendar, ich als Staatsanwalt und der Gefängnisdirektor. Ein Richter hatte sich krank gemeldet. Wir standen in der entgegengesetzten Ecke des Hofes; es war kalt, der Boden war zwar schneefrei, aber an einigen Stellen war eine leichte Eiskruste auf den Steinen.

Aus den vier Ecken neigte sich der Boden nach der Mitte zu, wo sich in einem Sandstein ein rundes Loch befand; das Regenwasser floß hier in den Kanal hinunter. Es fiel mir ein, wenn von dem Gerüst Blut herabfließe, so werde es auch durch diese Öffnung in den Kanal rinnen. Ich wollte lächeln über die kindische Idee, da wurde mir plötzlich klar, daß ja ein Mensch hingerichtet werden solle.

Die Tür öffnete sich, der Verurteilte kam heraus, im bloßen Kopf, mit rasiertem Nacken und ohne Kragen, die Hände auf der Rücken gebunden. Neben ihm ging auf der einen Seite ein Wärter in Uniform, auf der andern Seite der Gefängnisgeistliche, welcher laut betete. Der Angeklagte sah flüchtig nach uns hin und grüßte durch ein Kopfnicken; das Gebet des Geistlichen stockte, wir zogen verlegen unsere Zylinderhüte. Tiefer als alles andere, das nachher kam, wirkte auf mich diese alberne Verlegenheit des Grüßens, die Niemand erwartet hatte. Ich fühlte, daß der Geistliche sein Gebet gedankenlos sprach. Plötzlich zog der rasierte Nacken alle meine Aufmerksamkeit auf sich.

Der Verbrecher ging mit raschen und großen Schritten zum Gerüst, seine beiden Begleiter mußten fast laufen. Vor der Treppe blieb er plötzlich stehen, die Gehilfen kamen herunter und ergriffen ihn. Ich zog das unterschriebene Urteil aus der Brusttasche und winkte dem Scharfrichter mit einem Blick zu; der Verbrecher fing den Blick auf, welchen der Scharfrichter zurücksendete. Plötzlich fing er an zu schreien: »Mutter, Mutter, sie wollen mich morden, hilf mir, Mutter.« Uns Allen zitterten die Knie; der junge Referendar, totenblaß, flüsterte: »Er hat ja seine Mutter ermordet.« Sinnlos erwiderte ich flüsternd: »Das weiß ich ja.« Das Geschrei des Mannes verstummte irgendwie, plötzlich hörten wir ganz laut die Stimme des Geistlichen, der in seiner Angst sein Gebet laut rief: »Und so gehe ich denn, ich armer sündiger Mensch, und ich hoffe auf das Blut meines Herrn und Heilands«... »Mutter, Mu–«, jammerte der Verurteilte, indem er laut zähneklappernd kein Wort mehr bildete, sondern in hohem Ton gleichmäßig schrie; er war festgebunden, das Beil fiel mit dumpfem Schlage nieder.

Ich hatte die Todesstrafe für den Hingerichteten beantragt, und ich war vor meinem Gewissen durchaus im Recht, denn der Mensch war der verabscheuungswürdigste Verbrecher gewesen, der zuerst, bei einem Einbruchsdiebstahl überrascht, einen Mord begangen und dann aus bloßer Wut noch seine eigene Mutter getötet hatte. Aber als er in seiner Verzweiflung schrie, nach der von ihm ermordeten Mutter, da spürte ich plötzlich im Herzen: er ist ich.

Ich kann Nichts weiter sagen, als das: ich spürte, er ist ich.

Ich will seine ganze Geschichte erzählen, um zu zeigen, wie dieser Mensch doch in Nichts irgendeine Beziehung zu einem Manne haben kann, wie ich bin: dennoch habe ich damals gefühlt: er ist ich; und wenn ich mich jetzt recht erinnere, mir alles wieder vor mein Auge stelle, dann fühle ich wieder: er ist ich.

Seine Mutter war eine ehrenhafte und rührige Frau, die Witwe eines Subalternbeamten, welcher starb, als das einzige Kind eben sein sechstes Jahr erreicht hatte. Auch der Vater soll ein ordentlicher Mann gewesen sein. Sie war von jener Art von Frauen aus dem niederen Mittelstande, welche beständig zu klagen haben, sich an Kleinigkeiten festhalten und jedes Hauptziel vergessen, und ihr ganzes Leben in beständiger Tätigkeit aufbrauchen, die fast erfolglos bleibt, weil sie nicht zweckmäßig geleitet ist. Sie gab dem Jungen früh Geld in die Hand und schalt ihn, wenn er es ausgab; sie strickte für einen wucherischen Unternehmer Strümpfe und bekam für ihre Handarbeit nicht mehr, wie für Maschinenarbeit bezahlt wurde, aber sie glaubte sich doch im Vorteil, weil sie immer gleich drei

Dutzend Paare ablieferte und dann ein größeres Geldstück bekam, indessen sie das Garn im kleinen einkaufte; sie scheuerte täglich die einzige Stube und mußte den größten Teil der Zeit mit ihrem Sohn in der Küche zubringen; sie wohnte der Billigkeit wegen in einer verrufenen Gegend der Stadt, ließ den Jungen viel auf die Straße und strafte ihn, wenn er gegen ihr Verbot schlechte Bekanntschaften geschlossen hatte.

Im Nebenhaus wohnte ein unverheiratetes altes Dämchen, die ihren Haushalt allein besorgte; sie galt für reich und geizig. Wie das bei diesen Leuten geht, hatte sie seit lange eine Bekanntschaft mit der Witwe, indem die Beiden auf der Straße zusammenstanden und sich Klatschgeschichten erzählten oder auch sich unter irgendeinem Vorwand besuchten, etwa wenn eine der anderen einen armseligen Leckerbissen brachte oder irgendein Haushaltsgerät von ihr borgte.

Der Sohn wurde zu einem Schlachter in die Lehre gegeben; nachdem er entlassen, war er bei verschiedenen Meistern des Städtchens nach einander als Geselle; zuletzt hatte er sich einige Wochen lang untätig bei seiner Mutter aufgehalten.

An einem Vormittag hatte die Nachbarin von der Mutter ein Waffeleisen geliehen; sie trug es Mittags zurück und brachte zwei selbstgebackene Waffeln mit; sie erzählte, daß sie mit der Post in die Nachbarstadt fahren wolle, wo ihre verheiratete Schwester wohnte; am nächsten Tag wolle sie wieder zurückkehren, und damit, wenn etwa in der Zwischenzeit Feuer ausbreche, ihre Wohnung zugänglich sei, bat sie die Witwe, den Vorderschlüssel zu ihrer Wohnung aufzuheben. Die Witwe nahm den Schlüssel und legte ihn ins Fensterbrett; die Nachbarin ging, ihr Paketchen mit Waffeln unterm Arm, welche sie den Kindern ihrer Schwester mitbringen wollte.

Es war Spätherbst, und gegen acht Uhr war es schon dunkel. Der Sohn nahm am Abend heimlich den Schlüssel, ging über die Straße, sah sich um, ob er beobachtet werde, und trat schnell in das Nebenhaus. Das alte Fräulein wohnte zur ebenen Erde; er schloß die Tür auf, ging leise in die verlassene Wohnung und schloß wieder hinter sich zu. Er wußte, daß das Geld in der oberen Kommodenschublade lag, die nicht richtig einschnappte; indem er sein Schlachtermesser in die Ritze zwischen der Platte und dem Auszug schob, suchte er die lahme Zunge des Schlosses niederzudrücken, um die Kommode ohne Aufwendung von Gewalt zu öffnen, deren Spuren später sichtbar wären. Das Messer glitt einige Male ab; er lockerte vorsichtig die Platte an beiden Seiten in den Verzapfungen und versuchte von neuem, und zuletzt konnte er die Schublade an den beiden Griffen aufziehen. Es war inzwischen völlig dunkel in dem Zimmer geworden; er durfte aber kein Licht anzünden, da man ihn dann von der Straße her gesehen hätte. So suchte er denn tastend zwischen der Leibwäsche; er fand einige Hefte, die er für Sparkassebücher hielt; in dem einen lagen Blätter, die sich wie Papiergeld anfaßten; endlich traf er auf einen perlengestickten Tabaksbeutel, welcher Metallgeld enthielt. Er nahm das Papier und den Beutel zu sich, brachte den Inhalt des Auszuges ruhig wieder in Ordnung, so gut es im Finstern gehen wollte, schob ihn zurück und ließ das Schloß einschnappen. Dann steckte er sein Messer wieder in die Bluse und sah durch die Fensterscheiben auf die dunkle Straße; auf der Straße zeigte sich Niemand, auch im Haus war Alles ruhig. Eben wollte er leise den Schlüssel wieder umdrehen und aus dem Haus schleichen.

Inzwischen hatte das alte Fräulein bei ihrer Schwester nicht die erhoffte freundliche Aufnahme gefunden; ihr Schwager war ein Trunkenbold, welcher zuweilen, in der Hoffnung der Erbschaft, die allergrößte Freundlichkeit gegen sie zeigte und ein anderes Mal wieder grob und beleidigend war. Wie sie in die Stube trat, sagte er zu ihr: »Du willst dich wohl wieder einmal umsonst satt essen?« Die Schwester weinte, nahm sie beim Arm und führte sie aus der Stube und erzählte ihr, er sei betrunken nach Hause gekommen, und weil er sich geschämt vor ihr, denn er habe ihr wohl angesehen, daß sie geweint, so habe er sie geschlagen. Jetzt suche er nur eine Gelegenheit, um seine Roheit fortzusetzen; deshalb bitte sie, die Schwester möge sie für diesmal nicht besuchen. Das alte Fräulein gab ihr das Paket mit den Waffeln für die Kinder, küßte sie und ging fort, und traf auch noch den Postwagen, welcher zurückfuhr. So kam es, daß sie gegen ihre Absicht noch an demselben Abend wieder heimkehrte. Wie sie in der Straße war, sah sie in die Höhe nach dem Fenster ihrer Nachbarin und erblickte es dunkel; sie dachte sich, daß die Witwe schon schlafen gegangen sei, da es schon fast neun Uhr war, und um sie nicht zu stören, wollte sie ihren Schlüssel nicht abholen, sondern zog den Schlüssel zur Hintertür aus der Tasche, schloß auf und ging in ihre Wohnung. Nun trat sie gerade in ihre Stube, wie der Dieb eben im Begriff war, die Vordertür wieder zu öffnen und aus dem Hause zu gehen.

Als die Beiden sich gegenüber standen, waren sie gleichmäßig erschrocken. Dann fing das alte Fräulein an zu schreien. Der Bursche stürzte sich auf sie, drückte ihr die Kehle zu, sie wehrte sich, fiel, er stürzte über ihr hin, ertastete das Schlächtermesser, das neben ihn gefallen war, und ermordete sie. Dann ging er vorsichtig aus der Tür, schloß wieder zu, ging zu seiner Mutter hinauf und legte den Schlüssel an seine Stelle.

Die Mutter saß im Dunkeln und weinte. Sie hatte den Schlüssel vermißt und vermutete, daß ihr Sohn ihn genommen hatte. Nun hörte sie, wie er ihn wieder in die Fensterbank legte. »Wenn ich das gewußt hätte, dann hätte ich dich lieber abgewürgt, wie du geboren warst«, sagte sie. »Kein Licht da,« antwortete er, »ich will noch essen.« »Ich habe kein Geld für Öl, ich habe einen ungeratenen Sohn«, sagte sie. Dann schob sie ihm im Finstern den Teller mit den zwei Waffeln zu, welche die Ermordete am Mittag gebracht hatte. Der Bursche griff in der Dunkelheit zu, da fühlte er die Waffeln. »Was hast du?« fragte die Mutter. Er fürchtete, sich zu verraten, erwiderte nichts und aß die Waffeln.

»Da habe ich mir das Gericht gegessen«, sagte er später beim Verhör. Der Richter machte ihn aufmerksam, daß das eine Redewendung aus dem Katechismus sei über die, welche unwürdig das heilige Abendmahl genießen. »Da habe ich mir das Gericht gegessen«, wiederholte er störrisch.

Die Mutter ging in ihre Schlafkammer, er stieg die Leiter hoch auf den Boden, wo er im Heu schlief. Er schlief gleich ein, wie er war, in seinem blutbefleckten Anzug.

Im Hause der Ermordeten wohnten zwei Arbeiter aus der Zuckerfabrik, die Nachtschicht hatten und um zwei Uhr gehen mußten. Die beiden Männer machten sich ihre Laternen zurecht und gingen die Treppe hinunter. Da sahen sie die Hintertür zu der Wohnung der Ermordeten offen stehen; der Eine von den Arbeitern sagte: »Die Alte erwartet ihren Schatz«; der Andere ging auf den Spaß ein und sprach: »Wir wollen an ihr Bett gehen, sie muß einen Schnaps ausgeben.« Sie traten in die Küche, auch die Tür zur Stube war geöffnet. Plötzlich wurde den Beiden unheimlich zu mute; der

Eine sagte: »Ich gehe nicht weiter«; der Andere erklärte: »Hier ist Etwas geschehen, wenn wir heimlich fortgehen, so fällt der Verdacht auf uns.« So traten sie in die Stube und fanden die Tote.

Sie weckten gleich die andern Leute im Hause, ein Mann lief zum Bürgermeister, in den andern Häusern erwachten die Leute. Auch die Mutter hörte das Geräusch auf der Straße, das Sprechen und Schreien; sie sah aus dem Fenster, da wurde ihr das Geschehene zugerufen.

»Das ist mein Sohn nicht gewesen, das tut er nicht«, schrie sie in ihrem unbedachten Entsetzen aus dem Fenster nieder. »Das ist der Mörder,« rief der eine Arbeiter, »sie verrät sich selbst.« Das Haus war schon geöffnet, die beiden Arbeiter mit den Laternen gingen hinein und gingen die Treppe hoch. Eben kam der Bursche die Leiter herunter, auch er war durch das Geräusch wach geworden. »Halt ihn fest!« schrie der zweite Arbeiter; der erste schlang von hinten seine Arme um ihn, der auf der Leiter stehend unbehilflich war. Die anderen Menschen drängten nach; es wurde geschrien: »Er ist ja voll Blut!« »Stricke her.« Die Mutter, im Unterrock und Nachtjacke, rief immer: »Er ist es nicht gewesen, das tut er nicht, sein Vater ist Beamter gewesen.« Der Bursche schleuderte den Mann von sich, der ihn von hinten umfaßt hatte, indem er seine Arme aus einander spannte. Dann stellte er sich mit dem Rücken gegen die Wand und zog sein Schlachtermesser aus der Bluse, indem er brüllte: »Wer will sechs Zoll Eisen in den Wanst?« Alle wichen zurück, nur die Mutter stand vor ihm, sie sah die blutigen Hände, das blutige Gesicht, die blutigen Kleidungsstücke, das lange Messer, die rollenden Augen; ihr Unterkiefer klappte nieder, sie konnte keinen Laut von sich geben. Plötzlich kam sie ihm in die Augen. »Du hast mich verraten, du Aas!« brüllte er, stürzte sich auf die Mutter und stieß ihr das Messer in die Brust; sie fiel, durch die Wucht des ungeschickten Stoßes wurde er mitgerissen, stolperte und stürzte gleichfalls. Ein Mann hatte eine Wagenrunge in der Hand, mit der schlug er ihm auf den Kopf, daß er ohnmächtig wurde. Indem kamen Schutzleute, man hob ihn auf, er taumelte noch von dem furchtbaren Schlag; dann legte man ihm Handschellen an.

Bei der Gerichtsverhandlung wurde von der Verteidigung natürlich auch die Frage der Zurechnungsfähigkeit aufgeworfen. Daß ein

Mensch, der solche Verbrechen begeht und sie noch dazu so sinnlos ausführt, nicht normal ist, das ist ja doch klar; aber mit solchen Erwägungen kommt man nicht weiter. Zum Glück war ein mutiger Sachverständiger berufen, der sein Gutachten auf völlige Zurechnungsfähigkeit abgab. Ich hatte ein langes Gespräch mit diesem Gelehrten über meine Empfindung: »Er ist ich.« Er antwortete mir: »Ich habe dieselbe Empfindung, und ich glaube, jeder ehrliche Mensch muß zugeben, daß er sie hat. Wir kennen Nichts von uns. Unsere Wissenschaft in diesen Dingen ist leere Scholastik. Was haben wir Beide, die wir gute Menschen sind, mit diesem Burschen gemein? Scheinbar nichts, und in Wirklichkeit alles.«

Der Italiäner

Ich saß mit einem Freunde zusammen und sprach mit ihm über die Art, wie die verschiedenen Völker sich zum Krieg stellen. Wir kamen zu dem Schluß, daß die Deutschen den Krieg am tiefsten erleben, indem sie ihn gleichzeitig am leichtesten ertragen; der Grund ist, daß der Deutsche wahrscheinlich das stärkste Verantwortungsgefühl hat und am wenigsten das Leben liebt.

Mein Freund dachte eine kleine Weile nach; dann strich er die Asche von seiner Zigarre und begann folgende Erzählung; ich bemerke vorher, daß er Arzt ist und den Feldzug in Tirol mitmacht.

»Wie Sie wissen, bin ich lange Zeit jedes Jahr für einige Wochen nach Rom gegangen. Ich hatte dort gute und liebenswürdige Wirtsleute gefunden, bei denen ich mich wohl fühlte. Es machte sich von selber, daß ich in nähere Beziehung zu den Leuten trat und endlich auch die Bekannten und Verwandten der Familie kennen lernte. Die Respektsperson unter den Verwandten war ein Hauptmann der Bersaglieri, der mir denn natürlich auch besonders vorgesetzt wurde.

Sie kennen ja die Italiäner auch. Es hat gar keinen Zweck, mit ihnen ein Gespräch auf unsere Art zu führen, denn sie haben keine Ahnung von uns. Aber das ist auch nicht nötig. denn sie gehen ja leicht genug aus sich heraus und führen das Gespräch auf ihre Art, und so erfährt man denn immer Dinge, die Einem merkwürdig sein können, weil man in andere Seelen, einen anders gebauten Verstand und eine uns fremde Willensart Einblick gewinnt. Mein Hauptmann war ein großer Politiker. Schon nach kurzer Zeit setzte er mir auseinander, daß Italien schon zweimal die Welt beherrscht habe: zuerst im Römischen Reich, dann im Papsttum. Nun stehe es vor der dritten Weltherrschaft. Es hätte keinen Zweck gehabt, ihm die Kindlichkeit seines Gedankengangs klar zu machen, und so widersprach ich ihm denn nicht.

In den Wochen, wo die Kriegsbegeisterung in Italien hoch ging, habe ich oft an meinen Hauptmann denken müssen. Wer nicht im italiänischen Volk gelebt hat, der kann es doch nicht verstehen; ich glaube, daß die Meisten bei uns es zu ernst genommen haben. Natürlich: ein Volk muß wissen, was es tut; es gibt keine Entschuldigung für die Handlungsweise der Italiäner, wenn man ihre Handlung überhaupt sittlich betrachtet; jedoch diese sittliche Betrachtung ist wohl für uns Deutsche möglich, aber nicht für die Italiäner. Ich habe mir immer gedacht, ob vielleicht ihre Sprache da nicht eine merkwürdige Rolle spielt. Wir haben ja jedenfalls oft den Eindruck, daß da, wo bei uns ein Gefühl oder ein Gedanke vorhanden ist, bei den Italiänern in einer uns unverständlichen Weise ein Wort eine schöpferische Bedeutung bekommen hat. Bei dem Hauptmann kam mir der Einfall, ob sie nicht in Lagen kommen können, wo das Wort versagt; und während wir uns in solchen Lagen durch Gedanken und Gefühle weiterhelfen können, dann gänzlich ratlos und stumpf werden.

Ich traf nämlich den Hauptmann vor einigen Wochen im Lazarett wieder. Er war mit einer schweren Verwundung, die er sich selber beigebracht hatte, von unsern Leuten gefangen genommen.

Der Truppenteil, zu dem er gehörte, war mit bei den Sturmangriffen auf unsere Stellungen – ich darf den Namen nicht nennen – verwendet. Sein Sohn, ein noch ganz junger Mensch, diente als Leutnant unter ihm. Sie haben ja von den fürchterlichen und sinnlosen Angriffen gehört, die nur zu erklären sind aus der Annahme völlig ratloser Verzweiflung der Heeresleitung und der Regierung. Unsre Leute liegen in sicherer Deckung, die für absehbare Zeit auch durch die stärkste Artillerievorbereitung nicht zerstört werden kann; vor ihnen dehnt sich einige hundert Meter tief eine gänzlich deckungslose Ebene, eine Schafweide, die am Rande durch ein Felsengeröll begrenzt wird. Sobald die Angreifer hinter dem äußersten Felsen vorstürzen, werden sie von unsern guten Schützen einzeln aufs Korn genommen, und bis jetzt sind die Italiäner noch nicht über die ersten fünfzig Meter vor diesem Felsengeröll hinausgekommen. Auf diesem Band von fünfzig Metern Breite sind schon Tausende der armen Italiäner gefallen.

Bei einem der Angriffe erhielt der Sohn des Hauptmanns einen Schuß und stürzte vornüber auf das Gesicht. Gleichzeitig fluteten die Angreifer zurück, so schnell wie möglich wieder Deckung hinter den äußersten Steinen suchend. Ein Mann aus der Kompagnie lief gebückt zu dem liegenden Leutnant und zog ihn am Bein hinter sich her, um ihn zu retten; einer von unsern Schützen hatte auf den Mann angelegt, aber dann tat er ihm leid, weil er doch seinem Herrn helfen wollte, und deshalb suchte er sich ein anderes Ziel. So gelang es dem Soldaten, seinen Leutnant in Sicherheit zu bringen. Der Vater umarmte ihn, küßte ihn; Sie wissen ja, wie so die Italiäner sind, ein Mann brachte ein Hoch auf den Retter aus, der Hauptmann weinte vor Rührung, der Mann auch; unsre Leute zerbrachen sich vergeblich den Kopf, was wohl der Grund für die Unruhe bei den Gegnern sein mochte. Gewöhnlich bargen die Italiäner in der Dunkelheit ihre Toten und Verwundeten, und unsere Leute hinderten sie nicht, aus Menschlichkeit; aber diese eigentümliche Unruhe hatte sie mißtrauisch gemacht, und so ließen sie in der Nacht keinen von den Feinden vor, um die Liegenden zu bergen.

Ein neuer Angriff war für den nächsten Morgen angesetzt. Wieder stürmte der Hauptmann mit seinen Leuten vor. Dicht neben ihm lief der Mann, der seinen Sohn gerettet hatte. Plötzlich rief er aus: ›Erbarmen, Herr Hauptmann!‹ Der Geruch der Leichen, welche den ganzen Tag in der glühenden Sonne gelegen hatten, lag über dem Anger. Der Hauptmann sah zur Seite und sah den Mann leichenblaß stehen, mit erhobenen Armen. ›Erbarmen, Herr Hauptmann!‹ schrie er noch einmal. Die andern Soldaten stutzten. Der Hauptmann schoß den Mann mit seinem Revolver nieder und stürmte weiter, indem er ›Vorwärts‹ rief. Die Leute folgten erschrocken; aber die Unsern schossen, der Leichengeruch wurde immer stärker; entsetzt wendeten sie sich und flohen. Der Hauptmann stand allein; er rief ›Feiglinge‹ und setzte den Revolver auf die eigene Brust.

Die Italiäner sahen wohl den Selbstmord ihres Offiziers, ihre Angst steigerte sich, sie liefen noch weiter zurück. Unsere Leute begannen die verwundeten Feinde zu sich herüber zu holen, ohne gestört zu werden. So kam der Hauptmann in unsre Gefangenschaft und in meine Behandlung, und dadurch erfuhren wir Alles, was drüben geschehen war.

Als der Hauptmann seiner Genesung entgegenging, sagte er einmal: ›So habe ich denn den Mann umsonst niedergeschossen,‹ und es schien so, als beschäftige er sich innerlich mit dieser Tat.

Ich dachte mir: wie würde ein Deutscher die Tat empfinden? Ich glaube nicht, daß Einer von uns hätte über sie fortkommen können. Der Offizier hat die Pflicht, einen Feigling unschädlich zu machen. Aber offenbar ging die Aufgabe überhaupt über die Fähigkeiten der Menschen, und der Mann war also kein Feigling; der Hauptmann sagte mir selber, er habe gewußt, daß unsere Stellung uneinnehmbar ist. Freilich mußte er gehorchen, wenn er den Befehl zum Angriff erhielt; aber ich, als Deutscher, hätte den Mann nicht niederschießen können.

Einmal erinnerte ich den Hauptmann an das Gespräch in Rom und an seinen Gedanken eines dritten Weltreiches der Italiäner. Er schüttelte den Kopf und sagte, wir seien zu stark.

Ich dachte mir: ein Deutscher würde sich sagen, daß er selber durch seinen törichten Gedanken mit schuld an dem Krieg gehabt habe; denn was die italiänische Regierung tat, das war nichts, als die Ausführung derartiger Gedanken, die im Volke leben. Nun ist das ganze Ergebnis ein grausiges Blutvergießen, Elend, Verarmung, Zerrüttung. Der Hauptmann hat ja gewiß nicht die äußere Verantwortung für die Kriegserklärung, aber er hat seinen Teil an der inneren Verantwortung. Ich weiß nicht, was ich tun würde, wenn ich eine solche Schuld fühlte, wenn durch eine solche Tat, wie das zwecklose Niederschießen des Mannes, der meinen Sohn gerettet hatte, meine geistige Schuld plötzlich fürchterlich sinnlich vor mir stände.

Wir schwiegen lange. Endlich sagte ich: »Das deutsche Volk würde nie einen Krieg führen, der ihm nicht aufgezwungen ist. Geschähe jemals etwas Anderes, dann wären wir feiger, wie je ein Volk war.«

Mein Freund schloß: »Ich suchte immer in dem Hauptmann nach einem Gefühl. Vielleicht war früher Etwas in ihm gewesen; jetzt war er ganz stumpf geworden. Auf die verschiedenste Weise wollte ich in seine Seele eindringen; aber er sagte Nichts, aus dem man Etwas entnehmen konnte. Ich brachte das Gespräch auf den erschossenen Mann. ›Oh, er war ja nur ein einfacher Bauer,‹ sagte er, ›er war gänzlich ungebildet.‹

Er hatte ganz ruhige Augen, als er das sagte. Sie kennen ja diese dunkeln, sanften Augen, die man oft bei Italiänern sieht, die so wenig ausdrücken, daß man an die Augen eines guten Tieres denken muß. Aber mochte meine Frage oder mein Ton ihn bewegt haben; ich spürte, wie irgend Etwas plötzlich in ihm rang, wie ungeformt Etwas in ihm entstand, das einem Schuldgefühl glich. Er sah mich ratlos an. ›Er war ja ein ganz ungebildeter Mensch,‹ wiederholte er.

›Weshalb haben Sie den Selbstmordversuch gemacht,‹ fragte ich unvermittelt. Er erschrak und sah mich wieder an. Dann dachte er nach, und zuletzt schüttelte er den Kopf, indem er zum drittenmal sagte: ›Er war ein ganz ungebildeter Mensch.‹ Das italiänische Wort klingt merkwürdiger: er sagte ›ignorante‹.«

Der Schuß des Toten

Mein jüngerer Bruder hatte promoviert, ich selber hatte das Staatsexamen bestanden; wir waren beide Neuphilologen und unser Vater schenkte uns das Geld für eine Reise nach Frankreich. Wir fuhren über Köln, kamen am Morgen am Nordbahnhof in Paris an, mieteten uns gleich ein gemeinsames Zimmer in einem bescheidenen Studentengasthaus am Bollwerk St. Michel und gingen zu einer Wirtschaft am Bollwerk, wo unter gespanntem Leinendach vor dem Hause Tische und Stühle gestellt waren. Die billigen Wirtschaften in dieser Gegend sind immer sehr besucht, und so gelang es uns nicht, zusammen Platz zu finden, sondern wir mußten an zwei benachbarten Tischen sitzen. Wir nahmen Jeder die große Speisekarte vor und suchten unschlüssig, indem wir uns auf deutsch befragten; da erhob sich mein Nachbar, ein junger Student mit einem großen Bart, der kurz vor uns gekommen war, entschuldigte sich höflich, daß er uns unterbreche, und fuhr dann fort, er sehe, daß wir gern zusammensitzen möchten, und erlaube sich, dem anderen Herrn einen Tausch mit seinem Platz vorzuschlagen. Er sprach Deutsch, mit fremdartigem, aber reizendem und liebenswürdigem Ausdruck. Wir sprangen auf, wurden rot vor Verlegenheit, nahmen das Anerbieten dankend an und stellten uns vor; auch er nannte seinen Namen, die Plätze wurden gewechselt, und Jeder von uns Dreien vertiefte sich weiter in die Karte.

Die Sonne schien auf das zierliche junge Grün der Bäume, welche die Straße entlang standen, auf die bunten, rasselnden Straßenbahnen, die Häuser mit den Läden und Schildern; wir atmeten in einer heiteren, anregenden Frühlingsluft, fröhliche Menschen gingen an uns vorbei: junge Männer in merkwürdigen Trachten mit Mädchen, die noch merkwürdiger gekleidet waren, eilten schwatzend, lachend und gestikulierend; Zeitungsverkäufer schrien rennend die letzte Nummer aus; ein Mensch bot von Tisch zu Tisch einen tanzenden Frosch aus Blech an; ein gebücktes altes Weib in Lumpen lief, vor sich hin schimpfend, mit einem großen Korb am Arm; Niemand schien hier traurig zu sein. Eine Dankbarkeit gegen diese heitere Stimmung überkam mich; ich sah zufällig nach dem jungen Mann, der uns so freundlich seinen Platz gegeben, und traf seinen Blick; er nickte mir vertraulich zu, ich nickte wieder.

Als wir bei dem geschäftigen, streng berufsbewußten Kellner bestellt, sprach mein Bruder von Chrestien de Troyes, über dessen Löwenritter er seine Dissertation geschrieben, und erzählte, er möchte so gern den alten holländischen Roman von Lancelot besitzen, der von Jonckbloet herausgegeben ist, weil in ihm sich der einzige Druck von Chrestiens Romans de la Charrette befindet. Der Nachbar sprach uns wieder an, erzählte, daß er gleichfalls über Chrestien gearbeitet habe, und so stellte sich heraus, daß uns Dreien dieselben Dinge lieb und wichtig waren. Schnell hatte das Gespräch eine große Lebhaftigkeit gewonnen; wir beendeten unser Frühstück, gingen noch eine Strecke zusammen, und bei der Trennung tauschten wir unsere Adressen aus; unser neuer Freund nannte sich Duvay, wir verstanden erst jetzt den Namen, und wohnte ganz in unserer Nähe.

Ich erinnere mich noch, wie wir das breite Bollwerk hinunter zum Seineufer wanderten; die Liebenswürdigkeit Duvays, die Heiterkeit aller Menschen, der Sonnenschein, der Frühling, die glitzernde Luft, das Bewußtsein völliger Freiheit, und ein Gefühl, als ob alle fremden Leute auf der Straße uns freundschaftlich gesinnt seien, alles Das wirkte fast berauschend. Wir sagten uns: »Ist es nicht töricht, daß Deutsche und Franzosen sich so lange feindlich waren? Was haben wir für einen Grund, ihnen gegnerisch gesinnt zu sein, weshalb sollten sie uns hassen? Wir können Viel von ihnen lernen, denn wir sind zu schwerfällig, zu ungeschickt; und sollten sie nicht auch von uns lernen können, Dinge, die vielleicht wertvoll sind, die sie in ihrer Kindlichkeit noch nie geahnt haben? Ja, die beiden Völker sind auf sich angewiesen. Sie gehören zusammen.«

Wir kamen spät am Abend nach Hause. Der Zimmerdiener öffnete, nahm vom Brett unsern Leuchter, zündete ihn an und reichte ihn uns. Wir gingen die engen Treppen hoch und traten in die Stube. Auf dem Tisch lag ein Buch mit einem Brief, der an meinen Bruder gerichtet war; er las, sah auf das reizend gebundene Buch, reichte mir dann wortlos, freudig erstaunt den Brief. Duvay schrieb, daß er zufällig die Jonckbloetsche Ausgabe des Lancelot besitze und meinen Bruder um die Freundlichkeit bitte, das Buch als Geschenk von ihm anzunehmen zur Erinnerung an das glückliche Zusammentreffen. Mein Bruder wendete das Buch um und betrachtete den Rücken, schlug den Titel auf, besah den Schnitt und fuhr mit der Hand liebkosend über die Deckel; dann sagte er: »Die beiden Bände sind in einen gebunden, sieh nur, wie hübsch ist diese Rückenvergoldung; das ist ein französischer Einband aus den vierziger Jahren; sieh nur, was die Leute hier damals für einen Geschmack hatten.« Dann nahm er wieder den Brief, las ihn, machte mich auf die liebenswürdigen Wendungen aufmerksam.

Am anderen Tage besuchten wir Duvay, und mein Bruder stattete ihm seinen Dank ab mit den schönsten Worten, die er in der Fülle seiner Freude über Geber und Gabe finden konnte. Wir kamen dann noch öfter mit ihm zusammen, wurden immer vertrauter, lernten auch seine Bekannten kennen, und es bildete sich zwischen uns eine Art Freundschaft aus. Ein merkwürdiges Erlebnis änderte plötzlich unsere Gefühle.

Schon lange war uns aufgefallen, daß er auf seinem Schreibtisch einen Schädel stehen hatte, dessen Hirnschale zum Abnehmen eingerichtet war und ein Tintenfaß verdeckte. Uns ging es gegen das Gefühl, in dieser Weise die Überreste eines toten Menschen zu verwenden. Natürlich wird man immer für wissenschaftliche Arbeiten und für Lehrzwecke die körperliche Hinterlassenschaft Verstorbener gebrauchen müssen, aber jeder feiner fühlende Mensch wird das doch in dem Bewußtsein tun, daß da ein notwendiger Zweck eine an sich unschöne Handlung erfordert; denn wenn ein Gehirn, das gedacht wie wir, Lippen, die gesprochen und geküßt wie wir, Augen, welche wie wir die schöne Welt mit Bewußtsein in sich aufnahmen, nun in einem abgelebten und untätigen Körper vor uns ruhen, so fühlen wir doch jenen Schauer des Rätselhaften, welches unser eigenes Leben ist, wir möchten, daß der Leichnam bald durch die Erde bedeckt wird; auch wenn wir wissen, daß er nur toter Stoff ist, wünschen wir ihm Frieden und uns ein Vergessen des Anblickes, der uns nur fragen läßt und keine Antwort in uns erzeugen kann.

An einem Tage nun fragte mein Bruder unsern Freund, was es doch mit dem wunderlichen Tintenfaß für ein Bewenden habe. Duvay lachte, dann erzählte er, der Schädel habe einem Landsmann von uns gehört. Bei der Belagerung von Paris von 1871 habe ein Oheim von ihm, ein Arzt, der in einem Vorort wohnte und ein eifriger Jäger war, sich in der Nacht mit seinem Gewehr an vereinzelte

Vorposten herangeschlichen; zwei Ulanen habe er dergestalt heimlich erschossen, die er dann gleich vergraben, damit seine Tat nicht entdeckt werde; nachdem die Deutschen das Land verlassen, habe er die Leichname wieder ausgescharrt und die beiden Schädel präpariert und als Tintenfässer einrichten lassen, die dann durch Erbschaft an ihn und seinen Bruder, der Offizier war, gekommen seien, als eine beständige Erinnerung an den Einfall der Deutschen in Frankreich und den Raub des Elsaß.

Wir erstarrten vor Staunen und Schrecken über diese Erzählung. Daß unser Freund diesen zwecklosen Meuchelmord nicht für schändlich und gottlos, daß er ihn sogar für ehrenhaft hielt, daß er die Überreste eines redlichen Mannes, der treu in seiner Pflicht durch solchen Mord gefallen war, noch als Anreiz zu weiterer Rache vor seinen Augen dulden mochte – das machte uns ihm gegenüber so befangen, daß wir nur noch ein paar verlegene Worte sprachen und uns dann verabschieden wollten. Er verspürte wohl den Eindruck, den seine Geschichte auf uns gemacht, aber indem er ihn falsch deutete, sagte er, es tue ihm leid, daß er sie erzählt, weil wir Deutsche seien; ich antwortete ihm, Feindschaft zwischen den Völkern und Krieg seien ja wohl etwas Furchtbares; aber es scheine doch, daß sie etwas Notwendiges seien, dem wir uns fügen müßten, und es könne dennoch gegenseitige Achtung der Nationen und auch Liebe und Freundschaft Einzelner bestehen. Duvay fühlte wohl, daß ich nicht alles sagte, was ich meinte, und so entließ er uns so kalt, wie wir gingen; ich hätte ihm ja das Andere nicht sagen können, denn er hätte es nicht verstanden. Wie durch einen Blitz war meinem Bruder und mir unsre innere Verschiedenheit klar geworden.

Als wir zu Hause angekommen waren, nahm mein Bruder das Buch, welches ihm Duvay geschenkt, wehmütig in die Hand und sagte: »Es ist ein schönes Buch, aber ich kann es nicht mehr mit Freude betrachten.« Ich gab ihm recht, und er schickte das Buch dem Geber zurück mit einem Brief, der ungefähr so abgefaßt war: Er sei von Herzen dankbar für seine freundliche Gesinnung, aber er könne das Buch nicht mehr behalten. Der andere möge die Rückgabe nicht als eine Unfreundlichkeit auffassen, denn sie sei nicht als solche gemeint; es sei ihm klar geworden, daß er ihm doch zu fremd sei, als daß er ein so schönes Geschenk annehmen dürfe.

Es ist wohl selbstverständlich, daß unser Umgang mit Duvay aufhörte. Er wäre für beide Teile peinlich geworden. Wir blieben auch nicht mehr lange in Paris.

Als der Krieg ausbrach, kam mein Bruder als Offizier mit nach dem Westen; er dachte wohl öfter daran, daß Duvay ihm nun als Feind gegenüberstand. In einer Nacht hatten die Gegner einen Angriff gemacht; sie waren früh genug entdeckt, so daß es gar nicht zum Bajonettkampf gekommen war, und bei der Verfolgung hatten die Unsern eine ziemliche Tiefe gewonnen. Am frühen Morgen ging mein Bruder mit einem Kameraden über das Kampffeld, das sich nun hinter unserer Linie befand; es lagen viele tote Franzosen da. Einen Mann sah er zu seinen Füßen auf dem Rücken liegen, die Arme ausgestreckt, das Gewehr noch in der Hand und die verglasten Augen des durchschossenen Kopfes zum leeren Himmel gerichtet. Das Gesicht erinnerte ihn an Duvay, und in einem plötzlichen Gefühl beugte sich mein Bruder, um dem Toten die Hände auf der Brust zu falten; aber wie er ihm das Gewehr aus der Hand nehmen wollte, drückte der Finger des Toten noch zu; die Kugel ging meinem Bruder nahe beim Herzen vorbei und hätte ihn um ein Haar tödlich getroffen.

Die Frau des Bahnwärters

Ich saß mit meinem Freunde auf dem Balkon vor meinem Arbeitszimmer. Im Garten unter uns begannen die Frühäpfel an den Bäumen zu schwellen, die Zweige der Stachelbeersträucher bogen sich schwer zur Erde; an den Stangen blühten lustig weiß und rot die hochgekletterten Bohnen.

Über der Balkontür nistete ein Rotschwänzchen. Die Jungen waren schon recht groß und drängten sich in dem Nest; fleißig flogen die Alten ab und zu; wenn sie ankamen, setzten sie sich erst auf den Dachrand uns gegenüber und sahen mißtrauisch zu uns, ob wir sie auch nicht beobachteten; wenn sie uns in unser Gespräch vertieft bemerkten, dann huschten sie eilig auf den Rand des Nestes; ein allgemeines Schreien der Jungen begann; das eine Junge wurde befriedigt, alle verstummten, und die Alte flog wieder davon, um neue Nahrung zu holen.

»Wie friedlich das alles ist,« sagte mein Freund; »und doch ist jede Raupe, jede Fliege, welche der Vogel den Kleinen bringt, ein lebendes Wesen gleich ihm; wir hören den Jubel der Jungen, sehen die liebevolle Ängstlichkeit der Alten; aber der Jammer des zerrissenen Insekts dringt nicht an unser Ohr, seine verzweifelten Windungen sehen wir nicht. Alle drei Minuten etwa kommt das Männchen oder Weibchen mit Beute; vom Morgen bis zum Abend suchen sie für die fünf Jungen, deren gelbe Schnäbel wir von unten auf dem Rande des Nestes liegen sehen; wie viele Leben fallen im Laufe eines Tages qualvoll diesen Tierchen zum Opfer; und wir glauben ein anmutiges, heiteres Bild zu sehen, wenn das Männchen dort ängstlich mit dem Schwanz wippend und einen dünnen Ton ausstoßend mit seiner Fliege im Schnabel auf der Dachrinnenecke sitzt.«

Ohne einen Übergang zu machen, und doch offenbar durch die Vögelchen veranlaßt, erzählte mein Freund mir nun folgende Geschichte.

»Wir haben oft darüber gesprochen, wie wenig bedeutend für unser eigentliches Leben die Moral ist, deren angebliche Gesetze gewöhnlich als so wichtig hingestellt werden; und wie die Lehren unserer Kirche in dem schwankenden, vieldeutigen und umfassenden Begriff der Sünde so sehr viel tiefer sind, wie dieser bürgerliche Moralglaube. Wir haben einmal von der Lehre über die Sünde wider den Heiligen Geist gesprochen, die uns so dunkel und schauerlich erschien. Ich habe nun einen Vorfall erlebt, bei dem mir klar geworden ist, wie wir uns für unsere heutigen Vorstellungen dieses fürchterliche Dogma deuten können.

Etwa eine Viertelstunde von meinem Gutshof, gerade wo die Strecke ziemlich stark bergab geht, liegt, wie du weißt, ein Bahnwärterhäuschen. Der Wärter hat eine Weiche zu besorgen, welche etwa zwanzig Schritte von dem Häuschen entfernt ist. Gleich nach Mittag kommen kurz hintereinander zwei Züge, ein gewöhnlicher Personenzug und ein Schnellzug. Der Mann muß den Personenzug vor seiner Tür stehend erwarten, der auf ein totes Gleis fährt, dann schnell die paar Schritte laufen und die Weiche umstellen für den Schnellzug; der Personenzug hält, bis der Schnellzug vorübergefahren ist; der Wärter stellt die Weiche wieder anders, läuft zu dem Personenzug, winkt, der Personenzug fährt zurück und kommt wieder auf das große Gleis, um hinter dem Schnellzug herzufahren. Wenn der Mann die Weiche nicht umstellt, so fährt der Schnellzug auf der abschüssigen Bahn mit aller Wucht auf den Personenzug, und Hunderte von Menschenleben werden vernichtet.

Die Leute in dem Wärterhäuschen, ein junges Ehepaar, hatten einen dreijährigen Knaben. Der Vater war ängstlich mit dem Kind und ließ es um die Zeit, wo die Züge kamen, nie vor das Haus. An einem Sonntag bettelte der Knabe, er wolle seine Fahne nehmen und auch vor dem Hause den Zug erwarten, wie der Vater. Auf das Zureden der Mutter erlaubte es der Mann; als der Personenzug langsam heranzog, stand er in seiner Gartentür, in der linken Hand die Fahne schulternd, mit der Rechten den anmutigen Knaben haltend, der mit der andern Hand die Fahne hielt wie der Vater. Aus dem Fenster sah, die Hand über die Augen gelegt, die Mutter dem heitern Bilde zu; Führer und Heizer des langsam rollenden Personenzuges nickten und riefen einen Gruß herüber; Reisende lachten und winkten dem Kinde zu, das ernst und fest wie ein Erwachsener mit der Fahne dastand.

Während die letzten Wagen rollten, hörte die Frau in der Küche ihre Kaffeemilch überkochen; sie eilte vom Fenster, rückte ihre Milch ab und streute Salz auf die Herdplatte. Inzwischen hatte der Mann die Hand des Knaben losgelassen, rief der Frau zu, daß sie kommen solle, um ihn zu halten, und lief zu seiner Weiche. Im Laufen sah er sich, getrieben durch irgendeine Angst, indessen schon der Rauch des Schnellzuges vor ihm aufqualmte, einen Augenblick um; da sah er, wie das Kind hinter einem bunten Schmetterling gerade in den Gleisen des Schnellzuges lief. Er rief aus Kräften nach seiner Frau und lief dann weiter zu der Weiche; wie er niederdrückte, sah er sich wieder um; die Frau hatte das Rufen nicht gehört, das Kind lief weiter. Nun rief er dem Kind zu, schrie in seiner Angst; das Kind erschrak, blieb stehen und wußte nicht, was es tun sollte; die Mutter stürzte aus dem Hause; da rasselte schon die Lokomotive klirrend über die Weiche.

Man hat dem Mann nachher eine Anerkennung zuteil werden lassen. Ich finde das falsch, denn er hatte ja nichts getan, wie seine Pflicht. Es gehört mit zu den bürgerlichen Empfindsamkeiten unserer Zeit, daß man eine solche Selbstverständlichkeit für etwas Besonderes hält. Ich will ja nicht sagen, daß jeder Mann so gehandelt hätte wie dieser, der sein Kind zum Opfer brachte; aber wer nicht so handelte, der hätte sich einer Pflichtvergessenheit schuldig gemacht.

Für den Bahnwärter war das Stellen dieser Weiche sein Lebenszweck und sein Lebensgrund. Er durfte nur leben, weil man ganz sicher war, dieser Mann wird unter allen Umständen die Weiche stellen. Hätte er einmal einen Menschen ermordet, so wäre er ein Mörder gewesen, natürlich. Aber Gott kann einem Mörder vergeben. Hätte er aber, um sein Kind zu retten, die Weiche nicht gestellt, so hätte er eine Sünde begangen, die Gott nicht vergeben kann, denn er hätte gegen den Grund gefrevelt, der ihm das Leben erlaubt. Das wäre die Sünde gegen den Heiligen Geist gewesen.«

Ich versuchte, eine Einwendung zu machen. Er schnitt meine Worte mit einer Handbewegung ab und fuhr fort:

»Ich weiß, du willst mir sagen, daß meine Deutung nicht mit der üblichen Erklärung der Lehre übereinstimmt, welche von einem

Sichverhärten gegen die Wirkung der göttlichen Gnade auf uns spricht. Aber man faßt da den Begriff der göttlichen Gnade zu eng.«

Ich sah in sein Gesicht, als er die folgenden Worte sprach: »Ein jeder von uns lebt, darf leben, nur durch eine besondere göttliche Gnade. Glücklich der Mensch, der weiß, daß er eine Weiche zu stellen hat, damit ihm die Gnade zuteil wird, der nicht zweifeln muß, ob er die Gnade nicht mißbraucht.« Sein Gesicht war fahl geworden, die Augen schienen tief gesunken zu sein.

Nach einer Pause fuhr er fort.

»Bis jetzt ist meine Geschichte ja nicht sehr neu. Ähnliches ist schon oft vorgekommen. Aber nun folgt das Merkwürdige.

Der Mann wurde also wegen seiner Tat belobt und von allen Leuten gepriesen. Ob ihm diese Anerkennungen nicht schmerzlich oder peinvoll gewesen sind, kann ich nicht sagen. Er war ein stiller Mann, der nicht aus sich herausging.

Aber nach einigen Wochen kam die Frau zu mir. Sie verlangte meinen Rat. Ich kann ihren Gedankengang nicht wiedergeben; das ist aber auch nicht nötig. Es kam Alles darauf hinaus, daß sie nicht mehr mit dem Mann zusammenleben könne, der vor seinen Augen das Kind habe überfahren lassen, ohne ihm zu helfen, und daß sie sich von ihm scheiden lassen wolle.

Ich versuchte auf die Frau zu wirken; ich sagte ihr: ›Er hat doch seine Pflicht getan.‹ Die Frau schüttelte den Kopf, zupfte an ihrem Schürzenzipfel und sah dann still zur Erde. Endlich sagte sie: ›Ich kann ja schon nicht an einem Tische mit ihm sitzen. Wenn er kommt, so stehe ich auf. Ich habe keinen Haß gegen ihn; aber ich kann nicht.‹

Es wurde mir plötzlich klar: was diese Frau trieb, von ihrem Mann zu gehen, das war Dasselbe, was den Mann getrieben hatte, seine Pflicht zu tun. Es wäre eine Sünde wider den Heiligen Geist gewesen, wenn sie bei ihm geblieben wäre. Und so ging sie denn von ihm.

Was mit dem Mann werden soll, weiß ich nicht. Er ist ja doch noch ein junger Mensch. Vielleicht fängt er an zu trinken; ich weiß keinen anderen Ausweg für ihn; denn ich glaube nicht, daß er genug Klarheit hat, um an Gott zu glauben. Ja, wenn er an Gott glauben könnte, so wäre ihm geholfen.

Die Rotschwänzchen fliegen ab und zu und bringen Würmer, Raupen, Käfer und allerhand andere Tiere für ihre Jungen. Wenn wir schwach sind, dann denken wir wohl: das Schicksal dieses Bahnwärters hat keinen anderen Sinn, wie das Schicksal dieser Tierchen, die von den jungen Vögeln verzehrt werden. Aber wenn wir ganz unserer mächtig sind, dann wissen wir: das ist falsch. Es hat doch einen Sinn, daß der Mann seine Pflicht tut, daß die Frau von ihm gehen mußte. Sie haben beide recht gehandelt.«

»Die Frau hat sicher unmoralisch gehandelt,« sagte ich; »dennoch glaube auch ich, daß sie im Rechte war.«

In der Kirche

Während der Russentage in Ostpreußen wurde ein Dorf von den Russen besetzt. Fast alle Einwohner waren geflohen. Der Offizier, welcher Deutsch sprach, rief die wenigen Zurückgebliebenen auf dem Markt zusammen und sagte ihnen, daß die Russen nur mit den Soldaten kämpfen, nicht mit dem Volk; er ermahnte, freundlich gegen die russischen Soldaten zu sein und wenn ihnen ein Unrecht geschehe, es ihm mitzuteilen. Während er noch redete, ertönten Schüsse von dem Ende der Straße am Ausgang des Dorfes; der Offizier lief nach der Richtung, mit ihm die Soldaten, welche bei ihm waren.

Unter den Zurückgebliebenen befand sich eine arme Familie mit drei Kindern, von denen das älteste, ein Knabe, acht, und das jüngste ein Jahr alt war. Der Mann war teilweise gelähmt, hinkte und machte wunderliche Armbewegungen beim Gehen. Wie die Leute auf dem Marktplatz allein gelassen waren, drängten sie sich verängstigt zusammen; der Hinkende machte sich auf den Weg, um nachzusehen, was geschehen sein konnte.

Das Dorf wurde von Deutschen angegriffen, welche die Russen verjagen wollten. Die Deutschen waren im Feld versteckt und schossen, die Russen hatten Deckung in den Häusern gesucht. Der Hinkende ging allein auf der leeren Straße; ein Russe mochte wohl annehmen, daß er den Deutschen draußen Zeichen gab, denn plötzlich richtete sich aus einem Haus ein Gewehrlauf auf ihn, er erhielt einen Schuß und fiel hin, mit dem Gesicht auf den Boden.

Die Leute auf dem Marktplatz, die Alles sehen konnten, schrien auf. Die meisten liefen in ihre Häuser; nur die Frau des Ermordeten, das eine Kind auf dem Arm, das andere an der Hand und das älteste an ihren Rockfalten, starrte die Straße hinunter. Jetzt erschienen deutsche Soldaten und stürzten in die Häuser, Russen liefen auf die Straße; die Frau stand vor der offenen Kirchtür, denn der Pfarrer hatte gerade eine Leiche einsegnen wollen, als der Offizier die Leute zusammenrufen ließ; die Leiche stand noch in der Kirche im offenen Sarg, eine alte Frau, die vor Schrecken gestorben war, denn sie hatte als Kind viel von den napoleonischen Kriegen gehört. Nun zog der Knabe seine Mutter am Rock in die Kirche. Sie folgte ihm besinnungslos, ging an dem Sarg vorbei hinter den Altar und kauerte sich da mit den Kindern nieder. Das Jüngste war erwacht, rieb sich verdrießlich das Näschen und wollte schreien; sie öffnete gedankenlos die Jackenknöpfe und reichte ihm die Brust; es faßte gierig zu, ergriff die Brust mit beiden Händchen und trank. Nun war nur noch eine Schwalbe in der Kirche, die lautlos unter dem Gewölbe hin und her flog oder hörbar an einem Fenster flatterte. Von draußen aber ertönten Schüsse, Schreien, Fluchen und Jammern.

Der russische Offizier trat in die Kirche. Er stützte sich auf ein Gewehr, kam mühsam nach hinten und ließ sich schwer neben der Frau nieder, hinter dem Altar.

Ein Bild, das früher vorn in der Kirche gehangen hatte, hing hier, in dem Gang hinter dem Altar, an der geweißten Wand unter dem Fenster, ein verstaubter bunter Steindruck, der einen segnenden Christus darstellte, mit der Unterschrift: »Frieden aus Erden«. Der Offizier war in großer Erregung und mußte reden. Er zeigte auf das Bild und sagte bitter: »Frieden auf Erden«. Die Frau neben ihm antwortete nicht; die beiden älteren Kinder hingen erschrocken an seinem Gesicht; der Säugling war aufmerksam geworden; er hörte auf zu trinken und wendete ihm den Kopf zu. Der Offizier hatte ein Fernglas um den Hals hängen, das dem Kind durch sein Blitzen in die Augen fiel; es griff ungeschickt mit der Hand nach dem Glas und beugte sich vor.

Der Offizier nahm das Kind aus dem willenlosen Arm der Mutter, hielt es sich vor das Gesicht; das Kind strampelte mit den Beinchen und jauchzte. Dem Mann liefen Tränen in den blonden Bart, er sagte. »Ich habe auch Kinder zu Hause, das Kind ist so arm wie ich.« Die tiefe Stimme erschreckte vielleicht das Kleine; das eben noch strahlende Gesicht verzog sich, es wollte weinen. »Still, still,« sagte der Offizier und drückte es ängstlich an sich; »wenn die Deutschen uns hören, dann erschießen sie uns.«

Das Schießen war verstummt, nun hörte man draußen auf dem Marktplatz, auf der Straße, eiliges Gehen und Rufen von Soldaten. Das Kind hatte sich beruhigt, es spielte mit dem blitzenden Fernglas. Die Mutter und die andern Kinder sahen ängstlich auf die Beiden. Endlich fragte die Frau: »Sind das die Deutschen?« Der

Offizier nickte; es war, als ob die Beiden ganz vergessen hätten, daß sie ja den feindlichen Völkern angehörten. Der älteste Knabe rief: »Die Deutschen haben gesiegt,« wollte aufstehen und aus der Kirche laufen; aber der Offizier hielt ihn an der Jacke zurück, und er blieb sitzen, indem er den Offizier verwundert anstarrte. »Sind Sie verwundet?« fragte die Frau weiter. Der Offizier nickte wieder.

Da hörte man über den Platz eine laute Stimme eines Mannes, der einem andern zurief; die in der Kirche vernahmen nur die Schlußworte: ». . . in der Kirche nachsehen«. Ein Mann ging schwer auf die Kirche zu, trat ein.

Der Offizier hatte das Kind schnell der Mutter zurückgegeben, den Revolver vorgezogen und dann sich an das Ende des Altars geschoben, um in die Kirche vorzuspähen. Die Frau hielt die beiden kleinsten Kinder an sich gedrückt. Eben wollte der Offizier auf den Soldaten losschießen, der in die Tür trat und die Hand über die Augen haltend das Innere der Kirche musterte; da warf sich der älteste Junge von hinten auf ihn, der Revolver schlug nieder und entlud sich. Mit ein paar Sprüngen war der Soldat hinter dem Altar; schon hielt er das Gewehr mit dem aufgepflanzten Bajonett hoch und wollte zustechen, der Russe griff mit beiden Händen in das Bajonett; da hatte die Frau den Säugling auf den Boden gelegt, sich auf den Russen gestürzt und zwischen die Beiden geschoben, soweit das durch das Ringen um die Waffe möglich war. Der Deutsche, ein Mann mit Vollbart und Brille, starrte unschlüssig auf die Beiden zu seinen Füßen, dann rief er dem Russen zu: »Willst Du Dich ergeben?« Der Russe erwiderte nichts; der Deutsche sah den Revolver sich zu Füßen liegen, gab ihm einen Stoß, daß er fortglitt, und fuhr dann fort: »So laß doch los.« Ihm in die Augen starrend ließ der Offizier los, das Blut quoll ihm aus den Händen, er hatte tiefe Schnitte. »Aufstehen!« befahl der Soldat. Der Offizier erhob sich mühsam. »Ich bin verwundet. Beinschuß,« sagte er leise.

Da war es, als ob der Frau erst jetzt mit einem Mal klar wurde, daß ihr Mann erschossen war. »Gustav! Gustav!« schrie sie und stürzte aus der Kirche. Der älteste Knabe schrie mit auf und folgte ihr, der Säugling weinte.

Der deutsche Soldat hob den Säugling auf und nahm ihn auf den Arm; die andere Hand gab er dem älteren Kind, dann winkte er dem Offizier, voraufzugehen; der ergriff das Gewehr, das er vorher an den Altar gelehnt hatte, stützte sich und humpelte nach vorn, und der Deutsche folgte ihm mit den beiden Kindern.

Der Freiwillige

Ein jung verheirateter Klavierarbeiter zog in ein Dorf. Er mußte über eine Stunde zu seiner Fabrik gehen; in dem Dorfe wohnten nur zwei große und eine Anzahl kleiner Bauern nebst etwa einem Dutzend Tagelöhnern, so daß er keinerlei Verkehr oder Ansprache fand; dennoch hatte es ihn aus der Stadt getrieben, wo er in einem großen Miethaus gewohnt, denn er war ein etwas wunderlicher und einsiedlerischer Mensch, der viel las und gern im Freien herumging, wo er denn, wie er sich ausdrückte, Gott in der Natur anbetete.

Seine Wohnung, eine leerstehende Tagelöhnerkate, hatte er von dem einen Großbauern gemietet; hinter dem Hause war ein Stall für ein paar Schweine und Ziegen und ein Stück Garten. Da die Frau nicht vom Lande war, so hielt er sich kein Vieh, aber er besorgte fleißig und ordentlich seinen Garten, zog sich Gemüse und pflegte einige Blumenbeete. Die Bauern sahen den Zügling nicht gern, denn da er ein vermögensloser Mann war, so fürchteten sie, daß er einmal der Gemeinde zur Last fallen könne, und dachten, daß sie schon genug Armenkosten zu tragen hatten für die Tagelöhner, die seit undenklichen Zeiten im Dorf ansässig waren und doch auch bei der Arbeit gebraucht wurden; sie suchten deshalb in der ersten Zeit ihm das Leben zu verleiden, indem sie nächtlich seinen Garten zerstörten, der Frau keine Milch verkauften und Klage über ihn beim Gendarmen führten, daß er ein Sozialdemokrat sei; der Mann aber, der ihm das Haus vermietet hatte, erklärte ihnen, sein Haus habe leer gestanden und Keiner von ihnen ersetze ihm den Verlust; seine Überzeugungen könne jeder haben, wenn er nur Steuern und Miete zahle; und die Neuzeit werde auch in ihrem Dorfe ihre Forderungen geltend machen, und wenn sich die Einwohner noch so sehr gegen sie sträubten.

Nach einiger Zeit wurde dem Arbeiter ein Sohn geboren; er ging zum Pfarrer und ließ ihn taufen; die Paten nahm er aus seinen Genossen in der Fabrik.

Indem er nun Jahr für Jahr still und allein mit seiner Frau und dem kleinen Kinde dahinlebte, geschah es, daß die Frau am Typhus erkrankte, weil der Brunnen im Hofe ungesundes Wasser hatte; ein paar Tage darauf befiel die Krankheit ihn selber; bei Beiden war der

Anfall schwer, und so konnten sie denn nicht gerettet werden. Der Knabe, welcher damals etwa zehn Jahre alt sein mochte, war während der Krankheit zu dem Bauern getan, dem das Haus gehörte; als nach dem Tode der Mutter der Vater merkte, daß es auch bei ihm auf das Letzte ging, ließ er ihn noch einmal zu sich kommen; er stand in seinem Sonntagsanzug mit staubigen Stiefeln vor dem Bett; der Vater weinte, ermahnte ihn, daß er ein nützliches Mitglied der menschlichen Gesellschaft werden solle, und zeigte endlich auf sein kleines Bücherbrett, indem er sagte: »Die Bücher sind mir immer nach dir und deiner Mutter das Liebste auf der Welt gewesen, denn Bildung macht frei. Wenn ich tot bin, so sorge dafür, daß sie nicht verkauft werden, denn da werden sie nur verschleudert; sondern hebe sie auf für später, wenn du Verstand hast, in ihnen zu lesen.« Die Bücher waren aber Zimmermanns Wunder der Urwelt, Bebels Frau, Beckers Weltgeschichte und Schillers und Körners Werke.

Da der Mann lange Jahre in der Gemeinde gewohnt hatte, so hatte er den Unterstützungswohnsitz erworben, und die Gemeinde war verpflichtet, den Knaben zu erziehen. Es hatte sich ein Sparkassenbuch vorgefunden, dessen Betrag gerade für die Kosten der Beerdigung langte. In der Gemeindesitzung wurde beschlossen, die Habseligkeiten zu verkaufen, damit zunächst die Miete des begonnenen Halbjahrs und einige laufende, kleine Schulden bezahlt werden konnten; den Rest des Geldes mußte dann der Gemeindevorsteher verwalten und, soweit es reichte, den Unterhalt des Knaben mit ihm bestreiten; sollte es aufgebraucht werden, ehe der Knabe seinen Unterhalt verdienen konnte, so hatte die Gemeindekasse für ihn zu bezahlen. Man machte dem Bauern, welchem das Haus gehörte, heftige Vorwürfe, daß er der Gemeinde die Last aufgeladen habe, und er konnte nichts erwidern. Es wollte Keiner von den anwesenden Männern den Knaben zu sich nehmen, obwohl eine hinreichende Entschädigung ausgesetzt wurde; jeder hatte Mißtrauen, weil die Eltern fremd gewesen waren; nicht, daß man etwas Böses von dem Jungen vermutet hätte; aber man hielt dafür, daß er für ländliche Arbeit nicht geeignet sein könne, und daß man mehr Ärger an ihm haben werde, wie der Verdienst wert sei. So sah sich denn der Hauswirt der Eltern anstandshalber genötigt, zu erklären, daß er selber den Knaben bei sich behalten wolle.

Der Mann ging gleich nach der Sitzung zu dem Haus, wo der Junge nach der Beerdigung der Eltern allein gesessen. Es hatte niemand an den gedacht, und so war er denn den ganzen Tag ohne Nahrung geblieben, nur daß er noch einen harten Brotknust im Schapp gefunden, den er gegessen.

Der Mann sagte dem Jungen, daß er zu seinem Vormund bestellt sei und ihn zu sich ins Haus nehmen wolle, und daß der Besitz der Eltern verkauft werden müsse, damit ein Teil der Unkosten, die er der Gemeinde mache, gedeckt werde. Er gehe eigentlich die Gemeinde nichts an, sein Vater habe in der Stadt gearbeitet, und das Recht wäre, daß der Fabrikherr, der den Vorteil von ihm gehabt, nun auch die Kosten trage; aber das Gesetz sei nun einmal so, und es sei nichts dagegen zu tun. Er selber werde ja später auch der Gemeinde mit Undank lohnen und, wenn er so weit sei, daß sie etwas von ihm haben könnte, in der Stadt arbeiten.

Dann sah sich der Mann die Möbel und Gegenstände in Stube, Kammer und Küche an. Die Eltern des Knaben hatten, als sie heirateten, Alles mit Liebe von ihrem Ersparten gekauft und es dann immer ordentlich gehalten und geschont. Die Möbel in der Stube waren nußbaum fourniert: das Vertiko, der runde Tisch mit der rotplüschenen Tischdecke und der Visitenkartenschale darauf, das Sofa und die Stühle. An der Seitenwand stand ein viereckiger gestrichener Tisch, auf dem eine rot und weiß gewebte Leinendecke lag, mit drei gestrichenen Stühlen, die untergeschoben waren; der Vater hatte immer gesagt, es sei Unsinn, wenn man seine schönen Sachen nur zum Ansehen habe, er wolle sie auch benutzen; und deshalb hatte die Familie nicht in der Küche gegessen, sondern in der Stube an diesem Tisch, der jedesmal mit einem weißen Tischtuch gedeckt wurde. Der Bauer machte eine mißbilligende Bemerkung über den Leichtsinn der Arbeiter, die Nichts haben, aber in polierten Möbeln leben müssen; dann wendete er sich in die Ecke zu dem kleinen Bücherbort und zuckte die Achseln. Der Junge nahm sich ein Herz und bat für die Bücher, weil sein Vater ihm die im Sterben noch anempfohlen; der Mann erwiderte, er solle einmal ein ordentlicher Mensch werden; zum Bücherlesen habe ein Arbeiter keine Zeit.

So wurde denn nun Alles verkauft und der Junge kam zu seinem Vormund. In der Schule war er schon immer der Beste gewesen, und das blieb er auch, trotzdem er sich die Zeit für die Schulaufgaben stehlen mußte, denn er wurde zu allerhand Arbeiten in der Wirtschaft verwendet. Der Lehrer war noch ein junger Mensch mit hochgezogenem Schnurrbart; er sagte ihm einmal: »Schade, daß kein Geld da ist, du hast die Gaben, und könntest das Seminar besuchen und Lehrer werden.« Das letzte Schuljahr ging er dem Lehrer schon zur Hand, indem er die Kleinen unterrichtete.

Nach der Konfirmation nahm ihn der Vormund zu sich in die gute Stube, die er vorher noch nie betreten, und sagte zu ihm, daß er und die Gemeinde sich nun Mühe mit ihm gegeben und Kosten von ihm gehabt haben; auf Dank mache niemand Anspruch; er wolle ihn aber weiter bei sich behalten als Jungknecht und ihm auch einen Lohn zahlen, denn er sehe, daß er ordentlich und fleißig sei und immer den Vorteil seines Herrn im Auge habe. Der Junge dachte, daß es doch gut von dem Manne sei, daß er ihn behalten wolle, denn er hatte vor der Konfirmation immer Angst gehabt, daß er nun zu fremden Leuten müsse, und so sagte er mit dankbarem Gemüt: »Abgemacht, Bauer.«

Er bekam zuerst ein Gespann Ochsen; und weil der Bauer sah, daß er ihm vertrauen konnte, so nahm er ihn schon nach einem Jahr zu den Pferden.

Die Gemeinde hatte ihm noch den Konfirmationsanzug, zwei Hemden, zwei Kragen, Strümpfe und Taschentücher gekauft; nun mußte er sich selber seine Kleider beschaffen. In den ersten zwei Jahren ging sein Lohn dafür auf, weil er sich ganz ausstatten mußte; dann aber nahm ihm der Bauer ein Sparkassenbuch und zahlte ihm sein Geld regelmäßig ein. Der junge Mann dachte wohl, wie schön es wäre, wenn er sich jetzt Schillers Werke kaufen könnte, aber dann wagte er es doch nicht, seinem Herrn davon zu sprechen, weil das so hätte aussehen können wie Undankbarkeit. Er überlegte sich auch, daß er ja doch wenig Zeit zum Lesen hatte, denn am Sonntag war er meistens so müde, daß er schlief.

Nun kam plötzlich die Kriegserklärung; alle Reservisten aus dem Dorf fuhren ab; viele der Mütter weinten; Einige der jungen Leute waren verlobt, Einer war auch schon verheiratet; es ging das Gerücht, daß bald auch ältere Männer eingezogen würden. Viele hatten ein schweres Herz, wenn sie an Wirtschaft und Familie dachten, aber sie sagten: »Es nützt nichts, seine Pflicht muß man tun, und hereinkommen dürfen sie ja nicht.«

Der junge Knecht, der eben siebzehn Jahre alt geworden war, dachte, daß er keine Eltern zurückließ, weder Braut, noch Frau und Kinder, und daß es deshalb besser sei, wenn er mitginge, wie ein anderer. So sprach er denn zu seinem Herrn, daß er sich als Freiwilliger stellen wolle. Dem war das wohl nicht lieb, aber er konnte ihm auch nichts gegen seinen Plan sagen, und so antwortete er ihm nur: »Tu, was du nicht lassen kannst.« So zog er denn seinen guten Anzug an und ging in die Stadt zum Bezirkskommando, und dann erhielt er die Papiere und es wurde ihm angewiesen, wohin er fahren solle.

Unterwegs traf er mit andern jungen Männern zusammen, Reservisten und Freiwilligen; Alle waren fröhlich und stolz, obwohl die Meisten schweren Herzens fortgegangen sein mochten; es wurden Geschichten erzählt von Freiwilligen, die man nicht hatte nehmen wollen und die sich doch mit eingeschmuggelt; es wurde gesagt, daß es eine schwere Arbeit geben werde, aber daß sie doch geschafft würde; Lieder wurden gesungen; an den Haltestellen warteten junge Mädchen, Frauen und ältere Damen, welche Kaffee, Brote, Blumen verteilten. Er stand schüchtern vor seinem Wagenabteil; da kam ein feines, ganz junges Mädchen und drückte ihm einen Blumenstrauß in die Hand, als wenn er ein feiner, junger Herr wäre. Dann lebte er in einer Kaserne und mußte ausgebildet werden; der Unteroffizier war oft grob, denn Manche von den Andern waren auch zu ungeschickt; gegen ihn war er fast immer freundlich; einmal fragte er ihn, ob er weiterdienen wolle, ein tüchtiger Kerl könne jetzt sein Glück machen.

Nach kurzer Zeit kam er mit den Andern aus der Kaserne und fuhr wieder mit der Eisenbahn. Sie fuhren lange, dann erschienen die ersten zerschossenen Dörfer. Als sie ausstiegen, marschierte gerade eine Kompagnie im Schnellschritt vorüber, braungebrannt, schmutzig; sie riefen Hurra, als sie die Leute sahen, und die winkten ihnen freundlich zu. Gleich vom Bahnhof aus wurden sie eilig geführt, erst auf der Landstraße, dann gingen sie einzeln hintereinander im Straßengraben. Schon lange hörten sie das Donnern der Geschütze.

Da, was war das? Er erhielt einen Schlag, daß er hinstürzte. Es wurde geschrien, geschossen, die Kameraden lagen im Graben und schossen über den Straßenrand. Er fühlte sehr viel Nässe auf der Brust, – das war sein Blut. Nun wurden ihm die Zweige der Bäume in der Luft unklar.

»Ich hatte nicht gedacht, daß es so schön ist, ein Vaterland zu haben,« sagte er. Er sagte es laut, obwohl er nicht wußte, ob ihm jemand zuhörte; dann schwanden ihm die Sinne.

Der große König

Gegen das Ende des achtzehnten Jahrhunderts lebte in einem thüringischen Dorf als Schulmeister ein früherer Soldat aus dem Heer Friedrichs des Großen. Er war Bürger einer freien Reichsstadt, hatte Theologie studiert und war auf einer Wanderung nach einem Dorf begriffen gewesen, wo er eine Pfarrstelle antreten sollte; als er an einem Abend müde in einer Herberge einkehrte, war er preußischen Werbern in die Hände gefallen, die ihn betrunken gemacht, ihm das Handgeld in die Tasche gesteckt und eine Grenadiermütze aufgesetzt hatten; und so hatte ihn denn am nächsten Morgen ein Unteroffizier mit dem Ladestock aufgeweckt und mit noch einigen anderen in Ketten seinem Truppenteil zugeführt. Nachdem die Kriege beendet waren, hatte man ihn entlassen; er war bettelnd durch das Land gezogen und hatte zu seinem Glück, ehe er der Polizei in die Hände fiel, noch eine Schulmeisterstelle gefunden.

In den Soldatenjahren hatte er sich an den Schnaps gewöhnt, und da sein Lohn für Wirtshausunkosten nicht ausreichte, so ließ er sich gern von den Bauern freihalten und erzählte ihnen dafür Geschichten aus seinen Kriegen und Schlachten. Dieses ist eine Geschichte, die er am Häufigsten erzählte.

Es war ein Fahnenjunker zu uns gekommen, der noch ein reines Kind war, erst fünfzehn Jahre alt. Wir lachten immer über ihn, wenn er uns kommandierte, weil seine Stimme noch umschlug, denn wir hatten Kerls unter uns, die schon an die Vierzig waren und aus aller Herren Ländern stammten; mein Nebenmann war ein Ungar, der behauptete, von Adel zu sein; mit dem sprach ich immer Latein. Aber gern hatten wir den Junker doch, er war ja noch ein richtiger Junge.

Er hielt sich viel zu mir, weil ich doch mehr Bildung hatte wie die anderen, und wenn er Etwas nicht wußte, so fragte er immer mich. Wir haben auch des Nachts meistens zusammengelegen, und ich habe ihm oft meinen Mantel gegeben, denn so ein Junge, der hat doch noch nicht die Körperwärme wie ein Erwachsener. Er tat auch so kuriose Fragen; er war noch nicht in der Schlacht gewesen und wollte immer wissen, wie es da zuging, und ich beschrieb es ihm denn auch, wie man Essen und Trinken vergißt und sich noch nicht einmal auf das Vaterunser besinnen kann, so ist man weg. Zuletzt fragte er dann immer, ob man Angst hätte, und ob ich glaubte, daß er Angst kriegen würde, und ich sagte ihm dann, daß sich da Mancher die Hose vollgemacht hat, der vorher das große Maul hatte, aber er sah mir nicht so aus, er hatte so etwas Bescheidenes und Couragiertes.

So ging das nun eine Weile, und dann kam die Bataille. Wir standen allein, Gewehr bei Fuß, wir sahen nichts mehr von den Anderen, nur daß wir den Spektakel von Weitem hörten; wir dachten schon, der Alte hat uns vergessen, und freuten uns, daß wir nicht mit los mußten; da kam mit einem Mal ein Offizier übers Feld angeprescht und schrie unserem Hauptmann zu, der Hauptmann kommandierte, und nun vorwärts! Wir liefen, was wir konnten, da standen wir mit einem Male hundert Schritt vor einer Batterie, und da ging es auch schon los; wir haben schöne Bücklinge gemacht, aber das half alles Nichts; wie ich mich umsehe, da stehen nur noch so einige fünfzig Mann da und gucken sich verwundert an. Ich merke gleich, daß kein Offizier mehr aufrecht ist, und da war mir gerade ein Graben zur Hand; ich schwenke ab und denke: was geht mich die Batterie an! Da ist mit einem Mal der Junker hinter mir und haut mir mit dem flachen Säbel um die Beine, daß ich die Engel im Himmel pfeifen höre, und schreit, was er kann: »Vorwärts, Kerle, wer kein Hundsfott ist!« Ich schäme mich doch vor dem Jungen und laufe ihm nach, und wie ich mich umsehe, laufen ihm die Anderen auch alle nach. So sind wir mit einem Mal mitten in der Batterie und stechen zu, wie es gerade kommt. Das weiß man nachher nicht mehr, wie das gewesen ist. Man sticht immer ins Weiche. Also mit einem Mal ruft unser Junker »Viktoria!«. Da sehen wir uns um, richtig, wir sind nur noch Preußen in der Batterie. Ich stehe neben ihm, er fragt mich: »Was nun?« »Vernageln,« sage ich. Einer wirft seinen Tornister ab, kramt Nägel vor, da lag eine Axt, ich mache mich an die Kanonen, vier Stück waren es. Die Andern sahen zu, es war so komisch, es war mir, als ob es nur noch fünf oder sechs Mann sind. »Ei verflucht!« denke ich, »Du kannst von Glück sagen.«

Richtig, da legt sich einer nach dem anderen hin. Wie ich fertig bin, wische ich mir den Schweiß ab, der mir in die Augen gelaufen ist und beißt, und sehe mich nach meinem Junker um. Der sitzt da, hat den Rücken an eine Lafette gelehnt, guckt mich mit großen Augen an und hält sich den Bauch. Ich, vor ihm, nehme ihm die Hände weg, knöpfe den Hosenlatz auf, ziehe das Hemd weg, Nichts zu machen. Der hat ihm das Bajonett im Bauch umgedreht und wieder herausgerissen. »Es tut nicht weh, Grenadier,« sagt der Junge, seine Lippen waren schon ganz blau. Mir war, als ob ich losheulen sollte, wie ich die Wunde sah, ich hatte den Jungen doch lieb. »Meint Er, daß ich sterben muß, Grenadier?« fragt er mich. »Betet nur Euer Vaterunser, Junker,« sage ich ihm, »Ihr sterbt als ein ehrlicher Kerl.« »Meine Mutter hat ja noch fünf,« sagt er. Da wird mir selber schlecht, ich fasse an die Seite, da ist alles naß, ich merke, daß ich auch Etwas abgekriegt habe. Nun weiß ich nicht mehr, wie das war, aber wir müssen wohl eine lange Zeit so gelegen haben, denn wie ich wieder Etwas von mir weiß, da sind die Schatten schon ganz lang. Da höre ich von allen Seiten die preußischen Trompeten. »Das ist Viktoria!«, sage ich und sehe meinen Junker an, der hat immer noch die großen Augen und wackelt mit den Lippen. Und jetzt schrinnt es mir auch an der Seite, das ist meine Wunde.

Der Junker war wohl nicht mehr ganz richtig. Er sagte: »Das versteht Er nicht. Grenadier. Er kriegt die Fuchtel, aber Unsereins hat seine Ehre.« Ich denke mir, er hat gemeint, weil ich habe ausreißen wollen, und er hat die Courage gehabt. Dafür ist er eben der Offizier, ich kriege meine zwei Silbergroschen den Tag; ich wäre doch dumm, wenn ich ausreißen könnte und täte es nicht.

Indem kommt der Alte mit seinen Generalen angeritten. Er sah uns an mit seinen blauen Augen, daß es mir kalt den Rücken hinunterlief. Mit dem war nicht gut Kirschen essen. Mir konnte er ja nichts anhaben, ich war blessiert. Ich höre, wie er zu einem Herrn sagt, der neben ihm reitet: »Nein, das ist alles nicht das Richtige, was Sie sagen. Das Merkwürdigste ist die Entnervung der Kerls, daß sie nicht mich, der alle ihre Leiden verursacht, niederknallen.« Das habe ich mit meinen eigenen Ohren gehört, wie er das gesagt hat. und da habe ich bei mir gedacht: »Recht hast Du, ich könnte jetzt Pastor sein und neben meiner Frau schlafen und morgens meine schöne warme Roggensuppe essen. Denn eigentlich ist es schändlich, wie Du mich gekriegt hast, von einem Glas Kofent werde ich doch nicht besoffen, der Unteroffizier hat mir Schnaps hineingegossen, ohne daß ich es gemerkt habe, ich werde doch nicht den Kuhfuß schleppen, wenn ich eine Pfarre habe! Aber dann müßte schon Einer von hinten kommen, denn wenn Du ihn anguckst, dann hat er keine Courage. Und das ist auch nicht Jedermanns Sache, von hinten schießen.«

Wie die Herren noch auf ihren Pferden sitzen und gucken, denn das war hoch, wo wir lagen, da fängt mein Junker an zu zappeln und stöhnen. Er saß gerade da, wo das Pferd des Alten stand, und das Pferd wird unruhig. Der sieht nieder, blitzt ihn nur so an mit seinen Augen und herrscht los: »Sterb Er anständig, Junker.« Der verstand das schon nicht mehr, aber mir ging das denn doch gegen die Natur, ich denke: »Das Pferd ist ja vernünftiger wie Du,« und so sage ich: »Halten zu Gnaden, aber der Junker hat Ew. Majestät die Batterie erobert.« Da sah er sich erst ordentlich um, und da merkte er wohl die Arbeit, die wir gemacht hatten, denn da wurde sein Ton mit einem Male ganz anders. Er fragte mich: »Wie heißt der Junker?« Ich sage: »Soundso,« nämlich der Name ist mir jetzt entschwunden, man hat ja zu Viel erlebt. Der König wendet sich um und sagt zu Einem von den Herren: »Notieren Sie: »Der und der,« und da sagt er den Namen, den ich eben nun vergessen habe, »der und der ist zum Leutnant befördert.« Na, das war doch eine Ehre für uns, da freut man sich doch, ich also los: »Hurra, der König hoch.« Da lagen noch Einige, die schrien mit, aber es klang nur heiser, viel Puste hatten sie nicht mehr in der Lunge.

Der König wendete sein Pferd und ritt ab mit den Herrn; ich hörte aber noch, wie der neben ihm zu ihm sagte: »Majestät haben eben die Technik.« Technik ist ein Wort, das aus der griechischen Sprache stammt. Was es hier bedeutet, weiß ich nicht, nur er meinte, daß wir Hurra geschrien hatten, und hatten ihn nicht niedergeknallt. Aber das verstand der Alte eben, gerecht war er, das mußte ihm sein Feind lassen.

Die Vereinten

Der Oberleutnant v. M. galt bei seinen Kameraden für einen Gelehrten und Frauenfeind. Das Regiment hatte einen neuen Obersten
bekommen, einen Herrn v. R., einen Witwer mit einer Tochter, die
etwa fünfundzwanzig Jahre alt sein mochte; man erzählte sich, daß
der Sohn hatte nach Amerika geschickt werden müssen, und daß
die Mutter darüber vor Gram gestorben war.

In einer Gesellschaft wurde Oberleutnant v. M. neben Fräulein
v. R. gesetzt. Das übliche Gespräch begann, darüber, wie sich die
Herrschaften in der neuen Garnison einleben würden, über den
angenehmen Ton im Regiment, über die landschaftlichen Schönhei-
ten der Gegend. Plötzlich sah Fräulein v. R. ihren Herrn an und
sagte: »Weshalb sprechen wir eigentlich so? Das ist doch uns Beiden
Alles gleichgültig.« Herr v. M. erwiderte, das gnädige Fräulein habe
gewiß vielseitige Bildungsinteressen; es geschehe doch auch immer
häufiger, daß Damen aus den Offizierskreisen studierten. Er begann
das neue Gespräch ebenso gleichmütig, wie er das frühere geführt
hatte; Fräulein v. R. biß sich auf die Lippen und sah auf ihren Teller,
dann erwiderte sie, sie habe sich wahrscheinlich unpassend ausge-
drückt; die Bestrebungen, von denen er spreche, seien ihr fast
gleichgültig; es war deutlich, daß sie sich gekränkt fühlte durch die
Art des Oberleutnants, und daß sie schwieg, weil sie fürchtete, miß-
verstanden zu werden. Es schien ihm einen Augenblick, als seien
ihre Augen feucht.

Hier geschah es, daß er plötzlich jenes eigentümliche Gefühl verspürte, das uns mit einem Male einen anderen Menschen so nahe
bringt, daß wir keine Schranke mehr empfinden und ganz vertraut
mit ihm zu sein glauben. Eine Befangenheit kam über ihn, und er
hätte am liebsten geschwiegen, mit jenem Schweigen, welches zwei
Menschen vereinigt; aber er sagte sich, daß ein Schweigen unpassend wäre, und indem er sich überwinden mußte, antwortete er,
daß er um Entschuldigung bitte, wenn sein Ton nicht angenehm
gewesen sei. Sie sah ihm ins Gesicht, er ihr, und in diesem Blick
wurde Beiden ihre Gemeinsamkeit klar. Sie erröteten Beide.

Sie kamen in der Folge bei den verschiedensten Gelegenheiten oft
zusammen und hatten immer Viel zu besprechen; es war das so,

daß der Oberleutnant ihr von seinen Gedanken und Absichten erzählte, und daß sie anmutig schwieg. Er sagte ihr, er sei bereichert durch sie, und sie fragte sich innerlich erstaunt, wie das denn sein könne.

Wir müssen unsere Gefühle immer mit den Worten und Handlungen ausdrücken, die nun einmal vorhanden sind. Die meisten Menschen machen sich nicht klar, daß das eine Gewaltsamkeit ist, denn die Worte und Handlungen sind starr, unsere Gefühle sind fließend; ein jedes Gefühl ist neu, ist noch nie dagewesen in der Welt; Wort und Handlung aber sind alt und tausendmal schon gebraucht; vielleicht besteht nur sehr wenig Gemeinschaft zwischen unserem Gefühl und unseren Worten und Handlungen.

Der Oberleutnant ließ sich in Helm und Schärpe bei seinem Obersten anmelden und hielt um die Hand der Tochter an.

Der Oberst erwiderte ihm: »Wären Sie nicht gekommen, so hätte ich Sie zu mir gebeten. Ich habe wohl gemerkt, daß Sie und meine Tochter eine Neigung für einander haben, und ich sehe ein, daß ein Schritt getan werden muß. Ich wüßte Niemanden, dem ich mein Kind lieber geben würde wie Ihnen, denn ich schätze Sie als Menschen wie als Offizier. Aber ich muß meine Einwilligung versagen. Sie sind ein Mann, der nicht in den unteren Stellen bleiben darf; Sie müssen dem Vaterland einmal auf einem hohen Posten Dienste tun. Ich habe mein Vermögen hergeben müssen, um die Ehre meines Namens zu retten. Wenn Sie meine Tochter heiraten, dann sind Sie durch das Elend eines armen Offiziershaushaltes gefesselt und können nicht die Entwicklung nehmen, die Sie müssen.«

Herr v. M. sagte, das Glück, das er an der Seite der Geliebten erhoffe, werde ihn über kleine Entbehrungen hinwegtragen, und er denke so spannkräftig zu bleiben, daß er die Erwartungen seiner Vorgesetzten erfüllen werde, wenn diese wirklich in seinen Kräften liegen sollten und nicht durch eine besonders gütige Gesinnung des Obersten verursacht seien. Der Oberst runzelte die Stirn und rief seine Tochter aus einem anderen Zimmer herbei. Sie kam still und bedrückt. Er erzählte ihr die Werbung und seine Antwort. Sie legte die Hand aufs Herz und atmete schwer. Er schloß seine Rede, indem er sagte: »Kannst Du einen Mann achten, der Dir das Opfer seiner Zukunft bringt?« Sie sprach mit bebenden Lippen: »Nein.«

»Sie haben die Antwort meiner Tochter gehört,« sagte der Oberst und entließ den Bewerber.

Herr v. M. wurde in eine andere Garnison versetzt; er schrieb an Fräulein v. R. einen Abschiedsbrief, in welchem er sagte: »Ich weiß nicht, ob ich zu Ihnen die stürmische und leidenschaftliche Liebe habe, von der uns erzählt wird; aber ich weiß, daß Sie die einzige Frau sind, die ich kennen gelernt, mit der ich als meiner Gattin hätte leben können; mit jeder anderen, von der ich weiß, wäre ein Leben schändlich. Fassen Sie es so auf, wenn Sie hören, daß ich unvermählt bleibe, und denken Sie nicht an eine sentimentale Romantik. Wenn Sie selber einen Gatten finden, der Sie so liebt, wie man Sie lieben muß, und den auch Sie liebgewinnen, so wäre mir das eine große Freude.«

Einige Jahre vergingen; man hörte, daß der Oberleutnant v. M. eine sehr gute Laufbahn begonnen hatte. Dann kam der Krieg; M. hatte das Glück, daß er sich auszeichnen konnte, daß er an eine Stelle kam, wo seine Fähigkeiten gebraucht wurden; so stieg er in kurzer Zeit in einer sonst im Heer unerhörten Weise.

Aus dem Feld schrieb er an Fräulein v. R.: »Wie Sie wissen werden, habe ich nun einen Grad erlangt, bei dem die Befürchtungen Ihres Vaters nicht mehr zutreffen. Haben Sie noch die alten Gesinnungen, so darf ich nun nochmals vor Ihren Vater treten und um Ihre Hand bitten.« Sie weinte, als sie diesen Brief erhielt; dann antwortete sie: »Ich stehe nun im achtundzwanzigsten Jahre; aber wenn Sie wollen, so gehen Sie nochmals zu meinem Vater.«

Herr v. M. war im Divisionsstab und kam beständig mit Herrn v. R. zusammen. Er ging zu ihm, und Herr v. R. umarmte ihn; die Tränen standen dem älteren Mann in den Augen. Dann sagte er: »Du kannst keinen Urlaub erhalten, aber ich lasse sie kommen, Ihr werdet im Felde getraut, und sie fährt wieder zurück.« Herr v. M. erwiderte: »Darum wollte ich bitten; denn ich weiß ja, daß wir so oder so zusammengehören, und wenn ich falle, dann ist sie meine Frau.«

Fräulein v. R. kam in einem Selbstfahrer; ein junger Leutnant begleitete sie. Er hatte ihr die Nachricht an die Bahn gebracht, daß ihr Verlobter schwer verwundet sei und im Feldlazarett liege. Der Leutnant half ihr aus dem Wagen; aus der Tür der Baracke kamen

Pfleger, die einen Verwundeten fortschafften; das Lazarett mußte geräumt werden, denn es wurde von den Franzosen beschossen. Der Leutnant fragte, Herr v. M. war noch nicht fortgebracht. Sie fand ihn im Bett liegen; er konnte sich nicht bewegen, aber ein Lächeln verklärte sein Gesicht. Seine Hand lag auf der Decke; sie beugte sich und küßte die schmale, kalte Hand.

Ein feindliches Geschoß heulte heran, krachte. Sie zitterte. Soldaten kamen ins Zimmer, um den Verwundeten fortzutragen. Er fragte leise, ob die Anderen schon in Sicherheit gebracht seien. Der große Saal war noch nicht geleert, und er befahl, erst die leichter Verwundeten zu retten. Sie sah ihn fragend an, er lächelte. Die Frage war: »Bist Du so schwer verwundet?« Und das Lächeln bedeutete: »Tödlich.«

Sie nahm den Hut ab, legte ihn auf den rohen Tisch, zog die Handschuhe aus und legte sie neben den Hut, und setzte sich dann auf einen Stuhl, nahm seine Hand in ihre Hände und sah ihn an, dessen Augenlider sich leicht schlossen. Eine neue Granate heulte heran. Sie bezwang sich, nicht zu zittern, damit der Entschlummernde nicht ihre Angst spüren sollte.

Die Granate schlug mitten in das Lazarett ein und vernichtete auf der Seite, wo Herr v. M. und seine Braut waren, alles Lebende.

Der Tafelaufsatz

Ein Seeoffizier, ein Herr v. B., hatte kurz vor dem Kriege geheiratet. Die jungen Leute besaßen gerade das notwendige Vermögen, und so mußten sie sich denn das Leben recht bescheiden einrichten. Sie mieteten eine Wohnung von drei Zimmern, die vier Treppen hoch lag, statteten sie mit Möbeln aus und fühlten sich sehr glücklich. Die Geldsumme, welche ihnen für die Einrichtung zur Verfügung stand, war recht gering gewesen, aber die junge Frau hatte lange in Antiquitätengeschäften gesucht, hatte bald auch ihren Mann mit ihrer Liebe für gute alte Möbel angesteckt, und sie sagte, wenn man mit Ruhe, Verstand und Liebe suche, dann könne man auch für weniges Geld schöne Dinge kaufen. So hatten sie denn in dem Wohnzimmer einen herrlichen Rokokoschrank aus Eiche und Nußbaum, der weiß angestrichen gewesen war und als rumpeliges Küchenmöbel bei einem kleinen Trödler zum Verkauf gestanden; die Stühle hatte sie ihrer Mutter abgebettelt; sie waren ganz verwahrlost gewesen und hatten seit undenklichen Zeiten auf dem Hausboden geruht; ein schöner Tisch mit geschweiften Beinen und eingelegter Platte war freilich recht teuer gekommen, denn er war von einem großen Händler erstanden; aber sie rechneten eben Alles in Eins, und da hatten sie gerade den Preis noch zahlen können; dergestalt besaß jedes Stück, bis herunter zum Fußbänkchen, seine besondere Geschichte. Man kann sich denken, daß die Kameraden mit ihren Damen sehr erstaunt über die Einrichtung waren; die junge Frau fand, sie waren begeistert; ein großes Fragen entstand über das Alter der Möbel, die verschiedenen Stile, die Holzarten, die Preise; und so hatten denn die Beiden die Vorstellung, daß es gar nicht möglich sei, schöner eingerichtet zu sein, wie sie es waren.

Die Mutter des jungen Mannes hatte sich über das Glück der Beiden herzlich gefreut, und indem bald nach der Hochzeit sein Geburtstag war, hatte sie einen schönen Tafelaufsatz aus Silber angebracht und den Beiden geschenkt; der Sohn war das einzige Kind, und sie sagte, sie sehe so schlecht, daß sie sich doch nicht über den Aufsatz freuen könne. Ihr verstorbener Gatte war gleichfalls Offizier gewesen und hatte ein Regiment gehabt; als er den Abschied nahm, hatte er den Aufsatz vom Regiment zum Andenken bekommen; auf dem Fuß waren die Namen aller Freunde eingegraben.

Der Aufsatz lag in einem großen, lederbezogenen Kasten; in diesem Kasten hatte er immer im Salon gestanden auf dem schön verzierten Vertiko unter dem Kaiserbild.

Als der Befehl kam, daß der junge Ehemann auf sein Schiff mußte, blieben noch einige Stunden Zeit. Die Beiden beschlossen, diese Stunden recht zu feiern. Die junge Frau deckte im Eßzimmer die Tafel für sie Beide mit dem schönen Silber, das sie von einem unverheirateten reichen Oheim bekommen, mit seinem altem Porzellan, das von der Ausstattung der Urgroßmutter herrührte, und mit den schönen Gläsern und den Kristallschalen. In die Mitte stellte sie den Aufsatz. Sie aßen ein bescheidenes Abendbrot, aber der Mann hatte eine halbe Flasche Champagner aus dem Kasino holen lassen; nun öffnete er die knallend, und sie leerten die Gläser, indem sie alle schweren Gedanken durch bewußte Heiterkeit zum Schweigen brachten.

So war der Mann abgefahren und die Frau war allein zurückgeblieben. Wochenlang erhielt sie oft keinen Brief, dann bekam sie plötzlich ein ganzes Paket Briefe und Karten auf einmal, denn er schrieb täglich, auch wenn er lange auf seinem Schiff in See war. Die Freundinnen kamen; die unverheirateten und die verheirateten; die einen fragten und staunten, die andern weinten mit ihr und trösteten sie; sie besuchte oft die Mutter ihres Mannes, und hörte die guten Erzählungen, wie es im französischen Krieg gewesen war, wie oft sie damals als Braut gezagt hatte, und er war doch glücklich durch alle Gefahren durchgekommen; die Mutter lächelte ihr immer zu, aber sie wußte wohl, daß sie oft heimlich weinte; sie tat, als ob sie das nicht wisse. Wenn sie einen Briefstoß bekommen hatte, dann las sie ihr Alles vor, und die Beiden freuten sich gemeinsam über die Scherze und die lustigen Schilderungen der Briefe; die Mutter nahm den grünen Augenschirm ab, strich sich über die verrunzelte Stirn und lachte still in sich hinein, indem sie sagte: »Ich sehe ihn vor mir! So war er immer!« Und dann erzählte sie eine Geschichte von ihm aus seiner Jugendzeit; es war immer dieselbe Geschichte, aber die junge Frau hörte sie immer mit der gleichen Liebe an.

An einem Vormittag nun, wo eigentlich keine Briefe erwartet werden konnten, klingelte der Briefträger; die junge Frau horchte unruhig und gespannt; das Mädchen band sich im Gang die weiße

Schürze um, öffnete, wechselte einige Worte mit dem Mann; dann nahm sie den Metallteller, legte den Brief darauf; die Frau erwartete sie begierig; als das Mädchen eintrat, griff sie gleich nach dem Brief.

Er war vom Admiralstab und enthielt die Mitteilung, daß ihr Gatte in Erfüllung seiner Pflicht den Tod gefunden habe, indem sein Boot vom Feinde vernichtet sei; sie werde aber aus Staatsgründen gebeten, Niemandem Mitteilung zu machen, bis sie weiteren Bescheid erhalte.

Es war an einem der Tage, wo sie die Mutter ihres Gatten zu besuchen pflegte.

Die Beiden hatten oft darüber gesprochen, wie unrecht es sei, wenn die Hinterbliebenen der Gefallenen sich öffentlich in Trauerkleidung zeigen. Sie zog ein helles Kleid an; im Fenster stand ein Nelkenstock, der herrliche rote Blüten hatte; sie hatte ihn sich gekauft, weil sie dachte, daß heute doch die Menschen wenig Blumen kaufen werden, und daß man die armen Geschäftsleute unterstützen müsse, wenn man es könne. Die schönste der roten Blüten schnitt sie mit der Schere ab und steckte sie ins Knopfloch, dann gab sie dem Mädchen noch Anweisungen und ging.

Die alte Frau ergriff sie bei der Hand und zog sie neben sich zum Sitzen; sie hatte viel zu erzählen, vom Kaufmann an der Ecke, von gefallenen Bekannten, von Beförderungen, von den gestiegenen Preisen; die junge Witwe hörte aufmerksam und freundlich zu, den Kopf auf ihren Strumpf geneigt, denn sie strickte fleißig an einem grauen Strumpf. Dann sprach die alte Frau von ihrem Sohn, erzählte die Geschichte aus seiner Jugend, lachte; so vergingen die zwei Stunden, welche die junge Frau bei ihr zu weilen pflegte.

Die Freundinnen kamen und fragten, wie es ihrem Mann ergehe; sie erzählte, daß er immer zufriedene Briefe schreibe; sie fragten Näheres, und sie erzählte Geschichten, die er in seinen früheren Briefen geschrieben; einige Freundinnen sagten, wie glücklich sie sein müsse, wenn der Briefträger klingle; andere kamen und klagten, daß sie lange keine Nachrichten erhalten, und fragten sie, ob sie selber Briefe bekommen habe, und sie erzählte dann wieder Dasselbe, das sie den Andern schon erzählt; einige ihrer Freundinnen beneideten sie um ihre Gemütsruhe und sagten, wenn sie sich denken würden, welchen Gefahren der Mann ausgesetzt sei, dann würden sie nicht eine Nacht ruhig schlafen können; aber freilich sei die Gemütsart der Menschen verschieden und das sei ja ein Glück.

Die Schwiegermutter wunderte sich, daß so lange keine Briefe kamen; sie wurde unruhig, sie verlangte zuletzt, daß die junge Frau beim Admiralstab anfrage. Da setzte die sich hin, nahm Briefpapier und schrieb, als schreibe ihr Mann an sie. Sie hatte sich ganz in seinen Stil hineingelebt, sie kannte sein ganzes Leben genau; und so konnte sie denn von seinen täglichen Erlebnissen schreiben; dann stellte sie allgemeine Betrachtungen an, die sie der Zeitung entnahm; dann schrieb sie wieder einige Karten, die nur Grüße enthielten. Mit dem Stoß ging sie zu der alten Frau und las ihr vor. Die freute sich, lachte, rühmte ihren Sohn, sprach von Aufrücken, streichelte ihr die Hand. Endlich konnte die junge Frau nicht mehr an sich halten. Sie sagte, daß sie Kopfschmerzen habe und an die Luft gehen müsse.

Nun ging das eine ganze Weile so, daß sie erzählte und falsche Briefe verfaßte.

An einem Nachmittag sagte sie plötzlich zu dem Mädchen, der Herr komme; sie schickte das Mädchen zum Einkauf aus, ließ wieder eine halbe Flasche Champagner holen, deckte den Tisch mit ihrem Silber, Porzellan und Kristall. Sie lachte beständig bei ihrer Arbeit, und das Mädchen lachte auch, denn sie freute sich mit ihrer Freude. Seit sie den Tafelaufsatz hatte, stand er immer ohne Futteral auf der Anrichte im Eßzimmer; als sie ihn auf den Tisch heben wollte, sah sie, daß er stark angelaufen war; sie zog sich alte Handschuhe an, ging in die Küche und putzte ihn.

Während sie da in der Küche arbeitete, klingelte es; die Mutter kam; die wunderte sich über die plötzliche Nachricht, freute sich und setzte sich auf den Küchenstuhl zu ihr. Sie wollte immer darüber sprechen, welche Überraschung das nun sei; aber die junge Frau putzte eifrig an dem Aufsatz und sprach nur davon, daß der gar nicht blank werden wolle.

Der Pudel

Bei dem Russeneinfall in Ostpreußen ereignete sich folgender Vorfall.

Ein Bauer, ein älterer Mann, wohnte mit seiner einzigen Tochter, einem Mädchen von achtzehn Jahren, in einem der letzten Häuser seines Dorfes. Er hatte nach dem Tode seiner Frau vor einigen Jahren seine Äcker verpachtet, da er ihrer Bewirtschaftung nicht mehr gewachsen war; nur eine Kuh stand noch im Stall, er mästete ein Paar Schweine, und der Garten wurde ordentlich bestellt; dazu hatte er noch einen Morgen Kartoffelacker und eine Wiese zurückbehalten.

Es liefen einmal Knaben am Garten vorbei, die junge Hunde im Sack trugen, um sie zu ertränken. Die Tochter redete sie an, sie zeigten ihr die Tierchen, sie empfand Mitleid und behielt den einen. Der Vater machte erst einige Bemerkungen, daß sie ihm da einen unnützen Fresser aufgeladen habe, gab sich aber dann bald zufrieden. Sie legte das junge, blinde Geschöpf, das den großen Kopf noch nicht heben konnte, in ein geflochtenes Hühnernest, das sie mit Wolle ausgepolstert, und stellte das unter den Herd; nach kurzer Zeit konnte das Hündchen schon allein seine Milch schlappen, erhob sich auf seine dicken, wackeligen Beine; dann kroch es in der Küche herum und begann zu laufen. Es schloß sich treu seiner Herrin an, begleitete sie in Stube, Küche, Ställe, Garten, spielte mit ihren wehenden Kleiderfalten, kugelte sich vor ihr auf der Erde, bellte mit seinem kleinen Stimmchen; sie lachte, haschte es, es umlief sie bellend und schwanzwedelnd; sie nahm es auf den Arm, wiegte es wie ein Kind, ließ es dann wieder zur Erde gleiten. Schnell wurde das Hündchen größer; es stellte sich heraus, daß es ein Pudel war, der eine besondere Gelehrigkeit zeigte; bald lernte er Schildwache stehen, apportieren, sich tot stellen und ging dann zu den höheren Künsten über, indem er einen Lieblingsbrocken verschmähte, wenn seine Herrin ihm sagte, er sei von einem Juden; schon sollte er lernen, mit dem Korb zum Bäcker zu gehen und die Frühstücksemmeln zu holen. Der alte Mann, der gern in seinem Ohrenstuhl auf dem rings umschlossenen Hof unter dem Fliederbusch in der Sonne saß und aus seiner kurzen Pfeife rauchte, lachte viel über den possierlichen Moritz, denn so hatte das Mädchen den Hund getauft, und sagte oft, daß er sein Brot verdiene, denn er könne eine ganze Familie lustig machen.

Als die Russen kamen, erschien auf dem Hof eine Abteilung Soldaten. Moritz bellte und verkroch sich dann im Kuhstall. Dem Alten wurden die Hände auf dem Rücken gebunden, vielleicht dachten die Männer, er sei eine Amtsperson, weil das Haus sehr sauber gehalten war, mit steif gestärkten Gardinen, Alpenveilchen, Kranichschnabel und Rosmarin in den Fenstern, und mit schönen alten gewachsten Nußbaummöbeln mit Messingbeschlägen. Ein Soldat stieß ihn mit dem Gewehrkolben in die Seite; er hörte, wie seine Tochter laut jammerte; sie stand auf dem Hof in einem Knäuel von Soldaten; ihr zerfetztes Busentuch flatterte, sie suchte sich loszureißen; er sah noch, wie ein Mensch sie auf die Erde warf, indessen die Umstehenden brüllend lachten. Ein Kerl hatte die Betten im Arm und lief damit aus der Hoftür. Wie der Alte durch den Flur getrieben wurde, sah er, wie ein Anderer in der Stube mit einer Axt das Spind zerschlug; die silbernen Löffel gingen von Hand zu Hand und wurden geprüft. »Die Löffel sind von meiner Urgroßmutter, das Spind auch,« sagte er zu dem Mann, der ihn vorwärts stieß; der fletschte grinsend die Zähne. Mit einem Male wurde ihm klar, was mit seiner Tochter geschah, er schrie laut auf und warf sich längshin auf die Erde. Der Soldat trat ihm mit dem Absatz in die Rippen, bis er sich wieder erhob und torkelnd vor ihm her ging.

Noch andere Leute aus dem Dorf waren zusammengetrieben. Es wurde ihnen bedeutet, daß sie marschieren sollten. Die Frauen jammerten und weinten, Kinder hängten sich an ihre Kleider, die Männer bissen sich auf die Lippen und blickten auf die Erde. Der Alte sah sich ängstlich bei ihnen Allen um. Sie schlossen sich zu einem Zug, Kosaken ritten an der Seite, einer schlug im Übermut mit seiner Peitsche in den Zug hinein; ein Mann, der Schmied des Dorfes, war über Kopf und Gesicht getroffen; der Striemen schwoll auf, der Mann schwieg, aber seine Halsadern wurden dick.

In den nächsten Tagen wurden Manche schwach und blieben am Weg liegen, die Meisten aber kamen in dem russischen Ort an, wo sie zunächst bleiben sollten. Sie erfuhren, daß man sie nach Sibirien schicken würde.

Wie es den deutschen Truppen gelungen war, die Russen zu verjagen, wurden später auch die Verschleppten befreit. Die deutschen Soldaten gaben ihnen zu essen, erzählten und ließen sich erzählen, und die Leute, welche nicht zu krank geworden waren, durften sich gleich auf die Bahn setzen und zurückfahren. Der Alte ging mit den Nachbarn vom Bahnhof ins Dorf. Da fanden sie ausgebrannte Mauern, verkohlte Sparren, welche hochragten, zertrümmerte Möbel auf der Straße. Ein Mann schlug sich mit beiden Fäusten an die Brust, wie er vor seinem Haus stand; eine Frau setzte sich in die leere Schwelle ihres Hauses, bewegte die Lippen, aber kein Ton war von ihr zu hören. Der Alte ging schnell weiter, den Kopf gesenkt. Da kam er an sein Haus, die Fenster waren zertrümmert, die Tür lag auf der Straße, aber es war nicht verbrannt. Er trat ein. In der Stube lag Stroh in Schütten, fußhoch, ein unerträglicher Gestank war, trotzdem die Luft durch Fenster und Türen hereinkam; er wich schnell zurück, öffnete die Hintertür und trat in den Hof.

Moritz stand da, ganz dick gefressen, sah ihn mit schuldbewußten Augen an, die Ohren an den Kopf gekniffen, den Schwanz eingeklemmt, und schlich zur Stalltür; wie er über die Schwelle gekommen war, sprang er wie gejagt in das Dunkel. Der Alte schüttelte den Kopf, legte die Hand über die Augen, um zu sehen. In der Hofecke an der Pumpe lag ein unförmlicher Ballen Kleider. Er ging hin, um sie aufzuheben.

Es war der Leichnam seiner Tochter, gräßlich verstümmelt. Der in den Hof eingesperrte, hungernde Hund hatte von der entblößten Brust und dem Kopf das Fleisch abgefressen.

Der Alte riß eine Latte vom Zaun los und ging in den Kuhstall. Die Augen des Hundes leuchteten aus der hintersten Ecke. Er stieß die Luke auf; da sah er den Hund, wie er an allen Gliedern zitterte und ihn mit Augen ansah, fürchterlich vor Angst. Der Alte erhob die Latte, da sprang der Hund auf ihn zu, schnappte in die Hand und lief mit einem winselnden Geheul aus der Tür.

Der Hund wurde nie wiedergesehen. Die gebissene Hand schwoll an; die Nachbarn rieten dem Alten, zum Arzt zu gehen; der schüttelte nur den Kopf. Der Biß war durch den Speichel des geängstigten Tieres vergiftet; in der Nacht ging die Vergiftung auf den Arm über; der Pfarrer, welcher auch verschleppt gewesen, hatte zu spät von dem Vorfall gehört, denn in jeder Familie des Dorfes war ja Unglück geschehen; als er kam, lag der Alte schon in der stinkenden Stube auf dem Unrat der Russen, bewußtlos fiebernd. Er starb noch an demselben Tage.

Förster und Wilddieb

Eine kleine Ortschaft im Harz war zum großen Teil von Bergleuten bewohnt, welche entweder in den staatlichen Manganerzgruben beschäftigt waren oder als Eigenlöhner in Tagbauen, den Pingen, auf Eisenstein arbeiteten. Eine solche Pinge kann man sich vorstellen als eine Art Steinbruch von sehr großer Tiefe. Die Eigenlöhner hatten zum größten Teil ein eigenes Häuschen mit etwas Acker und Wiese, hielten wohl eine Kuh und ein paar Schweine, und bildeten so die eigentlich Ansässigen in der Ortschaft. Die Manganbergleute wohnten meistens zur Miete und hatten nur sehr selten Besitz; sie waren zum großen Teil erst zugezogen, als die Mangangruben in Aufnahme kamen.

Die Ortschaft mit ihrer Feldflur lag mitten im Wald. Damals, als die nachfolgende Geschichte spielte, am Anfang des neunzehnten Jahrhunderts, verband noch keine Landstraße sie mit der übrigen Welt. Die angesessenen Leute waren seit alten Zeiten berüchtigte Wilddiebe; man kann sich vorstellen, daß in diesem entlegenen Gebiet jahrhundertelang Niemand außer ihnen Anspruch auf das Wild gemacht hatte; und wenn heute ein Mann abends auf seine Wiese ging und einen kapitalen Hirsch sichernd austreten und aufs Geäs ziehen sah, dann war es wohl schwer für ihn, nicht am anderen Abend mit seiner alten Büchse, die er noch vom Urgroßvater geerbt, auf Anstand zu gehen.

In einer herbstlichen hellen Mondnacht kniete ein Wilderer vor einem geendeten Hirsch und schnitt ihm eben mit seinem Taschenknies das Kurzwildbret aus; sein zweiläufiges Gewehr lag vor ihm, der eine Lauf noch geladen. Der Hirsch war am Rand eines Abgrunds gestürzt, des tiefsten der Tagbaue in der Nähe der Ortschaft; ein morsches Gatter, mit langherabhängenden Flechten bewachsen, lief um den äußersten Rand des Abgrunds, der senkrecht nach unten fiel.

Plötzlich sprang dem Knienden der Förster entgegen mit der gespannten Büchse in der Hand; er setzte den Fuß auf das Gewehr des Bergmanns und rief: »Gib Dich.«

Der Wilderer schnellte auf, griff sein Messer fester; der Förster hob die Büchse an die Wange; der andere ließ die Arme sinken und sagte mutlos, mit dem Fuß einen Lauf des Hirsches zur Seite stoßend: »Ich kann nicht aus.«

»Du tust mir leid,« erwiderte der Förster, »aber ich kann nicht anders.« »Ja ja, schon gut,« antwortete der Bergmann. »Es ist mir nur um die Frau und die Kinder. Es sind ja nicht nur die zwei Jahre, aber das Haus wird alle. Dann kann mein Junge auf die Mangangrube gehen und meine Frau kann Holz lesen.« »Was soll ich machen?« entgegnete der Förster. »Du bist der Schlimmste, das weißt du selber. Ich muß meine Pflicht tun.« »Dein Glück, daß du so ein schlauer Hund bist,« schloß der Bergmann, »sonst wäre ich auch noch zum Mörder an Dir geworden; davor hat mich Gott nun behütet.«

Der Förster befahl dem Mann, sich umzudrehen und ihm voraufzuschreiten. Als aber der Mann das getan und er sich nun bückte, das Gewehr des Wilderers aufzuheben und ihm zu folgen, ging der noch geladene Lauf los. Unwillkürlich prallte der Förster zurück, stieß hart an das Gatter, der morsche Pfosten brach über der Erde ab, er verlor das Gleichgewicht und stürzte vorwärts über das Gatter; er griff mit den Händen in die Luft, überschlug sich, seine Hände faßten eine Wurzel, die aus dem Gestein hervorragte; mit einem fürchterlichen Ruck hängte sich sein Körper an die Arme; ein losgelöstes Gatterstück hing schwingend eine kurze Zeit über ihm, fiel dann über ihm fort in die Tiefe.

Der Bergmann legte sich oben glatt nieder und sah nach unten. In dreiviertel Mannshöhe hing der Förster, das Gesicht nach vorn gerichtet; er hing an der äußersten Wurzel einer alten Fichte, die genau am Abgrund überhängend stand; kleine Steinchen bröckelten über ihm hin.

»Hab Erbarmen mit meinen Kindern, hilf mir, daß ich hoch komme,« rief der Förster flehend.

Der Wilderer schnallte seinen Leibriemen ab und legte ihn um die freiliegende Lende der Fichte und befestigte ihn, indem er ihn ganz durch die Schnallenöse laufen ließ; es war eine schmale und zähe Wurzel quer über die Lende gewachsen und verhinderte so das Abgleiten. Dann nahm er den Riemen von seinem Gewehr und schnallte ihn an den anderen Riemen; jetzt fragte er den Förster: »Kannst Du Dich an mir hochziehen?« Die Wucht des Sturzes hatte dem Förster die Armgelenke taub gemacht, er wußte noch nicht einmal, ob er sich nur würde halten können. Nun machte der Wilderer noch zwei Knoten in seine Riemen, um einen Griff zu haben, und ließ sich dann langsam über dem Förster hinab; der Förster ließ erst die eine Hand von seiner Wurzel los und klammerte sich an den Fuß des Wilderers, klammerte sich dann mit dem anderen Arm, und so trug nun der zusammengesetzte Riemen die beiden aneinander hängenden Männer.

Vorsichtig zog der Wilderer sich an dem Riemen in die Höhe, bis er den ersten Knoten fassen konnte, zog sich dann weiter hoch, bis er den zweiten Knoten faßte, immer den Förster an den Füßen, zog sich dann höher, bis er die Lende des Baumes mit dem einen Arm umklammerte, dann mit dem anderen Arm, und nun schob er sich weiter auf das Ebene, sich in Wurzeln einhakend, und wie er seine Beine hochzog, da kamen die Hände des Försters zum Vorschein, dann der Kopf, und endlich hatte er auch den Förster auf dem Ebenen oben; der hielt aber seine Arme noch eine Weile um die Beine des Mannes geschlungen, dann erst ließ er los.

»Das war ein saures Stück Arbeit,« sagte der Wilderer und besah seine Hände; von drei Fingern an jeder Hand waren ihm die Nägel ausgerissen. »Meine Kinder,« stammelte der Förster, »meine Kinder.« »Du bist ja wie betrunken?« fragte ihn der Wilderer. Der Förster holte seine Schnapsbuttel heraus, trank dem Bergmann zu und reichte sie ihm; der trank gleichfalls und sagte: »Der tut gut.« »Habe ich denn geschrien?« fragte der Förster; »ich habe von gar nichts gewußt.« »Von Deinen Kindern hast Du gesprochen,« antwortete der Wilderer, »und daß Du Dich nicht an mir hochziehen kannst; deshalb habe ich Dich mit hochziehen müssen.«

Es entstand eine Pause; der Förster sah auf den geendeten Hirsch und sagte: »Er sieht gut aus am Leibe.« Plötzlich erinnerte er sich, wischte über sein Gesicht und fuhr fort: »Ach so.«

Der Wilderer schwieg eine geraume Weile, dann sagte er: »Nun läßt Du mich doch aus. Den Hirsch schickst Du an den Oberförster, das Gehörn ist Dein. Es ist ein ungerader Vierzehnender.« Der Förster schüttelte den Kopf und erwiderte: »Ich habe geschworen.«

»Wer alles glaubt, was die Pastoren sagen!« antwortete ihm achsel-zuckend der Wilderer. »Es ist nicht deshalb, aber Ordnung muß sein,« sagte der Förster. »Du hast mir das Leben gerettet, ohne Dich wär ich hin. Aber wenn der Mensch seine Pflicht nicht mehr tut, dann ist alles aus.«

Plötzlich stürzte sich der Wilderer auf den Förster, kniete ihm auf der Brust und umklammerte ihm mit den blutigen Händen die Keh-le, indem er schrie: »Dann mußt Du doch hinunter«; aber durch die heftige Bewegung kamen die Körper ins Gleiten, der Wilderer fiel zur Seite, schnell warf sich der Förster auf ihn, mit der einen Hand packte er seine Kehle, mit der anderen ergriff er einen schweren Stein und schlug ihm auf den Kopf, daß ihm die Sinne schwanden; neben ihm hingen noch die zusammengeschnallten Riemen, er löste sie vom Baum, wälzte den Mann um und verschnürte ihm die bei-den Hände auf dem Rücken. Dann nahm er den abgeschossenen Doppelläufer, denn seine eigene Büchse lag unten in der Pinge, lud, sah den Feuerstein nach; der Wilderer hatte sich wieder aufgerich-tet, das Blut lief ihm über die Augen; der Förster zog sein Taschen-tuch, wischte ihm die Augen, verband die Stirnwunde und setzte ihm die Mütze auf. Dann erhob sich der Wilderer, und indem der Förster ihm mit gespanntem Hahn folgte, gingen die Beiden zur Ortschaft hinunter. Die Hunde bellten. Alle Häuser waren dunkel. Als sie am Hause des Wilderers vorbeikamen, fragte der Förster: »Willst Du Deine Frau und Kinder noch einmal sprechen?« Der Mann schüttelte finster den Kopf und erwiderte: »Ich habe keine Lust auf das Geplärr.« So gingen die Beiden weiter auf dem Weg, den die Eisensteinwagen und Kohlenkarren fuhren bis zur Eisen-hütte; der Lichtschein glühte durch die Fenster und offene Tür der Hütte; der Mond ging unter, sie schritten im Sternenlicht weiter. »Kannst du vor die Füße sehen?« fragte der Förster; der Bergmann antwortete nicht; gegen Morgen kamen sie in der Stadt an; der Förs-ter schlug an das Gefängnistor; er sagte noch: »Daß Du mich geret-tet hast, will ich vor Gericht erzählen, das Andere braucht Keiner zu wissen, das ist meine Sache. Verrate Dich nicht, denn wenn ich ge-fragt werde, so muß ich's sagen.« »Es ist gut,« antwortete der Berg-mann. Das Tor wurde geöffnet, der Förster lieferte seinen Gefange-nen ab und ging zurück.

In der Gerichtsverhandlung wurde Alles erzählt, außer dem letzten Angriff des Wilderers; es ging nicht anders, als daß man den Mann verurteilte, aber die Richter empfahlen ihn dem Herzog zur Begnadigung.

Man wußte, daß der Herzog Wilderer nicht begnadigte. Der Förster zog seine Staatsuniform an und fuhr in die Hauptstadt; er erhielt eine Audienz beim Minister; der Minister sagte: »Ich fühle menschlich,« setzte sich gleich mit ihm in den Wagen und fuhr zum Schloß; die Beiden mußten in einem großen Saal warten; der Herzog erschien, der Minister sagte ihm ein paar Worte und forderte dann den Förster auf, zu erzählen. Schweigend, auf die Erde blickend, mit ungeduldigem Gesichtsausdruck hörte der Herzog zu; wie der Förster seine Erzählung beendet hatte, sagte er langsam, ihn gleichgültig ansehend: »Ich habe es mir zum Gesetz gemacht, keinen Wilderer zu begnadigen. Anders kann das Laster nicht ausgerottet werden.« Dem Förster schwoll die Ader auf der Stirn. »Das Laster?« rief er, »Hoheit gehen selber auf die Jagd. Meinen Hoheit, die armen Leute sind aus anderm Teig gebacken?« Erstaunt trat der Herzog einen halben Schritt zurück und sah auf den Minister. Dieser warf verlegen ein: »Der Mann hat doch dem Förster das Leben gerettet mit eigner Lebensgefahr. Der Förster hat es für seine Pflicht gehalten, ihn trotzdem zu verhaften.« »Ich weiß, ich weiß,« antwortete der Herzog. »Was soll ich tun? Der Förster tut mir ja leid, lassen Exzellenz ihm eine Anweisung auf zwanzig Taler anschreiben.« Der Förster trat ungestüm vor und schrie: »Bin ich ein Menschenverkäufer?« Plötzlich riß er seinen Uniformrock auf, zog ihn aus, warf ihn dem Herzog vor die Füße und fuhr fort: »Da liegt der grüne Rock.« Der Minister zitterte, der Herzog lächelte, wie er den wütenden Mann in Hemdsärmeln und den bebenden Beamten sah; dann ging er auf den Förster zu, reichte ihm die Hand und sagte: »Er ist ein Kerl, wie er sein muß. Zieh Er Seinen Rock wieder an, der Wilderer wird begnadigt, Seine zwanzig Taler soll Er doch haben.« Dann winkte er den beiden Fassungslosen zu und ging aus dem Saal. Der Minister nahm den Förster wieder in seinen Wagen, aber die Beiden sprachen unterwegs kein Wort.

Als der Bergmann nach Hause kam, sagte der Förster zu ihm: »Wir sind quitt, jetzt geht eine neue Rechnung an.« Der Wilderer schüttelte ihm die Hand, dankte ihm und sprach: »Ich habe genug von dem Schreck, noch einmal mag ich Das nicht erleben.« »Wer's glaubt, daß es anhält!« erwiderte der Förster, rückte seine Büchse zurecht, pfiff seinem Hund und ging weiter.

Nach einem Jahr wurde der Förster erschossen gefunden. Männer hieben zwei junge Tannen ab, flochten aus Zweigen eine Bahre und trugen ihn in den Ort; die Försterin stürzte aus dem Haus, raufte sich die Haare, die Kinder folgten ihr, schrieen und weinten, die Frau warf sich auf den toten Mann; wie sie aufblickte, sah sie dem Wilderer gerade ins Gesicht; er war in der schwarzen Bergmanns-tracht mit dem Schachthut, er kam eben von der Arbeit. Er ging auf der anderen Seite der Straße und tat, als ob er den Auflauf nicht sehe. Die Frau zeigte mit dem Finger auf ihn und schrie: »Der, Der, für Den ist er zum Herzog gegangen, hat seine Stelle in die Schanze geschlagen, an seine Kinder hat er nicht gedacht, er hat nur an Den gedacht.« Der Mann ging stumm vorüber, die Leute sahen ihm still nach, die Witwe warf sich wieder jammernd über den Toten.

Der Wilderer trat in sein Haus, ein Kind wich scheu zur Seite; die Frau kam; er herrschte sie an und verlangte sein Waschwasser; dann wusch er in der Wohnstube den roten Arbeitsschmutz ab, zog sich aus, ging in den Stall, wo die beiden Kühe standen; sie wende-ten ihm die Köpfe zu, er streichelte sie; dann stieg er die Leiter zum Heuboden hoch, knüpfte einen Strick an einen Dachsparren und erhängte sich.

Die Lieder im Schützengraben

Während der Kämpfe in Polen lag einmal eine deutsche Abteilung den Russen so lange gegenüber, daß beide Teile gewisse feste Ordnungen angenommen hatten.

Das Feld war rechtzeitig bestellt gewesen, und nun zog sich eine weite schwankende Ebene goldgelben Roggens hin, in dem Mohnrosen und Kornblumen rot und blau blühten. Die Gräben lagen sich auf einer leichten Anhöhe gegenüber und schnitten dunkle Linien in den Boden; zwischen und hinter ihnen war der Boden verwüstet: inmitten von zertretenen und zerstampften Äckern, Spuren von Rädern und Hufen, aufgeworfenen Schollen, leeren Blechbüchsen und verlorenen Uniformstücken von Toten oder Verwundeten, die hier gelegen, erhob sich vielleicht einmal noch ein Büschel Halme, breit wie eine Hand, hatte sich eine umgeknickte Kornblume wieder nach oben gerichtet und blühte mit halb zerstörter Krone; aber in weiterer Entfernung standen die Felder fast unberührt, nur schmale Gänge liefen in dem Korn, wo ein einzelner Mann gehen konnte, dem dann die Halme um die Beine schlugen.

Den ganzen Tag lagen sich die feindlichen Krieger gegenüber; die einen lagen und saßen gebückt in den niedrigen, brettergedeckten Höhlen, indessen die andern standen und durch sorgfältig verdeckte Löcher in dem Wall der aufgeworfenen Erde nach dem Gegner lugten. Lange war es oft ruhig; dann fiel ein Schuß, andere Schüsse folgten, von der Gegenseite kam Antwort, dann schwächte sich das Feuer wieder ab, und in den Gräben war nur die langsame Stimme eines Erzählers zu hören, oder ein schnelleres Gespräch Mehrerer, Ausrufe, die beim Spiel geschehen, oder Geräusch einer Arbeit wie Sägen oder Hacken.

Gegen Sonnenuntergang fand meistens ein verstärktes Schießen statt; aber wie nach einer stillschweigenden Verabredung verstummte das, wenn Feierabend war; dann dachten die Leute auf beiden Seiten wohl an ihre Heimat und wie sie mit der Sense auf dem Rücken, durchschwitzt und müde auf dem rasenbewachsenen Wege dorfwärts gingen mit schweren und schleppenden Schritten, indessen der abendliche Rauch aus den Schornsteinen der Häuser zwischen den Obstbäumen zum dunkelnden Himmel stieg. Wenn dann die Stille eingetreten war, die nach dem vorherigen Getöse der Schüsse sehr tief erschien, dann hörte man nach einer Weile fern im Feld das Schrillen einer Grille; eine andere Grille antwortete, eine dritte machte sich bemerkbar; und bald war die Luft erfüllt von dem seltsamen, wie liebestollen Musizieren vieler solcher Tierchen.

Schon seit langer Zeit waren die Deutschen gewohnt, daß dann aus dem russischen Graben die wunderschöne, klagend singende Stimme eines jungen Mannes erklang. Die Stimme sang russische Volkslieder; eine nach der anderen hoben sich die schwermütigen Weisen, tönten über die still lauschenden Deutschen hin, breiteten sich über das weite Kornfeld, wo aus der Entfernung die Grillen eifersüchtig die menschlichen Klänge überschallen wollten. Unterdessen sammelte sich die Dunkelheit in der Ebene und stieg langsam nach oben, wunderlich erschien die Linie des Grabens gegenüber, eine lauwarme Nacht begann sich zu heben nach der sengenden Hitze des Tages, der Boden strömte Wärme aus, und still tauchte am Horizont die goldene Scheibe des Mondes auf. Etwa eine Stunde sang der Sänger, jeden Abend sang er dieselben Lieder, in derselben Reihenfolge; und wenn er geendet, dann suchten die ermüdeten Soldaten, welche nicht auf Posten standen, einen Schlaf bis zum Morgen, wo die ersten Schüsse sie wieder weckten, wenn die Sonne kaum ihre früheste Helligkeit verbreitete.

Bei den Deutschen war ein Leutnant, der zu Hause Volksschullehrer war und sehr schön Geige spielte. Dieser hörte dem Sänger mit besonderer Liebe zu und merkte sich alle seine Melodien. Als er einmal Ablösung hatte, fand er in dem Herrschaftshause, in welchem er mit seinen Leuten lag, eine Geige; er übte die Weisen des unsichtbaren Sängers, und als er wieder in den Graben zurückgehen mußte, nahm er die Geige mit.

An dem Abend aber, wo er ankam, war eine merkwürdige Stimmung in Allen; es war wie ein bebendes Erwarten, ein nervöses Sehnen; die Grillen schrillten lauter und hastiger, der Sänger sang sehnsuchtsvoller und trauriger; ein Mann sagte still: »Jetzt bringt meine Frau die Kinder zu Bett, faltet ihre Hände und läßt sie für ihren Vater beten.« Alle fühlten, daß diese Nacht Etwas geschehen werde.

Wirklich kam ein Überfall der Russen. Die Angreifer stürzten vor, erst stumm, und als geschossen wurde, mit Geschrei; jeder Mann war auf seine Stelle geeilt, der Leutnant rief: »Ruhig zielen«; Schüsse knallten, plötzlich waren die Russen im Graben, mit dem Gewehrkolben wurde geschlagen, das Bajonett war aufgesetzt, Schreien, Verwünschungen, ein furchtbares Brüllen erscholl; es wußte Keiner von sich, Leuchtkugeln streuten Licht von oben, schließlich merkten die Deutschen, daß die Russen wichen; sie folgten ihnen, aber eine Leuchtkugel zeigte ihnen, wie wenige sie waren, so ließen sie sich gleich wieder in ihren Graben zurückgleiten, auf die Leichen und Verwundeten, die da lagen. Sie zitterten alle vor Aufregung; nur das Stöhnen der Verwundeten wurde gehört, sonst war auf beiden Seiten Alles still.

Die Nacht verging, die Sonne erschien, und der lange Tag kam. Viele waren gefallen, es hatte keine Ablösung geschickt werden können. Die Toten wurden durch die Gänge fortgetragen, auch Verwundete. Einige Verwundete blieben, denn sie wollten die Kameraden nicht allein lassen.

Endlich senkte sich die Sonne, die durch die Erwartung schmerzenden Nerven wurden wieder unruhiger, das erste Schrillen des Heimchens erscholl. Jedes Ohr war gespannt auf den Sänger, ein Abendgeräusch schien ihn anzukünden, ein anderes; die Grillen erhoben immer höher ihre Stimmen; kein Lied kam aus dem feindlichen Graben.

Der Leutnant hatte eine Kopfwunde bekommen; der Arzt hatte sie ihm verbunden, und er wollte nicht seine Leute verlassen. Im Hintergrunde des Unterstandes lag die Geige. Langsam nahm er sie in die Hand, strich, stimmte sie, stimmte sie weiter. Dann begann er zu geigen.

Er geigte die erste Weise, welche der Russe gesungen, der nun gefallen war und vielleicht unter den Toten in dem verwühlten und unanständigen Raum zwischen den Gräben lag. Es war Alles still bei den Leuten, Alle hörten schweigend zu, und auch bei den Russen drüben war tiefes Schweigen; nur die Grillen waren lauter wie vorher. Und wie die erste Weise verklungen war, setzte er den Bogen an zu der zweiten Weise; schweigend hörten Alle ihm zu, der fortgeigte, indessen die Dunkelheit sich sammelte in der Ebene. So geigte er eine Stunde lang, alle Weisen, welche der tote russische Soldat gesungen.

Wie er geendet, war eine große Pause, in der man nur die Grillen hörte. Da standen bei den Russen die Soldaten auf ihrem Wall; sie hatten ihre Gewehre fortgeworfen und hielten die Hände hoch; so kamen sie zu den Deutschen herüber und ließen sich gefangennehmen; sie weinten alle, die Deutschen gaben ihnen Brot, und sie aßen; und während sie still auf der Erde kauerten und aßen, legte der Leutnant seine Geige wieder an die Wange und geigte, und diesmal sangen die Deutschen mit; es war das Lied »Ich hatt' einen Kameraden«. Alle waren aufgestanden und auch die Russen standen auf, und indem sie das Lied nicht verstehen konnten, entblößten sie ihr Haupt und falteten die Hände; sie hatten sich in der Nacht geschlagen als mutige Männer; aber als nun die Verse »Gloria Viktoria« kamen, wurden sie ängstlich. Da lachten die Deutschen, und als die Russen sie lachen sahen, da lachten sie mit.

Das Gewissen

Zwei Freunde sind im Gespräch beieinander. Der eine besitzt in einer Stadt, welche durch ihre chemische Industrie ausgezeichnet ist, eine kleine chemische Fabrik. Er ist ein tüchtiger Gelehrter und fleißiger Geschäftsmann; aber, wie das heute so ist, er vermag sich nur mit Mühe und unter sehr großen Sorgen und Anstrengungen zu erhalten, da in seiner Industrie der Großbetrieb alle kleinen Unternehmungen erdrückt, sehr zum Nachteil der Arbeit, wie er sagt, da gewisse Erzeugnisse, zu denen auch die seinigen gehören, in kleinen Einzelbetrieben besser hergestellt werden können wie in großen.

Die Beiden sprachen von dem Krieg und seinen Folgen für die Menschen. Der Fabrikant erzählte Folgendes:

»Ich hatte einen Arbeiter, der ein sehr tüchtiger Mann ist: klug, fleißig, anstellig und, wenigstens bei seiner Arbeit, zuverlässig. Er verdiente sehr viel; ich habe mir ausgerechnet, daß er jährlich an die viertausend Mark bei mir hatte; etwa zwei Drittel der Summe (fügte er lächelnd hinzu), die ich selber verdiene.

Der Mann zeigte den typischen Proletariercharakter. Wenn im Winter Eis geschnitten wurde, dann kam er einfach morgens nicht; er verdiente mehr, wenn er beim Eisschneiden half; es erschien ihm sogar überflüssig, mir auch nur eine Nachricht zu geben, daß er ausblieb. Wenn man mit den Leuten zu tun hat, dann verzichtet man ja bald darauf, daß sie ein Gefühl der Verpflichtung gegen ihren Arbeitsherrn haben, obwohl sie sich doch sagen müßten, daß mindestens bis zu einem gewissen Punkt sein Schaden auch der ihrige ist; sie haben das eben noch nicht gespürt. Schwerer versteht man die Gedankenlosigkeit, daß sie eine sichere und sehr gut bezahlte Arbeit aufs Spiel setzen wegen des Mehrverdienstes einer Zufallsarbeit von einigen Tagen. Unsere Industrie hat sich eben so schnell entwickelt, daß ein solcher Mann immer wieder Arbeit bekommen würde, wenn ich ihn auch wegen einer derartigen Handlungsweise entließe.

»Sie stehen ja«, er sah den Andern lächelnd an, einen Gelehrten, der mit dem Leben wenig Berührung hat, »mit Ihren Gefühlen auf der Seite der Arbeiter, und ich will Ihnen keine sozialpolitischen Vorträge halten. Ich meine nur, daß die Sache nicht so einfach ist, wie Sie und Andere meinen, die das Beste für unser Volk wollen, aber weder Menschen noch Verhältnisse kennen. Glauben Sie mir, es kann Keiner den Kapitalismus mehr hassen wie ich; ich kenne ihn, ich fühle ihn auch; aber seine Fürchterlichkeit liegt ganz wo anders, als Sie denken: sie liegt darin, daß alle Verhältnisse und alle Menschen entseelt werden, die in seinen Wirbel hineingeraten. Ja, ich hasse den Proletarier; aber ich hasse ihn nicht mehr, wie ich den Bourgeois hasse, wie ich mich selber hassen würde, wenn ich nicht meine Seele vor diesem Getriebe gerettet hätte.

Aber lassen wir Das. Ich erzählte Ihnen, daß der Mann sehr viel verdiente. Der Verdienst brachte ihm keinen Segen, wie er all diesen unglücklichen Menschen keinen Segen bringt. Er hatte drei Kinder. Die beiden ältesten, ein Knabe und ein Mädchen, arbeiteten bereits in meiner Fabrik. Ich suchte ihm vergeblich klarzumachen, welches Unrecht er an den Kindern beging, daß er bei seinem Einkommen die Pflicht hatte, den Sohn weiterzubringen, das Mädchen sittlich und zu einer ordentlichen Hausfrau zu erziehen. Er gab mir immer die gewöhnliche Antwort der Leute, daß er ›die paar Groschen gebrauche‹. Die paar Groschen, nun, das waren für die Beiden zusammen rund dreißig Mark die Woche, die also noch zu seinem Einkommen hinzukamen.

Ich habe mich vergeblich gefragt, wie die Leute das Geld verbrauchten. Es ließ sich hier ein Mensch nieder, der nachgemachten Brillantschmuck verkaufte, und ich sah das Mädchen sogleich mit solchem Schmuck zur Arbeit kommen; meine Frau behauptete, daß sie mehrere teure Hüte im Jahr kaufte, daß ihre Kleidung, so schlumpig sie war, mehr kostete wie die ihrige; es schien, daß die Familie unverhältnismäßig viel für das Essen ausgab. Sie werden ja in den Kramläden des Arbeiterviertels hier auffällig viel teure Delikatessen finden. Unser Pastor, Sie kennen ihn, ein seelenguter Mann und ein Idealist wie Sie, meldete sich nach Kriegsausbruch, als eine größere Anzahl Landsturmmänner nach hier kamen, um unsre Werke zu bewachen, daß er zwei Leute in Einquartierung nehmen wolle; er bekommt sie, seine Frau ist glücklich, daß sie auch etwas für das Vaterland tun kann, richtet ihnen das Fremdenzimmer ein, setzt ihnen einen Blumenstrauß auf den Tisch, fragt sie nach ihren

Lieblingsspeisen; sie wundert sich etwas, wie die Beiden ihr einen Küchenzettel aufstellen, denn da stehen Gerichte, die der gute Pastor kaum einmal an einem hohen Feiertag auf seinen Tisch bekommt; aber sie denkt, die Leute machen einen Spaß und kocht, wie sie gewohnt ist; nach wenigen Tagen erklärt die Einquartierung, solchen Fraß seien sie nicht gewohnt, sie hätten ihren Unteroffizier um eine andere Unterkunft ersucht. Nun, so mag bei meinem Mann das Geld aufgegangen sein; jedenfalls war er immer im Vorschuß bei mir.

Im Laufe des Krieges wurde er eingezogen und kam bald hinaus an die Front. Nach etwa einem halben Jahr kehrte er zurück mit einem steifen Finger. Er arbeitet wieder in meiner Fabrik; er ist im Kriege ein ganz anderer Mensch geworden.

Die Leute sind ja durch ihr Zeitungslesen von dem selbständigen Formen ihrer Gedanken entwöhnt und können sich deshalb schwer ausdrücken, wenn sie etwas Erlebtes darstellen wollen. Aus dem Gemisch von verwirrten Reden und Schlagwörtern, das er vorbrachte, habe ich nun folgendes verstanden.

Neben ihm diente ein Mann aus den gebildeten Ständen; er nannte ihn immer den ›Kameraden‹ und bezeichnete ihn als Professor, wobei es nicht klar wurde, ob er Universitätslehrer oder Gymnasialprofessor war, oder ob er ihn nur so nannte. Er erzählte von ihm, er habe mit ihm zusammen graben müssen; er habe einen Regenwurm vor dem Spaten gehabt und habe den zerteilen wollen, da habe der Kamerad seinen Arm aufgehalten und ihm gesagt, er dürfe das nicht tun. Er habe gelacht und geantwortet, das Tier habe kein Bewußtsein; da habe ihm der Kamerad gesagt: ›Vielleicht ist es so, aber man darf das seiner selbst wegen nicht tun‹; dabei habe er ihn so angesehen, daß er betroffen geworden sei.

Zuerst habe er sich über solche Dinge geärgert; wie er jetzt wisse, weil er beschämt gewesen sei, denn er habe eben eingesehen, daß der Andere ein höherer Mensch war und daß er sich ihm ähnlich machen müßte, weil er das konnte. In seinem Ärger verspottete er den Kameraden und erzählte den übrigen solche Geschichten, wie die mit dem Regenwurm; aber es hatte Niemand so recht das Herz, auf den Spott einzugehen; die Andern sagten, Jeder habe seine Überzeugung, und Überzeugungen müsse man ehren; und ihm selber war auch nicht wohl bei seinem Spott. Der Kamerad habe sich um die Reden gar nicht gekümmert und sei immer gleich freundlich zu ihm gewesen.

Einmal, er habe sich so recht unglücklich gefühlt und nicht gewußt, weshalb, da habe ihm der Kamerad gesagt: ›Du tust mir leid,‹ und da sei ihm gewesen, als müsse er ihm sein Herz ausschütten; aber er habe gar Nichts sagen können und sei deshalb still gewesen.

Zuletzt ist er vorn mit dem Kameraden in der Nähe eines feindlichen Maschinengewehrs. Er konnte mir die Lage nicht genauer beschreiben; es muß wohl in einem wilden Kampf gewesen sein, wo die Leute nur sehen, was notwendig ist, und nachher keine richtige Erinnerung mehr haben. Der Kamerad sagt zu ihm: ›Wenn wir das Maschinengewehr nehmen, dann erhalten wir Hunderten das Leben.‹ Mein Mann erzählte mir, daß er gefühlt habe, nun müsse er vorgehen; er habe aber Nichts gesagt, er sei liegen geblieben. Da sei der Kamerad aufgesprungen und habe sich an die feindliche Mannschaft gemacht und alle Drei niederschlagen; er habe wohl gewußt, das hätte eigentlich er selber tun müssen, und er habe gefühlt, daß der Kamerad das auch dachte, denn an ihm war nicht so viel verloren, wie an dem Kameraden; aber da lag der Kamerad schon am Boden, im Sterben. Der Kamerad wußte, daß mein Mann sich Gewissensbisse machte, weil er wie ein Schuft gehandelt hatte und liegen geblieben war; da tröstete er ihn noch im Sterben und sagte. ›Einer für den Andern, das nächste Mal läufst Du vor,‹ und dabei lächelte er und winkte ihm mit den Augen zu. Dann verdrehte er die Augen und starb.

Und da sei nun der Umschwung bei ihm gekommen. Es sei gewesen wie ein Blitz; er habe gesehen, wie gemein er sein ganzes Leben gelebt habe; er hätte heulen müssen vor Scham über sich, und in seiner Verzweiflung sei er losgegangen, weil er habe sterben wollen aus Scham; er habe aber nur die Verwundung an der Hand bekommen.

Als er wieder hier war, suchte er seine häuslichen Verhältnisse zu ändern. Er meldete die beiden jungen Menschen bei mir ab und sagte, er wolle nicht mehr, daß seine Tochter ein Fabrikmädchen sei, und sein Sohn solle erst Etwas lernen. Es scheinen Zwistigkeiten in der Familie gekommen zu sein, denn er trennte sich von seiner Frau und lebt jetzt allein, sehr ordentlich und einfach; die Familie wird von ihm erhalten. Der Sohn scheint an ihm zu hängen und tüchtig zu sein; er soll später ein Technikum besuchen. Die Tochter traf ich kürzlich auf der Straße in bedenklichem Aufzug.

Der Mann ist seelisch nicht wiederzuerkennen.

Ich hielt es für nötig, weil ich glaubte, daß er sich noch immer mit unnützen Gewissensbissen quälte, ihm gut zuzureden. Er hörte mich ruhig an, dann sagte er: ›Was ich getan habe, das habe ich getan, das schafft auch keine Reue aus der Welt; und da kann die ganze Welt mir Trost einsprechen, ich weiß, was ich weiß. Aber wenigstens will ich von jetzt an so leben, wie es gut ist; wenn ich mich irre, so irre ich mich, dann bin ich unschuldig; aber nach meinem Gewissen will ich jetzt leben. Ich weiß auch, daß die Gedanken um das Frühere dumm sind, und Einem nur die Kraft nehmen, die man für Vernünftiges braucht, deshalb hänge ich ihnen nicht nach.‹

Was konnte ich ihm antworten? Er hatte ja recht.«

Der Erzähler schloß. Der Freund fragte: »Und hat der Mann nie von religiöser Tröstung gesprochen? Es wäre doch merkwürdig, wenn sich nicht ein Bedürfnis nach Religion in ihm eingestellt hätte, es ist doch nun auch das häusliche Unglück zu Allem gekommen.«

Der Erzähler sagte lächelnd: »Sie kommen auf Ihre Gedanken, Sie meinen, daß die Menschen gewisse Ideen nötig haben, die Sie Fiktionen nennen und zu denen Sie den Glauben an Gott, Freiheit und Unsterblichkeit rechnen, und Sie glauben, daß der Mann, nachdem er in eine höhere seelische Sphäre eingedrungen ist, sich dieser Fiktionen bedienen muß. – Ich sprach mit ihm von den Tröstungen der Religion – nun, so, wie unsereiner von ihnen spricht. Er fühlte heraus, was ich dachte bei meinen Worten, und ich muß zugeben, mich überkam eine gewisse Beschämung bei seiner Antwort. Er sagte nur: ›Sie haben ja doch auch Nichts gefunden.‹ Was sollte ich auf eine solche Antwort erwidern?«

Der Freund sagte: »Ja, Sie konnten freilich Nichts auf diese Antwort erwidern. Ich hätte es auch nicht können. Aber doch war die Antwort falsch. Sie sprachen von einer höheren seelischen Sphäre, in welche der Mann gelangt ist. Wenn wir Beide aus unserer jetzigen Sphäre in eine höhere kämen, dann könnten wir ihm vielleicht erwidern.«

»Wie meinen Sie das?« fragte beunruhigt der Erzähler.

»Hätte der Kamerad, der sterbend noch einen Trost für den doch tief unter ihm stehenden Menschen wußte, welcher in der Tat seine Pflicht nicht getan hatte – hätte der auch nicht auf jene Antwort erwidern können?« fragte der Freund.

»Ich weiß nicht,« erwiderte unwirsch der Erzähler.

»Sie sind in jener Gemütsverfassung, in welcher der Mann sich befand, als ihm die wunderliche Geschichte mit dem Regenwurm geschehen war. Sie müssen es nicht sein, denn ich stehe Ihnen gegenüber nicht höher,« sagte der Gelehrte; und dann schloß er: »Der Mann ist ja nach seiner äußeren Stellung noch das, was er früher war: aber seelisch ist er nicht mehr Proletarier. Sie sagten, Sie hassen den Bourgeois, wie Sie den Proletarier hassen. Wenn wir eine Antwort fänden, wie sie der Gefallene vielleicht gehabt hat, dann vergäßen vielleicht auch wir den Gegensatz der beiden Klassen?«

»Sie meinen, wir würden dann wieder Menschen?« fragte der Erzähler.

Die Fabrik

Vor den Toren einer deutschen Mittelstadt lag eine Fabrik, welche Nippesfiguren aus Metall herstellte: Schiller, Goethe, Kaiser Wilhelm, Bismarck, Hindenburg, Zwerge, Hunde, Pilze, Vögel und sonst noch allerhand Gestalten. Die Fabrik hatte sich aus kleinen Anfängen entwickelt. In den sechziger Jahren hatte an dem Ort ein Zinngießer namens Maier gelebt. Damals verdrängte das Porzellangeschirr endgültig das Zinn von den Tischen und aus den Schränken; Maier war ein anstelliger Mann, der allerlei Geschicklichkeiten besaß, und er hatte auch den Scharfblick, um zu sehen, daß die Zinngießerei keine Zukunft mehr hatte. Das Zink, welches die Form verhältnismäßig gut ausfüllt, wurde billig in großen Mengen hergestellt; Maier machte die ersten Versuche, indem er ein Bild von Napoleon dem Dritten formte, welcher damals allgemein beliebt war, und in Zink abgoß. Der Abguß erhielt einen Anstrich, so daß er aussah wie Bronze. Der Gegenstand – man nennt das »Artikel« – gefiel den Frauen, welche die Käuferinnen solcher Waren sind, die Herstellung war sehr einfach, so daß den Händlern ein für die damaligen Zeiten hoher Gewinn zugebilligt werden konnte, und so kamen denn schnell Bestellungen über Bestellungen auf den Napoleon, daß Maier schon nach einigen Wochen sich einen Arbeiter annehmen mußte, nach Jahresfrist fünf Leute in Lohn hatte, und außer dem Napoleon noch König Wilhelm goß und einen Storch, der ein Wickelkind brachte, nach zwei Jahren ein kleines Fabrikgebäude baute, und als er Ende der achtziger Jahre als Kommerzienrat starb, ein Verzeichnis mit Bildern hatte herausgeben können, welches über dreitausend Nummern enthielt, und einen Besitz hinterließ, der auf über eine Million geschätzt wurde. Der Sohn führte das Geschäft weiter und dehnte es aus, indem er vor allem einen Absatzmarkt in Ostasien fand; man konnte auch hier wieder die Überlegenheit der Deutschen Industrie bewundern, welche sie durch die Deutsche Wissenschaft hat. Für Ostasien wurden Götzenbilder gegossen; diese waren aber, natürlich soweit es das billige Material zuließ, treu nach alten Bronzen im Museum für Völkerkunde in der Hauptstadt geformt und schlugen dadurch den englischen Wettbewerb völlig aus dem Felde, denn dieser arbeitete nach Mustern, welche in England selber hergestellt waren. Der Enkel hatte studiert, große Reisen gemacht, er war ein halbes Jahr lang in Indien und China gewesen, und als er nun nach dem Tode seines Vaters, des zweiten Besitzers, die Fabrik übernahm, zu Anfang des zweiten Jahrzehnts dieses Jahrhunderts, da erwartete Jeder, und mit Recht, ein noch weiteres Aufblühen des Unternehmens, dessen lange und hohe Gebäude mit vielen rauchenden Schornsteinen nun stattlich dalagen, inmitten der schnurgeraden Straßen, welche inzwischen entstanden waren; deren vier- und fünfstöckige Häuser wimmelten von Menschen, welche zu einem großen Teil in der Fabrik ihr Brot fanden.

Der Gymnasialdirektor der Stadt war ein Witwer und lebte allein mit seiner einzigen Tochter, einem jungen und sehr schönen Mädchen. Anna, so hieß diese Tochter, leitete in Stille und mit Umsicht den kleinen Haushalt und half dem Vater bei seinen wissenschaftlichen Arbeiten; denn der alte Herr war Astronom; er besaß ein Teleskop, dessen Mangelhaftigkeit er oft beklagte und beobachtete mit ihm in klaren Nächten den Himmel; sein Name galt in der gelehrten Welt, wenn er auch nur sehr wenig veröffentlichte. Anna war eine gute Rechnerin und mußte ihm oft lange Berechnungen ausführen; aber auch bei den Beobachtungen gebrauchte er ihre jungen und scharfen Augen; und so geschah es oft, daß sie Nachts bei ihm in dem Dachstübchen saß, in dessen Fenster das Teleskop aufgestellt war.

Menschen, welche viel die Gestirne betrachten, erhalten ein eigenes Wesen; sie werden, was die bürgerlichen Leute »Idealisten« nennen; denn sehr schnell bekommen sie die Bedingtheit alles Dessen ins Gemüt, was den gewöhnlichen Menschen als unbedingt erscheint. Der Erdball selber ist ihnen ja nicht mehr, wie ein anderer Stern, den sie unendlich klein durch ihr Rohr erblicken, von dem sie Nichts wissen, als seine Bewegung im Weltenraum, und die bürgerlichen Geschäfte erscheinen im Gegensatz zu den ungeheuren Räumen und Zeiten, mit welchen sie rechnen, so klein, daß sie den Wertmaßstab der durchschnittlichen Menschen völlig verlieren. Man versteht, daß Anna sich nicht in den Gesellschaften der jungen Mädchen zeigte, und bei den Tanzvergnügungen und Ausflügen, welche eingerichtet wurden.

Es erregte großes Aufsehen in der Stadt, als der Dr. Maier, der junge Herr des großen Unternehmens, um Annas Hand anhielt. Aber man sagte sich freilich, daß ein so reicher Mann in der Wahl seiner Frau völlig frei war, denn eine Absage durfte er von keinem Mädchen befürchten und er brauchte nicht auf Vermögen zu sehen.

Anna ging mit ihrem Vater zu Rat. Sie sagte ihm, daß sie am liebsten bei ihm bleiben möchte; denn wohl habe sie sich schon gewünscht, einen Mann und Kinder zu haben, wie sich das ja jedes Mädchen wünscht, aber dann habe sie wieder an die gemeinsame Arbeit gedacht und an die tiefe Ruhe des Gemüts, welche die ihr verschaffe; denn so wenig sie zwischen Menschen komme, habe sie doch gesehen, daß alle Leute, welche sich in Dem bewegen, was man Leben nennt, unruhig, zerfahren, zerrissen, gedankenlos und ziellos sind. Sie habe auch besondere Bedenken wegen des großen Reichtums des Bewerbers. Sie habe sich solchen ja nie gewünscht, er bedrücke sie, und sie fürchte, daß er sie belästigen werde; und so würde ihr viel lieber gewesen sein, wenn sich ein Bewerber gefunden hätte etwa in den Verhältnissen des Vaters.

Der Vater erwiderte, es sei ihm lieb, daß sie so ruhig überlege; er habe mit Absicht sie früh in die Kunde der Gestirne eingeführt, um sie von der gewöhnlichen menschlichen Albernheit fern zu halten, welche eine zufällige Empfindung zum Herrn der Handlungen macht. Er müsse ihr zwei Dinge erwidern. Das Weib ist geschaffen für Mann und Kind, und alle andere Betätigung ist für sie nur Ersatz. Wenn sie keinen Widerwillen gegen den Mann hat, der um sie wirbt, so soll sie ihn annehmen, denn die Natur hat ihr die Selbsttätigkeit in diesen Dingen versagt, sie hat ihr nur ein Gefühl gegeben, das gegen einen Mann spricht, als Warnung vor unpassender Verbindung; jede ungewarnte Verbindung aber ist passend. Der Reichtum solle sie nicht beängstigen. Es komme ihm immer so vor, als ob die Menschen am Fuße eines Berges ihre Äcker bestellen, von dessen Gipfeln in dünnen Rinnseln das Gold herabfließt; ein Ackersmann könne ja wohl mit seiner Hacke das Gold verständig in diese oder jene Furche leiten; aber daß ein Rinnsal gerade über seinem Acker und nicht über dem des ebenso ehrlich arbeitenden Nachbarn erscheine, das sei nur Zufall. So müsse man denn den Reichtum nicht allzu schwer nehmen; und wenn man ihn verständig anwende, so könne man ja auch viele Vorteile von ihm haben.

Nachdem der alte Mann diese Sätze mit ruhiger Stimme gesagt hatte, ergriff er die Hand seiner Tochter, drückte sie und fuhr fort: »Ich danke dir besonders, daß Du nicht die Lügen vorgebracht hast, welche die Menschen sich ja selber machen, daß Du mich nicht verlassen könntest und dergleichen. Ich bin im Absteigen und Du bist im Aufsteigen. Es handelt sich darum, was für Dich richtig ist.«

»Das weiß ich, Vater,« erwiderte Anna und küßte ihn auf die Stirn; und was die Beiden nicht sagten, das fühlten sie, daß sie sich liebten.

Anna nahm die Bewerbung an; die Ehe wurde ohne lange Verlobungszeit geschlossen.

Als das junge Paar von der Hochzeitsreise zurückkam, erwartete der Vater sie am Bahnhof. Er schloß Anna in seine Arme und sah ihr ins Gesicht; es war ruhig und freundlich, wie immer. Sie sagte lächelnd zu ihm: »Du bist besorgt? Ich bin ja wohl durch Dich verwöhnt. Aber er ist ein tüchtiger Mann; er denkt immer an seine Arbeit, und die Arbeit des Industriellen ist ja auch für die Menschen ebenso nötig wie die des Gelehrten.«

Am andern Morgen zeigte der junge Gatte seiner Frau die Fabrik. Sie hatte noch nie etwas von den Waren gesehen, die hier hergestellt wurden; so sehr sie sich auch zwang, sie wurde auf das Tiefste verstimmt, als sie diese Abscheulichkeiten erblickte. Ihr Mann bemerkte es und lachte. »Es ist der Geschmack meines Großvaters, der hier herrscht,« sagte er; »ich selber will mich ja nicht mit Deinem Gefühl für Kunst messen, aber daß ich dieses Zeug auch nicht schön finde, das wirst Du mir gewiß glauben.« Sie sah ihn entsetzt an, er küßte sie auf die Stirn. Dann fuhr er fort: »Kein Mensch ist frei. Nur etwas höher müßte der Geschmack dieser Waren stehen, dann kaufte sie Niemand. Mein Großvater hat das Richtige getroffen, weil er selber der Stufe der Leute angehörte, welche diese Dinge kaufen.«

Sie schwieg; er fuhr fort mit geläufiger Rede, indem er ihr Maschinen erklärte, über die Arbeiter erzählte; sie fühlte sich von feindseligen Blicken der Leute getroffen; er sprach davon, daß er Land angekauft habe, um jedem seiner Arbeiter ein Stück Garten zu geben; nur zehn Hundertteile der Leute hatten Gebrauch von seinem Anerbieten gemacht; er zuckte die Achseln und fuhr fort, daß man seine Vorstellungen von den Menschen bald herabmindere.

In einem Saal waren die Leute zusammengelaufen und standen gedrängt an einer Seite. Der Herr trat schnell näher, der Knäul löste sich; Anna sah, wie ein Ohnmächtiger auf der Erde lag und von einem andern Mann gehalten wurde. Ein Mann, wohl ein Meister, kam zu ihr, begrüßte sie und sagte, ihr Gatte habe ihn geschickt, um sie hinauszubegleiten, er könne sich ihr jetzt nicht widmen.

Sie ging mit dem Mann die Treppe nieder; da das Schweigen drückend wurde, so fragte sie, was geschehen sei. Der Meister erzählte, ein Arbeiter in der Bleikammer sei erkrankt. Die Arbeit in der Bleikammer sei ungesund, wenn Einer ein halbes Jahr in dem Bleidunst gewesen sei, dann bekomme er eine Vergiftung; er könne ja wohl vielleicht wieder geheilt werden, aber ganz gesund werde er nie wieder. »Manche sterben?« fragte mechanisch Anna. »Jawohl, die Meisten sterben,« erwiderte der Meister. »Finden sich doch immer wieder welche,« fuhr er fort. »In der Bleikammer wird ein schöner Lohn verdient. Mich brächte ja Keiner hinein, ich denke an meine Familie. Aber das sagt sich eben nicht Jeder.«

Anna wollte noch fragen, wie viele Leute so im Jahre sterben; aber sie brachte die Frage nicht über die Lippen. Sie war mit dem Mann vor dem Wohnhaus angekommen, dankte ihm und reichte ihm die weißbehandschuhte Rechte.

Als der Mann ging, machte sie eine entschlossene Wendung. Sie stieg nicht die Stufen zum Haus hinauf, sondern ging an die Gartentür, und schritt mit schnellen Schritten auf dem Weg der Stadt zu. Sie kam zu dem Hause ihres Vaters und bat ihn, daß er sie wieder zu sich nehme.

Der alte Mann hörte ihre Erzählung an, dann sagte er: »Wenn Du ein Kind bekommen solltest, so würdest du das natürlich behalten wollen. Ich werde gleich zum Rechtsanwalt gehen und mit ihm Alles besprechen. Du weißt, wir haben ein kleines Vermögen. Wir sparen jetzt auch noch jedes Jahr, solange ich lebe. Du kannst also ruhig in deine Zukunft blicken.«

Der Brief der Mutter

In einer kleinen Stadt wohnte ein verabschiedeter Offizier, ein Hauptmann, mit seiner Frau und Tochter. Er verdiente zu seinem kleinen Ruhegehalt noch Einiges, indem er einem wohlhabenden Fabrikanten, der ursprünglich Arbeiter gewesen war, bei seinen Büchern und Briefen zur Hand ging, aber auch so lebte die Familie sehr einfach und bescheiden in vier Mansardzimmerchen und nur mit einer Aufwartung. Es wurde erzählt, der Bruder des Mannes habe ein Gut gehabt, und sei zwar ein tüchtiger Landwirt und fleißiger Mann gewesen, aber er habe nicht kaufmännisch rechnen können und habe deshalb kostspielige Verbesserungen gemacht, die sich auf dem schlechten Boden nicht lohnten, so daß er zuletzt aus Kummer mit einer großen Schuldenlast auf sich gestorben sei; diese Schulden habe der Andere übernommen und sei dadurch selber in seine schwierige Lage gelangt, so daß er sogar vorzeitig seine Laufbahn habe aufgeben müssen.

Als der Krieg ausbrach, stellte sich der Hauptmann gleich zur Verfügung; er erhielt erst einen Posten im Lande, später aber wurde er mit zur Front hinausgeschickt. Er fiel gleich in den ersten Tagen, als er einen verwundeten Feind bergen wollte, der im Stacheldraht vor seinem Schützengraben hängen geblieben war.

Die hinterlassenen Frauen standen ohne Berater in der Welt. Die Mutter, welche kränklich auf dem Sofa saß, nahm die Hände der vor ihr knienden Tochter zwischen ihre gefalteten Hände, blickte in die Höhe, und sagte. »Wir haben noch den Vater der Witwen und Waisen.« Dann schränkten sie sich weiter ein, ein Teil der Möbel in den übervollen Stuben wurde verkauft, es fand sich in einem anständigen Haus eine Wohnung von zwei Zimmern; und nachdem die Mutter dergestalt nun in endgültige Verhältnisse gebracht war, suchte die Tochter für sich eine Stelle in einem Hause, wo sie der Hausfrau zur Hilfe gehen konnte.

Sie fand eine solche in einer großen Stadt bei einem wohlhabenden Kaufmann.

Der Mann hatte ein Geschäft mit Delikateßwaren in einer belebten Gegend der Stadt. Er war ein großer, breiter und starker

Mensch, der sehr mit sich zufrieden war, und dem jungen Mädchen immer Ratschläge erteilte in seiner Art, etwa: wenn man jung sei, müsse man sein Leben genießen; die Hauptsache im Leben sei die Grundlage, wenn die Grundlage gut sei, dann gehe Alles glatt; die Standesvorurteile seien überwunden, heute beherrsche der Kaufmann die Welt, er beherrsche sie dank seiner Energie und dank seinem Wissen; man müsse seine Ellbogen gebrauchen im Leben, denn ohne die komme man nicht weiter; die Hauptsache im Leben sei Tüchtigkeit, und wer nicht tüchtig sei, der komme unter den Frachtwagen. – Die Frau pflegte dem Mann nach solchen Reden zu sagen, er sehe doch, daß das Fräulein aus einer gebildeten Familie stamme, und daß sie das alles schon wisse, was er ihr sage; aber der Mann erwiderte dann gewöhnlich, gute Lehren könne man nicht oft genug wiederholen, und das Fräulein sei jung, und junge Leute setzen sich oft falsche Vorstellungen in den Kopf.

Die Frau war eine dicke Person, die von sich sagte, sie esse nicht viel, aber es schlage Alles bei ihr an, es gebe Leute, die sehr stark essen und doch immer mager bleiben. Sie nötigte das Fräulein beständig zum Essen, denn sie fand, daß die zu mager war, und sagte ihr, sie solle sich nur ja nicht zurückhalten, das gute Essen sei da, und sie rechne Niemandem von den Untergebenen nach, was er verzehre, denn das sei unanständig.

Dann war in der Familie noch ein Sohn, welcher die Sekunda der Realschule besuchte und für seine Klasse schon ziemlich bei Jahren war. Auch er erschien rund und wohlgenährt, und die gute Mutter klagte oft, daß es eine Sünde sei, wieviel von den Kindern in der Schule verlangt werde.

Das Fräulein schrieb Viel an die Mutter, erzählte, wie die Leute in ihrer Art gut zu ihr waren, und verschwieg alle Kränkungen, welche sie ihr unbewußt zufügten; sie schilderte, wie glücklich sie sich fühle in ihrer Tätigkeit, wie stolz sie darauf sei, daß sie ihr Brot verdiene und sogar ihrer Mutter etwas helfen könne; und die Mutter antwortete ihr, indem sie ermahnte, sie solle immer mehr tun wie ihre Pflicht, denn nur dann tue man seine Pflicht, und solle immer freundlich und heiter sein, denn nur dadurch könne sie sich dankbar erweisen für alles Gute, das sie in dem fremden Hause genieße. Sie weinte immer, wenn sie einen solchen Brief bekam, denn dann überfiel sie das Heimweh und die Sehnsucht nach der Mutter; der Herr war ärgerlich und erklärte, eine Heulliese wolle er nicht in seinem Hause haben, die Frau verteidigte sie, indem sie sagte, daß sie noch jung sei und zum ersten Male die Heimat verlassen habe, und daß sie ihre Arbeit gut, sauber und geschickt mache.

Eines Abends beim Essen ist der Mann besonders wohlgelaunt. Er erzählt, daß ihm ein Geschäftsfreund telephonisch Fischkonserven anbietet; er erkundigt sich, wie groß der Vorrat ist und übernimmt Alles; dann telephoniert er an die andern Geschäfte in der Stadt und verkauft ihnen das Ganze weiter; er reibt sich die Hände und berichtet, daß er, schlecht gerechnet, seine hunderttausend Mark in der halben Stunde verdient habe. Das Fräulein machte entsetzte Augen; er lacht und sagt: »Ja, das ist der Krieg; die Dummen werden arm, und wer seinen Verstand zusammennimmt, der kann Geld machen. Wenn der Krieg noch ein Jahr dauert, dann habe ich meine drei Millionen herein.«

In diesem Augenblick bringt das Mädchen die Abendpost. Der Mann sieht die Aufschriften flüchtig an und übergibt dem Fräulein einen Brief, der an sie gerichtet ist. Er ist von ihrer Mutter; sie nimmt ihn, und in einem eignen Gefühl der Verlegenheit reißt sie den Umschlag auf und zieht den Brief vor, dann wird ihr das Unschickliche ihres Benehmens klar und sie will den Brief in ihrer Tasche verbergen; sie errötet dabei und ihre Hände zittern. Die Frau hat ihren Gesichtsausdruck bemerkt und stößt mit listigem Blick ihren Mann mit dem Finger an; der sieht auf das Fräulein, deren Röte flammend wird, da sie sich beobachtet fühlt.

Der Mann erhebt lächelnd den Finger und sagt: »Eiei, von wem ist der Brief!« Die Frau lächelt mit, der Mann fährt fort, er habe sich die Aufschrift nicht genauer angesehen, sie sei aber von einer Männerhand geschrieben gewesen. Das Fräulein sieht wortlos auf ihren Teller; der Junge ruft dazwischen, Fräulein bekomme immerzu Briefe; ihr stehen die Tränen in den Augen.

Niemand in der Familie merkt etwas von ihrem Seelenzustand. Der Mann treibt den Scherz weiter und tut, als wolle er ihr den Brief fortnehmen; sie verteidigt sich mit blitzenden Augen; aus dem Scherz wird halber Ernst; die eine Hand hat er fest gefaßt, die andere, welche den geknüllten dünnen Brief hält, sucht er zu erhaschen;

da schreit sie plötzlich laut auf, preßt den Brief weiter zusammen und steckt ihn in den Mund.

Die Andern erschrecken, der Mann läßt los, die Gatten rufen aus, sie haben ja nur einen Scherz gemacht; das Fräulein steht aufgerichtet da und macht wunderliche Bewegungen mit den Armen, dann stürzt sie vornüber.

Der Mann erhebt sie und trägt sie auf das Sofa; sie ist dunkelrot im Gesicht und greift mit den Händen nach der Kehle; die Frau stürzt ans Telephon und ruft zitternd und weinend den Arzt an, indem sie klagt, daß sie selber fast ohnmächtig von dem Schreck sei, das Mädchen kommt hereingeeilt, alle bemühen sich um die Erstickende; aber obgleich sie versuchen, was ihnen einfällt, vermögen sie ihr doch nicht zu helfen. Als der Arzt kommt, findet er sie tot vor.

Revolution

Im Jahre Achtundvierzig fanden bekanntlich an einigen Orten in Deutschland Unruhen statt. Deren eigentliche Bedeutung war, daß den veränderten Verhältnissen entsprechend sich verschiedene Einrichtungen des öffentlichen Lebens hätten ändern müssen; aber da sich bei den Akten kein Vorgang für solche Änderungen fand, so geschahen sie immer nicht, bis endlich der weniger einsichtsvolle Teil der Bevölkerung ungeduldig wurde. Diese Ungeduld hielt man für revolutionäre Stimmung, und als sie sich äußerte, da glaubten sowohl die Regierung, als auch die Ungeduldigen, daß eine Revolution gemacht werde.

Man erzählt, daß damals in Berlin zwei Geheimräte, Exzellenzen und Abteilungsvorstände in ihren Ministerien, sich auf der Straße getroffen haben, sich kummervoll begrüßt, und dann einander gefragt, was denn eigentlich der Grund für die Revolution sein konnte. Sie wußten es Beide nicht. »Es kommt ja wohl einmal vor bei uns, daß ein Rest bleibt; die Eingänge sind ja nicht jeden Tag gleichmäßig,« sagte der eine; »aber das kann ich beschwören, jeden Sonnabend wird aufgearbeitet; und wenn ich bis zwölf Uhr des Nachts sitzen bleiben soll, bei mir findet der Registrator am Montag früh immer einen leeren Aktenständer.« »Jawohl,« entgegnete ihm der andere; »das kann ich bezeugen, bei uns wird es genau so gehalten, und in den sämtlichen andern Ministerien meines Wissens gleichfalls.«

Ein Bäckermeister in Berlin, der ein gutgehendes Geschäft in der Krausenstraße führte, war schon in der Zeit vor der Revolution beim Bürgerstand eine angesehene Persönlichkeit gewesen, indem er Vorsitzender eines bei der Polizei angemeldeten freisinnigen Vereins war; er hatte zwei Haussuchungen erlitten und war drei Wochen lang in Haft gehalten, weil die Polizei glaubte, daß er mit den Häuptern der internationalen Demokratie in Verbindung stehe. Als die Revolution gesiegt hatte, da wurde er zu verschiedenen Vertrauensämtern gewählt, denen er redlich und brav vorstand.

Seiner Frau war das politische Treiben von Anfang an nicht lieb gewesen. Sie sagte ihm, ein Bäcker habe die Reaktionäre eben so zu Kunden wie die Demokraten; sie selber besorge den Laden und der

Mann gehöre in die Backstube; wenn der Meister außer dem Hause ist, dann tun die Gesellen Nichts; es seien schon Klagen gekommen, und sie habe es ja auch selber gemerkt, daß der Teig nicht ordentlich geknetet werde; und was denn dergleichen Reden mehr sind. Man kann sich denken, wie die Haussuchungen und die Haft die gute Frau erregt hatten. Als aber die Revolution nun wirklich gekommen war und ihr Mann einer der Führer des Volkes wurde, da überfiel sie eine unbeschreibliche Angst.

Zu den Kunden des Meisters gehörte der Geheimrat Wagener, welcher damals die Konservativen zum Widerstand sammelte, eine Zeitung begründete, die Kreuzzeitung, und als der entschiedenste Gegner der Revolution galt. Die Frau hatte vor ihrer Heirat in dem Hause gedient und verehrte den Geheimrat Wagener, der ihr immer als ein höheres Wesen erschienen war, und auch der Geheimrat und seine Familie hatten Elschen, denn das war der Name der Frau, immer gern gehabt wegen ihres treuen und aufrichtigen Gemüts, und Frau Wagener war sogar Patin bei dem ältesten Kind geworden.

An einem Abend, kurz vor zehn Uhr, als gerade die Haustür schon geschlossen werden sollte, klingelte der Bäckermeister bei dem Geheimrat und verlangte den Herrn zu sprechen. Er wurde in das Arbeitszimmer geführt und entschuldigte sich dort vielmals, daß er störe; dann bat er darum, daß sein Besuch verschwiegen bleiben möge, denn er selber sei ja wohl nicht so einseitig und erkenne die Berechtigung des gegnerischen Standpunktes an; aber seine Freunde würden sagen, daß er das Volk an die Reaktion verrate, wenn sie erführen, daß er bei dem Herrn Geheimrat gewesen sei.

Nach dieser Vorrede begann er nun seine Gedanken vorzutragen. Er hatte die Geschichte der französischen Revolution studiert. Mau lebte in einer Revolutionszeit. Das Volk hatte gesiegt. Der Herr Geheimrat mußte doch zugeben, daß das Volk gesiegt hatte.

Der Geheimrat Wagener gab es zu.

Nun, man weiß, was geschehen kann, wenn das Volk seine ewigen Rechte in die Hand nimmt, die eine kurzsichtige Regierung ihm vorenthält. Das Volk ist edel; aber es kann auch schrecklich sein. Das heißt, der Meister billigte es ja nicht, wenn Mord und Totschlag geschah. Wenn man die Preßfreiheit hatte, wenn man die Versammlungsfreiheit hatte, wenn man die Verfassung hatte, was wollte der friedliebende Bürger mehr? Er wollte seinen Geschäften nachgehen und ein nützliches Glied der menschlichen Gesellschaft sein. Aber zum Beispiel die Bäckergesellen gingen weiter.

Hier nickte der Geheimrat bedeutungsvoll. Aber der Meister, welcher in dem Nicken wohl eine Bestätigung zweifelnder Stimmen in seinem Innern ahnte, schlug sich an die Brust und rief, er werde die heilige Sache des Volkes nie verlassen.

Unvermittelt an diesen Ausruf schloß er nun einen Vorschlag. Das Volk hatte gesiegt. Der Meister hatte das Vertrauen des Volkes. Aber er verehrte auch den Geheimrat. Wenn nun, was Gott gewiß verhüten würde, das Volk seine Feinde zur Rechenschaft zog, dann konnte der Meister dem Herrn Geheimrat doch nützlich werden?

Der Geheimrat Wagener nickte zustimmend.

Nun also. Wenn man sich aber umgekehrt dächte, daß die Reaktion siegte, daß die Führer des Volkes eingekerkert würden, dann konnte der Herr Geheimrat dem Meister doch nützlich werden?

Der Geheimrat Wagener räusperte sich und wiegte den Kopf. Aber der Meister fuhr fort. Er war ein angesessener Bürger. Er hatte immer pünktlich seine Steuern gezahlt. Er verlangte ja Nichts, das dem Herrn Geheimrat gegen das Gewissen ging. Der Herr Geheimrat war Beamter, das wußte er wohl. Aber der Herr Geheimrat kannte ihn doch. Haussuchung hatte die Reaktion bei ihm gehalten, in Haft hatte sie ihn gesetzt. Er war ein unbescholtener Mann. Das hatte gewurmt. Er hatte keine Verbindung mit verdächtigen Leuten, er hatte sich aus Büchern und Zeitungen selber gebildet. Und weiter wollte er ja Nichts, als daß der Herr Geheimrat ihm bezeugte, daß er ein rechtschaffener Bürger war. Er hatte nur seine Bürgerpflicht erfüllt. Vielleicht hatte er einmal ein Wort zuviel gesagt; das wollte er nicht abstreiten; der Mensch redet Manches, wenn er in der Volksversammlung steht und die Leute wollen Etwas von ihm hören. Wenn er da gefehlt hatte, gut, das wollte er büßen. Aber etwas Anderes hatte er nicht getan, denn die Ehre ging ihm vor.

Der Geheimrat Wagener antwortete lächelnd, daß er für ihn einstehen werde, wenn man ihn wirklich anklagen sollte; er wisse, daß das wahr sei, was der Meister gesagt habe, und das werde er denn auch bezeugen.

Der Meister stand von seinem Stuhl auf, und ehe der Geheimrat es sich versehen, hatte er in seine Rechte eingeschlagen und gerufen: »Topp, es gilt.« Und dann fügte er hinzu. »Und auf mich können Sie sich auch verlassen. Wenn das Kopfabschneiden angeht, für Sie wird gesorgt.«

Dann bat er noch um eine Empfehlung an die Frau Geheimrat, und darauf ging er.

Der Mann wurde später wirklich angeklagt auf Grund von Aussagen untergeordneter Persönlichkeiten, und es wäre ihm wahrscheinlich schlecht gegangen bei der allgemeinen Verwirrung damals, wenn nicht der Geheimrat für ihn eingetreten wäre und ein gutes Zeugnis für ihn abgegeben hätte.

Die Truhe

Ein älterer Gelehrter lebte allein mit einer Haushälterin. Vor langen Jahren, als er geheiratet, hatte seine junge Frau diese Dienerin als ganz junges Mädchen angenommen, das noch nicht viel verstand; sie hatte sie selber in den Hausarbeiten unterrichtet, und hatte darauf geachtet, daß sie ordentlich und sparsam mit ihrem Geld umging, indem sie ihr einkaufte, was sie etwa an Wäsche, Kleiderstoffen und Schuhen brauchte und das andere Geld auf die Sparkasse trug, das nicht für notwendige Bedürfnisse gebraucht wurde. In der Ehe waren die Kinder gekommen, und die Dienstmagd hatte ihre Herrin gepflegt, geholfen die Kinder zu baden und zu Bett zu bringen; die Kinder waren größer geworden und sie war des Morgens als Erste aufgestanden, hatte die Kinder geweckt, hatte Feuer angemacht und das Frühstück zurechtgestellt, daß Herrschaft und Kinder alles zubereitet fanden, wenn sie aus den Schlafzimmern herunterkamen. Dann waren die Kinder aus dem Haus gegangen, die beiden Söhne als Studenten und die Tochter als Gattin eines jüngeren Gelehrten, und die Eltern waren mit der Dienerin allein geblieben in dem Haus, das ihnen nun leer und still vorkam. Die Hausfrau war kränklich geworden, hatte ein Jahr lang im Bett gelegen, die Dienerin hatte die Wirtschaft geführt, gekocht und abgestäubt, für den Herrn gesorgt und der Frau das Essen ans Bett gebracht. Als die Frau im Sterben lag, hatte sie zu der Dienerin gesagt: »Verlaß den Herrn nicht,« und die Dienerin hatte es ihr versprochen; und nun lebte der ältere Mann schon seit Jahren mit ihr allein. Er wohnte in seinem Arbeitszimmer, das rings an den Wänden mit Bücherbrettern bestanden war mit wissenschaftlichen Werken in abgegriffenen, graumarmorierten Pappbänden mit rotem Rückenschild, wo Gardinen, Polster, Papiere den beizenden Geruch des Tabakrauches angenommen hatten; er ging im Schlafrock, die lange Pfeife in der Hand, in seinem Zimmer auf und ab und dachte nach, oder saß an seinem Schreibtisch zwischen Büchern und Kästen mit Anmerkungen an seiner Arbeit. Die Zimmer im Hause, welche nicht gebraucht wurden, hatten weiße Vorhänge vor den Fenstern, und die Möbel in ihnen waren mit Tüchern zugedeckt gegen den Staub.

Marie, so hieß die Wirtschafterin, hatte vor langen Jahren ihr einziges Liebeserlebnis gehabt. Es wurde gegenüber gebaut, und ein junger Maurer hatte sie angesprochen, als sie des Morgens die Semmeln beim Bäcker geholt hatte, indem er einen Witz über ihre prallen bloßen Arme machte. Sie hatte ihm nicht geantwortet, war errötet, und hatte ihren Gang beschleunigt, indessen die andern Männer am Bau laut lachten über den Witz und hinter ihr herriefen. Der nächste Tag war ein Sonntag gewesen. Sie war mit ihren Verwandten am Nachmittag zu einem Ausflugsort gegangen, wo der Oheim ein Glas Bier trank, indessen die Frauen und Kinder zu einer Portion Kaffee mitgebrachten Kuchen aßen. Da war der Maurer an ihren Tisch getreten, hatte höflich gegrüßt und gebeten, ob er sich zu ihnen setzen dürfe. Marien war ganz heiß geworden, und sie wünschte im stillen, daß der Oheim die Bitte abschlagen möge, aber der hatte gesagt, daß der Garten ja öffentlich sei, und daß der junge Mann ruhig an dem Tisch einen Platz einnehmen könne. So war denn ein Gespräch zustande gekommen; der Maurer hatte erzählt, was er verdiene, der Oheim hatte gefragt, ob er auch spare; der Maurer hatte gelacht und gesagt, man sei nur einmal jung, und das Sparen sei nur von den Obern erfunden, die den Armen ihr bißchen Vergnügen nicht gönnen wollten; der Oheim hatte den Kopf geschüttelt, aber der Maurer hatte von der neuen Zeit gesprochen, wo alles anders sei als früher, und so war denn das Gespräch auf die Politik gekommen. Als die Familie aufbrach, hatte sich der Maurer angeschlossen.

Der Oheim hatte Marien gewarnt und gesagt, der Maurer sei ja wohl ein fixer Kerl, aber er habe kein gutes Gemüt, und Marie hatte ihm auch versprochen, sich nicht mit ihm einzulassen. Aber nun stand er abends immer an der Tür, wenn sie Wasser holen ging, half ihr die Eimer vom Brunnenpfosten abnehmen, erzählte, scherzte und lachte, und wiewohl es Marien immer unheimlich war, wenn sie ihn sah, wußte sie doch nicht, wie sie sich ihn fernhalten sollte. Sie erzählte endlich Alles ihrer Herrin und die sprach mit ihrem Gatten. Der zog sich am Abend die Stiefel an und setzte den Hut auf, ging auf die Straße hinunter, traf den Maurer und sagte ihm, er wünsche nicht, daß er auf Marien warte; aber der Maurer entgegnete ihm, daß die Straße frei sei, daß er seine Steuern bezahle, und daß Niemand ihm verbieten könne, da zu gehen und zu stehen, wo er wolle. Als dann Marie kam, machte er ihr Vorwürfe und sagte ihr, die Herrschaft wolle nur nicht, daß sie mit Einem gehe, weil sie eine gute Arbeiterin sei und niedrigen Lohn bekomme, und weil sie ein solches Mädchen nicht wieder bekommen würden, wenn sie heiratete.

So zog sich das Verhältnis der Beiden durch Wochen hin, und Marie bat ihn zuletzt nur, daß er wenigstens an der Ecke auf sie warte, damit die Herrschaft Nichts sähe. Endlich aber geschah das, was nun zu geschehen pflegt.

Marie erzählte es weinend ihrer Herrin. Sie sagte, sie habe den Maurer gar nicht lieb, und sie wolle ihn nicht heiraten, denn er sei ein schlechter Mensch; und das habe er wohl gewußt, deshalb habe er gedacht, er wolle es so machen, daß sie ihn heiraten müsse, denn sie habe doch neunhundert Mark auf der Sparkasse, Bettwäsche und Tischwäsche, und er habe sich Nichts gespart. Die Herrin erschrak, und als sie das gute Mädchen so verzweifelt sah, weinte sie mit. Sie fragte bekümmert weiter, aber sie erfuhr nur, daß sie es geahnt habe, was kommen werde, und daß sie deshalb immer gesucht habe, nicht mit ihm allein zu sein, und nun habe er es doch so eingerichtet gehabt, daß Niemand dagewesen sei, und da habe er sie so gebeten, und habe geweint und sei grob geworden, und da habe sie nicht nein sagen können.

Die Herrin versprach, daß sie für sie sorgen wolle und sie nicht verlassen. Marie wollte für die Zeit in eine andere Stadt gehen, denn an ihrem Heimatsort schämte sie sich zu sehr, und später wollte sie dann wieder zu ihrer Herrschaft zurückkommen. Der Maurer kam, verlangte den Herrn zu sprechen und trug dem Alles vor, indem er wünschte, daß er Marien berede zum Heiraten; als der Herr ablehnte, wurde er dringender, und zuletzt war er so unverschämt, daß der Herr ihm das Haus verwies. Darauf drohte er, schimpfte laut und verlangte Marien selber zu sprechen, welche angstvoll hinter der Küchentür lauschte, denn sie solle gleich mit ihm aus diesem Hause gehen. Der Herr wurde von einer plötzlichen Wut ergriffen, und obwohl er viel schwächer war wie der Mensch, ergriff er den Verdutzten am Kragen und stieß ihn die Treppe hinunter. Er machte dann gleich eine Anzeige wegen Hausfriedensbruchs; es stellte sich heraus, daß der Mensch schon vorbestraft war, und so erhielt er denn einige Wochen Gefängnis zuerteilt. Im Gefängnis machte er Bekanntschaften, durch welche er auf die Möglichkeit eines vorteilhafteren Lebens kam. Es war damals in Berlin eine starke Bautätigkeit; als er das Gefängnis verlassen hatte, ging er nach Berlin, wurde im Dienst einer Gesellschaft von Gaunern vorgeschoben als Bauunternehmer; er machte dann den verabredeten Bankerott und kam wieder in das Gefängnis, fand darauf aber einen Weg, die Gauner, welche ihn verwendeten, selber zu betrügen, und führte nun ein weiteres Leben von der Art, wie man sie sich denken kann, das zwischen Zuchthaus und wüstem Prassen, zwischen Reichtum und Elend abwechselte.

Marie hatte damals einen Sohn gehabt, den sie dann zu braven Leuten auf dem Lande in Erziehung gegeben und jeden Sonntag besuchte, indem sie das Erziehungsgeld mitbrachte. Als der Junge die Schule beendet hatte, wurde er Maurerlehrling, trotzdem die Mutter ihn flehentlich bat, einen andern Beruf zu wählen, weil sie von seinem Vater her für ihn fürchtete. Auch der Herr, welcher Vormund geworden war, stellte dem Jungen auf Mariens Bitten vor, daß er ja doch genug andere Beschäftigungen ergreifen könne als gerade diese, wo er zwischen rohen Menschen sein müsse; der Junge erwiderte frech, er sei ein Jungfernkind, und wenn sich seine Eltern bisher nicht um ihn gekümmert, so könnten sie ihn nun auch in Frieden lassen; er dachte damals nämlich, daß der Herr Mariens sein Vater sei, weil der sich so viel um ihn bemüht hatte. Der Herr hätte ja nun wohl als Vormund seinen Willen durchsetzen können, aber er bedachte, welche Schwierigkeiten dann der Junge machen würde, und so riet er denn auch Marien zu, daß sie ihn ließ.

Das war nun Alles schon lange her. Jetzt war der Sohn Mariens ein junger Mensch von einigen zwanzig Jahren. Er arbeitete in der Stadt und hatte einen guten Verdienst; aber es ging Alles bei seinen sinnlosen und prahlerischen Ausgaben auf. Zuweilen besuchte er seine Mutter, und dann verstand er es immer, ihr für irgendeinen Zweck, den er ihr als besonders wichtig schilderte, Geld abzunehmen. Er ging in der Tracht, welche die Burschen seines Standes damals gewohnt waren: in Hosen aus gestreiftem Baumwollsamt, welche nach unten ganz weit wurden und so geschweift geschnitten waren, daß beim Gehen das Unterteil der Hosenbeine nach außen schlamperte; die Jacke stammte von einem billigen und prächtig aussehenden Sonntagsanzug, der einige Male getragen sein mochte und dann für den Werkeltag benutzt wurde; in der Tasche steckte eine Uhr mit dicker vergoldeter Kette; der kleine steife Hut war hinten in den Nacken gesetzt, und unter ihm kam eine Stirnlocke vor, welche frech in das rohe Gesicht mit den unruhigen Augen schnitt.

Marie schämte sich vor ihrem Herrn ihres Sohnes, und da der Herr nie in die Küche kam und nur selten sein Arbeitszimmer verließ, so erreichte sie es, daß er ihn nicht sah bei seinen Besuchen; sie erzählte, daß er in einer andern Stadt arbeite und daß es ihm gut gehe. Ihr Sparkassenbuch hatte von früher her immer die Herrschaft in Gewahrsam gehabt; nun hatte sie es sich ausbitten müssen, da sie ja für die Bedürfnisse ihres Sohnes häufig Summen abheben mußte; der Herr hatte es ihr gegeben und hatte freundlich gesagt, sie sei ja nun auch alt genug, um ihr Geld selber zu verwalten.

Wir wollen nicht im Einzelnen erzählen, auf welche Weise der Bursche immer das Geld von ihr verlangte; es genüge, daß endlich Alles verbraucht war, was sie sich im Lauf der Jahre gespart hatte. Sie weinte wohl oft, aber dann dachte sie immer, daß Gott sie ja nicht im Stich lassen werde, da sie das Geld doch ihrem Kind gebe, und außerdem verließ sie sich darauf, daß die Herrschaft und deren Kinder ja später für sie sorgen würden, wenn sie einmal alt sei.

An einem Mittag kam der Sohn und erzählte, er brauche notwendig zwanzig Mark, und wenn er die nicht bekomme, so müsse er ins Gefängnis gehen. Marie mußte sich schnell auf den Küchenstuhl setzen, als sie das hörte; der Schreck war ihr so in die Beine gefahren, daß sie fast umgefallen wäre.

Der junge Mensch ging, die Hände in den Hosentaschen, unmutig und verängstigt in der Küche auf und ab. Er erzählte, daß ein Mann auf den Bau gekommen sei, der den Maurern oft Etwas verkaufe, weil er immer billige Sachen habe, die – er machte eine Handbewegung. welche das Stehlen ausdrücken sollte – im Laden gekauft sein, wenn Keiner drin war. Der habe ihm nun einen Brillantring angeboten – der junge Mensch holte einen vergoldeten Ring mit einem falschen Stein aus der Westentasche und hielt ihn der ablehnenden Mutter vor das Gesicht, steckte ihn dann achselzuckend wieder ein – für den Spottpreis von zwanzig Mark; er habe aber kein Geld gehabt. Nun sei gerade Frühstückspause gewesen; die Maurer lassen sich durch einen Jungen das Frühstück holen, jeder eine Flasche Bier und ein Viertelpfund gehacktes Fleisch, und ein Kamerad habe ihm dabei, als er die Geldtasche zog und dem Jungen das Geld gab, ein Zwanzigmarkstück von Kaiser Friedrich gezeigt, das er bei sich gehabt. Das sei ihm nun eingefallen, und da der Kamerad neben ihm gesessen, so habe er die Schere gemacht, und habe ihm vorsichtig die Geldtasche herausgezogen, das Goldstück genommen, und die Tasche wieder zurückgesteckt und habe dann dem Mann, der noch dagewesen, den Ring abgekauft. Der Kamerad aber ruft aus, er habe noch Hunger, seine Alte bringe ihm heute mittag Kohlrüben mit Schweinebauch, zu so einem Fraß habe er keine Lust; und so winkt er den Jungen noch einmal herbei, daß er ihm noch ein halbes Viertel Gehacktes und eine Flasche Bier holen solle. Wie er die Geldtasche aufmacht, da merkt er, daß das Goldstück fehlt. Er schreit laut, daß er bestohlen ist, die Andern laufen alle zusammen und rufen, er wolle sie wohl zum Spitzbuben machen; er erzählt Alles, die Andern werden bestürzt, fragen unter sich, schimpfen und rufen; Einer macht darauf aufmerksam, daß der Bursche den Ring gekauft hat, obwohl er vorher kein Geld hatte, es wird ihm zugesetzt, und zuletzt wird er vom Bau gejagt und es wird ihm gedroht, wenn er das Geld nicht im Laufe des Tages wiederbringe, so werde er auch noch als Spitzbube angezeigt.

Die Mutter hatte Alles still mit angehört, ohne ein Wort zu sprechen. Nun ergriff sie das Geschirrbrett und sagte, sie müsse beim Herrn abräumen. Damit ging sie in die Eßstube.

Der Herr hatte gegessen, und da gerade der Erste des Vierteljahres war, so hatte er sein Gehalt, das er noch bei sich trug, noch einmal neben seinem Teller beim Essen aufgezählt und überrechnet. Es stimmte Alles, er strich das Geld zusammen in die Geldtasche, und steckte die wieder zu sich. Aber dabei war ihm ein Zwanzigmarkstück entgangen, das sich unter ein Mundtuch geschoben hatte, welches an der Stelle, wo er saß, einen Rotweinfleck auf dem Tischtuch verbergen sollte. Nach dem Essen war er aufgestanden, hatte sich auf den Langstuhl gelegt und war eingedämmert.

Nun kam Marie herein und räumte ab. Sie setzte das Geschirr auf das Brett, hob das auf einen Stuhl neben sich und nahm Mundtuch und Tischtuch auf. Dadurch kam das Geldstück, das sie nicht gesehen hatte, auf dem Tisch ins Rollen, und fiel dumpf auf die Erde auf den dicken Teppich unter dem Tisch. Marie bückte sich, hob es auf, blickte schnell auf den schlummernden Herrn und behielt es in der Hand unter dem eingeschlagenen kleinen Finger und Ringfinger. Sie faltete die Tücher mit der halbgeballten Hand, nahm dann das Geschirrbrett und ging hinaus.

In der Küche legte sie dem Burschen das Goldstück wortlos auf den Tisch. Der nahm es, murmelte mit heiserer Stimme ein paar Worte und ging gedrückt ab. Er kam noch einmal zurück, öffnete die Tür halb und sagte, die Andern wollten ihn nicht mehr auf dem Bau haben; aber denen wolle er es schon zeigen, er sei kein Dummer; er habe an seinen Vater geschrieben, und der habe ihm geantwortet, er könne ihn brauchen in seinem Geschäft. Der fahre immer Droschke erster Klasse und Auto. Als die Mutter eine Bewegung machte, fuhr er fort: »Was hast Du denn gehabt von Deinem Leben? Die Herrschaften trinken den Champagner, der kommt nicht an Unsereinen, und Austern schmecken auch gut.« Damit leckte er sich die Lippen. Dann zog er die Tür zu und ging trällernd ab.

Der Herr hatte aber nur leicht geschlummert. Er war halb aufgewacht, als die Dienerin in das Zimmer trat, und hatte dann regungslos zwischen den Wimpern ihre Bewegungen verfolgt, wie das wohl geschehen kann in dem eignen Behagen nach dem Essen im Zimmer, wenn man ganz gesund ist und vielleicht am Vormittag eine große Arbeit beendet hat, die Einem lange auf der Seele lag, so daß man nun für den Tag sich ganz frei und ohne Sorgen fühlt. Er hörte das Auffallen des Goldstückes auf den Tisch und das Rollen, und es fiel ihm ein, daß das eines der Goldstücke sein mußte, die er vorhin gezählt hatte; es war wohl im Augenblick ein Antrieb in ihm, daß er Marien das sagen wollte und ihr auftragen, daß sie es beiseite lege; aber in dem Behagen des Viertelschlummers schwieg er. Da merkte er ihren Blick und erschrak, das Goldstück fiel auf den Teppich, sie nahm es in die Hand; er sah, wie sie mit der halbgeschlossenen Hand die Tücher zusammenlegte und dann das Geschirrbrett nahm.

Er wollte ängstlich und verwundert rufen: »Aber Marie, was machen Sie denn da?«, aber eine andere Angst und eine eigene Scham schlossen ihm den Mund; er drückte die Augen fester zu, und Marie ging hinaus.

Als er allein war, richtete er sich auf. Er wollte ihr nun nachgehen; aber wieder hielt ihn das Schamgefühl zurück; und zwar war es ihm so, als ob er selber sich schämen mußte. »Was ist denn das für eine Feigheit?« sprach er leise vor sich hin, wie alte Leute wohl tun.

Dann plötzlich kam ein unsäglich trauriges Gefühl der Einsamkeit und des Verlassenseins über ihn. Er dachte daran, daß seine Tochter nun mit einem fremden Mann zusammen lebte, den er kaum kannte, und ihre Kinder besorgte, von denen er kaum ein Bild hatte, daß die beiden Söhne in andern Städten lebten, jeder in seinem Beruf, der eine verlobt; daß seine Kinder nur an sich dachten, an ihre Tätigkeit, ihr Haus, ihre Pläne, und vielleicht auch einmal verloren sich den Vater in die Erinnerung zurückriefen. Ein Mitleid mit sich selber bemächtigte sich seiner, und eine große Träne rollte ihm über die Wange in den Bart. »Nun habe ich doch immer meine Pflicht getan,« dachte er; »nun bin ich ganz allein.«

Er erhob sich, schloß die Tür auf und ging in das Nebenzimmer, wo seine verstorbene Frau gelebt hatte. Die Sonne lag auf den weißverhängten Fenstern, ein Lichtbalken, in welchem Sonnenstäubchen tanzten, legte sich schräg durch das Zimmer. Da stand der Nähtisch, abgeräumt und zugeschlossen; der Spiegel, die Hängelampe waren verhängt; das Sofa und die Stühle waren reinlich mit Tüchern verbunden. Alles war ordentlich und sauber. Er schüttelte den Kopf; mechanisch sagte er leise vor sich hin: »Das hatte ich von Marien nicht gedacht«; aber er konnte in seiner Erschütterung keinen klaren Gedanken über sie fassen.

Marie inzwischen wurde von einer heftigen Angst ergriffen, nachdem der Sohn gegangen war. Sie ließ ihren Aufwasch stehen, band die Schürze ab und hängte sie an den Nagel und stieg dann die Treppe hinauf in ihr Stübchen.

Als sie eintrat, fiel ihr Auge gerade auf ihre Truhe. Da mußte sie sich der verstorbenen Frau erinnern. Im ersten Jahr noch hatte ihr die gesagt, daß ein ordentliches Mädchen eine Truhe haben muß, in welcher sie ihre Wäsche und ihre Kleider aufheben kann. Nun war in der Straße, wo die Herrschaft wohnte, eine alte Dame gestorben, deren Nachlaß verkauft wurde. Die Frau ging mit Marien zu den Erben, besah eine Truhe, die sich im Nachlaß befand, prüfte sie genau und erstand sie für Marie. Es war eine schöne, alte geschnitzte Truhe aus Eichenholz, mit einem großen, schweren Schloß, und die Frau hatte ihr gesagt, das Stück sei ein Altertum, und sie müsse es recht schonen, es könne noch an ihre Kindeskinder kommen, so gut sei es gearbeitet. Das fiel ihr nun Alles ein, und wie die Frau immer für sie gesorgt hatte, auch damals, als das Unglück mit dem Kind kam, denn sie hatte sie selber in der anderen Stadt untergebracht und hatte auch die guten Leute aufgefunden, welche das Kind erzogen. Dann dachte sie, wie die Frau auf dem Sterbebett gelegen hatte und hatte ihr gesagt: »Verlaß meinen Mann nicht,« und sie dachte an den Herrn, wie zufrieden der immer mit Allem war, wenn sie nur seinen Schreibtisch beim Abstauben nicht in Unordnung brachte.

Sie setzte sich auf einen Stuhl und begann zu weinen. Aber als sie sich ausgeweint hatte, da faßte sie sich ein Herz, ging wieder die Treppe hinunter, und klopfte beim Herrn an.

Der saß an seinem Schreibtisch, aber er wußte nicht, was er arbeiten sollte. Als Marie eintrat, wendete er den Blick zur Seite, denn es war ihm wieder, als müsse er sich schämen, wenn er sie anblicke. Sie faßte diese Wendung des Kopfes anders auf und erschrak. Da trat sie denn näher und erzählte mit stockender Stimme Alles von ihrem Sohn, und daß ihr erspartes Geld alles ausgegeben sei, und erzählte dann die letzte Geschichte mit dem Ring, und dann holte sie tief Atem und fuhr fort, indem sie ihm ihren Diebstahl mitteilte. Sie fügte aber hinzu, sie wisse jetzt gar nicht mehr, wie sie dazu gekommen sei, das Geld zu nehmen, denn es sei doch heute der Erste, und sie hätte ja nur um ihren Monatslohn bitten müssen. Aber sie sei ganz verwirrt gewesen. Zuletzt wischte sie sich mit dem Rockzipfel die Augen.

Der alte Herr sagte ihr, er habe gesehen gehabt, daß sie das Geld genommen. Dann sagte er nur noch: »Das muß man nicht tun, das muß man nicht tun,« und schüttelte leise den Kopf mit den weißen Haaren. Damit gab er ihr die Hand; aber er gab sie ihr mit abgewendetem Gesicht, denn er konnte sie immer noch nicht wieder ansehen.

Die Kameradschaft der Rivalen

In einer größeren Druckerei war ein Setzer namens Hofmann beschäftigt, ein Mann etwa Mitte der Zwanzig, der bei seinen Mitarbeitern und Vorgesetzten als ein tüchtiger Mann galt. Er hatte immer zurückgezogen gelebt, denn er war ein stiller Mensch und las gern, und so hatte er sich eine hübsche Summe erspart. Nun dachte er zu heiraten und die Ersparnisse zum größten Teil auf den Kauf der Wohnungseinrichtung zu verwenden.

Seine Braut war als Falzerin beschäftigt. Sie hatte schon immer in einer Druckerei gearbeitet, ehe er sie gekannt; seit er mit ihr verlobt war, lag er sie an, ihre Arbeit aufzugeben und bei ihren Eltern zu Hause zu bleiben, wo sie ja denn vielleicht Mäntel oder Schürzen nähen könne; aber sie schlug ihm den Wunsch ab, indem sie sagte, zu Hause sei es ihr zu langweilig und sie wolle sich bei der gutbezahlten Arbeit noch einige Groschen verdienen, denn sie habe die Absicht, sich einen Pelzmantel zu kaufen, der vierhundert Mark koste. Der Bräutigam könne unbesorgt sein, sie sei nicht so Eine, die sich mit Jedem abgibt; sie sei nun verlobt, und das sei etwas Sicheres, und sie wisse wohl, was die Männer haben wollen, wenn sie einem Mädchen schön tun.

Der Sohn des Besitzers der Druckerei war nach Hause zurückgekommen und war mit im Geschäft tätig, das er später einmal übernehmen sollte. Er war in England und Amerika gewesen und hatte dort Viel in seinem Gewerbe gelernt, so daß die Männer in der Druckerei mit Achtung von ihm sprachen. Die Braut Hofmanns, sie hieß Elsa, stand an der Ecke des großen Tisches, auf dem gefalzt wurde, und der junge Herr mußte oft an ihr vorbeigehen. Es spann sich zwischen den Beiden, ohne daß es wenigstens dem jungen Herrn bewußt wurde, ein Band sinnlichen Gefühls; das Mädchen war mittelgroß, wohl gebaut, hatte etwas lässige Bewegungen, die dabei durchaus nicht etwa schlaff waren, wiegte sich leicht in den Hüften, und schlug die Augen in eigentümlicher Weise auf, nicht etwa auffällig, doch so, daß der Andere sich ungewollt mit ihr beschäftigen mußte; es ging ein besonderer Reiz von ihr aus, der leicht beunruhigte; und der Reiz machte sich vor Allem bemerkbar, wenn der junge Herr vorüberging, selten bei einem andern Mann.

Sie mußte dem Herrn einen Bogen in die Schreibstube bringen, wo er allein vor seinem Pult stand. Sie hatte den Bogen, der noch feucht war, in beide Hände genommen und legte ihn auf das Pult; dabei streifte sie den Herrn, der etwas zurückgetreten war und die Feder in der Rechten behalten hatte. Er legte den linken Arm um sie und zog sie an sich, sie löste seine Hand langsam, sah mit eigentümlichem Blick zu ihm hin, trat einen Schritt zurück und sagte: »Ich wollte fragen, ob es so bleiben kann.« Er sah flüchtig auf den Bogen, nahm ihn hoch und betrachtete ihn unter einem ganz spitzen Winkel, dann fragte er das Mädchen, wie lange sie schon in der Druckerei arbeite. Sie antwortete langsam. Er fragte, ob sie schon einen Schatz habe, sie lachte leise und sagte: »Die Kirschen blühen.« Da wollte er sie wieder ergreifen; aber sie wand sich lachend los, und ehe er es sich versah, hatte sie die Schreibstube verlassen.

Der junge Mann ärgerte sich nachher über sich selber, denn er sagte sich, daß er in seiner Stellung mit dem Mädchen nicht anbändeln durfte, weil sonst die Autorität verloren ging. Wenn er mit Freunden zusammen war und über die Liebe gesprochen wurde, was ja denn sehr häufig geschah, dann pflegte er die Ansicht zu vertreten, für den vernünftigen Mann gebe es nur zwei Arten von Weibern. Die eine heiratet man, die andere: fünf Mark und dann raus! Alles, was dazwischen lag – Hand weg! Hat man mehr Scherereien, als die ganze Geschichte wert ist.

Nun, im Fall von Elsa wurde er seinen Grundsätzen untreu. Er begann ein Verhältnis mit ihr.

Als ihr Bräutigam sah, was vor sich ging, da machte er ihr Vorhaltungen. Sie erwiderte, noch sei sie nicht seine Frau und könne tun, was sie wolle; die Jugend vergehe schnell und deshalb müsse sie genießen, was sich ihr biete. Hofmann sagte, er habe nicht gefragt, was vorher gewesen sei; aber wenn sie seine Braut sei, so müsse sie sich danach halten. Und indem dergestalt die Beiden hin und her redeten, kam es zum Bruch zwischen ihnen. Hofmann mochte nicht mehr an dem Ort arbeiten, wo er täglich mit Elsa zusammenkommen mußte; er kündigte und suchte Arbeit bei einer andern Druckerei, indessen Elsa trotzig erklärte, sie habe Niemandem etwas zugefügt, sie habe ein gutes Gewissen, sie sehe nicht ein, weshalb sie gehen solle, sie könne sich an ihrer Arbeitsstelle immer sehen lassen.

Der junge Herr erfuhr alles und machte ihr gleichfalls Vorhaltungen. Er sagte ihr, sie habe nun eine Versorgung gehabt, die habe sie sich verscherzt; wenn sie ihm gesagt hätte, daß sie verlobt sei, dann hätte er sie nicht angerührt, denn das sei ein Grundsatz bei ihm. Elsa erwiderte, Hofmann möge sich wohl eingebildet haben, daß sie seine Braut sei, aber für den sei sie doch zu gut, sie wolle höher hinaus. Der junge Mann wurde unruhig; sie merkte das und fragte lachend: »Ach, du überlegst dir wohl, wie du mich wieder los wirst?« Er nahm seinen Mut zusammen und erwiderte, für ewig sei ihr Verhältnis ja doch nicht gemeint. Da warf sie sich an seine Brust und küßte ihn.

In diesen Zustand kam die Erklärung des Krieges. Hofmann wie sein früherer Herr wurden eingezogen. Sie kamen in dieselbe Kompanie.

In den ersten Wochen des Krieges ging jene merkwürdige Bewegung durch das ganze Volk, in welcher sich alle verbrüdert fühlten, wo denn die Menschen einander Dinge sagten, die sie sonst nie gesagt hätten.

Der junge Buchdruckereibesitzer war befangen gegenüber Hofmann. Hofmann sagte zu ihm, es sei nötig, daß sie sich einander aussprächen über das Geschehene, damit Nichts zwischen ihnen stehe, denn sie seien doch nun Kameraden. Und dann begann er, daß er zuerst einen heftigen Groll gehabt habe, und wenn er in dem Augenblick, als er die Entdeckung gemacht, vor dem Andern gestanden, so hätte er ihn totschlagen können. Denn er wisse wohl, daß dem die Liebschaft eigentlich nicht mehr sei, als ob er ein Butterbrot esse. Aber dann habe er sich bedacht, daß Elsa kein Kind sei, sondern eine erwachsene Person, und wenn sie den Andern vorgezogen, so sei das ihr freier Wille gewesen. Und das habe ja nun freilich weh getan, daß sie den Andern vorgezogen, bei dem sie doch nicht versorgt war, und der eigentlich keine Liebe zu ihr hatte; aber nachher habe er sich gesagt, wenn sie denn so Eine sei, der ein feiner Anzug und Ringe an der Hand wichtiger seien wie alles Andere, so solle sie nur laufen, wohin sie wolle, dann sei es nur gut, daß das sich noch rechtzeitig gezeigt habe.

Der Andere sagte einige gewundene und gedrehte Sätze. Hofmann erwiderte ihm ruhig, er wisse wohl, was der Andere fühle. Der habe immer die Vorstellung gehabt, daß er etwas Besseres sei wie ein Arbeiter, und wenn man sehe, wie liederlich die Frauen und Mädchen in den Fabriken oft sind, so könne er das wohl verstehen, und er selber, wenn er Bourgeois wäre, und eine Arbeiterin hätte sich ihm an den Hals geworfen, hätte wahrscheinlich ganz genau so gedacht. Hier atmete der Andere auf, drückte ihm die Hand und sagte: »Unter Männern, nicht wahr, weshalb soll man sich denn der Weiber wegen feind werden, es gibt ja genug.« Hofmann erwiderte, so habe er es ja nun wohl nicht gemeint, denn wenn man auch ein Mensch sei und unrecht handle, so müsse man das doch immer einsehen, und unrecht habe er doch an dem Mädchen gehandelt. –

Es war ein gefährlicher Gang nötig, für den Freiwillige aufgefordert wurden. Hofmann trat vor, der Andere folgte ihm zögernd. Es meldeten sich noch viele Leute, aber der Hauptmann wählte die Beiden aus, weil sie die ersten gewesen waren.

Sie gingen in der Nacht; außerhalb der Deutschen Stellung warfen sie sich auf die Erde und krochen; sie kamen an die feindlichen Gräben, erkundeten, was ihnen aufgetragen war, und krochen wieder zurück. Als sie auf halbem Wege waren, stiegen Leuchtkugeln auf; sie hatten gerade keinerlei Deckung und wurden gesehen; eine heftige Beschießung erfolgte. »Aufstehen und rennen,« rief Hofmann dem Andern zu, der aber antwortete stöhnend, daß er einen Schuß erhalten habe. Hofmann kniete nieder, nahm die Arme des Andern über die Schultern, ermahnte ihn, sich mit Armen und Knien festzuhalten, stand auf und lief keuchend mit seiner Last weiter. Sie kamen in ihrem Graben an, da stürzte Hofmann hin; er war selber verwundet.

Die Beiden wurden verbunden, der Hauptmann fragte sie aus, sie wurden ins Lazarett geschafft, die Verwundungen Beider waren tödlich.

»Ich hätte nicht mehr so leben können, wie ich gelebt habe,« sagte der Buchdruckereibesitzer. »Aber es ist gut, daß ich sterbe, denn ein anderer Mensch konnte ich auch nicht werden, ich bin nicht danach beschaffen.«

Der Meister

In einer kleinen Stadt Mitteldeutschlands lebte ein alter Tischler mit seiner Frau.

Vater und Großvater des Mannes waren schon Tischler gewesen und hatten in dem Häuschen gewohnt, in welchem nun ihr Enkel hauste. Die Arbeit der Leute war im ganzen Kreise berühmt. Als der Vater starb, hatte er seinem Sohn gesagt: »Laß mir kein Denkmal auf den Kirchhof setzen, ich habe mir selber ein Denkmal gesetzt, das steht überall bei den besseren Leuten in der guten Stube.«

In den siebziger Jahren des vorigen Jahrhunderts kamen auch im Tischlerhandwerk neue Verhältnisse und Zustände auf. Es wurden Magazine eingerichtet mit großen Spiegelscheiben nach der Straße hin, in welchen die fertigen Möbel ausgestellt waren, so daß die Brautpaare, wenn sie am Vormittag ausgesucht hatten, was sie wollten, am Nachmittag schon ihre Einrichtung in der Wohnung haben konnten. Für diese Magazine arbeiteten die kleineren Tischler aus den Dörfern oder arme Gesellen, die kein Vermögen hatten und jeden Sonnabend ihr Arbeitsverdienst holen mußten. Da wurde frisches Holz genommen oder gar Holz von trockenen Stämmen, das Fournier wurde fertig gekauft, in papierdünnen Bogen, welche mit der Maschine geschält waren; da wurde eilige Pfuscharbeit geliefert, denn das Möbelstück sollte billig sein, billiger, wie es der Tischler herstellen konnte, der doch keine Ladenmiete zu bezahlen brauchte und keinen Zinsverlust für die dastehende Ware zu buchen brauchte; aber die Leute waren bezaubert von dem Laden mit Spiegelscheiben, von den fertig eingerichteten Zimmern, von denen jedes auf den Pfennig seinen ausgezeichneten Preis hatte, von dem gewandten Herrn in ehrfurchterregendem schwarzem Rock, der sie führte und liebenswürdig und schnell auf sie einsprach; und so merkten sie denn nicht, wie ihnen geschah und glaubten noch sehr verständig einzuhandeln.

Unser Meister machte die neuen Sitten nicht mit. Wenn ihm gesagt wurde, daß er sein Geschäft kaufmännisch betreiben müsse, denn dem Kaufmann gehöre die Zukunft, dann erwiderte er: »Ich habe kein Geschäft, sondern ich bin ein Handwerker, ich bin auf meine weiße Weste stolz, und das ist auch etwas wert.«

Aber so kam es, daß er einen Gesellen nach dem andern entlassen mußte.

Er hatte einen Sohn; der war bei ihm in die Lehre gegangen, hatte sein Gesellenstück gemacht, dann in andern Städten gearbeitet; der kam zurück als ein Mann Mitte der Zwanzig, um nun dem Vater behilflich zu sein. Er hielt dem alten Mann vor, daß er immer mehr zurückgehen mußte, wenn er so fortfuhr, wie er bis nun gewirtschaftet hatte. Der Vater hielt seinen Reden Nichts entgegen und erlaubte ihm ganz stillschweigend, einen Versuch nach seiner Art zu machen. Da sah er, wie der Sohn Bretter für einen Schrank zusammenschnitt. Er schüttelte den Kopf, denn der Sohn paßte die unverzinkten Bretter aneinander. Dann kam ein Paket Nägel zum Vorschein. Er fragte, was das werden solle. Der Sohn erwiderte, das Verzinken mache sich heutzutage nicht mehr bezahlt; man nagle die Bretter gut mit starken Drahtnägeln zusammen, und das Fournier decke dann alles. Den Alten übermannte eine heftige Wut. Er schrie, ihm komme kein Nagel in die Werkstatt, bei ihm werde ehrliche Arbeit gemacht; und als der Sohn, allmählich auch heftig werdend, widersprach, da wies er ihn aus dem Hause.

Er hörte lange nichts von ihm. Endlich bekam er einen Brief, er habe in Berlin in eine Weinwirtschaft hineingeheiratet, in welcher Gesänge und Gedichte vorgetragen würden, und es gehe ihm gut.

So war er denn endlich allein zurückgeblieben in der Werkstatt; die acht leeren Hobelbänke standen noch, an denen früher die Gesellen gearbeitet hatten; er selber hatte wohl gelegentlich für einen alten Kunden ein neues Stück zu machen, dessen Vorfahren schon bei seinen Eltern hatten arbeiten lassen; aber das geschah immer seltener, und seine meiste Zeit mußte er verwenden auf Ausbessern alter Sachen. Manches Stück von Vater und Großvater ging wieder durch seine Hand; er erkannte manches, das er als Kind gesehen, wie es gearbeitet wurde und erinnerte sich dabei an die Gesellen, welche damals an den Bänken gestanden; er freute sich, wenn die Besitzer das Stück gut gehalten hatten, er strich mit der Hand über die schönen Masern, die mit Liebe ausgesucht waren.

Es kam ein neuer Rechtsanwalt an das Gericht, ein junger unverheirateter Mann. Der hatte eine Liebhaberei für alte Möbel, kaufte bei den Trödlern zusammen; und da ihm der Meister als ein geschickter Handwerker genannt war, der sich auf die Arbeit nach der alten Art verstand, so gab er dem das Gekaufte, um es aufzupolieren und sonst auszubessern. Er sprach oft mit ihm von seiner Arbeit und klagte darüber, daß das alte Handwerk aussterbe, daß nur noch Pfuscher übrig seien, welche für teures Geld schlechte Arbeit liefern, denen man ein gutes Stück nicht anvertrauen könne, das in den früheren Zeiten gearbeitet sei, als die Leute noch Freude an ihrem Handwerk gehabt haben. Der Meister war ein wortkarger Mann; er nickte zu den Reden des Rechtsanwalts und erwiderte wohl gelegentlich einmal, das sei alles schön und gut, was der Herr sage, aber die Leute wollten eben heute nicht mehr bezahlen, was eine Sache koste, und der Rechtsanwalt fand ja freilich auch, daß der Meister nicht billig war.

So ging es denn mit dem Meister immer mehr zurück. Er verbrauchte zum großen Teil die alten Ersparnisse, er verkaufte das Haus, er nahm eine Wohnung in dem Viertel, wo die Taglöhner und Fabrikarbeiter wohnten; eine eigene Werkstatt hatte er nicht mehr, die Hobelbank war in der Wohnstube aufgestellt.

An einem Vormittag kam ein Handlungsreisender eines Geschäfts, welches Leim verkaufte und fragte, ob er nicht Leim bestellen wolle. Der Meister hatte seit langen Jahren den Leim immer von derselben Fabrik bekommen und lehnte ab; aber der Reisende sprach weiter, pries die Billigkeit seiner Ware, erzählte von den guten Abschlüssen, die sein Herr gemacht, wodurch er alle andern Geschäfte unterbieten könne, und redete so viel, daß der Meister nicht wußte, was er ihm antworten sollte. Er zeigte ihm seine Ärmlichkeit, versicherte ihm, daß er nur geringen Bedarf habe und daß der gedeckt sei; der Reisende sprach wieder von der großartigen Gelegenheit, kam dann auf sich selber und erzählte, wenn er nicht abends eine Anzahl Bestellungen nach Hause schicke, dann fliege er, dann bat er, doch wenigstens einmal einen Versuch zu machen, damit er einen neuen Kunden vorweisen könne; der Meister erwiderte, wenn er einen halben Zentner Leim habe, dann reiche er lange, und eine solche Bestellung könne ihm doch gar nichts nützen; der andere griff das Wort auf und sagte, er werde fünfzig Kilo für ihn vormerken; der Meister wollte von fünfzig Kilo nichts wissen und bestand auf fünfzig Pfund; es wurde noch hin und her geredet, und endlich ging der Reisende mit der Bestellung ab.

Nach einer Weile kam die Sendung, aber das war nicht ein halber Zentner, sondern fünfzig. Der Meister verweigerte die Annahme, das Geschäft klagte; die Verhandlung fand an dem Orte statt, wo das Geschäft seinen Sitz hatte, und der Meister wurde verurteilt, die fünfzig Zentner zu nehmen und zu bezahlen, denn der Reisende hatte beschworen, daß die Bestellung gemacht war.

Der alte Mann hatte noch Geld auf der Sparkasse. Das hob er ab. In der Ecke, wo das armselige Bett stand, in welchem er mit seiner alten, gekrümmten Frau schlief, denn alle guten Möbel hatte er längst verkauft, machte er eine Diele locker und verbarg unter ihr das Geld. Nun wartete er ab, was weiter gegen ihn geschah.

Der Gerichtsvollzieher kam, sah sich in dem ärmlichen Raum um, fragte, ob er Geld bei sich trage oder sonstwo aufbewahre; er schüttelte den Kopf.

Der Rechtsanwalt begegnete ihm auf der Straße und rief ihn an. Er entschuldigte sich, er müsse seine Pflicht tun, der Leimfabrikant habe ihm die Sache übergeben, er müsse suchen, daß seine Auftraggeber ihr Geld erhielten; der Meister antwortete verloren: »Ja, ja, das sagen die Menschen Einem immer, sie müssen ihre Pflicht tun.« Dann fuhr der Rechtsanwalt fort, er müsse ihn zum Offenbarungseid laden. Er kenne ihn. Er sei noch ein Handwerker vom alten Schlage, ein Mensch, wie sie heute aussterben, ein Mann, der noch an Gott glaube.

Als der Rechtsanwalt diese Worte sagte, da flog ein seltsames Lächeln über das Gesicht des Mannes. Er erwiderte: »Ich will Sie ja nicht fragen, Herr Rechtsanwalt, ob Sie an Gott glauben; diese Frage kommt mir nicht zu. Ich habe früher geglaubt; ich glaube nicht mehr an Gott.«

Damit grüßte er höflich und ging. Der Rechtsanwalt dachte lange nach über die Antwort. Er erdachte nichts Bestimmtes, denn er wußte überhaupt nicht, weshalb er nachdachte. Aber es wurde ihm unheimlich zumute.

Der hölzerne Kindersäbel

In einem Dorfe hatte eine Bauernfamilie seit undenklichen Geschlechtern auf einem Hofe gesessen. Der Vater des gegenwärtigen
Besitzers war sehr alt geworden und hatte den Hof immer nicht
abgeben wollen; der einzige Sohn hatte, schon verheiratet, bis in
sein fünfzigstes Jahr als Knecht bei ihm gedient, bis er nach dem
Tode des Vaters nun Herr wurde.

Er hatte zwei Söhne, welche nun auch schon junge Männer waren, als er aus dem engen und niedrigen Knechtshaus in das große
Vaterhaus zog. Nach der Sitte war der Ältere zum Bauern erzogen,
denn es wurde angenommen, daß er einmal dem Vater auf dem Hof
nachfolgte, indem er dem jüngeren einige tausend Mark auszahlte.
Der Jüngere war in die Stadt auf das Gymnasium geschickt, dann
zu einem Kaufmann in die Lehre gegeben, und dachte sich nun
gerade selbständig zu machen. Es kamen damals durch findige
Fabrikanten jene falschen Schmucksachen auf, welche den Frauen
und Mädchen aus dem Volk so verlockend sind. Der Händler, welcher derartige Ware verkaufen will, muß einen Laden in einer Straße errichten, durch welche Fabrikarbeiterinnen zu ihrer Arbeit gehen, denn außer Dienstmädchen sind diese die vornehmsten Käuferinnen. Im Schaufenster werden die Schmucksachen auf drehbare
Scheiben gelegt und durch Glühlampen von oben und von den
Seiten beleuchtet; dadurch entsteht ein solches Blitzen und Funkeln,
daß die Vorübergehenden, besonders die Frauen, auf das Stärkste
betroffen werden, denn das Blitzen der Edelsteine übt ja eine
merkwürdige Macht auf die Menschen aus, und die Sinne der Un-
gebildeten sind stumpf genug, daß die fast schmerzenden Strahlen
der nachgemachten Steine denselben Eindruck auf sie machen, wie
auf den entwickelteren Menschen die milden der echten Steine. Ein
solches Geschäft nun dachte der jüngere Sohn in der Stadt zu be-
gründen, und er rechnete der Mutter vor, was er verdienen werde
bei seiner Einsicht und Gewandtheit, denn er verstehe die Leute zu
nehmen, besonders das Arbeiterpublikum, welches eine besondere
Kunst sei, und bei den nachgemachten Edelsteinen werde viel auf-
geschlagen, da die Leute ja nicht wissen, daß die Herstellung beinahe Nichts kostet.

Der ältere Sohn war ein stiller, fleißiger Mann, etwas ungeschickt in seinem Wesen, dessen ganzes Sinnen und Trachten auf Acker, Wiese, Wald und Vieh ging.

Nun hatte die Mutter von jeher eine Liebe zu dem jüngeren und eine Abneigung gegen den älteren Sohn gehabt. Sie sagte, der ältere schlage auf den Großvater, der sie mit seiner Hartnäckigkeit und wunderlichem Sinn so lange geplagt, indessen der jüngere ihres eigenen Vaters Ebenbild sei und in die Welt passe als ein höflicher und liebenswürdiger Mann. Ihre Neigungen wirkten, und die Wirkungen übten wieder Einfluß auf ihre Neigung aus; denn der ältere Knabe, der die Dorfschule besuchte und schon früh im Stall und auf dem Felde mithalf, war denn oft genug mit beschmutzten Schuhen und Kleidern zum mittäglichen Essen gekommen, stützte sich bei Tische auf die Ellbogen, grüßte träge, war schweigsam und selbst verschlossen, und hatte in Vielem zu guten Sitten beständig ermahnt werden müssen, indessen der jüngere, wenn er am Sonnabendnachmittag und Sonntag im elterlichen Haus war, durch reinliche Kleidung, freundliches und höfliches Benehmen und gewandtes Sprechen verstanden hatte, die Mutter zu erfreuen.

Nun hatte aber die Frau auf den Mann einen sehr großen Einfluß, indem der sich nicht gegen ihren Willen wehren konnte. Wenn sie Etwas wollte, so verstand sie zu sprechen, und er vermochte, auch wenn er klar einsah, daß sie etwas Törichtes wollte, doch keine Gegengründe anzuführen, sondern er half sich, solange es ging, durch Schweigen oder auch durch gelegentliches Aufbrausen. Sie ließ sich nicht irre machen und begann ihre Angriffe immer wieder von Neuem; und zwar vermochte sie ihn nie zu überzeugen, auch wenn sie wirklich einmal im Rechte war; aber endlich gab er dann immer nach, weil er nicht mehr widerstehen konnte.

Die Frau hatte sich vorgenommen, den Mann zu bereden, daß er dem Jüngsten den Hof verschreiben solle. Sie stellte ihm vor, wie geschickt und begabt der Jüngste sei; sie sagte, der Älteste könne ja wohl ganz gut als Verwalter auf dem Hofe leben, indessen der Bruder selber das einträgliche Geschäft weiterbetreibe; sie stellte vor, daß der Ältere ungeschickt und unwissend sei, nicht mit der Zeit gehe, sich den neueren Gedanken verschließe und so nicht den rechten Nutzen aus dem Hof ziehen könne, indessen der Jüngere ihr von neuen Düngemitteln und Maschinen gesprochen habe und gesagt habe, das müsse ihm Alles ganz anders werden, wenn er erst aus dem Hof sei. Der Bauer brauste auf und sagte, der Jüngere sei ein Narr und ein Gauner, er wisse nicht, wie das Blut in seine Familie gekommen sei, seine Vorfahren seien alle redliche Leute gewesen, die ihren gesunden Verstand gehabt. Die Frau schwieg, aber nach einiger Zeit brachte sie ihr Gespräch wieder von Neuem vor, und so bohrte sie nun täglich, Wochen und Monate durch.

Der ältere Sohn war längst verheiratet und hatte drei Kinder. Der Bauer ging oft hinüber in das Knechtshaus und saß in der Küche. Die Kinder spielten um ihn, fragten, er erzählte. Als er von der Frau wegen der Verschreibung des Hofes bestürmt wurde, kam er öfter, er sagte, daß er hier Ruhe habe vor der Widerbellerin, denn die Schwiegertochter war eine stille, freundliche Frau, welche in Haus und Stall ihre Arbeit tat ohne viel zu reden. Er machte dem Sohn eine Andeutung. »An Deiner Mutter hast Du keinen Freund,« sagte er ihm. Der Sohn antwortete nicht. »Ich tue, was recht ist,« fuhr er fort. »Meinetwegen,« erwiderte der Sohn. Der Vater ging, und die Ehegatten blieben allein zurück. »Weshalb hast Du denn so kurz geantwortet?« fragte die Frau; er entgegnete: »Der Schuft kriegt den Hof doch zugeschrieben.«

Es wurde still von dem Gespräch über die Verschreibung des Hofes. An einem Sonntagnachmittag aber, als der Vater in der Küche saß, das älteste Enkelkind auf dem Knie hatte und reiten ließ, sprach der Sohn: »Ich muß es Dir auch jetzt sagen, Vater; ich gehe zum nächsten Quartal.« Der Vater setzte das Kind auf die Erde und sprang auf, mit unsicherm Ausdruck des Gesichtes. Er wollte fragen, aber er konnte nicht sprechen. »Ich muß an meine Familie denken,« fuhr der Sohn fort. »Jetzt bin ich noch jung. Daß ich hier als Verwalter für meinen Bruder bleibe, das kann meine Mutter doch nicht verlangen. Ich habe eine Verwalterstelle auf einem Rittergut bekommen.« Der Vater warf nur ein: »So, so!« ein; der Sohn sagte: »Du hast nicht anders gekonnt, Vater, es war ein Unrecht vom Großvater, daß er den Hof so lange behalten hat, Du bist kein Mann geworden, und nun kannst Du der Mutter nicht widerstehen. Aber ein Unglück ist es für mich. Für Euch Alle ja auch. An dem Schuft werdet ihr einen schönen Dank erleben.«

Der Sohn verließ mit seiner Familie den Hof, und es wurde ein verheirateter Knecht für ihn genommen. Die Bäuerin machte ihrem Mann Vorwürfe. Er habe den Ältesten immer vorgezogen. Nun sehe er, man ernte nur Undank von seinen Kindern. Aber er habe keinen Mut. Ihr habe der Bengel Nichts zu sagen gewagt, seinem Vater habe er alles vorgeknört, und der habe immer ein Ohr gehabt, wenn er über seine Mutter geklatscht habe. Und auf diese Weise sprach sie weiter.

Der Erbe kam aus der Stadt auf Besuch mit seiner Frau, zwei Kindern, Kinderfräulein und Dienstmädchen. Er sagte, daß er mit seiner Familie in die Sommerfrische gehe. Die Kinder trugen weiße Kleider, welche jeden Tag gewechselt wurden. Die Frau blieb bis gegen elf Uhr im Bett; sie ließ sich von dem Dienstmädchen des Morgens Kakao ans Bett bringen. Das Dienstmädchen kochte für die Familie besonders, sie aßen auch nicht am Tisch der Eltern, sondern für sich allein in einer oberen Stube.

Der Knecht zog den Bauern mit seinem Sohn auf. Der fünfjährige Enkel hatte sich an ihn gemacht und hatte ihm erzählt, sein Vater habe gesagt, daß er einmal später den Hof erben solle, indessen der andere Bruder das Geschäft übernehme. Aber er werde nicht Mist fahren wie der Großvater, denn seine Leute brauchten überhaupt nicht zu arbeiten. Das brachte der Knecht nun immer in seinen Gesprächen an, daß seine Leute nicht zu arbeiten brauchen. Der Bauer hatte seinem ältesten Enkel vom ersten Sohn einen hölzernen Säbel geschnitzt, den er sehr geliebt hatte. Als der Sohn auszog, hatte sich der Säbel nicht gefunden, und das Kind war ganz untröstlich über den Verlust gewesen. Nun mußte das Dach des Knechtshauses ausgebessert werden, und dabei fand sich im Dachkasten der Säbel; das Kind hatte wohl auf dem Boden gespielt und hatte ihn zwischen Ziegeln und Verschalung durchgleiten lassen. Der Knecht gab den Säbel dem andern Enkel; der sagte, zu Hause habe er viel schöneres Spielzeug, das im Laden gekauft sei; aber er band ihn sich doch um mit einer Schnur und ging so mit militärischem Schritt vor dem Hause auf und nieder. Der Großvater trat eben aus der Tür. Es war angespannt, er wollte ins Holz fahren. Als er den Enkel mit dem hölzernen Säbel sah, den der Andere so sehr geliebt, ging er auf das Kind zu, nahm ihm das Spielzeug fort und brachte es in sein Zimmer, wo er es in seinen Schrank einschloß. Das Kind schrie und weinte, die Großmutter kam, die Mutter, beide Frauen wendeten sich gegen den Bauern; der stieg wortlos auf seinen Wagen zu dem harrenden Knecht, nahm die Zügel, rief den Pferden zu, und fuhr ratternd ab.

Er fuhr in den Wald zu der Stelle, wo das Holz lag. Der Knecht sagte, die Abfahrt sei schlecht, sie müßten das Holz erst rücken. Der Bauer erwiderte ihm, er solle tun, was ihm geheißen sei; und so luden die Beiden auf. Der Wagen war schwer beladen, die Strecke ging steil abwärts; die Pferde zogen an; der Wagen kam ins Rollen, die Pferde hielten ihn nach Kräften; da sprang der Bauer nach vorn vor die Pferde und schlug dem Handpferd mit dem Peitschenstiel über die Nase. Das stieg auf, riß das andere mit, der Wagen rollte auf sie, der Bauer lag unter den Hufen, die Pferde stürzten, die Deichsel brach, der Wagen ging über den Bauern, der laut aufschrie, über die gestürzten, schlagenden Pferde, glitt an einem Baumstumpf ab, bohrte sich mit dem linken Vorderrad tief in eine morastige Stelle, die dort war, und blieb dann stehen, das rechte Vorderrad in der Luft.

Der Knecht kroch zu dem Bauern durch. Das linke Hinterrad stand noch auf dem gänzlich zerquetschten Körper, aus dem jedes Leben entflohen war.

Der Knecht lief ins Dorf zurück und holte von Nachbarn Hilfe. Die Frau lief herbei, jammerte, als sie die Erzählung hörte; der Sohn kam, fragte; der Knecht wendete sich zu der Frau und fuhr sie an, sie solle nicht schreien und dem Toten wenigstens seine Ruhe gönnen; sie habe ihn doch dahin gebracht, denn er habe sich absichtlich totgefahren, weil ihm das Gewissen keine Ruhe gelassen habe über die Erbverschreibung.

Die Frau wurde blaß und schwieg, der Sohn wurde verlegen. Er holte einen Taler vor und wollte den dem Knecht in die Hand drücken; aber der wehrte ab und sagte, er habe von ihm keinen Taler verdient.

Der Striegel

Der Regen, welcher in den wälderbedeckten Bergen fällt, der tauende Schnee, werden von dem moosigen Boden aufgesogen; die Flüssigkeit sickert zwischen Steinen und Wurzeln in die Erde, sammelt sich hier in unterirdischen Kammern, und kommt in klaren, stillen Quellen wieder zutage. Das Wasser der Quellen rinnt zwischen Felsen und unter Büschen talwärts; in der Talsohle sammelt es sich zu einem kleinen Bach, der sprudelnd und spritzend weiter abwärts gleitet, bis er sich mit einem größeren Wasserlauf vereinigt. Auch diese Wasserläufe gleiten weiter zu Tal, vereinigen sich ebenso mit andern Läufen, und wo das Gebirge aus der Ebene aufsteigt, da geht endlich Fluß und Strom in die Ebene über.

Die Kraft des talwärts gleitenden Wassers kann von den Menschen ausgenutzt werden zum Treiben von Rädern, welche ihre Bewegung dann einem Betriebe übertragen. Die einfachste dieser Einrichtungen ist die Mühle, bei welcher der Bach ein Rad in Bewegung setzt, um die Mühlsteine zum Mahlen von Getreide zu drehen. Wie verwickelt auch andere mit Wasser betriebene Werke sein mögen, man kann sich ihr Wesen immer klar machen, wenn man an das Mühlrad denkt, auf dessen Brettchen das Wasser fällt, an den Wellenbaum, welcher durch den Mittelpunkt des Rades geht, und an die Kraftübertragung durch Treibriemen und kegelförmige Zahnräder; und wenn man daran denkt, daß der Müller das Wasser fassen muß, daß er es nicht ungeregelt, wie es nach Regengüssen oder in trockenen Zeiten zufällig im Bach kommt, auf sein Rad leiten darf; sondern daß er ein Wehr hat, durch welches er den Zufluß auf sein Rad nach seinem Bedürfnis ordnet.

In den meisten Gebirgen wird Bergbau getrieben, und seit den Urzeiten hat man die Kraft der Wasser im Gebirge benutzt für die bergbaulichen Arbeiten. Hierzu sind nun große Anlagen geschaffen. Wenn man für die Gruben, in welchen das Wasser die Erze aus der Tiefe hebt und die Bergleute auf der Kunst herauf und hinab befördert, und für die Pochwerke, in welchen das Erz durch Wasserkraft zerkleinert wird und aus dem klar gepochten Schlamm durch das Wasser der edle Schlick aus dem unedlen Berg herausgeschlemmt wird, wenn man für diese Anstalten und ihre Nebenbetriebe das

Wasser herleitet, so muß man freilich verwickeltere Anlagen machen, wie der einzelne Müller für seine Mühlsteine braucht. Das Wesentliche dieser Anlagen besteht darin, daß man den Ausgang der Täler, in welchen das Wasser niederrinnt, durch einen Damm aus rasenbekleidetem Mauerwerk absperrt, in dessen Mitte über dem Abzugsgraben sich der Striegel befindet. Das Wasser rinnt, und steigt am Damm hoch, verbreitet sich nach hinten, und füllt die Tiefe des Tales aus bis zur Höhe des Damms, über den es dann hinabstürzen würde, wenn man es so hoch steigen ließe; dadurch würde es den Damm aber in ganz Kurzem zerstören, denn das herabstürzende Wasser würde die Steine, aus denen er gebaut ist, fortreißen. Man läßt es auch nicht so hoch steigen, sondern regelt den Stand durch den Striegel. In der Mitte des Damms und unten auf der Sohle des Tales befindet sich der Abzugsgraben; dieser ist durch ein Scheid geschlossen, so daß das Wasser nicht hinaus kann, wenn man nicht will; wenn man will, so geht man oben auf dem Damm zum Striegel. Die Ketten, in welchen das Scheid hängt, sind hier an einer Welle befestigt. Sobald man mit einem Hebebaum in die Löcher dieser Welle greift und durch Niederdrücken die Welle sich um sich selber bewegen und dadurch die Ketten sich auf ihr aufrollen läßt, sobald man also den Striegel zieht, wie der Ausdruck lautet, hebt sich unten das Scheid und das Wasser kann ausströmen.

Das durch den Damm abgesperrte Stück Tal, welches dergestalt mit Wasser angefüllt ist, nennt man Teich. Mit dem Wasser dieses Teiches nun betreibt man die Bergwerke. Zum Frühling, wenn der Schnee getaut ist und alle Quellen sprudeln, füllt sich der Teich. Der Striegel wird immer gerade so hoch gezogen, daß dauernd so viel Wasser abläuft, als man für den beständigen Betrieb braucht; durch die nachfließenden Quellen wird das abfließende Wasser ersetzt. In sehr trockenen Jahren freilich sinkt der Spiegel im Lauf des Sommers sehr; wenn im Frühjahr plötzliches und scharfes Tauwetter eintritt, dann steigt der Spiegel sehr schnell, und man muß den Striegel während des Steigens ganz hoch ziehen, damit das Wasser nicht über den Damm spült.

In meiner Heimat gibt es einen Teich der beschriebenen Art, welcher drei Viertelstunden im Umfang hat. Man kann sich denken, daß der Damm sehr lang und hoch sein muß; man geht fünf Minuten von einem Ende zum andern. In der Mitte steht das Striegelhaus. Das Scheid, welches den Abzugsgraben sperrt, ist naturgemäß sehr stark und breit und wiegt viele Zentner; es hängt in langen eisernen Ketten; und so müssen gewöhnlich vier Mann den Striegel ziehen. Die Aufsicht über den Teich und das zu ihm gehörige Netz von kleineren Teichen und von Gräben hat ein Grabensteiger. Zur Zeit, als die folgende Geschichte vorfiel, zum Anfang des neunzehnten Jahrhunderts, war das ein Mann namens Pfennig, ein Riese von Wuchs und Kraft.

In einer Frühlingsnacht trat unerwartet starkes Tauwetter ein; der Schnee zerging, wie Zucker im Wasser; dann kam ein strömender Regen, wie sonst nur im Sommer ein heftiger Gewitterregen kommt, der kurze Zeit anhält. Am Tage vorher hatte es noch dicht geschneit, in großen Flocken, die sich weit hinlegen, und es war kein Windhauch gegangen. Auf den Fichten im Walde lag Schnee, vielleicht zwei Fuß hoch. In den strömte nun der Regen und machte ihn schwer. Die Bäume bogen sich und splitterten, mannsdicke Stämme wurden mit den Wurzeln aus dem Boden gerissen, sie fielen übereinander und türmten sich haushoch. Ein Lärmen war wie von Kanonenschüssen und Gewehrfeuer durch das Stürzen, Brechen und Splittern.

Die kleine Ortschaft lag etwa eine halbe Stunde weit unterhalb des Dammes im Tal. Rings um die niedrigen Häuser dehnten sich die Wiesen, sie zogen sich zu beiden Seiten noch bis zur halben Höhe die Berge hinauf, dann stand da der Hochwald. Wie das Donnern des Schneebruchs kam, da schraken die Leute aus dem Schlaf auf, fuhren schnell in die Kleider, öffneten die Fenster und sahen hinaus. Sie riefen sich über die Straße zu, aber Keiner konnte den Andern verstehen vor dem fürchterlichen Getöse.

Plötzlich wurde in dem höllenmäßigen Heulen, Sausen, Klatschen, Brüllen, Splittern und Krachen ein neuer Ton gehört, ein langsam beginnendes und aufsteigendes Grollen, das mit einer Art von Klatschen endete, immer wieder langsam begann, anstieg und in Klatschen abschloß. Niemand wußte, was der Ton bedeutete. Plötzlich gellte eine Stimme über den Marktplatz: »Die Kühe los! Der Teich!« Ein einziger Schrei erscholl. Alle Leute stürzten in die Ställe; die Kühe waren unruhig, brüllten, stießen um sich, drückten die Leute an die Wand, die Leute fluchten, liefen mit dem laufenden

Vieh; alles eilte dem linken Berg zu, welcher der nächste war, und kletterte keuchend, das Vieh zerrend, schreiend, jammernd, den Berg hoch.

Der Striegel des Teiches war nicht gezogen, denn es hatte Niemand das heftige Tauwetter erwarten können; nun war aus tausend und abertausend Quellen, Rinnseln, Gossen, Läufen, Bächen das Wasser in den Teich gestürzt; der Spiegel war in kurzer Zeit gestiegen; als der Regen nachließ, machte sich ein Sturm auf, der das Wasser vor sich hintrieb, gerade gegen den Damm; das war der Laut gewesen, den man im Dorf hörte. Wenn der Damm brach, dann stürzte das Wasser über die Ortschaft; es riß die Häuser fort, verschlemmte die Wiesen und besäte sie mit Steinen; es wälzte sich weiter und vernichtete stundenweit das ganze Tal mit Menschen, Vieh, Häusern und Wiesen. Und der Damm mußte brechen, denn Niemand konnte wagen, zum Striegel zu gehen.

Die Leute standen auf einer Abflachung des Berges, so hoch, daß sie über dem stürzenden Wasser waren, wenn es kam. Die Kühe, Ziegen, Schweine waren unter sie gemengt, sie liefen, brüllten, meckerten, grunzten und quiekten, rissen die Leute um und schleiften sie hinter sich her. Einige Menschen fluchten und schrien; einige suchten das fliehende Vieh wieder einzufangen; Kinder weinten, Frauen trösteten sie jammernd; eine Familie, Vater, Mutter und drei Kinder, knieten im nassen Schnee und sangen mit gefalteten Händen ein Kirchenlied, ein Greis saß in seinem Lehnstuhl, der ihm gerettet war, klagte über seine nassen Füße und fragte neugierig, weshalb man hier draußen sei.

Der Regen hatte ganz aufgehört, aber nun fegte der Sturm noch fürchterlicher das Tal hinunter, daß Frauen und Kinder umstürzten, Männer sich aneinander festhielten, das Vieh von Neuem unruhig wurde. Das unheimliche Geräusch des langsam ansteigenden Grollens mit dem abschließenden Klatschen wurde immer heftiger.

Plötzlich stand die riesenhafte Gestalt des Grabensteigers Pfennig unter den Leuten. Er trug einen schweren Hebebaum auf der Schulter, an dem sonst zwei Mann ihre Last hatten. Seine Frau warf sich ihm kreischend entgegen, er schob sie fort; sie schrie: »Er will den Striegel ziehen.« Eine tiefe Stille kam plötzlich, und aus der Dun-

154

kelheit, die ihn schon verschlungen, hörte man noch seine ruhige Antwort: »Wem die Kuh gehört, der packt sie beim Schwanz.«

Da war es, als ob ein Befehl kam; alle Menschen knieten plötzlich nieder in den nassen Schnee und fielen singend in das Kirchenlied ein; sie sangen: »Ach bleib mit deiner Gnade bei uns, Herr Jesus wert.«

Der Grabensteiger ging mühsam mit seinem schweren Hebebaum im Sturm, der ihn immer umwerfen wollte, auf dem schmalen Fußsteig, der in drittel Höhe des Berges zu dem Damm führte. Die halbe Stunde Weges wurde ihm sehr lang; er war in Schweiß gebadet, als er ankam.

Aber schon bevor er den Damm erreicht hatte, konnte er sich nicht mehr aufrecht halten vor dem Sturm; er ließ sich nieder und kroch auf allen Vieren, den Hebebaum hinter sich herziehend.

Der Sturm trieb auf der weiten Fläche des Teiches eine große Welle in die Höhe und jagte sie vom äußersten Ende bis zum Damm; und wenn sie klatschend anschlug, dann bog sich der Damm. Schon stand das Wasser so hoch, daß der Schaum der anklatschenden Welle über den Grabensteiger fortflog, als er oben auf dem Damm weiterkroch. Er beeilte sich, wie er konnte, denn bei jeder neuen Woge bog sich der Damm, bei jeder konnte er brechen. Aber wenn er sonst zwei Minuten bis zum Striegelhaus gebraucht hatte, so brauchte er jetzt gewiß zehn Minuten, denn er mußte nun wie eine Schlange auf dem Bauche gleiten; selbst den Kriechenden hätte der Sturm gepackt und in den Grund geschleudert.

Endlich hielt er sich an einem Balken des Striegelhauses fest. Er schloß die Tür auf, von der Seite, damit die aufschlagende ihn nicht quetschte, und drückte sich in das Häuschen, seinen Hebebaum nach sich schleppend.

Nun stand er darin und setzte das eisenbeschlagene Ende des großen Baumes in ein Loch der Welle: der Baum stand schräg nach oben; er sprang hoch, packte ihn, und es gelang ihm, ihn niederzuziehen. Träge bewegte sich die Welle, rollten sich die Ketten auf, und schon klang an sein Ohr das Rauschen des unten ablaufenden Wassers. Der Hebebaum war unten, der Haken an der Welle, der sie festhielt, schnappte ein, er steckte den Hebebaum in das nächsthohe Loch und zog wieder.

Schwer war das Ziehen, und nicht nur Arbeitsschweiß floß an dem Mann nieder, sondern auch der kalte Angstschweiß, denn er wußte nicht, ob seine Kräfte reichen würden, das Scheid hoch genug zu bringen; aber das Rauschen verstärkte sich, er brachte den Hebebaum wieder hinunter und den Haken zum Einschnappen.

So geschah es noch mehrere Male, bis das Scheid unten über die Hälfte hochgezogen war; nun drückten die Wasser nicht mehr so stark dagegen und das Ziehen ging leichter; dergestalt wand er es ganz hoch. Aber als der Haken an der Welle zum letztenmal einschnappte, da stürzte der große Mann auch ohnmächtig um neben seinem Hebebaum, der noch in der Welle steckte.

Die Grabenknechte waren mit in der harrenden Menge; sie hatten sich zusammengestellt und sahen sich verlegen an. Die Frau des Steigers ging auf sie zu, spuckte vor ihnen aus und rief: »Pfui, ein Knecht, der seinen Steiger den Striegel ziehen läßt.« Der Eine sagte zu den andern Drei: »Die Frau hat recht, ich gehe nach«; nun folgten ihm die Andern, murrend und unwillig.

Als sie in das Striegelhaus traten, erhob sich der Steiger gerade von seiner Ohnmacht. Sie zogen den Hebebaum aus der Welle. »Sch . . . kerle,« sagte der Steiger zu ihnen, wendete sich und kroch aus der Tür, zurück zu den harrenden Leuten.

Der Wald

In einer Gemarkung im nördlichen Deutschland hatte eine Familie Hermann ihren Bauernhof. Die Familie hatte seit undenklichen Zeiten hier gesessen und war immer die angesehenste gewesen. Vielleicht hatten die Vorfahren in der heidnischen und altchristlichen Zeit schon das Amt der Billunge bekleidet, wie die Vorfahren der sächsischen Kaiser, vielleicht floß in den Adern der Hermanns dasselbe Blut, das in den Adern der Heinriche und Ottonen geflossen war; es wäre nach der Lage ihres Hofes nicht unmöglich gewesen, denn er lag ganz in der Nähe eines der Orte, wo nach der Sage Heinrichs Vogelherd gestanden hatte.

Die Familie der Hermanns war in den langen Jahrhunderten die gleiche geblieben: sie wohnte in dem alten strohgedeckten Haus mit den Pferdeköpfen, in dessen Mitte die große Diele sich befand; die Knechte und Mägde aßen noch mit an dem gescheuerten Tisch, und vor dem Essen betete der Hausvater das Tischgebet; vielleicht hatte der Vorfahr noch ebenso zu Thor gebetet, wie heute der Nachkomme zu dem christlichen Gott, an den die Knechte schon nicht mehr glaubten, weil sie die sozialdemokratische Zeitung lasen. Die alte Bauernfamilie war die gleiche geblieben, aber die ganze übrige Welt hatte sich verändert.

Zu dem Hof gehörte ein sehr schöner Eichenwald. Wenn in den Jahrhunderten einmal ein Stamm gebraucht wurde, dann war er sorgfältig ausgesucht, zur rechten Zeit geschlagen, auf den Hof gebracht und bearbeitet; es ward auch wohl an die Nachbarn einmal ein Stamm verkauft. Immer wurde dann ein neues Bäumchen angepflanzt und mit Dornen geschützt. Die Gegend war eben; der Wald lag innerhalb der Felder, nach allen Seiten geradlinig abgegrenzt. Die äußersten Bäume hatten ihre Zweige bis unten hin behalten, im Innern hatten sich die Bäume gereinigt und erhoben sich schlank aus dem dichten Unterholz. Vielhundertjährige Eichen standen da, und von der ältesten wurde erzählt, daß sie noch aus der Heidenzeit stamme, und daß die Hermanns noch unter ihr geopfert haben. Ihr Schaft war noch kerngesund, die Äste breiteten sich weit aus, und es war, als ob die übrigen Bäume des Waldes aus Ehrfurcht vor ihr zurückgetreten waren. Der Baum war in der ganzen Gegend berühmt; wenn man den Wald von weitem sah, so konnte man ihn unterscheiden, denn er erhob sich hoch über die andern Bäume.

In der Erntezeit ruhten die Schnitter unter den Bäumen des Waldrandes, und die Alten erzählten den Jungen alte Sagen, von einer Schlacht, welche hier stattgefunden, daß die Vorfahren sich mit dem Vieh im Walde versteckt, daß Räuber hier Menschen geschlachtet haben – wirre Überbleibsel aus den ältesten Zeiten, denn die Schlacht, welche im Dreißigjährigen oder gar Siebenjährigen Krieg gewesen sein sollte, mußte gewesen sein, als die Leute noch mit Bogen und Pfeil schossen; man fand viele eiserne und sogar steinerne Pfeilspitzen beim Pflügen der Felder; und die Geschichten von Räubern gingen vielleicht auf urtümliche Menschenopfer zurück.

Im Sommer weidete das Vieh des Hermannschen Hofes im Walde, in früheren Jahrhunderten wohl von einem Sohn des Hauses gehütet, heute von einem Knecht; seit undenklichen Zeiten hatten die Frauen, welche in ihrer Jugend auf dem Hof gedient, das Recht, täglich für zwei Ziegen Futter in ihm zu holen. Im Herbst nahm der Bauer die Flinte und schoß ein Reh oder auch zwei.

Im vorigen Jahrhundert waren die großen Umwälzungen in der Landwirtschaft gekommen; die Brache wurde abgeschafft, es wurde Klee gebaut, man fütterte im Stall; dann kam die Zuckerrübe, der Körnerbau ging zurück, der künstliche Dünger kam, die guten Arbeiter zogen fort in die Stadt, es wurden polnische Arbeiter angenommen, die nur für Monate blieben. Man denkt wohl gewöhnlich, daß da, wo seit so langen Zeiten in natürlichen Verhältnissen und in guter Zucht dasselbe Geschlecht gesessen hat, sich ein besonders knorriges Menschentum entwickeln müsse. Aber es ist, als wenn eine allzu lange Ruhe und Sicherheit für ein Geschlecht auf die Dauer auch nicht gut ist; die Menschen werden zu fein, und es bildet sich eine Vornehmheit bei ihnen, welche bewirkt, daß sie in der Gemeinheit des Lebens nicht widerstandsfähig genug sind. Man muß wohl ein Volk immer im Ganzen betrachten. Da ist alles nötig: Roheit der jungen Kraft, Gemeinheit der untersten Schicht, Vornehmheit des alten Geschlechts; es heben sich Geschlechter und sinken; was für das Geschlecht ein Unglück ist, das ist für das Volk notwendig. Aus der Roheit entwickelt sich Vornehmheit und Gemeinheit, aus der Vornehmheit entsteht oft Gemeinheit, aus der Gemeinheit kann vielleicht wieder Roheit werden, wenn harte Verhältnisse erziehend wirken; oder sie füllt die Plätze aus, welche in einem Volk für die notwendig Untergehenden bestimmt sind.

Auf dem Hermannschen Hofe wehrte man sich gegen jede Neuerung, solange es ging.

Als der letzte Besitzer den Hof übernahm, ein kinderloser Fünfzigjähriger, da waren die Umstände sehr viel schlechter geworden, wie sie gewesen. Nicht dadurch, daß sie an sich zurückgegangen wären, aber dadurch, daß die Umstände der andern so viel besser geworden waren. Knechte und Mägde waren nicht mehr zu halten, denn die Kost sagte ihnen nicht mehr zu, welche doch für die Familie gut genug sein mußte, die Arbeit war ihnen zu viel, welche doch von dem Bauern und der Bäuerin geleistet wurde.

Ein Nachbar besuchte den Bauern und sprach mit ihm über Alles. Er hielt ihm vor, daß er keine Erben hatte, daß er sich nutzlos quälte und sorgte, ohne doch von seiner Arbeit und Sorge Freude zu haben. Dann schlug er ihm vor, er solle den Wald verkaufen und die Äcker um einen billigen Preis an wohlhabende Nachbarn verpachten, mit denen er keinen Ärger hatte; von den Zinsen für die Kaufsumme und von den Pachten konnte er mehr als behaglich leben; Einiges konnte er auch für sich zurückbehalten, das er zu seinem Vergnügen bearbeitete, ohne auf fremde Menschen angewiesen zu sein. Dem Bauern kamen die Tränen, als der Freund so sprach; er antwortete: »Ich habe ja auch schon daran gedacht, aber ich habe mich geschämt, das zu tun; wozu bin ich denn auf der Welt, wenn ich mich nicht mehr nützlich machen kann?« Aber der andere erwiderte ihm, daß er so nicht denken dürfe, daß die Menschen verschiedene Gaben von Gott erhalten haben, und daß ihm niemand einen Vorwurf machen werde, denn jeder wisse, daß auf dem Hermannshof immer Ehrenmänner gesessen haben.

Der Mann bedachte sich mit seiner Frau den Rat lange hin und her; sie wußten Beide, daß er gut war, und so beschlossen sie denn endlich mit schwerem Herzen, ihn zu befolgen.

Es kam ein Holzhändler, welcher den Wald kaufte; der Förster hatte einen Überschlag gemacht, welches der Preis war, den er bringen mußte, und nach einigem Handeln zahlte der Händler auch diesen Preis, bei dem er immerhin genug verdiente. Dann reiste er wieder ab und erklärte, daß er zum Winter kommen werde, um die Abholzung zu leiten.

Bäume, deren Holz für Möbel, für den Hausbau und für ähnliche Zwecke benutzt werden soll, müssen geschlagen werden, wenn sie ganz saftleer sind, da das Holz später sonst reißt und leicht wurmstichig wird. Es ist eine alte Bauernregel, daß der Saft am zehnten Januar anfängt zu steigen.

Der Bauer wartete auf die Ankunft des Händlers den ganzen Dezember, er wartete den Januar; endlich, im Anfang Februar, kam der Mann, er brachte eine Anzahl Arbeiter mit, nahm noch andere an, und sprach davon, daß er in zwei Wochen den Wald gelegt haben werde.

Der Bauer ging mit ihm in den Wald, wo überall die Axt klang, das Stürzen der gefällten Bäume, das Prasseln der Äste. Er sagte ihm, es sei zu spät zum Fällen, der Saft stehe schon in den Bäumen. Der Händler zuckte die Achseln, er hatte nicht eher kommen können. Der Bauer fuhr fort, das Holz werde reißen. Der Händler lachte und sagte, darauf seien die Tischler schon eingerichtet, das Holz werde heutzutage alles gesperrt, dann reiße es nicht; und wenn es soweit sei, daß der Wurm hineinkomme, dann lebe er schon längst von seinen Zinsen; er mache es wie der Bauer, wenn er genug habe, dann höre er auf und lasse andere Leute auch ein Geschäft machen. Er habe im vorigen Jahr einen Kiefernwald in Russisch-Polen gekauft, da habe im Februar noch der Vogel auf dem Zweige gepfiffen, und im August habe der Polier schon seine Rede vom Gerüst gehalten.

Dem Bauern stieg das Blut zu Kopf. Er sagte: »Die Kiefernbalken sind in zehn Jahren verstockt, wenn da einer mit dem Messer sticht, dann fährt er bis zum Heft hinein.« Der Händler erwiderte: »In zehn Jahren ist so ein Haus schon in der fünften Hand.«

Die Beiden standen vor der uralten Eiche. Der Bauer sah langsam an ihr hoch und nieder, sah wieder hoch und nieder; indessen redete der Holzhändler gesprächig, dieser Baum sei ein Prachtstück, für den habe er eine besondere Verwendung, das sei ein Stück für einen Millionär. Der Bauer wendete ihm den Rücken und ging.

Er ging nach Hause und stieg die drei Stufen zur Wohnstube hoch. Hier nahm er aus dem Tischkasten das Rasiermesser, prüfte es auf dem Handballen, dann schritt er in die Schlafkammer; der hochgewachsene Mann mußte sich bücken, als er über die Schwelle trat. In der Kammer legte er sich auf das breite eheliche Bett, schloß die Augen, führte das Messer zum Hals und schnitt entschlossen zu.

Der Steiger

Das Erz, welches in der Erde gefunden wird, kommt bekanntlich auf verschiedene Arten vor. Die wohl häufigste Art ist die gangweise; in dem tauben Felsen zieht sich eine stärkere oder schwächere Ader des erzführenden Gesteins hin; dieses wird aus dem tauben Felsen herausgeschlagen und an die Oberfläche befördert, so daß nun an Stelle der Ader ein hohler Gang vorhanden ist, welcher von den Bergleuten beim Licht ihrer Lämpchen immer weiter geführt wird, so lange das erzführende Gestein reicht. Je nach der Stärke der Ader ist dieser Gang hoch und breit oder schmal und niedrig; es kommt vor, daß er so niedrig und schmal ist, daß nur ein Bergmann in ihm arbeiten kann, und auch der nur liegend, weil noch nicht einmal zum Kauern Raum genug über ihm bleibt.

Wenn das erzführende Gestein zu Ende ist, dann ist die Grube abgebaut und muß geschlossen werden; der letzte Bergmann steigt aus dem Schacht, die Leitern werden herausgeholt, die Tonnen gehen nicht mehr auf und ab, die Wasser werden nicht mehr geleitet, das Einfahrthaus wird zugeschlossen und verfällt allmählich, in Schacht und Stollen faulen die Hölzer, mit denen die Wände gesteift sind, das Gestein bricht zusammen, und nach hundert Jahren zeugt nur noch eine Halde, mit einer leichten Vertiefung in der Mitte, von der alten Grube, in welche so viele Bergleute in schwarzem Kittel, mit Hinterleder, Schachthut und Grubenlicht eingefahren sind.

Aber ob das erzführende Gestein wirklich zu Ende ist, das kann man nicht genau wissen, denn vielleicht ist es auch nur verworfen. In Urzeiten ging hier vielleicht ein Riß durch, die beiden Seiten der Felsen verschoben sich, und man findet die Fortsetzung des Ganges deshalb weiter oben oder weiter unten, weiter rechts oder weiter links. Es sind noch andere Möglichkeiten vorhanden, die aufzuzählen nicht nötig ist, denn es würde nur verwirren, wenn man sich die Erdbewegungen der Urzeiten vorstellen sollte.

Wenn man einen schön sauber ausgetuschten geologischen Querschnitt einer Gegend ansieht, dann erkennt man freilich ganz genau, wie so ein Sachverhalt ist; aber wenn man mit einem einsamen flackernden Grubenlämpchen in das dunkle Loch steigt, unten im Stollen entlang geht und sich nun vor Ort befindet, dann sieht die

Sache anders aus. Heute haben in diesen Dingen die Leute, welche in die Grube steigen, nicht mehr viel zu sagen. Die Wissenschaft ist auch hier fortgeschritten; oben über Tag in seiner Amtsstube sitzt ein Mann mit der Brille, der Karten und Zahlen vor sich hat; der entscheidet heute, und er kann entscheiden, ohne in der Grube gewesen zu sein.

Früher mußte der Mann, auf dem die Verantwortung ruhte, das im Gefühl haben, was der Mann über Tag heute wissenschaftlich weiß. Man kann an eine Ähnlichkeit denken. Die Steiger hatten früher auf ihrem Schachthut einen Reiherbusch; dessen Zweck war, daß sie beim Gehen in den Stollen, wie die Käser durch ihre Fühler, merkten, wenn der Stollen niedriger wurde. Es ist doch für den gewöhnlichen Menschen nicht zu bemerken, wenn eine zarte Feder, die er auf seinem Hut hat, anstreift; der Steiger hatte ein so feines Gefühl, daß er es merkte; so merkte er auch mit dem Gefühl, ob ein Gang verworfen war, und wie er weiter strich. Nur ist der Unterschied von früher und heute, daß der Mann heute seine Vorgesetzten durch seine Karten überzeugen kann, während er damals Niemandem beweisen konnte, daß es richtig war, was er sagte.

In meiner Heimat war zu meiner Zeit die reichste Grube der Silbersegen; sie warf Hunderttausende ab. Von dieser wurde folgende Geschichte erzählt.

Etwa am Anfang des neunzehnten Jahrhunderts hatte sie einige Jahre hindurch immer geringere Erträge gegeben, endlich hörte das Erz ganz auf. Beim Oberbergamt war man überzeugt, daß die Grube abgebaut sei und man beschloß, sie eingehen zu lassen.

Der damalige Steiger Schöll, welcher die Grube unter sich hatte, zog seine Festtracht an mit dem silbernen Hinterlederschild, dem silbernen Häckel, der verschnürten Puffjacke und dem grünsamtenen Schachthut und ging zum Oberbergamt, um den Herren seine Ansicht vorzustellen. Sie beharrten bei ihrer Meinung; Schöll wurde endlich so erregt, daß er weinte; er war ein alter Mann von über sechzig Jahren, mit einem langen weißgrünlichen Bart, in den die Tränen über die grauen, gefurchten Wangen liefen. Der Berghauptmann war eigentlich nur ein vornehmer Herr, der gar nichts vom Bergwesen verstand; er hatte sich auf seine Bergräte verlassen; als er den alten Mann weinen sah, da konnte er es nicht über das

Herz bringen, ihn ohne Tröstung fortzuschicken, und so erlaubte er denn Schöll, daß er noch einen Monat lang mit seiner Belegschaft suchen konnte, wo er meinte, daß der Gang sich wiederfinden müsse.

Nach einem Monat war der Gang immer noch nicht wiedergefunden, und nun sollte endgültig Schluß gemacht werden.

Schöll hatte ein Haus, das fünfhundert Taler wert war. Er bekam von einem Verwandten eine Hypothek in der Höhe des Wertes und erbot sich, für sein eigenes Geld weiterzusuchen. Der Berghauptmann redete ihm zu, daß er sich an seinen Kindern versündige, aber er konnte ihn nicht von seinem Vorhaben abbringen, denn er sagte, wenn man ihm die Erlaubnis verweigere, dann stürze er sich selber in den Schacht, und dann komme sein Blut auf das Haupt seiner Vorgesetzten.

Auch die fünfhundert Taler waren aufgebraucht, noch immer war Nichts gefunden. Die Bergleute wußten wohl, von wem sie zuletzt ihren Lohn erhalten hatten; sie traten zusammen und sagten dem Steiger, vierzehn Tage wollten sie jetzt umsonst arbeiten, denn wenn er Opfer gebracht habe, dann wollten sie auch Opfer bringen, und mehr könnten sie nicht, weil sie kein Vermögen hätten.

Als die vierzehn Tage um waren, am Sonnabend, da war noch immer Alles so, wie es gewesen.

Am Sonntag früh fuhr der Steiger Schöll allein in die Grube. Er kam vor Ort, hielt das Eisen an und schlug und bohrte das Schießloch. Dann setzte er es mit der Ladung zu, zündete die Zündschnur an und ging aus dem Weg. Nachdem die Sprengung geschehen war, kam er zurück und räumte auf; da sah er an einer großen Wand, die abgesprengt war, ein Stückchen des erzführenden Gesteins.

Nun packte er sein Gezäh zusammen und fuhr wieder zutage. Er ging, wie er war, im Arbeitsanzug, zum Berghauptmann und meldete ihm, daß der Gang wiedergefunden sei.

Das Gerücht von dem Fund verbreitete sich, noch während Schöll beim Berghauptmann war, auf unverständliche Weise in der Stadt, bei den Beamten und den Bergleuten. Die Menschen in meiner Heimat sind ruhige und stille Leute; aber nun standen sie in Gruppen auf der Straße, redeten miteinander, es füllten sich sogar die Wirtschaften, denn Jeder wollte Neues von dem wichtigen Vorfall wissen. Die Belegschaft der Grube versammelte sich in der Wohnung des Steigers, sie kam von selber; und als Schöll vom Oberbergamt zurückkehrte, da erzählte er ihnen Alles, was zu sagen war. Noch an demselben Tage war Befahrung. Es stellte sich richtig heraus, daß der Gang wieder angebrochen war.

Der Berghauptmann fragte den Steiger, was er sich als Belohnung wünsche. Schöll sah ihn groß an und sagte: »Ich habe nichts zu verlangen, ich habe nur meine Pflicht getan. Meine fünfhundert Taler muß ich wieder haben, und die Belegschaft hat noch ihren Lohn für vierzehn Tage zu kriegen, sonst sind für den Fiskus keine Unkosten.«

Die Wiese

In einem Dorf lebten zwei alteingesessene Bauernfamilien, die I-
bes und die Werners. Bei den Werners hatte der Vater des jetzigen
Besitzers eine törichte Heirat getan, indem er ein Nähfräulein aus
der Stadt, in das er sich verliebt, als Frau auf seinen Hof genommen
hatte. Die Frau war schwächlich gewesen und hatte ihre Arbeiten
nicht machen können und hatte zudem von ihrem früheren Beruf
her einen Hang zur Schleckerei behalten; denn sie hatte in den Häusern bei den vornehmen Herrschaften genäht, und jeden Tag in
einem andern, wo denn jedesmal die Küche etwas anders gewesen
war; hier hatte es einen Nachtisch gegeben, und dort eine süße
Speise, hier Eingemachtes und dort ein zartes Weißbrötchen zur
Suppe, und von dem allen hatte das Nähfräulein gegessen, zierlich,
und unter Klagen, daß sie keinen Appetit habe, und unter vielem
Nötigen der Herrschaften.

Wenn die Frau bei einem Bauern nicht auf dem Damm ist, so geht
die Wirtschaft hinter sich; und so war denn auch bei den Werners
alles schlechter geworden, so daß der Sohn dieses Mannes, welcher
den Hof jetzt besaß, mit großer Arbeit und Mühe wieder Alles
hochbringen mußte. Dieser Mann hatte nun unter andern Kindern
eine sehr hübsche Tochter, welche ihrer Großmutter wie aus dem
Gesicht geschnitten war; sie war fein und zierlich von Knochen,
hatte einen leichten tänzelnden Gang, große heitere Augen, und alle
Leute waren ihr gut »so weit«, wie sie sagten, nämlich das Wirt-
schaftliche ausgenommen.

Der junge Ibe faßte eine Neigung zu dem Mädchen. Er sprach mit
seiner Mutter, und die riet ihm ab, sie erzählte ihm, wie oft der
Großvater des Mädchens zu ihrem Schwiegervater gekommen war
und sich der Ordnung in dem fremden Haus gefreut hatte; der alte
Werner war ein frommer Mann gewesen, und es hatte niemals Unfrieden in der Ehe gegeben, er hatte sein Kreuz still getragen und
seiner Frau keine Vorwürfe gemacht, nur den Freunden hatte er
einmal gesagt: »Es ist meine eigene Schuld, ich habe es gewollt.«
Der junge Mann ließ den Kopf auf die Brust hängen und sagte: »Das
ist ja alles richtig, ich weiß es auch selber; aber wo die Liebe einmal
ist, da ist nun nichts zu machen.« Der Vater schüttelte den Kopf und

sagte: »Du mußt es wissen, sie wird deine Frau, du hast es einmal zu tragen.«

So kam es denn zu der Hochzeit zwischen den beiden jungen Leuten, und die alten Ibes gaben den Hof ab. Es schien Alles gut zu gehen. Der junge Ehemann war sehr still, ruhig und fleißig; die junge Frau nahm sich ihrer Arbeit an, sang im Hause und lief mit eiligen Füßen von der Küche zum Kuhstall, vom Kuhstall zur Milchkammer. Der Vater nickte mit dem Kopf und sagte: »Es geht besser, wie ich es gedacht hatte«; nur die Mutter war noch immer besorgt; sie sagte: »Mir gefallen ihre Augen nicht, das sind naschhafte Augen, wie die Ziegen sie haben; mir tut das Herz weh um meinen armen Jungen, daß er sich so abschinden muß für so Eine.« Aber dann verbot ihr der Mann den Mund und erwiderte: »Das ist nun immer so gewesen, daß die Schwiegermutter die Schnur nicht leiden kann.«

Es wurde das erste Kind geboren und getauft, ein Knabe. Als das Taufessen zu Ende war, wurde der Knabe hineingebracht in die große Stube, wo die Gesellschaft an dem langen Tische saß; der Großvater hielt ihm in der einen Hand eine Bibel vor und in der andern einen blanken Taler; das Kind machte eine Bewegung, als greife es nach der Bibel. Dem Großvater kamen die Tränen, er küßte mit seinen stacheligen Lippen das Kind auf die zarte Stirn und sagte: »Er wird ein Ibe, er wird ein guter Mann und kein Raffer.« Die Großmutter saß neben ihm, die Haube auf dem Kopf, deren Bänder lang herunterhingen. Sie sagte: »Die Ibes haben immer Frauen gehabt, die es zusammengehalten haben, da brauchten sie nicht zu raffen.«

Die Äcker und Wiesen, welche zum Ibeschen Hof gehörten, lagen an zwei Stellen in der Flur ziemlich abgerundet beieinander. Nur sprang bei den Wiesen ärgerlich ein fremdes Stück in das Gebiet ein; es gehörte einem Nachbarn, dem nicht viel an dem schmalen Streifen lag; er wollte ihn gern verkaufen und forderte einen mäßigen Preis, denn das Stück war für ihn selber schwer zu bewirtschaften; für fünftausend Mark sollte es Ibe haben.

Es waren nicht gerade günstige Zeiten für die Landwirtschaft und der junge Bauer konnte jährlich nicht viel erübrigen, zumal er noch viel an die Eltern abgeben mußte; die großen Einnahmen gingen immer wieder für den Betrieb auf; er wollte aber doch abwarten, bis er den Kaufpreis erspart hatte, denn es war ihm gegen das Gefühl, seinen Hof mit einer Hypothek zu belasten. In seinem Schapp hatte er ein verborgenes Kästchen, in welchem er das Geld sammelte, das er nicht wieder in der Wirtschaft brauchte; wenn er hundert Mark zusammen hatte, so machte er mit dem Messer eine Kerbe in den Rand des Kastens und gab das Geld seiner Frau mit in die Stadt, damit sie es auf die Sparkasse lege.

Auf diese Weise hatte er wohl an die zehn Jahre gesammelt; Groschen, die er erspart, wenn er bei der Gemeinderatssitzung sich das Glas Bier versagt hatte, das Geld für einen neuen Anzug, das er nicht ausgegeben, weil der alte noch einmal gewendet war; der Preis für ein Kalb; eine unerwartete Einnahme für Äpfel, und ähnliche ganz kleine und auch etwas größere Summen. Er zählte nun seine Schnitte noch einmal über, der Kaufpreis war zusammen.

Am Sonntag besprach er mit dem Nachbarn den Kauf; der Nachbar nahm sein Wort nicht zurück, und so verabredeten denn die Beiden, daß sie in der kommenden Woche in die Stadt gehen wollten und den Kauf beim Gericht in Ordnung bringen.

Am Morgen des bestimmten Tages rasierte sich Ibe, zog seinen Sonntagsanzug an und ließ sich von seiner Frau das Sparkassenbuch geben. Das Wägelchen stand schon angespannt im Hofe, er schwang sich auf, winkte der Frau noch einmal zu, welche in die Tür trat, das Jüngste auf dem Arm und den Ältesten neben sich an ihre Schürze festgeklammert, und fuhr aus dem Hofe.

Er fuhr erst bei der Sparkasse vor, um das Geld zu erheben; mit dem Nachbarn hatte er verabredet, daß er sich mit ihm im Gericht treffen wollte, denn Beide hatten noch andere Geschäfte zu erledigen. Ein Junge hielt ihm das Pferde er ging in das Gebäude zur Zahlstelle, zog sein Buch und reichte es dem Beamten, und forderte fünftausend Mark Rückzahlung.

Der Beamte nahm das Buch, blätterte es kurzsichtig auf, legte es vor sich auf sein Pult, rechnete und schüttelte den Kopf, rechnete wieder und sagte dann: »Es stehen nur achtundzwanzig Mark sechzehn Pfennige auf dem Buch, Herr Ibe.«

Ibe verstand erst nicht, was der Beamte meinte und wiederholte, daß er fünftausend Mark erheben wolle, der Rest solle stehen bleiben. Nun erklärte ihm der Beamte, daß immer wieder in kleinen Summen von dem Buch abgehoben sei; Ibe sah ihn an, der Beamte legte ihm das Buch vor und zeigte ihm die Zahlen; endlich begriff Ibe; er tat, als habe er das Sparkassenbuch verwechselt, er sagte dem Beamten, daß er noch ein Guthaben bei der Bank habe; der Beamte lachte und sagte, wenn man nicht viel mit Geld umgehe, so kommen solche Verwechslungen vor, dann schieden die beiden Männer mit freundlichem Gruß.

Auf dem Gericht traf Ibe mit dem Nachbarn zusammen. Er sagte ihm, es tue ihm sehr leid, daß er wortbrüchig werden müsse; ein alter Geschäftsfreund habe ihn heute angegangen, ihm eine Hypothek von fünftausend Mark auf sein Haus zu geben, der Mann könne das Geld nicht anderswoher bekommen und sei in großer Bedrängnis; so habe er es ihm gegeben, trotzdem er nun vor dem Nachbarn dumm dastehe und die Wiese, die er sich so lange gewünscht, sich müsse entgehen lassen. Der Nachbar tröstete ihn gutmütig und sagte ihm, es sei doch richtig, einem Menschen zu helfen, wenn man könne, die Wiese werde ihm nicht entgehen, und es sei auch nicht so unrecht, wenn man Geld auf Zins anstehen habe; die vierteljährliche Zahlung tue einem wohl. So schlugen sich denn die beiden Männer trotz des nicht abgeschlossenen Geschäfts freundschaftlich in die Hände und wendeten sich, das Gerichtsgebäude zu verlassen.

Ibe kam zurück auf seinen Hof, spannte das Pferd los und brachte es in den Stall, wo er ihm das Geschirr abnahm; dann schob er das Wägelchen in den Schuppen. Er übersah noch einmal den Hof und ging dann in die Wohnstube.

Die Bäuerin saß am Fenster und besserte die Hose des Jungen aus, der mit bloßen Beinen neben ihr auf der Diele saß. Sie sagte nichts und beugte nur den Kopf tiefer über ihre Arbeit. Der Bauer ging schweigend einige Male in der Stube auf und ab. Plötzlich schleuderte die Frau die Knabenhose schluchzend auf die Erde, warf sich die Schürze vor das Gesicht und lief aus dem Zimmer.

Unfern des Hofes lief das Gleis der Bahn. Gegen Mitternacht fuhr immer ein Schnellzug mit lautem Geräusch durch, einer jener Züge, welche die Hauptstadt des deutschen Reiches mit den anderen Hauptstädten Europas verbinden. An den hellerleuchteten Fenstern gehen Menschen entlang, in den Abteilen sitzen Leute aus allen Teilen Deutschlands und anderer Länder und sprechen miteinander oder lesen; im Speisewagen sind noch einige Tische besetzt von Herrn, welche bei einer Flasche beisammensitzen, rauchen, und Geschäfte besprechen.

Plötzlich hält der Zug auf freier Strecke. Die Fenster öffnen sich, man fragt, Beamte laufen mit Laternen am Zug entlang, es wird gerufen.

Eine Frau ist überfahren; man hat sie tot zwischen den Rädern vorgezogen; der Körper liegt neben dem Bahndamm.

Der Teufelsacker

Bei dem Dorfe N. befand sich ein großes Stück Unland von etwa dreißig bis vierzig Morgen, das man den Teufelsacker nannte. Man erzählte, daß der Teufel hier einmal vorbeigezogen sei und seinen Schuh ausgeschüttelt habe. Die ganze Fläche war mit großen und kleinen Steinen der verschiedensten Art und Form bedeckt, zwischen denen Weißdorn, Schlehen und Hundsrosen ihre stachligen Zweige und Ranken verstrickten, so daß man kaum zwei oder drei Schritte tief in das Gewirr eindringen konnte. Unzählige Vögel nisteten hier, welche im Frühling und Sommer des Morgens weithin die Luft mit ihrem Rufen, Singen und Pfeifen erfüllten. Ungefähr in der Mitte des fast runden Bezirkes befand sich ein kleiner See, das Teufelsloch; es wurde erzählt, daß ihn der Teufel getreten, als er auf seinem Huf stand, indessen er von dem Fuß den Schuh abzog.

Das gänzlich wertlose Stück hatte einem Bauern gehört, dessen Hof dicht am Rande der Steinhalden lag. Der Mann war liederlich gewesen, Frau und Kinder waren ihm in auffälliger Weise gestorben; eines Nachts kam Feuer auf seinem Hof aus; der Knecht und die Magd retteten sich und schafften das Vieh ins Freie; an den Bauer, der betrunken in seinem Bett gelegen, hatte Keines gedacht; ehe vom entfernten Dorfe Hilfe kommen konnte, waren die strohgedeckten Gebäude ausgebrannt, von dem Bauern fand man noch einige üble Reste in dem schwelenden Schutt. Das Gericht nahm die Verlassenschaft in die Hand; Gläubiger meldeten sich; der Erbe, ein reicher Bauer, der Besitzer des Sternhofes, erklärte auf den Rat des Rechtsanwalts, er nehme die Erbschaft nur an, wenn die Schulden den Besitz nicht übersteigen. So wurde damals der Hof versteigert. Die guten Äcker, das gerettete Vieh, was sonst von Wert war, wurde von Männern erstanden, welche das Einzelne verwerten konnten; es blieben nur noch der Teufelsacker und die ausgebrannten Mauern der Häuser zurück.

Bei dem Sternbauern diente ein damals fünfzehnjähriger Junge, dessen Eltern, zugewanderte Leute, vor Jahren gestorben waren. Der Sternbauer war ihm als Vormund gesetzt, hatte ihn aufgenommen und zu allerhand geringen Arbeiten verwendet, und verwaltete sein kleines Vermögen, das fünfzig Taler betrug. Der Junge, er hieß Hans, hatte einmal zwei gelehrte Herren, die im Dorf gewesen, auf ihren Wanderungen begleitet; die beiden sprachen viel über den Teufelsacker, und er hatte soviel von ihnen verstanden, daß die Steine nicht aus dem Boden wuchsen, sondern obenauf lagen; seitdem war er oft um den Acker herumgestrichen, hatte Steine gewälzt, Dornen mit seinem Taschenmesser abgeschnitten, und sich in die Wüstenei hineingearbeitet, so weit er konnte. Nun war er bei der Versteigerung zugegen; mit glänzenden Augen und offenem Mund hatte er den ganzen Handel verfolgt; als am Schluß der Steinacker und die Trümmer des Hofes ausgeboten wurden, und Alle lachten und Witze rissen, zupfte er den Sternbauer am Ärmel und bat ihn, Beides für ihn zu ersteigern für seine fünfzig Taler. Der Sternbauer schüttelte ihn unwillig ab, aber der Junge bat weiter mit Tränen in der Stimme; die andern Bauern redeten ihm lachend zu, ihm falle doch das Geld an, wenn der Junge durchaus wolle, so möge er ihm die Liebe antun; der Sternbauer sagte, das Vormundschaftsgericht werde ihm auf den Hals kommen, die Andern erwiderten, fünfzig Taler sei das Wesen schließlich immer wert; und so bot er denn endlich, seiner Habsucht folgend, für den Jungen und erhielt den Zuschlag für ihn.

Alle reckten die Hälse nach Hans, der mit rotem Gesicht und niedergeschlagenen Augen saß und Nichts zu sagen wußte. Einer rief, er werde wohl Steine ziehen wollen auf dem Teufelsacker, denn die kämen dort am besten; ein Andrer sagte, Hans sei ein ganz Schlauer, der verpachte den Acker für teures Geld an die Stadtleute, damit sie sich den Vogelsang anhörten; ein Dritter spottete, Hans habe ein Geheimnis, aus den Schlehen Wein zu keltern; und so wurde Viel geredet, indessen die Redlicheren im Stillen dem Sternbauern Unrecht gaben, daß er die Unerfahrenheit des Jungen ausgenützt hatte, für den er doch nach Recht und Gewissen sorgen sollte.

Nach der Versteigerung lief Hans zu seinem Acker und umstrich ihn mit verlangenden Blicken. Es war gegen Sonnenuntergang, und hier und da saß ein Vogel auf einem Dornzweig und sang ein Abendlied, ein Fink oder ein Hänfling, oder auch ein Stieglitz. Er prüfte den Wind, dann häufte er an der richtigen Seite trockenes Reisig, Stengel und Grasbüschel und steckte die in Brand. Die Dornen waren ja grün, aber das Feuer griff dennoch weiter, alles Trockene flammte auf, das übrige schwelte langsam. Die erschrockenen

Vögel erhoben sich schreiend in die Lüfte, viele kreisten über der Stelle, wo ihr Nest sein mochte. Der Rauch legte sich beißend auf den Acker, schon standen schwarze Stöcke, Asche lag auf der Erde, es glimmte, flammte auf. Leute aus dem Dorf kamen, schimpften auf den Jungen; er zeigte auf die Felder, die schon abgeerntet waren; nun fragten die Leute neugierig, was er denn mit dem Acker machen wolle; er steckte die Hände in die Hosentaschen und schwieg.

Auf dem Sternhof lebte ein entfernter Verwandter des Bauern, der um Gottes willen durchgefüttert wurde. Er war blödsinnig und konnte zu keiner Arbeit benutzt werden. Hans hatte sich mit ihm bekannt gemacht; an den Feierabenden zog er jetzt mit einer Radeberre zu seinem Acker, der Blödsinnige folgte ihm mit einem kleinen vierräderigen Handwagen.

Gleich am See hatte sich Hans eine Stelle ausgesucht, wo er mit dem Andern begann, die Steine abzulesen, in Karren und Wagen zu werfen und dann in den See zu schütten. Der Boden war oft nur mit einigen flachgewaschenen Kieseln bedeckt, zwischen denen die schwarzen Stöcke der verbrannten Dornen vorwuchsen; zuweilen lagen flache Haufen, sehr selten auch größere Blöcke, welche die Beiden mit dem Hebebaum in den See wälzen mußten; einige der Steine waren an einer Seite wie geschliffen.

Die Arbeit ging merkwürdig rasch vorwärts. Der Sternbauer kam an einem Abend, sah sich Alles an und sagte dann mit verbissenem Ärger zu Hans, er müsse nicht glauben, daß nun Alles gut sei, die Steine wüchsen nach, und wenn erst gepflügt würde, dann kämen wieder ebenso viele zum Vorschein, wie er jetzt abgelesen habe. Hans erwiderte, das wisse er wohl; aber wenn immer nach dem Pflügen abgesammelt werde, so glaube er, daß die Steine in ein paar Jahren verschwinden müßten, weil sie nicht, wie der Bauer glaube, aus dem Grunde kämen, sondern vor langen Jahren von der Natur hierher gebracht seien. Der Bauer lachte, aber Hans zeigte ihm, daß die Steine nicht von einer Art waren, sondern daß da Kalkstein, Granit, Sandstein und manches Andere durcheinander lag. Hierauf schalt der Bauer mit dem Verwandten, für ihn selber, der ihn füttere, könne er nicht einmal die Gänse hüten, aber für den hergelaufenen Bengel, der Nichts habe und Nichts sei, tue er die schwerste

Arbeit. Der Blödsinnige drehte seine Mütze in den Händen und sah auf den Boden, der Bauer ging ärgerlich ab; als er außer Hörweite war, und der Blödsinnige noch immer verlegen und untätig dastand, sagte Hans: »Wer gibt dir immer für einen Sechser Schnaps, ich oder der Bauer?« Fröhlich lachend er griff der Andere seine Deichsel und zog trabend den Wagen zum See.

Jahre und Jahrzehnte vergingen. Hans hatte das gereinigte Stück verpachtet, hatte klug allerhand Dienste bei der Verpachtung ausgemacht, durch welche ihm das weitere Reinigen des Ackers erleichtert wurde; eine Reihe von Jahren hatte er weiter Knecht gespielt und alles Geld, das er von seinem Herrn bekam, gleichfalls in das Land gesteckt, jede freie Stunde hatte er auf ihm gearbeitet; dann hatte er die Ruinen des Hofes instand gesetzt, so gut es ging, hatte in nicht allzu jungen Jahren ein fleißiges und gesundes Mädchen geheiratet, die einige hundert Taler besaß, war auf den Hof gezogen und hatte selber gewirtschaftet; und nun war endlich der ganze Grund gesäubert; er hatte den besten Weizenboden in der Gemarkung, einen Stall voll Kühe, ein Gespann Pferde; und wenn er auch natürlich sich nicht mit einem Mann vergleichen konnte, wie der Sternbauer war, so galt er doch immerhin etwas; er wurde nach seinem Acker der Teufelsbauer genannt.

Er hatte einen Sohn, kein weiteres Kind. Dieser Sohn hatte schon auf der Dorfschule Zeichen einer großen Begabung von sich gegeben, daß Lehrer und Pastor gesagt hatten, es sei schade, wenn er nicht studieren könne. Der Vater hatte mit dem Pastor gesprochen, ihm besonderen Unterricht geben lassen und ihn dann später in die Stadt auf das Gymnasium geschickt. Der Junge hatte seine Prüfung sehr gut bestanden, und dann hatte er die Universität bezogen.

Der alte Sternbauer war längst gestorben; sein Sohn, welcher gleichaltrig mit dem Teufelsbauern war, hatte den Hof geerbt. Der Teufelsbauer war zu ihm gegangen, hatte von seinen Plänen mit seinem Sohn erzählt und von ihm eine Hypothek auf seinen Hof bekommen. Der Sohn war fleißig und ordentlich auf der Universität; er kam immer in den Ferien nach Hause und ging in schwarzem Rock, mit blassem Gesicht, Brille und eingefallenen Wangen im Hof umher; die Mutter zog ihn heimlich in die Milchkammer, schlug ein paar Eier in einen Topf und gab ihm das, indem sie sagte: »Trinke, das gibt Dir Kräfte bei Deinem Studieren.« Die Universitätsjahre vergingen, der Sohn bestand seine Prüfungen wieder sehr gut, und als er nach Hause kam, da erzählte er, sein Professor habe ihm gesagt, es sei schade, daß er sich nicht habilitieren könne. Er mußte seinem Vater erklären, was das bedeutet, mußte ihm zeigen, daß der Professor so hoch über dem Pastor steht, wie der Pastor über dem Bauern; dann reisten die Beiden in die Universitätsstadt, der Alte fragte dort den Professor aus, den Wirt seines Sohnes, den Bürgermeister; nachdem sie zurückgekehrt waren, ging er nochmals zum Sternbauern; der schonte ihn nicht und warf ihm seinen Hochmut vor, und daß er mit seinem Jungen immer höher hinaus wolle, und daß der Junge, wenn er erst ein großer Herr sei, seinen Vater nicht mehr ansehen werde, aber endlich gab er ihm die neue Hypothek.

Nun ließ der junge Mensch sich als Dozent nieder, und wenn er schrieb, dann freuten sich die Eltern, er kam nicht mehr auf so lange Zeit in die Ferien, weil er mehr zu arbeiten hatte; der Pastor sagte dem Teufelsbauern, er könne stolz auf seinen Sohn sein; wenn er im Dorf war, dann hatten alle Scheu vor ihm, selbst seine alten Spielkameraden; er war auf der Universität mit dem jungen Grafen bekannt geworden, dem Sohn des Gutsbesitzers, der etwa eine halbe Stunde von dem Dorf entfernt wohnte; der junge Herr war auch Privatdozent; wenn die beiden bei ihren Eltern waren, dann besuchten sie sich; das erste Mal empfing der Teufelsbauer den Freund seines Sohnes selber und sagte, er bitte um Entschuldigung, wenn ihm Manches im Hause ungewohnt sei, sein Sohn sei durch seine Tüchtigkeit nun in Lebenskreise getreten, die viel höher seien wie die seines Vaters, aber er schäme sich seines Vaters nicht, und er, der Freund, möge nur immer denken, daß er bei ihnen wie zu Hause sei. Später kam dann auch wohl der junge Graf gelegentlich mit seiner Schwester zusammen zu seinem Freunde, und es wurde im Dorf schon erzählt, daß eine Verlobung vorbereitet werde. Indessen nun scheinbar alles so gut ging, stellte es sich heraus, daß der Sohn durch allzu großen Fleiß und zu ärmliches Leben in eine schwere und entkräftende Krankheit gefallen war, die schon lange an ihm gezehrt, ohne daß er es gewußt hatte. Als Etwas für ihn getan wurde, da war es zu spät.

Die Eltern reisten in die Universitätsstadt und besuchten ihn an seinem Sterbebett. Er gab seinem Vater die Hand und sagte, er habe den Menschen nützlich sein wollen, nun werde er abberufen; der Vater solle tragen, was nicht zu ändern sei, und solle glauben, daß keine gut angewendete Kraft verloren gehe, auch wenn es uns bei unserm begrenzten Blick oft so scheint. Damit gab er dem Vater und der weinenden Mutter die Hand, wendete sein Gesicht ab und starb. Der Vater drückte ihm die Augen zu, dann ging er, um den Sarg zu bestellen; die Mutter blieb an dem Lager sitzen und betete.

Der Freund kam mit seiner Schwester; die junge Gräfin küßte der alten Bäuerin die schwielige Hand und weinte; der Freund sagte, daß der Tote ein guter und kluger Mann gewesen sei. »Nun ist er doch tot,« erwiderte die Mutter, »mir wäre es lieber, er wäre schlecht gewesen und lebte noch.« Der Vater kam zurück. Er hatte bestellt, daß der Tote in seine Heimat gebracht werden sollte.

Mit dem Heuwagen holten die Eltern den Sarg von der Bahn ab, dann bahrten sie ihn im Hause auf. Die Mutter konnte nicht an der Beerdigung teilnehmen. »Ich habe kein Mark in den Knochen mehr,« sagte sie, »ich habe in meinem Leben zu viel gearbeitet.« Sie lag im Bett und weinte über ihrem Gesangbuch, indessen der Sarg aus dem Hause getragen wurde. Als der Mann zurückkehrte, fand er sie, das Gesangbuch vor sich, mit gebrochenen Augen, in welchen noch die Tränen standen, in ihrem Bette tot liegen.

Wie nun der alte Mann auch die Frau begraben und allein auf seinem Hofe war, da umging er seinen Acker, durchschritt Stall und Scheune, das Haus, den Hof; dann machte er sich auf den schweren Gang zu dem Sternbauer.

Der sagte ihm, daß er sich wohl auch einen Überschlag gemacht habe, und daß der Sohn Alles verzehrt habe, was der Alte zusammengewühlt, denn das könne man sich ja wohl denken, daß das nicht möglich sei, daß Einer als Knecht Schwiegervater einer Gräfin werde, und so zeige es sich denn wieder, daß unrechtes Gut nicht gedeihe, denn den Acker hätte sein Vater nicht fortgeben dürfen, den habe er seinen Erben entzogen. Der Teufelsbauer erwiderte, er wolle ihm den Hof für die Hypotheken lassen, aber er könne doch nicht auf seine alten Tage ins Armenhaus gehen, wo er es sich immer habe sauer werden lassen und redlich gearbeitet habe, deshalb müsse er sich einen Auszug bedingen. Der Sternbauer schlug mit der flachen Hand auf den Tisch und erwiderte, was er gesagt habe, das habe er gesagt, er nehme den Hof für die Hypotheken an, und der Andere könne ja dann zu seinem gräflichen Schwäher gehen, der werde ihm gewiß ein Unterkommen geben.

Nun hatte der Teufelsbauer einen Gevatter in der Stadt, einen Fleischermeister, einen redlichen Mann, der wohl etwas heißblütig war, aber das Herz auf dem rechten Fleck trug. Den suchte er auf und erzählte ihm die Sache. Der Fleischer wurde rot im Gesicht vor Zorn und schimpfte auf die hartherzigen Bauern, die seien schlimmer wie die Juden, wenn die Einem die Schlinge zuziehen könnten, dann täten sie es, aber nun gerade wolle er ihnen zeigen, was Christenpflicht sei, er kenne den Hof gut genug und wisse, daß er die Hypotheken wert sei, und daß der Auszug ihn nicht arm mache; und so kaufte er denn den Hof, und es wurde Wohnung, Korn, Kartoffeln, Milch, Gartenland und Andres für den alten Mann ausgemacht. In den Hof setzte der Fleischer seinen Schwiegersohn, der eben heiraten wollte, der gleichfalls ein guter Mann war. Der Fleischer hatte Alles gerichtlich festlegen wollen, aber der Bauer hinderte ihn und sagte, er wolle ihm nicht noch die Kosten machen, er kenne ihn und seinen Schwiegersohn und wisse, daß ihn keiner von ihnen betrügen werde.

So wurde denn Alles eingerichtet, er zog in die Giebelstube, wo er sein Bett und einen Kochofen hatte, und das junge Paar wirtschaftete im Hause.

Nun zeigte sich aber der Mann als etwas schwachmütigen und trägen Wesens, die Frau war putzsüchtig, schlief des Morgens lange und bekümmerte sich nicht viel um ihre Wirtschaft, dazu bekam sie jedes Jahr ein Kind und mußte sich pflegen; so ging denn das Wesen bald zurück. Der Fleischer war kein reicher Mann, der Schwiegersohn hatte auch nur ein paar hundert Taler mitgebracht. Einmal besuchte der Fleischer den Gevatter, weinte zornige Tränen und klagte über seine Kinder; der alte Bauer schüttelte den Kopf, er hatte ja auch gesehen, was ihm nicht gefiel, und er wußte mehr wie der Andere, aber er sagte nichts, denn er wollte sich nicht zwischen die Familie stecken. So ging denn das Angefangene seinen Gang weiter, und endlich wurde der Hof öffentlich versteigert.

Der Sternbauer erstand ihn, um seine Hypotheken zu retten.

Der Gevatter ging hinauf ins Auszugsstübchen und sagte zu dem Alten: »Vor Dir habe ich ein schlechtes Gewissen, Dich habe ich nun um den Auszug betrogen. Um meine Kinder tut es mir nicht leid, die haben, was sie verdienen. Aber das mit Dir drückt mich.« Der Alte nickte stumpf und lächelte. Die Bieter unten im Hause hatten sich verzogen, nun kam der Sternbauer mit seinen schweren Nagelschuhen die Treppe herauf und trat ein. »Du weißt, daß Du vom Hofe mußt,« sagte er, »ich habe schon Verluste genug durch Dich. Der Hof ist nicht mehr, was er war.« »Ja, ich muß vom Hof,« erwiderte der Teufelsbauer und nickte still.

Der Fleischer ging, der Sternbauer ging, es wurde Abend; der Teufelsbauer stieg die Treppe hinunter: in der Küche saß der Knecht, er rechnete in seinem Buch etwas zusammen. »Ja, Bauer, das hast Du nun alles selber gebaut, nun darfst du nicht einmal mehr den Fuß auf die Fliesen setzen,« sagte er zu ihm. Der Alte blieb stehen, spähte in die Küche und antwortete nicht. »Du kannst doch nicht heute Abend hinaus, es gibt ein Gewitter die Nacht,« fuhr der Knecht fort, der Alte machte nur eine Handbewegung und ging weiter.

Er ging in den Stall, die Kühe wendeten sich zu ihm. Da waren die Deckenbalken, die hatte er damals heil aus dem Schutt hervorgeholt, der Blödsinnige hatte ihm geholfen, sie zu richten. Die Nägel hatten nichts gekostet, er hatte dem Schmied erlaubt, seine Ziegen auf dem Acker mit grasen zu lassen, wo die Steine noch nicht abgelesen waren, das hatte auch noch den Vorteil gehabt, daß die Dornen nicht wieder hoch kamen. Die Bretter und die Ziegel, das war die große Ausgabe gewesen.

Er ging zum Sternbauer; er traf ihn in der Küche mit der Bäuerin. »Ja, ich wollte nur fragen, wie es werden soll,« sagte er, indem er sich aus die Küchenbank setzte. Die Frau machte sich geräuschvoll am Herd zu schaffen, setzte hart Töpfe und Schüsseln auf, klapperte mit Deckeln. »Es tut mir leid,« antwortete der Sternbauer, »aber bei mir bleibt das Geld auch nicht, ich muß es weitergeben.« Er wollte den Hof seinem jüngeren Sohn überlassen. »Mein Junge hat seine Last, ehe er wieder alles in Schuß bringt,« fuhr er fort, »da kann er keinen unnützen Esser brauchen.« Der Teufelsbauer erhob sich, sagte eine Entschuldigung, grüßte und ging. Er hörte, wie die Frau hinter ihm sagte: »Bettelvolk.«

Nun suchte er langsam im Dunkeln wieder den Weg zu seinem Hof. Er trat durch das Tor, der Hund an der Kette kam vor seine Hütte, wedelte mit dem Schwanz und sah ihn erwartungsvoll an. Er ging in den Kuhstall; im Hintergrund stand die Leiter, die zum Heuboden führte. Er stieg hinauf, um sich ins Heu zu legen. Über ihm waren die Sparren und Ziegel; er rechnete aus, wieviel Knechtlohn in dem Dach steckte, er dachte an die Beleidigungen, die er von dem alten Sternbauer hatte anhören müssen, als der gemerkt hatte, was der Acker wert war. Er wollte die Hände falten, aber er konnte nicht. Da drückte ihn etwas in der Tasche. Es war sein Feuerzeug. Er zog es vor, schlug Feuer und steckte den Zunder in das Heu. Wie das Heu brannte, stieg er die Leiter wieder hinunter, dann ging er aus dem Tor; der Hund winselte leise.

Er ging auf dem Weg durch den Acker, mit der Hand streifte er die Ähren. Hinter ihm stieg der Feuerschein hoch; er sah sich um. Da dachte er an seinen Sohn, und was der gesagt hatte, wie er gestorben war, und er dachte, wie die junge Gräfin seiner Frau die Hand geküßt hatte. Da sprach er laut zu sich: »Mein ist die Rache, ich will vergelten, spricht der Herr.«

Er nahm sich zusammen und schritt fester; er kam vor das Haus des Amtsvorstehers, trat ein, und als ihm der Amtsvorsteher die Hand zur Begrüßung reichen wollte, da sagte er: »Ich will mich anzeigen, ich habe meinen Hof angesteckt.«

Der Dussek

Der Nierenwald gehörte am Anfang des achtzehnten Jahrhunderts einem Grafen von Heym, der ein großer Liebhaber der Jagd war. Der Wald war durch räuberische Überfälle verrufen. Es wurde dem Grafen wohl gesagt, er müsse Leute aufbieten und ihn säubern, aber der erwiderte dann immer, seinetwegen brauchten die Bürger nicht durch seinen Wald zu gehen, und er habe keine Lust, sein Wild vergrämen zu lassen.

Ein Fleischergeselle übernachtete in einem Wirtshaus, das am Eingang des Waldes stand und erzählte dem Wirt, daß er am andern Morgen früh aufbrechen müsse und durch den Wald gehen wolle; er habe für seinen Meister eine Zahlung zu machen. Dabei warf er eine schwere Geldkatze auf den Tisch und prahlte, daß sie an zweihundert Gulden enthalte. Der Wirt schüttelte den Kopf und warnte ihn; außer den Beiden war nur noch ein Mönch in der Wirtsstube; und der Wirt sagte, er solle froh sein, daß nur zuverlässige Leute seine Prahlerei gehört haben, denn im Walde sei es nicht geheuer, und man könne nie wissen, ob nicht die Räuber ihre Helfershelfer in den Wirtschaften am Rande des Waldes halten, die ihnen von Wanderern mit Geld Nachricht geben. Der Mensch lachte und sagte, ihm solle nur ein Räuber kommen, er wisse schon, wie er ihn aufnehmen solle. Dabei streichelte er seinen großen gelben Fleischerhund, der neben ihm lag; der Hund sah zu ihm hoch und klopfte mit dem Schwanz auf den Boden.

Der Mönch bat den Gesellen am andern Morgen, ob er sich ihm auf seinem Wege anschließen dürfe, und der Mann antwortete lachend, wenn er sich vor so einem armen Kerl von Spitzbuben fürchte, der vor Hunger nicht . . . könne, so wolle er ihn mit beschützen.

Die Geldkatze war aus Leder, mit schönen grünen, blauen und roten Lederstückchen verziert, lustig bestickt, und mit blanken Messingbeschlägen versehen. Der Mönch sah sie sich an und freute sich über die schöne Arbeit, und der Geselle erzählte, was sie gekostet hatte, denn ein ordentlicher Fleischergeselle hält darauf, daß er eine gute Geldkatze hat, damit er nicht bei seinem Meister zu borgen braucht. So kamen denn die Beiden ins Gespräch und gingen. Und nachdem sie einige Stunden im Wald gegangen waren, sagte

der Geselle: »Nun ist es Frühstückszeit, der Magen will sein Recht.«
Die Beiden setzten sich auf die trockenen Buchenblätter, und Jeder
holte vor, was er in der Tasche hatte. Der Fleischer sah mitleidig auf
den Schnappsack des Mönchs, dann hielt er ihm seinen Kober hin
und sagte: »Iß, das ist fette Rotwurst, reines Gut, die kann Jeder mit
Appetit essen.« Der Mönch machte Gegenworte, aber der Geselle
schnitt ihm ein spannenlanges Stück ab, schnitt dazu einen Runken
Brot und schob ihm Beides auf der Klappe des Kobers zu. Die Beiden machten sich ans Essen; der Gesell zog einen Buddel Schnaps
vor und sprach: »Auf die fette Ware gehört auch ein ordentlicher
Schluck«; damit trank er dem Mönch zu; dieser nahm den Buddel,
und der Fleischer fuhr ermutigend fort: »Davon kriegt Einer keine
Läuse in den Bauch.«

Die Beiden aßen mit den Taschenmessern, indem sie von ihrem
Brot abschnitten und die Wurst aus der Schale herausgruben. Der
Hund lag zu ihren Füßen und paßte; wie der Geselle fertig war,
warf der ihm die zusammengedrückte leere Schale zu, und der
Hund schnappte sie in der Luft auf.

»Kamerad,« sagte der Mönch, »du hast mir ja noch gar nicht gesagt, was du machen willst, wenn Räuber kommen.« »Mit zweien
nehme ich es auf,« erwiderte der Fleischergeselle. »Mein Hund stellt
den einen, und für den andern habe ich meinen Dussek hier umge-
schnallt. Der schlägt Knochen glatt durch. Willst du glauben oder
nicht, wenn ich hier ein Kalb habe, dem schlage ich den Kopf ratsch
ab mit dem Säbel.«

Der Mönch wollte den Säbel sehen und der Fleischer zog ihn aus
der Scheide. »Der Dussek, das ist das Richtige für den Fleischergesellen,« sagte er. »Im Griff ist Blei. Schwing ihn mal, wie der zieht.«
Der Mönch nahm den Säbel und schwang ihn; der Hund hatte sich
auf die Hinterbeine gesetzt, der Fleischer lag behaglich, die Hände
unterm Kopf; Beide sahen dem Mönch zu, wie der den Säbel
schwang. Plötzlich holte der Mönch weiter aus, machte einen Schritt
auf den Hund zu und schlug dem mit einem Schlage den Kopf ab.

Der Fleischer sprang auf. Der Mönch schrie ihn an: »Die Katze
her!« Der Geselle stand niedergeschlagen da, und die Tränen rollten
ihm aus den Augen. »Mach schnell!« schrie der Mönch und
schwang drohend den Dussek. Zögernd löste der Bursche die

Schnallen. Plötzlich hielt er inne und sagte. »Ich kann mich bei meinem Meister nicht wieder sehen lassen, denn der glaubt mir doch nicht, daß ich starker Kerl mich nicht habe wehren können. Mein ehrlicher Name ist hin. Es tut mir nur um meine Eltern leid, die können ja nicht mehr auf der Straße gehen, dann zeigt Jeder auf sie und sagt. ›Das sind die Eltern von dem Spitzbuben, der seinem Meister mit dem Geld durchgegangen ist.‹«

»Ja, unsereins kann ja manchmal vor Hunger nicht . . ., aber dafür haben wir Grütze im Kopf,« sagte der Räuber; »mit so einem klugen Fleischergesellen werden wir immer noch fertig.«

Seufzend löste der Bursche die Geldkatze völlig. Wie er sie dem Räuber reichte, sagte er: »Du hast doch mit mir gegessen und getrunken, eine Liebe kannst du mir wenigstens antun. Hier lege ich meinen Arm auf den Baumstumpf. Schlag zu, schlag mir die Hand ab; dann glauben sie zu Hause, daß ich mich gewehrt habe.« Der falsche Mönch antwortete lachend: »Wenn Dir Deine Hand nicht mehr wert ist, das will ich schon tun,« und warf die Geldkatze auf die Erde. »Aber hole ordentlich aus, daß es eine glatte Wunde gibt; ich bin ein armer Kerl und kann keine Kurkosten bezahlen,« fuhr der Fleischer fort.

Da stand ein fester buchener Stumpf; der Baum war im Winter geschlagen und lag noch neben dem Weg. Auf den Stumpf legte der Fleischer den Arm, der Räuber trat zurück, hielt den Dussek mit beiden Händen und holte aus. Aber wie er niederschlug, nahm der Fleischer schnell den Arm zurück, und während der Säbel tief in das feste Holz eindrang, daß er durch kein Rütteln wieder herauszuziehen war, stürzte er sich auf den Andern, griff ihn mit Untergriff, warf ihn krachend auf die Erde, daß ihm die Rippen knackten und kniete auf ihm. Dann faßte er in seinen Kober, den er gerade erreichen konnte und holte einen Kälberstrick vor. Mit dem schnürte er die Hände des Menschen zusammen; dabei rief er: »Keine Grütze im Kopf! Du willst einen Fleischergesellen für dumm verkaufen!« Der Kerl beklagte sich, daß er ihn zu fest schnüre. »Du sollst die Engel im Himmel pfeifen hören,« erwiderte der Fleischer. »Denkst du, Unsereiner ist so dumm wie Ihr und läßt Einen wieder los, den er hat? Wir haben genug in den Kopf zu nehmen in unserm

Geschäft.« Damit ging er von dem Menschen herunter, gab ihm einen Tritt und forderte ihn zum Aufstehen auf.

Der Räuber stand auf, der Geselle ließ ihn vor sich hergehen und führte ihn an seiner Kälberleine. So ging er mit ihm zu der Stadt, wo er seine Zahlung zu machen hatte; dort brachte er ihn erst auf das Gericht und lieferte ihn ab, dann besorgte er sein Geschäft und machte sich auf den Heimweg. Der Räuber wurde verurteilt und hingerichtet.

Der Dussek war in dem Buchenstumpf stecken geblieben. Als der Fleischer zurückkam, fand er ihn nicht mehr vor. Der Wildhüter hatte ihn gesehen, hatte sich von Hause Axt, eiserne Keile und Schröter geholt und hatte ihn freigemacht und zu Hause über seinem Bett aufgehängt.

Der Wildhüter lebte etwa in der Mitte des Waldes mit seiner Frau in einem einzelnen Haus. Die Leute hatten keine Kinder. Der Mann war aus der Fremde zugezogen, die Frau stammte aus einem Dorf in der Nähe des Waldes. Von dem Mann erfuhren die Leute in der Gegend nicht viel, die Frau kam alle hohen Festtage in ihr Dorf und besuchte ihre Schwester, die dort an einen Bauern verheiratet war, und zu deren einzigem Kind, einem Töchterchen, sie Pate gestanden hatte. Sie weinte Viel bei ihrer Schwester und sagte oft: »Du hast es gut bei deinem Mann«; aber wenn die Andere fragte, ob sie zu klagen habe, dann schüttelte sie den Kopf und schwieg. Dem Kind brachte sie immer etwas mit, Kuchen, oder ein Würstchen, ein paar Hasenpfötchen, einen goldenen Ring, oder einen Apfel, und das Kind hing sehr an ihr.

Der Mann dieser Schwester kam mit dem damals zehnjährigen Kind an einem Abend bei dem Wildhüter an und bat die Schwäger um Nachtquartier. Er hatte eine große Summe Geld bei sich, die Ablösung einer Hypothek, das er in die Stadt bringen wollte. Die Schwägerin rüstete ihnen ein Abendbrot; es war ein Schinken angeschnitten, sie hatte verschiedene Würste, Butter und Brot. Der Bauer ermunterte das Kind, es solle ordentlich zulangen, es werde ihm bei der Tante gegönnt, dann rühmte er den saftigen Schinken und die Würste; er sagte. daß die Verwandten gut leben; freilich, sie brauchen nicht für die Kinder zurückzulegen. Die Frau seufzte und sprach: »Wenn ich eins hätte, und wenn es auch bloß ein Mädchen wäre, dann wollte ich gern eitel Brot essen.« »Jawohl, Kinder sind ein Segen,« erwiderte der Bauer. Der Wildhüter fragte nach dem Geld; er wunderte sich, daß der Bauer durch den verrufenen Wald gehen mochte; aber der Andere erwiderte, bei ihm werde niemand Geld suchen, er habe mit keinem Menschen von seinem vorhabenden Wege gesprochen. Der Wildhüter sagte Nichts und erhob sich schwer vom Tisch.

Am andern Morgen in der Frühe machte sich der Bauer auf, um weiterzugehen. Der Schwager war schon im Wald. Die Frau redete ihm zu, er solle das Kind bei ihr lassen, er könne es dann auf dem Rückweg wieder mitnehmen; als der Mann ablehnte, wurde sie dringender; der Mann wurde schwankend; aber da faßte ihn das Kind am Hosenbein und sagte ihm leise, es bitte, daß er es mit zur Stadt nehme. Die Frau weinte, als die Beiden gingen. Unterwegs fragte der Vater die Kleine, weshalb sie nicht habe bei der Tante bleiben wollen, die ihr doch versprochen, sie wolle ihr Kuchen backen; sie wußte nicht, was sie erwidern sollte und sagte nur immer, sie wolle bei ihrem Vater sein.

Während die Beiden so gingen, trat ihnen an einer Biegung des Weges plötzlich ein Mann mit einem Gewehr entgegen, legte an und schoß. Der Bauer fiel nieder. Das Kind schrie laut auf und lief fort. Sie hörte hinter sich her schreien und fluchen, aber sie lief immer weiter; dann hörte sie an dem Knacken der dürren Äste hinter sich, daß sie verfolgt wurde; da war ein niedriger, steiler Abhang zur Linken; sie ließ sich niedergleiten und schmiegte sich an den Boden an; der Verfolger lief ein paar Schritte neben ihr weiter, ohne sie zu sehen. Nach einer Weile, als alles ruhig war, stand sie leise auf. Sie wußte, in welcher Richtung das Haus der Tante lag und lief nach Leibeskräften, um es zu erreichen.

Auf dem freien Platz vor dem Haus ging die Tante mit großen Schritten auf und ab und fuchtelte mit den Händen in der Luft. Als sie die Kleine ankommen sah, lief sie ihr entgegen, nahm sie in die Arme, küßte sie und trug sie ins Haus. Das Kind konnte vor Schluchzen und Entsetzen nichts erzählen, die Tante sagte ihr, sie solle schweigen, zog ihr die Kleider aus und legte sie ins Bett. Dann ging sie in die Küche, kochte ihr Lindenblütentee und brachte ihr einen Topf voll mit einer Tasse.

Der Wildhüter kam nach Hause, das Kind hörte, wie er die Tür zuschlug, wie er fluchend mit schweren Schritten ins Wohnzimmer ging; er schrie wütend Allerhand, die Frau suchte ihn zu beruhigen; plötzlich wurde dem Kind aus den Worten klar, daß er es gewesen, der den Vater erschossen hatte. Da hörte sie auch, wie er den geraubten Geldsack auf den Tisch warf. Der Oheim erzählte, wie er im Versteck gelegen, wie der Vater gleich gefallen, wie das Kind fortgelaufen sei; die Tante suchte ihn immer zu beruhigen, daß er leise redete; sie weinte, und er schimpfte auf sie wegen ihrer Tränen. Er wollte in die Kammer gehen, sie suchte ihn abzuhalten; er schritt auf die Tür zu, sie stellte sich vor die Tür. Das Kind in der Kammer hatte sich eilig angezogen, soweit es konnte; das Fenster war niedrig, und man hätte hinaus springen können. Da ging aber die Tür schon auf, und der Oheim stand vor ihr. Schnell lief er zurück in die Stube und holte sein Gewehr. Er hatte es verkehrt gefaßt und brüllte laut, er wolle dem Bankert mit dem Kolben das Maul stopfen. Die Tante aber war ihm zuvorgekommen. Sie hatte das Kind unter das Bett gestoßen und stand dem wütenden Mann gegenüber, in beiden Händen den schweren Dussek, den sie vom Nagel über dem Bett gerissen.

Der Mann schlug blind zu; die Frau wich zurück, der Schlag ging ins Leere und zog den Mann vornüber. Da schrie die Frau: »Nun hilf mir, Gott, gegen den Bluthund« und hieb mit dem Dussek auf ihn ein. Sie hackte ihn schräg am Kopf überm Ohr; der Mann taumelte und stürzte; er atmete ein paarmal schwer, dann verdrehte er die Augen und war tot.

Nun holte die Frau das Kind unterm Bett vor. Sie nahm es in die Wohnstube, setzte es sich auf den Schoß und weinte. »Ich habe es geahnt,« sagte sie, »deshalb wollte ich dich nicht fortlassen.« Sie küßte das Kind heftig, das Kind wurde ängstlich. Sie machte ihm ein Lager auf der Erde und legte es, und das Kind schlief gleich ein.

Als das Kind aufwachte, da war der Tote fortgeschafft, die Kammer war frisch gescheuert, die Betten glatt gestrichen; das Gewehr hing an seiner Stelle hinter der Stubentür und der Dussek überm Bett.

Die Tante sprach lange mit dem Kind. Sie sagte ihm, daß es verständig sein müsse und Niemandem etwas sagen dürfe von dem, was geschehen sei, denn die Schande würde über die ganze Familie kommen. Sie werde jetzt immer mit der Mutter zusammenleben und werde ihm jede Woche Kuchen backen.

Das Kind schlug die Ärmchen um sie und schluchzte. Sie sagte, sie habe Alles verstanden und wisse Alles, wie es gewesen.

Der tote Bauer im Walde wurde gefunden; man konnte Nichts über den Mörder erfahren. Der Wildhüter war verschollen. Nach einiger Zeit zogen die beiden Frauen zusammen; das Kind hat nie über die Erlebnisse gesprochen.

Das Eisenbahnwägelchen

In einem Dorf lebten zwei Brüder, nach der Sitte des Landes mit ihrem Vornamen gerufen der Klas und der Sepp, welche beide Stellmacher waren. Sie hatten jeder sein Haus mit etwas Grund, der eine am obern und der andre am untern Ende des Dorfes, und die Ortschaft war groß genug, um zwei Stellmacher zu ernähren. Beide Männer waren gegen Ende der Zwanzig, beide waren noch unverheiratet; dem Ältesten, dem Klas, führte die alte Mutter die Wirtschaft.

Ein Mädchen namens Marie hatte eine Neigung zum Klas gefaßt, und es hieß im Dorf, er müsse nur zugreifen, es liege nur an ihm, daß er das Mädchen bekomme. Das Mädchen war sauber, gesund und fleißig und hatte ein hübsches Vermögen, und der Klas war wohl nicht abgeneigt, sie zu heiraten, aber er hatte Bedenken, ob es nicht Unfrieden mit der Mutter geben werde, wenn er eine junge Frau ins Haus nehme. Über diesen Bedenken verging die Zeit, und so wurde mit einem Male erzählt, daß der Sepp sich mit dem Mädchen verlobt hatte und auch bald Hochzeit machen wollte. Die Hochzeit wurde denn auch gefeiert, und das junge Paar lebte in Ruhe und Frieden bei einander.

Der Krieg kam und beide Männer mußten ins Feld. Der Klas sagte zu seinem Bruder: »Ich habe mir ja manchmal gedacht, es ist eine Dummheit von mir gewesen, daß ich die Marie nicht genommen habe, aber man weiß doch nicht, wozu Alles gut ist. Man zieht leichter hinaus, wenn man nichts zu Hause zurückläßt.« Nachdenklich erwiderte der Sepp: »Ja und nein. Wir erwarten nun ein Kind. Und man weiß doch, daß zu Hause Jemand sitzt, der sich darauf freut, daß man zurückkommt«

Der Sepp erhielt noch die Nachricht, daß ihm ein Sohn geboren sei; er freute sich und sprach viel mit seinem Bruder über die Pläne, die er mit dem Kind hatte. Bei einem nächtlichen Sturmangriff, an dem die Brüder beteiligt waren, sah der Klas seinen Bruder stürzen; er kniete bei ihm nieder, da sagte der Sepp zu ihm: »Mit mir ist es aus, grüße meine Frau, küsse das Kind, und wenn es dir nicht zuwider ist, so heirate die Marie, sie ist eine gute Frau, und sei gut zu meinem Jungen.« Der Klas mußte aufspringen und weiter laufen.

Der Angriff mißglückte, die Deutschen mußten zurückgehen und ihre Toten und Verwundeten dem Feinde überlassen.

Der Krieg zog sich immer länger hin. Der Klas kam auf Urlaub und erzählte der Marie von dem Gefallenen, er nahm das Kind auf den Arm und ließ es auf seinem Knie tanzen, die Mutter seufzte und sagte.»Es ist eine schwere Zeit.«

Dann war der Krieg zu Ende. Der Klas zog wieder in sein Haus, die Mutter war gestorben, die Arbeit hatte sich angehäuft; er war nun der einzige Stellmacher im Dorf. Er überlegte sich, was ihm der Bruder gesagt hatte, es wäre ihm auch nicht lieb gewesen, wenn ein Fremder in das Besitztum des Bruders hineingeheiratet hätte, denn er mußte ja mit dem andern Stellmacher auskommen; so beschloß er denn, die Witwe zu heiraten, in das Haus des Bruders zu ziehen, sein eignes Haus an einen Maurer zu vermieten, der zuziehen wollte und seine Gründe von dem neuen Hof aus zu bewirtschaften; wenn die Arbeit zu viel wurde, dann dachte er noch einen Gesellen anzunehmen, später, wenn erst wieder vernünftige Löhne waren. So tat er nun und es ging alles gut.

Aber der Sepp war nicht tot. Die Franzosen hatten ihn aufgenommen, sie hatten ihn in ein Lazarett gebracht, er hatte lange gelegen; der Schreck über entsetzliche Dinge, welche er auf dem Verbandplatz gesehen, hatte so auf ihn gewirkt, daß er völlig gelähmt war und auch die Zunge nicht gebrauchen konnte. Bei seinem sehr gesunden und kräftigen Körper erholte er sich zwar langsam, konnte aber immer keine Nachrichten nach Hause geben. Dann wurde er mit Andern verschleppt; als der Waffenstillstand kam, verwendete man ihn für allerhand zwangsmäßige Arbeiten; ihm wie den Andern war verboten, Briefe zu schreiben; er wurde inzwischen gänzlich gesund, verabredete sich mit einigen Genossen zur Flucht; die Flucht gelang, und so kam er eines Abends spät in seinem Ort an. In seinem Hause war noch Licht; er sah durchs Fenster, da sah er seine Frau am Backtrog stehen und Teig kneten. Er klopfte ans Fenster, sie streifte den Teig oberflächlich ab, öffnete mit dem kleinen Finger das Schiebefenster und rief hinaus; da ergriff er durch die kleine Öffnung mit beiden Händen ihren Kopf und küßte sie. Sie schrie laut auf und stürzte zurück, aus dem Schlafzimmer trat der Klas in Strümpfen, ohne Rock und Weste, mit abgestreiften Hosenträgern;

er hatte eben zu Bett gehen wollen. »Der Sepp ist wieder da«, schrie die Frau, dann sank sie halb ohnmächtig auf die Bank. Sie legte die Hände in den Schooß, da merkte sie, daß die Arme noch voller Teig waren, sie erhob sich und kratzte sie mit dem Schaber ab.

Inzwischen hatte sich der Klas den Rock übergeworfen, war in die Holzpantoffeln getreten und hatte dem Bruder geöffnet. Der trat ein, mager, gebückt, mit grauem Haar und tiefliegenden Augen. Matt setzte er sich auf einen Holzstuhl, er hatte seit langen Stunden nichts gegessen. Die Frau brachte Brot, Butter, Schinken und kochte zwei Eier. »Ihr habt die Not hier noch nicht«, sagte der Sepp kauend. »Im Rheinland essen die Leute Brot aus Sägespänen und Eichenlaub.«

Der Sepp verlangte das Kind zu sehen; er ging in die Schlafkammer; da lag der fünfjährige Knabe, die Wangen waren ihm vom Schlaf gerötet, er hatte die Händchen überm Kopf liegen. Der Sepp faltete die Hände, die Tränen rollten ihm aus den Augen. »Ja, ich habe viel durchgemacht«, sagte er. Er zog aus der Tasche ein kleines Spielzeug, einen Eisenbahnwagen aus Blech gestanzt, wie man ihn in den großen Städten auf der Straße für zehn Pfennige kauft, das legte er leise auf das Kopfkissen des Knaben. Dann ging er wieder in die Stube.

Nun setzten sich die drei zusammen und besprachen sich, was werden sollte. Die beiden Männer waren im Krieg weit herumgekommen. »Hier können wir nicht bleiben,« sagte der Sepp, »ich mag nicht im Maul der Leute sein, wir müssen alle Beide fort. In den selben Ort können wir auch nicht wieder ziehen, das tut nicht gut, die Frau muß wissen, wohin sie gehört. Es hat mich keiner gesehen; ich gehe morgen früh, ehe die Leute aufgestanden sind, ich suche mir ein Anwesen in der Fremde.« Dann wurde abgemacht, daß der Klas beide Anwesen verkaufen sollte; dann sollte er Frau und Kind zum Sepp bringen und sich in einer andern Gegend selber Etwas suchen.

Die beiden Männer hatten die Besprechungen beendet, die Frau hatte still zugehört, indem sie den gesunden und schönen Klas mit dem verfallenen Sepp verglich. Sie dachte daran, daß sie den Klas von Anfang an lieb gehabt hatte, und daß sie gut mit ihm lebte, denn er war ein fleißiger und ordentlicher Mann, und so kamen ihr die Tränen. Die beiden Männer standen auf, plötzlich wurde ihnen klar, daß sie wegen des Nachtlagers eine Einrichtung treffen mußten. Alle drei wurden verlegen; der Sepp sagte: »Geht ihr in die Kammer, ich schlafe auf dem Heuspeicher; ich muß doch vor Tau und Tag wandern und es ist besser, wenn Nichts am Gewohnten geändert wird.« So brachte denn der Klas den Bruder auf den Speicher, dann kam er zurück.

Er traf die Frau auf der Bank sitzend, den Kopf auf die Hände gestützt. »Das ist eine Schlechtigkeit von ihm, daß er zurückgekommen ist«, sagte sie. »Es war alles gut. Ich habe meinen Kummer gehabt, ich bin über ihn fort gekommen. Nun habe ich meinen Mann, ich habe mich eingewöhnt, nun soll ich wieder zu ihm zurück. Wir sollen ihm das Vermögen herausgeben. Wer gestorben ist, der hat kein Recht mehr.« Der Klas wurde verlegen, er antwortete ihr kurz: »Du schwatzt, wie du es verstehst.«

Aber nun sprach die Frau weiter, er hörte mürrisch zu. Dann machte er Einwendungen, sie sprach wieder. So blieben die Beiden eine lange Zeit, dann holte der Mann die schwere Holzaxt, die Frau nahm das Licht; so gingen sie leise auf den Speicher. Sie hörten den Sepp schnarchen. »Wenn der schläft, wacht er nicht auf, wenn neben ihm eine Kanone abgeschossen wird,« sagte die Frau, »das kenne ich.« Sie traten vor ihn, da lag er mit offenem Mund, in dem ausgemergelten Gesicht traten häßlich die Knochen vor. Der Klas hob die Axt und schlug ihm mit dem umgekehrten Ende auf den Kopf; es klang, wie wenn man einen leeren Topf zerschlägt. Ein halb erstickter, halb abgerissener Schrei kam, die Augenlider waren entsetzt aufgerissen, die Augen verdrehten sich, dann zuckte der Körper, dehnte sich und lag still da.

Die Frau suchte einen Zweizentnersack vor und die Beiden steckten den biegsamen, warmen Leichnam hinein. »Vielleicht hat er noch Etwas in der Tasche gehabt?« fragte die Frau. »Laß, laß«, sagte der Mann hastig, dann lud er den Sack auf den Rücken, indem die Frau half und ging die Stiege hinunter. Die Beiden eilten zum Stromufer, wo der Kahn angekettet lag; der Mann trug den Toten, die Frau hatte die Ruder auf der Schulter. Sie setzten den Sack in den Kahn, suchten Steine zusammen und taten sie zu dem Toten, dann banden sie den Sack fest zu, machten den Kahn los und ruderten in die Mitte des Stromes. Dort zogen sie die Ruder ein, der Mann wälzte den Sack über den Rand ins Wasser, indem die Frau auf der andern Seite das Gleichgewicht hielt; der Sack plumpste dumpf unter, die beiden ruderten zurück, ketteten den Kahn wieder an, und gingen still nach Hause.

Es hatte Niemand Etwas vom Sepp gesehen, und das Verbrechen hätte unentdeckt bleiben können, wenn nicht eine Verwicklung gekommen wäre, die wohl nicht leicht Jemand hätte ahnen können.

Der Sepp hatte das schlafende Kind betrachtet. Dieses war wohl nicht aufgewacht, aber es war, als ob es im Schlafe irgendeinen Einfluß des Vaters gespürt. Der Knabe hatte ja wohl etwas davon gehört, daß der Klas nicht sein richtiger Vater war, daß der richtige Vater gefallen war, aber er hatte doch, wie so Kinder tun, das Gegebene als das Natürliche hingenommen, den Klas als Vater angesehen und sich um Weiteres keine Gedanken gemacht. Nun fragte er mit einem Male nach seinem richtigen Vater, er verlangte die Erzählung zu hören, wie er gefallen war, was er zuletzt gesagt; ja, er sprach davon, daß der richtige Vater vielleicht zurückkommen werde und ihm Etwas mitbringe. Den kleinen Eisenbahnwagen hatte die Mutter ihm in der Mordnacht vom Kissen genommen und in ihren Wäscheschrank gelegt. Einmal stand der Knabe dabei, als sie am Sonntagmorgen die reine Wäsche aus dem Schrank holte; da fiel das Spielzeug heraus, der Knabe nahm es auf und freute sich; die Mutter erschrak, riß ihm das Wägelchen aus der Hand und warf es wieder in den Schrank; aber nun hörte der Knabe nicht auf, zu fragen, was das für ein Wägelchen gewesen sei, ob es ein Spielzeug sei, und ob ihm sein richtiger Vater ein solches Spielzeug mitbringen werde, wenn er zurückkomme.

Der Klas war ein finsterer und reizbarer Mensch geworden seit dem Mord. Als der Knabe in seiner Gegenwart von dem Wägelchen schwatzte, da brauste er auf und drohte dem Kind, er werde es tot schlagen, wenn es wieder ein Wort von dem Spielzeug sage, er ging zum Wäscheschrank, riß an der Tür, das Schloß sprang auf und die Tür flog auf; er wühlte in der Wäsche bis er das Wägelchen fand, dann nahm er es und warf es in das Feuer des Küchenherdes.

Der Knabe hatte sich ängstlich in die Ecke gedrückt. Am späten Nachmittag, als der Vater in der Werkstatt war und die Mutter im

Stall, störte er mit einem Stückchen Holz im Herd und fand das ausgeglühte und verbogene Wägelchen. Er nahm es und schloß es in die hohle Hand, die er in den Hosenbund steckte, dann lief er in den Hof hinaus, um es zu verbergen.

Auf dem Hof lagen die Hölzer aufgeschichtet, die der Klas für seine Stellmacherei brauchte. Es waren starke buchene Bohlen, sorgfältig übereinander gelegt, immer Hölzchen zwischen ihnen, damit sie austrockneten. Der Klas hatte dem Knaben verboten, auf dem Stoß herumzuklettern, wie er gern tat; und wie das bei Kindern so geht, dadurch erschienen dem die Bohlen als besonders anziehend. So kam er auf die Idee, das Wägelchen hinter dem Haufen zu verbergen, indem er es dort in der Ecke vergrub.

Der Klas konnte aus der Werkstatt den Hof übersehen und beobachtete, wie der Knabe sich bei den Bohlen zu schaffen machte. Der Zorn stieg in ihm auf über den Ungehorsam, er lief auf den Hof, faßte den Knaben, riß ihn hoch und fragte ihn hart, was er hier zu tun habe. In der Angst fiel dem Knaben das Wägelchen zur Erde; der Klas ließ ihn erschrocken los, der Knabe griff eilig wieder nach seinem Spielzeug, drückte es fest an sich und sagte: »das gehört mir, das hat mir mein richtiger Vater mitgebracht.«

Der Klas taumelte zurück, wie er diese kindlichen Worte hörte, die doch nur ein Geschwätz aus einer verwirrten Vorstellung waren, wie das bei Kindern oft ist. Da lagen die schweren Bohlen übereinander geschichtet. Er ergriff mit beiden Händen die oberste Bohle und warf sie mit aller Gewalt auf den Knaben.

Der schrie laut auf und jammerte, die Mutter lief aus dem Stall hervor, der Klas nahm die Bohle auf, der Knabe konnte sich nicht erheben, er hatte schwere Verletzungen erlitten.

Die Mutter kauerte nieder, nahm das furchtbar jammernde Kind in den Schooß, das Kind wurde plötzlich still und wachsfarbig. »Mörder!« schrie sie ihren Gatten an. »Den Vater hast du zuerst ermordet, nun soll auch noch das Kind hinüber!« Der Mann ging still von ihr in die Werkstatt. Da lag ein Kälberstrick in der Fensterbank. Er stieg auf die Hobelbank und knüpfte ihn an einen starken Nagel, der in einen Deckbalken eingeschlagen war, dann steckte er den Kopf in die Schlinge und sprang ab.

Das Kind starb, die Mutter gab sich selber den Gerichten an und wurde zu einer mehrjährigen Zuchthausstrafe verurteilt.

Die Kriegsgefangenen

Ein Freund machte eine russische Reise, um die Zustände der Sowjetrepublik zu untersuchen. Er kam bis tief in Transkaukasien hinein.

In einer östlich weit entlegenen Gegend kam er gegen Abend zu einem Dorf, wo er ein Unterkommen für die Nacht suchen mußte. Er fragte einen Bauern, den er vor dem Dorfe traf. Der kratzte sich den Kopf, dann sprach er: »Da muß ich dich zu dem Iwan führen, Väterchen, der ist auch ein Deutscher, und der ist klüger als wir. Der wird dich am passendsten beherbergen.«

Iwan war ein großer, schweigsamer Mann mit einem dunkeln Vollbart, der den Kopf beständig geneigt hielt. Er sagte zu dem Fremden: »Kommen Sie, Herr. Ich gebe, wie ich es geben kann.« Er führte ihn in die Stube, wo die Frau und eine Menge Kinder waren.

Mein Freund war neugierig, zu erfahren, wie der Mann nach hier verschlagen war. Nach dem Abendessen, als die Frau das Nachtlager für Alle hergerichtet, erzählte er.

»Sie wissen ja, wie das im Krieg gewesen ist. Wenn man sich lange gegenüber gelegen hatte, dann richtete man es so ein. Wir lagen über ein Vierteljahr den Russen gegenüber. Wir waren zu Wenige, um Etwas zu machen, und die Russen, nun, die lagen da nun eben einmal. Sie hatten eine Kanone, mit der fuhren sie hinter der Front entlang und schossen. Sie fuhren immer des Nachts. Wir wußten genau, an welcher Stelle sie am nächstem Morgen schießen würden, da räumten wir denn den Graben, wir nahmen auch unsere Sachen mit, denn schließlich, für ein Unglück kann ja bei der Schießerei Keiner gut stehen. Sechzig Schuß hatten sie immer. Wenn sie die abgefeuert hatten, dann zogen wir wieder in unser Grabenstück zurück und besserten den Schaden aus.

Nun hatte sich das mit den Patrouillengängen so gemacht, wozu soll das unnütze Blutvergießen sein? Wir waren alle Familienväter. Man tut seine Pflicht. Es ließ sich nicht immer so einrichten, daß man in Deckung war. Na, wenn dann der Russe gegenüber erschien, so gab man ihm immer erst ein Zeichen, daß er Deckung nehmen konnte, dann schoß man. Der Russe machte es auch so. Das war überhaupt, im Westen, da war es ja lebensgefährlich, aber der Russe, der war ein vernünftiger Mann, mit dem konnte man schon auskommen.

Also da sind nun einmal die Leute gegenüber durch neue Mannschaften ersetzt, und wir haben das nicht gemerkt. Sie wissen natürlich von Nichts. Am andern Morgen muß ich einen Patrouillengang machen. Ich mache mich zurecht und gehe los. Da sehe ich einen Mann stehen. Ich stecke zwei Finger in den Mund und pfeife, daß er Deckung nehmen soll. Er rührt sich nicht. Ich lege das Gewehr an, pfeife wieder. Mit einem Mal stehen vier, fünf Kerle um mich herum, freche Kerle, einer haut mir mit dem Gewehrkolben über den Schädel, daß ich denke, ich soll lang hinfallen, da haben sie mir auch schon das Gewehr fortgerissen. Na, so mußte ich denn mitkommen. Wie sie mich in ihrem Unterstand hatten, da wollten sie mich ausfragen, aber ich nahm Dummpulver ein, ich schimpfte bloß, daß sie Einen so heimtückisch überfallen, da sagten sie, sie sind Neue und haben von Nichts gewußt, wie es hier ist.

Nun haben sie mich denn fortgebracht. Das kann ich gar nicht Alles erzählen, wie das war, aber das kann ich sagen, die Russen sind kein schlechtes Volk, das Letzte, das sie haben, teilen sie mit Einem. So bin ich denn nun hier auf diesen Hof gekommen. Der Mann war im Krieg, die Frau war allein mit vier Kindern. Die konnte der Arbeit nicht vorstehen, das ist ja klar, das konnte Einen jammern, und schließlich, die Frau war unschuldig an dem Krieg, die Kinder auch. Na, das kann ich wohl sagen, ich habe die Sache wieder in Ordnung gebracht. Na, und wie denn das so ist, die Frau hat keinen Mann, und ich habe keine Frau, und dann ist ein Kind gekommen.

Mit einem Mal kriegt die Frau einen Brief von ihrem Mann, sie hat über ein halbes Jahr keinen Brief gekriegt. Das war ja damals so. Der Brief kommt aus Deutschland, der Mann ist auch gefangen. Also in dem Brief steht, so und so, ich habe es hier gut, bloß mit der Verpflegung ist es schlecht, aber die Leute hier haben Alle Nichts. Und dann schreibt er, er ist auf einem Hof bei einer Frau, deren Mann auch gefangen ist, und das war meine Frau! Da haben wir aber doch lachen müssen, daß so Etwas möglich ist!

Nun natürlich, die Frau antwortet gleich und schreibt ihm, sie hat auch einen Kriegsgefangenen, und das ist der Mann von der Frau in

Deutschland, aber weiter hat sie Nichts geschrieben. Und ich lege einen Brief an meine Frau bei und schreibe ihr, daß sie wahrscheinlich meinen letzten Brief nicht gekriegt hat, und schreibe ihr natürlich, daß es mir gut geht, und sie soll auch gegen den Russen gut sein, denn das wäre nur anständig, und dann frage ich, wie es den Kindern geht, und was man denn so schreibt. Die waren auch verwundert, wie sie den Brief gekriegt haben!

Was soll ich sagen, schließlich war es denn so weit, daß sie Frieden machten. Ich habe mir das hin und her überlegt, die Frau kommt und weint und sagt, ich soll bei ihr bleiben, die Kinder weinen auch. Ich sage: »Ich habe doch meine Familie, und habe meinen Hof!« Aber nun war es auch so, daß man schlecht fortkommen konnte. Die Eisenbahn ging nicht mehr, und wie sollte man es da machen? Da kriege ich denn auch einen Brief von dem Russen, der schreibt, es gefällt ihm in Deutschland, und wenn ich nichts dagegen habe, er will gut sein zu meinen Kindern, und er kann auch auf Arbeit gehen als Maurer und schön verdienen, und kann die Familie ernähren. Meine Frau schrieb aber kein Wort. »Aha!« denke ich, »jetzt weiß ich, woran ich bin.«

Sehen Sie, einen Vorwurf kann ich ja meiner Frau nicht machen. Ich will ja nicht sagen, daß es mich nicht gewurmt hat. Aber der Mensch muß auch gerecht sein. Schließlich, ich bin bei der andern Frau gewesen. Und mir gefiel es ja auch gar nicht schlecht in Rußland. Der Boden ist gut, er ist sehr gut. Die Leute hier legen mir Nichts in den Weg. Ich kann hier auch vorwärts kommen. Natürlich, habe ich mir gesagt, es muß Alles seine Richtigkeit haben.

Meine Papiere hatten sie mir gelassen, die hatte ich bei mir: den Geburtsschein, den Trauschein, den Feuerversicherungsschein. Eingepackt, an meine Frau geschickt: So und so, du gehst zum Rechtsanwalt, du sagst: Scheidung. Dann gehe ich zum Landrat hier, dem mache ich das alles klar, ich sage: die Frau will geschieden sein, wir wollen uns heiraten. Der Landrat hat gelacht, dann hat die Frau ein Papier gekriegt, das geht hier in Rußland heutzutage schnell mit dem Scheiden, das ist nun ganz vernünftig. Jetzt bin ich nun auch geschieden, nun haben wir uns geheiratet, meine Frau hat den Russen auch geheiratet.«

Der Mann schwieg. Die Kinder hatten sich um ihn gedrängt, während er in der fremden Sprache mir erzählte, und hatten auf seinen Mund gesehen. Das jüngste hatte er auf dem Schooß, es faßte in seinen Bart und zog an ihm. Die Frau saß auf der Bank, die Hände in den Schooß gelegt. Sie spürte, daß der Mann ihre Geschichte erzählte, sie war rot geworden und blickte verlegen auf den Boden.

Nun setzte der Mann das Kind auf die Dielen und erhob sich. »Es wird Zeit zum Schlafen«, sagte er.

Das Largo von Händel

Ein Lumpenhändler in einer großen deutschen Stadt hatte sein Geschäft in einem weiten Raum, der auf den Hof eines von Arbeitern dicht bewohnten Hauses ging. Hier lagen auf der einen Seite die Ballen auf einander geschichtet, wie sie von den Sammlern abgeliefert wurden, in denen alle Arten von Lumpen zusammengeschnürt waren, auf der andern Seite lagen andere Ballen von den verschiedenen einzelnen Arten von Lumpen, denn jede Art hat eine andere Verwendung. Die wollenen werden gereinigt, durch eigene Maschinen behandelt, daß sie sich auflösen, die aufgelöste Wolle wird wieder gesponnen, und es werden billige Stoffe aus ihr hergestellt, die wohl keine Haltbarkeit haben, aber den Arbeitern prunkvoll erscheinen und für eine kurze Prahlerei auf dem Tanzboden und in der Bierwirtschaft gekauft werden. Aus manchen Lumpen wird Papier gemacht, und zwar richtet sich die Güte des Papiers nach der Art der Lumpen; das beste Büttenpapier gewinnt man aus alter Leinwand, aus der allein man früher das Papier herstellte; ein noch sehr gutes Papier ergeben bei den geringern Zuständen von heute die baumwollenen Lumpen; die Seide wird zu besonderen Schmuckpapieren verwendet. Es gibt in den ungeordneten Ballen auch ganze Kleidungsstücke; man sucht sie zunächst aus, denn gelegentlich ist das eine oder andere doch noch für den Althändler aufzubügeln; die meisten werden später zertrennt, damit man die einzelnen Teile von Futter und Oberstoff zu verschiedenen Haufen werfen kann; dabei kommen noch allerhand andere brauchbare Dinge zusammen: Knöpfe, Fischbein, Bleistücke und dergleichen Gegenstände; auch finden sich nicht selten in den Taschen noch vergessene Schlüssel, Bleistifte, Messer, Geldtaschen, Handspiegel oder sonstiges, das Menschen bei sich zu tragen pflegen.

In der Mitte des Raumes saßen im Kreis etwa zwanzig Frauen und Mädchen, jede mit einem großen Ballen vor sich und suchten die Lumpen auf verschiedenen Häufchen zusammen, die sie um sich liegen hatten. Bei der Arbeit entwickelt sich viel Staub und Dunst; deshalb waren die Arbeiterinnen gewohnt, wenn das Wetter es irgend erlaubte, daß sie ihre Stühlchen auf den Hof stellten und dort ihre Arbeit versahen. Da strebten denn an allen vier Seiten die geschwärzten, feuchtklebrigen Mauern in die graue Luft, unterbro-

chen von den Fenstern, von denen allerhand Kleidungsstücke hingen, die oft zerbrochene und papierverklebte Scheiben hatten, wo
auf umgitterten Blumenbrettchen ein kümmerlich verschmutztes
Alpenveilchen stand oder eine fast blattlose Myrthe, Geschenke von
allerhand Feiertagen, oder Milch in zugedecktem Topf und Speisen,
die kühl stehen sollten. Gelegentlich kam einmal eine Schimpferei,
ein Weib öffnete das Fenster und beklagte sich über den Schmutz,
der von den geschüttelten Lumpen aufstieg, andere Fenster wurden
geöffnet und Weiber aus den engen und stickigen Wohnungen hörten zu oder stimmten bei. Die Arbeiterinnen aber erwiderten Nichts
und suchten emsig in ihren widerwärtigen Packen; die Arbeit ging
in Akkord, und jede verlorene Sekunde war verlorener Verdienst.

Man kann sich vorstellen, daß zu der ekelhaften Arbeit sich nur
ein Abhub von Weibern fand. Die meisten waren ältere Personen,
die unförmig breitbeinig dasaßen mit fetten Schenkeln, einer Höh-
lung im Schooß, und hängendem Busen; manche von ihnen mochte
in vorigen Jahren als Dirne gegangen sein oder als Kellnerin; einige
jüngere Figuren und Gesichter waren zu sehen, grau, schlaff, unfroh
und gehässig. Die Bewegungen der Finger und Arme gingen fast
maschinenmäßig, die Augen waren auf die Arbeit gerichtet, die in
den Schooß gerafft war. Ein großer Teil der Lumpen kommt aus
den Schneiderwerkstätten; das sind allerhand kleine Flicken und
Schnippsel, wie sie beim Zuschneiden übrig bleiben, nachdem die
großen Stücke ausgesucht sind, die zum Ausbessern verwendet
werden können oder für allerhand kleine Ware; wenn die Weiber
bei solchen Lumpen auf ihr Taglohn kommen wollten, so mußten
sie die Finger schon fleißig rühren und durften nicht von der Arbeit
aufsehen.

Es war in der Zeit der Revolution und Hungersnot. Die Weiber
saßen im Hof, emsig über ihrer Arbeit, an einem Fenster im Vorratsraum stand das Schreibpult des Geschäftsherrn; man sah ihn, wie er
schrieb und zuweilen auf den Hof blickte, um die Arbeiterinnen zu
beaufsichtigen, denn man kann sich denken, daß sie Dinge etwa, die
sie in den Taschen fanden, nicht freiwillig ablieferten.

Das eine der Mädchen hatte wohl die Nacht durch getanzt oder
sonst den Schlaf versäumt; ihr Gesicht war noch grauer wie der
übrigen, tiefe blaue Ringe waren unter den Augen, und ihre Bewe-

gungen waren sehr matt. Sie saß müde vornübergebeugt, plötzlich sackte sie zusammen und fiel vorwärts vom Stuhl auf den Boden, sie war ohnmächtig. Ihre Nachbarinnen blickten flüchtig nach ihr hin, dann wendeten sie ihre Aufmerksamkeit wieder auf die Lumpen im Schooß und das eilfertige Spiel ihrer Hände mit den Flicken und Lappen. Die Ohnmächtige lag, es wurde auch nichts gesprochen, und nur das leise Geräusch des Zupfens und Suchens war. Eine schimpfende Stimme kam von oben aus einem Küchenfenster, die Frauen im Haus hielten sich für Besseres, wie die Arbeiterinnen, die Stimme schmähte, daß sich Niemand um die Ohnmächtige kümmere, die doch auch ein Mensch sei, wenn auch nur eine Lumpenausleserin; die Arbeiterinnen hörten das Keifen wohl, aber sie waren so eifrig in ihrem Suchen und Sammeln, daß sie nicht antworteten.

Durch den Torgang kamen zwei junge Menschen, wohl ein Geschwisterpaar, eine junge Dame von etwa achtzehn und ein Jüngling von vielleicht neunzehn Jahren. Die Beiden waren sehr sauber und anständig gekleidet, man sah auch, daß die Kleidungsstücke einmal von einfacher und vornehmer Kostbarkeit gewesen waren, aber nun war alles verschabt und sorgfältig zurechtgemacht, so, daß man trotz der freien Haltung und der ursprünglich guten Kleider den Beiden doch die bitterste Armut ansah. Der Jüngling trug eine Ziehharmonika, das junge Mädchen eine Geige.

Eines der fetten alten Weiber wendete das gemeine Gesicht den Beiden zu und sagte grob, sie seien selber arm, bei ihnen könne man nicht auf den Bettel gehen. In dem edlen, durch den Hunger schmal gewordenen Gesicht des Mädchens stieg eine leise Röte auf, ihre Augen füllten sich mit Tränen, und sie zupfte ihren Begleiter, um ihn zum Fortgehen zu mahnen. Der aber biß sich auf die Lippen, ergriff die Ziehharmonika und begann zu spielen. Das Mädchen bezwang sich sichtlich, nahm die Geige zum Kinn und fiel ein.

Die Beiden spielten das berühmte Largo von Händel.

Bei den ersten Tönen lasen die Weiber weiter aus. Einige Fenster öffneten sich, dann mehr. Als aber die wunderschönen Stellen der Geige kamen, die das junge Mädchen klar und rein vortrug, in welchen eine göttliche Heiterkeit und Sehnsucht sich verbunden haben, daß wir denken mögen, die Tränen des Glücks müssen uns in die

Augen steigen, da ließen die Weiber im Hof die Hände sinken und lauschten still, mit gebücktem Kopf, als schämten sie sich ihrer gemeinen Gesichter; die Weiber an den Fenstern lauschten still, und es schien, als ob auch sie sich versteckten; lautlos war es im Hof, und die wundervollen Klänge perlten von der Geige, über welche sich das blasse Gesichtchen beugte.

Das Largo ist eines jener Werke, die so geschlossen sind, daß wir nachher nicht wissen, ob sie lange gedauert haben oder nur kurze Zeit. Ton für Ton lauschten die Weiber, selbst der Mann hinter dem Glasfenster war vom Schreibpult fortgegangen und hatte sich, die Hände hinten unter den Rockschößen zusammengeschlagen, breitbeinig in die Thür seines Lagerraumes gestellt und lauschte. Wie verzaubert war die Stille, und sie währte bis zum Schluß, da senkte das junge Mädchen den Bogen und verneigte sich leicht.

Alle hielten noch still; es war, als ob selbst der Atem zurückgehalten werde. Der Mann in der Thür des Vorratsraumes suchte in seiner Geldtasche und winkte, der Jüngling kam, und er gab ihm ein Geldstück. Einige der Weiber suchten in ihrer Tasche, der Jüngling ging mit dem Hut in der Hand im Kreise und nahm die hineingeworfenen Pfennige mit Dank auf; aus den Fenstern wurde Geld, in Papier gewickelt, geworfen; er sammelte es, und in seiner Verlegenheit eilte er so, daß er Einiges liegen ließ. Dann trat er wieder zur Schwester, die Beiden verbeugten sich und gingen.

Noch immer lag die Kranke auf dem feuchten Boden. Da erhob sich eine Alte und trat zu ihr, zwei andre Alte kamen noch, und so brachten die Drei die Kranke in den Vorratsraum und legten sie auf ein eilig zurechtgemachtes Lager. Der Besitzer trat besorgt neben sie und fragte, ob man einen Arzt holen solle; die Kranke schüttelte den Kopf; die eine Alte beugte sich zu ihr, strich ihr über die Wangen und sprach ihr ein Trostwort zu; dann wurde sie verlegen und ging mit den beiden Andern wieder in den Hof an ihre Arbeit, der Besitzer trat an sein Schreibpult und schrieb; die Kranke lag eine lange Zeit schweratmend da, dann richtete sie sich auf, und dann rief der Besitzer zwei der Weiber, gab ihnen Geld, und trug ihnen auf, die Kranke nach Hause zu bringen.

Ein Straßenvorgang

In einer Berliner Straße an einer Laterne wartete ein junges Mädchen aus den höheren Ständen. Sie war einfach gekleidet, war schlank und blond, sie sah mit ruhigen Augen auf das Gewimmel der Menschen, und wenn Einer der Vorübergehenden eine Bemerkung zu ihr machte, so war es, als ob sie nicht hörte.

Ein junger Mann in der Menge winkte ihr von Weitem zu; die Beiden begrüßten einander und gaben sich die Hand.

»Es schmerzt mich, daß ich dich dem aussetzen mußte, wie eine Verkäuferin ihren Geliebten zu erwarten«, sagte er unmutig. Sie erwiderte lächelnd: »Es ist nun einmal so; ich wollte nicht, daß meine Eltern erfahren, was wir uns noch zu sagen haben; sie können uns doch nicht helfen, und wir machen ihnen nur das Herz schwer.«

Die elektrischen Bahnen und Autos glitten eilig vorüber, die Menschen eilten mit vorwärts gerichteten Blicken. Die Beiden gingen nebeneinander. »Wir sind eine andere Rasse«, sagte der junge Mann. »Was haben wir mit diesen Leuten hier gemein? Als ich dich eben stehen sah – ja, wir sind eine andere Rasse. Nun ist es so weit, die Sklaven sind zur Herrschaft gekommen. Sie haben uns ausgeraubt. Wir hätten heiraten können, ich hätte meine Arbeiten machen können; nun gehe ich in die Fremde.«

»Ich möchte nicht, daß du solche Bitterkeit im Herzen hättest«, sagte sie, »deshalb wollte ich noch diese Zusammenkunft. Ich habe dich lieb und wäre dir eine gute Frau geworden, ich hätte meine Kinder lieb gehabt . . .«

Ein Mann kam von der entgegengesetzten Seite und drängte sich durch die Gehenden. Er stieß den jungen Mann grob an und schimpfte irgend Etwas.

»Zehn Jahre warte«, sagte der junge Mann. »Ich bin nicht dazu erzogen, Geld zu verdienen, und es ist für uns Deutsche jetzt schwer in der Fremde. Deshalb dauert es so lange. Aber dann komme ich und hole dich, oder vielleicht hat dann inzwischen der

Pöbel sich selber zerstört, und wir können in Deutschland leben. Das möchte ich ja; es ist doch unser Vaterland.«

Sie schüttelte den Kopf. »Ich bin jetzt zweiundzwanzig Jahre alt, du hast eben so viel Jahre wie ich. In zehn Jahren bin ich ein altes Mädchen und du bist ein junger Mann. Ich will mich nicht an dich hängen. Das wäre für dich ein Unglück und für mich kein Glück. Wir wollen uns trennen; und ich will denken, daß es dir im Leben draußen gelingt, und daß du eine Frau findest, die dann für dich paßt, die dich lieb hat.« Ihr Mund zitterte leicht, sie unterdrückte Tränen.

»Glaube nicht, daß ich empfindsam bin«, sagte er. »Die Empfindsamkeit verlernt man heute. Aber wir gehören nun zusammen. Wenn ich nicht an dich denke, weshalb soll ich dann um Geld arbeiten? Was ich für mich allein brauche, das finde ich immer. Es ist für dich, denn wir können nicht wie Proletarier leben, ich will es nicht.«

»Ich will es auch nicht, wir sind nicht die Menschen danach«, erwiderte sie; »wenn wir die Menschen danach wären – die haben es wohl leichter wie wir. Aber das kommt ja auch nicht in Frage. Nur: ich will mich nicht an dich hängen. Heute sind wir zweiundzwanzig Jahre alt. Da gehören wir zusammen; ich fühle auch, daß ich dir gehöre. Aber in zehn Jahren bist du ein andrer Mensch« – sie beugte den Kopf, dann fuhr sie fort: »Ich bin es auch. Vielleicht bin ich es schon jetzt – trotzdem wir heute zusammengehören. Gehören wir zusammen? Wir wollen uns nichts vorlügen. Unsere Gesellschaft ist zu grunde gegangen, weil sie sich immer vorlog.« Sie lächelte. »Sieh, die neuen Reichen und die Proletarier, die lügen sich Nichts vor, die belügen nur die Andern. Wenn wir uns erst nicht mehr selber belügen, dann werden wir wieder herrschen.« – »Indem wir die Andern belügen«, sagte finster der junge Mann. Sie zuckte die Achseln: »Das Herrschen ist ein Handwerk. Wer herrschen will, der muß sein Handwerk verstehen. Unsere Eltern haben es nun wohl nicht verstanden.« Sie schwieg eine Weile. Dann fuhr sie fort: »Ich möchte nicht, daß du mich weiter mißverstehst. Was heißt das: die Andern belügen? Ich kann einem andern Menschen garnicht die Wahrheit sagen. Ich kann sie nur mir selber sagen. Kein Anderer weiß, was meine Worte bedeuten. Ist das Lüge? Es gibt nur die Selbstlüge. Alles andere, das man Lüge nennt, ist nur ein Sprechen

206

in fremder Sprache. – Der Pöbel muß beherrscht werden, dazu mußt du seine Sprache sprechen.«

Da war eine Straßenecke, sie blieben stehen. Ein Schutzmann, mit unbewegtem Gesicht, hielt die Menschen zurück, gab den Wagen ein Zeichen zu fahren, und ließ dann die Fußgänger über den Damm gehen.

In der Querstraße stand ein Herr in Zylinder und Pelz, kurzbeinig und fett, auf der Bordschwelle und wollte in sein Auto steigen. Ein andrer Herr hielt ihn flehend zurück. Der Herr im Zylinder machte eine abwehrende Handbewegung. »Es giebt kein Baargeld. Ich biete achtzig, Sie können das Geld heute haben. Wenn Ihnen ein Andrer mehr giebt, gut. Das ist mein letztes Wort.« Er stieg ein.

Der Wagen ratterte, puffte und ruckte an.

Zwei jugendliche Arbeitslose standen neben dem Schutzmann, einer bot dem andern eine Zigarette an; der entzündete sie bei dem Ersten. Sie hatten fahle Gesichter, verlebte und höhnische Mienen, und ihre Kleidung war zerlumpt.

Der Zweite spuckte aus, dann sagte er: »Die Arbeitslosenunterstützung langt gerade für die Zigaretten, was ist das für ein Schwindel!«

Die Wagen überquerten den Damm, der Schutzmann hielt die Fußgänger zurück. »Ach was!« sagte der erste Arbeitslose, »auch noch stehen, bis es gefällig ist!« Die Beiden liefen zwischen den Wagen durch nach der andern Seite zu. Aber da wurde der eine von dem Auto gefaßt, er lag unter ihm, und das Auto fuhr über ihn fort. Ein entsetzlicher Schrei, noch andre Leute schrieen, plötzlich hielten alle Wagen, die Menschen stürzten auf die Unglücksstelle zu.

Der Mann lag langgestreckt auf dem Rücken mit geschlossenen Augen. Zwei blutige Striemen gingen ihm quer über das Gesicht. Ein Mann faßte ihn unter die Arme, rief andern zu, mit zu tragen, da stöhnte der Verwundete, öffnete die Augen, der Mann legte ihn sanft zurück. Ein Herr kniete zu ihm nieder, knöpfte ihm die Jacke auf; es war kein Hemd darunter; er fühlte leise; das Gesicht des Verwundeten verzog sich. Der Arzt stand auf: »Lassen Sie ihn, in ein paar Minuten ist es vorbei.«

Wie Alle im Kreis, die Köpfe vorgestreckt, um den Sterbenden standen, dem blutiger Schaum aus dem Mund kam, der Herr aus dem Auto in Zylinder und Pelz, blaß zitternd mit beteuernden Bewegungen auf den Schutzmann einsprach, der keine Miene verzog, da drängte sich das junge Mädchen vor. Sie kniete zu dem Sterbenden und bettete sein Haupt in ihren Schooß. Der schlug wieder die Augen auf und stöhnte. Sie nahm seine Arme und legte ihm die Hände zusammen. Sie sagte: »Ich will Ihnen helfen. Wenn Sie können, sprechen Sie mir nach.«

Dann begann sie: »Vater unser, der du bist im Himmel . . .« Der Sterbende verzog die Lippen, seine Zähne kamen zum Vorschein. Sein Genosse machte ein höhnisches Gesicht, die Andern sahen neugierig auf das kniende Mädchen. Die sprach ruhig weiter: »Geheiligt werde dein Name.« Ihr Geliebter hatte den Hut abgezogen, hielt ihn in der Hand und betete. Zögernd zog Dieser und Jener von den Umstehenden den Hut ab; der Herr aus dem Auto wendete sich von dem Schutzmann weg, sah zerstreut auf das Mädchen und den Sterbenden, mechanisch nahm er den Zylinder in die Hand. »Dein Reich komme,« sagte das Mädchen in die lautlose Stille. Da machte der Sterbende eine Anstrengung, sein Kiefer bewegte sich: ». . . Eich omme . . .« sagte er. »Dein Wille geschehe, wie im Himmel, also auch auf Erden,« fuhr sie langsam, leise und eindringlich fort, und der Sterbende mühte sich: »I, e, e . . .« Da standen alle Leute und beteten mit, und auch der Genosse des Verunglückten nahm die Mütze vom Kopf, widerwillig und trotzig. er hielt sie in der rechten Hand, die niederhing; sein linkes Bein war vorgestellt; er wechselte das Bein; er sah frech in die Luft, und dann blickte er nieder zur Erde. »Unser täglich Brot gieb uns heute.« Der Sterbende lallte, der Andere straffte sich. »Und vergieb uns unsere Schuld, wie wir vergeben unsern Schuldigern.« Unruhig blickte der Reiche um sich, er wollte sprechen; der Arbeitslose wollte auflachen, aber es kam ihm nur ein heiserer Ton aus der Kehle; der Sterbende lallte mit Anstrengung, er hatte seine Augen auf das Mädchen geheftet. Nun begannen seine Augen zu brechen. Das Mädchen aber fuhr fort: »Und führe uns nicht in Versuchung, sondern erlöse uns von dem Übel. Denn dein ist das Reich, und die Herrlichkeit, in Ewigkeit, Amen.« Sie beugte sich über den Kopf in ihrem Schooß; einen Augenblick scheute sie zurück, dann küßte sie ihn auf die Stirn; sie drückte die Augen zu, dann legte sie den Kopf leise auf den Boden, stand auf und trat zu dem Geliebten. Die Beiden gingen fort.

Ein Brief

Ein junges Mädchen aus einer vornehmen alten Familie, die in geringen Umständen lebte, hatte sich mit einem reichen jungen Mann verlobt, der wohl bürgerlicher Herkunft war, aber in der guten Gesellschaft gleichberechtigt verkehrte. Sie schrieb ihm folgenden Brief, durch welchen sie die Verlobung aufhob.

»Ich bitte Dich, was ich jetzt schreibe, mit ruhigem Gemüt zu lesen. Dieser Brief wird mir sehr schwer, und ich möchte, daß Du ihn in derselben Gesinnung läsest, in welcher er geschrieben ist.

Erinnere Dich an den Abend, da wir uns das erste Mal sahen. Es war in einer Gesellschaft bei meinem Oheim. Du wirst wohl heimlich über die Spießigkeit gelächelt haben, die mir damals noch nicht zum Bewußtsein gekommen war: die braven Familienzimmer ausgeräumt, der Lohndiener in leicht speckigem Frack, die üblichen Gänge doppelt armselig durch die damals schon drückenden Kriegsverhältnisse, und die Gesellschaft von Geheimräten. Jeder im Kopf überschlagend, was nun ihn die nächste Gesellschaft kosten werde. Wir saßen neben einander, meine gute Muhme hatte wohl gedacht, daß Du ein angenehmer Tischherr für mich sein könntest, denn ich galt als etwas Besonderes in der Familie; zuerst sprachst Du, wie die Herren immer sprechen, dann merktest Du aus meinen Antworten wohl, daß ich anders war, zuletzt weißt Du, sprachst Du über Goethes Pandora, die mir das liebste Werk von Goethe ist. Du bist der erste Mensch gewesen, mit dem ich über die Dinge sprechen konnte, die mir wichtig sind; plötzlich merkte ich, daß ich nicht eine wunderliche Törin bin, wie ich bis dahin immer geglaubt, damals schon gewann ich Dich lieb. Ich liebe Dich ja auch noch heute. Ja, das muß ich sagen, daß ich Dich liebe. Aber ich kann nicht Deine Frau werden.

Verzeih, Lieber, es ist mir eine Träne auf das Papier gefallen.

Durch Dich habe ich erfahren, daß es eine Welt giebt, in der ich leben könnte, denn in der Welt meiner Angehörigen könnte ich nicht leben. Weißt Du noch, wir sprachen einmal darüber; Du sagtest, ich wisse nicht, was völlige bürgerliche Rechtschaffenheit bedeutet, sie ist wie das Brot, sagtest Du, das man täglich ißt, das man für selbstverständlich hält; man denkt nicht, daß man nicht leben könnte, wenn man das Brot nicht hätte. Heute, wo wir unsern Brotlaib einteilen müssen und Jedem sein abgezirkeltes Maß geben, denke ich viel an Dein Wort, ich gebe oft meinem kleinen Bruder mein Stück heimlich ab. Aber nicht das will ich erzählen. Du hast ja nie über meine Angehörigen gelächelt, über die ängstliche Mutter mit ihren Gesprächen von Schneidern und Flicken, den sparsamen Vater, der Alles nur daraufhin ansah, ob es den Staat Etwas kostete; ich war Dir dankbar dafür, daß Du nie lächeltest. Damals dachte ich nur, das ist Deine Güte und innere Freiheit, daß Du so bist. Du sagtest mir noch einen andern Grund. Ich begriff ihn damals nicht. Heute begreife ich ihn, und weil ich ihn heute begreife, deshalb schreibe ich diesen Brief.

Lies meinen Brief, wie er geschrieben ist, ich flehe Dich an. Du siehst die Tränenspuren; ich habe ihn mehrmals abgeschrieben, immer wieder tropften meine Tränen auf das Papier; so habe ich sie denn gelassen, ich habe gedacht: vielleicht sieht er an den Tränen, wie ich ihn liebe.

Du sagtest mir: ›Ein Vorfahr von mir war Unteroffizier im preußischen Heer. Er machte die Schlacht bei Jena mit und hat die Regimentskasse gestohlen. Von ihm rührt der Wohlstand meiner Familie her.‹ Ich lachte und küßte Dich und sagte: ›Was kannst Du für Deinen Vorfahren, was kann ich für meine spießbürgerliche Familie!‹ Du wurdest traurig und sagtest: ›Deine Worte sind richtig, aber mein Gefühl ist: ich müßte meinen Reichtum fortwerfen, denn er ist unrecht gewonnenes Gut. Ich weiß, daß ich redlich handeln will, daß ich den Reichtum gebrauche, um frei zu sein und nützen zu können; aber ich kann mein Gefühl nicht bezwingen.‹ Ich habe Dich oft schwermütig gesehen, Lieber, Guter; ich dachte: Deine Schwermut sucht sich irgend eine Ursache, und da sie nichts Anderes findet, so sucht sie dieses Entlegenste.

Ich möchte Dir nicht mitteilen, wie wir jetzt leben, aber ich muß es tun, damit Du mich verstehst. Mein Vater spricht nie über die neuen Verhältnisse; er hat einen Vorgesetzten bekommen, der früher Zigarettenarbeiter war. Einmal nur entfuhr ihm eine Bemerkung: ›Nun ist die Korruption auch in meinem Amt.‹ An einem Abend hörte ich zufällig eine sorgenvolle Beratung der Eltern; die

Mutter wollte ein Pfund Butter kaufen, es sollte aber fünfzig Mark kosten. Sie sagte zu dem Vater: ›Was soll denn geschehen, wenn du krank wirst?‹ Er antwortete: ›Ich will nicht schwelgen.‹ Sie sprach von uns Geschwistern; du weißt, mein kleiner Bruder hat ein sonderbares Augenleiden bekommen, der Arzt erklärt es durch die Unterernährung und fürchtet, daß er blind wird, wenn wir ihn nicht besser nähren können; der Vater gab nach und erlaubte der Mutter, den Kauf zu machen. Ich glaube, wenn wir nicht wären, dann hätte er schon längst zur Pistole gegriffen.

Nun muß ich Dir sagen, daß ich meine Eltern früher nicht verstanden habe. In dieser Zeit lernt man sehr viel, überall neben uns werden die Menschen gemein. Ich habe jetzt Ehrfurcht vor meinen Eltern. Was ich Dir sagen will, das klingt wohl töricht romantisch, aber es ist mir Ernst. Ich habe mir schon gedacht, mit den Geschwistern zu sprechen und zu den Eltern zu gehen und zu sagen: ›Wir wollen alle zusammen sterben, wir können so nicht leben, wie die Menschen heute sind.‹

Verstehst Du nun, daß ich heute das ganz anders auffassen muß, was Du mir von Deinem Vorfahren erzählt hast? Gestern bei Tisch berichtete die Mutter von einer neuen Betrügerei. Sie hatte für zwölf Mark eine Büchse gekauft, welche ein Pfund Bohnen und Fleisch enthalten sollte, sie hatte sich ausgedacht, daß der Vater und meine beiden Brüder die Büchse zu Mittag essen sollten; als sie in der Küche den Deckel aufschneidet, findet sie nur weiße Bohnen in der Büchse, fast die Hälfte Wasser, und ganz hart. Sie weinte bei Tische, als sie das erzählte. Der Vater sagte: ›Der Mann wird reich, der diese Büchsen herstellt. So bildet sich die neue Aristokratie. Nach zwei, drei Geschlechtern heiraten diese Leute in unsere Familien hinein – wenn es sich ihnen noch lohnt.‹

Verzeih, Liebster, mir war, als ob der Blitz vor mir niederschlug; Du kannst nichts für Deinen Vorfahren, aber ich mußte an ihn denken, und dann an Dich. Ich muß Dir ja schreiben, Du bist ja der edelste Mensch, den ich je getroffen, Du verstehst mich, nicht wahr? Ich kann nicht Deine Frau werden.

Ich weiß, daß Jemand mir sagen kann: ›Wenn Du die rechte Liebe hättest, dann müßtest Du darüber hinwegkommen.‹ Ich habe mich gefragt, ob er recht hätte. Sieh, ich könnte mich Dir ganz opfern, wenn es nötig wäre. Aber es ist nicht möglich, daß meine Kinder Deinen Vorfahren haben. Du verstehst mich, nicht wahr? Ich kann ja nicht anders, ich würde Dich ja zerstören, wenn ich mich zwänge.

Ich glaube nicht, daß ich diese fürchterliche Zeit überlebe, meine Angehörigen werden auch sterben. Wir sind zu erschöpft; es wird einmal eine heftige Grippe kommen, der werden wir zum Opfer fallen. Für Dich möchte ich, daß Du wirken und nützen könntest, denn irgend welche gute Menschen müssen doch übrig bleiben, damit unser Volk einmal wieder gut wird; und dann möchte ich, daß Du später glücklich würdest. Du bist schwermütig, ich bin nicht leicht genug für Dich, ich bin selber schwer; Du müßtest eine ganz heitere Frau haben. Du wirst mich ja nicht so ganz schnell vergessen, nicht wahr? Auch später wirst Du ja wohl noch an mich denken? Aber wenn eine Weile vorübergegangen ist, dann findest Du vielleicht eine Frau, die besser für Dich paßt wie ich. Deinen Ring schicke ich Dir zurück; aber ich bitte Dich, meinen Ring zu behalten. Ich bin Dir für immer anverlobt, aber Du bist frei.

In Liebe Deine . . . .«

Hölderlin

Ich war bei einem Freunde zu Besuch, der als sehr alter Mann still und zurückgezogen in einer Universitätsstadt lebt. Wir hatten von den Umwälzungen in Deutschland gesprochen, von den tiefen Veränderungen, die sie im Wesen des deutschen Volkes hervorbringen; und indem wir an Rußland dachten, wo das Volk in ganz ähnlicher Weise sich völlig verändert, hatten wir davon gesprochen, ob das wohl in der Art roher und junger Völker liege, daß ihr Wesen noch nicht feststehe, sondern unter äußern Einflüssen sich leicht wandle.

Ich stand am Fenster und sah auf die Straße. Da ging ein Pärchen vorüber, ein Student mit einem jungen Mädchen, wohl eine Studentin. Die Beiden waren in bloßem Kopf, mit Rucksäcken, der junge Mann in Kniehosen, das Mädchen in kurzem Lodenrock; sie trugen beide schwer mit Eisen beschlagene Schuhe; der junge Mann ging einen halben Schritt vorauf und das Mädchen folgte ihm hastig. Ich rief meinen Freund an das Fenster und zeigte ihm die Beiden. »Betrachten Sie die Züge des Mädchens«, sagte er; »sie sind unfroh, fast könnte man sagen, sorgenvoll; sie sind tief eingegraben; betrachten Sie die schlenkernden Bewegungen der Arme, den weiten Schritt, das nicht federnde Auftreten der Füße, die Haltung des Körpers, welche das Tragen einer Last anzudeuten scheint. Darf man sich wundern, daß die Gemeinheit überhand nimmt, wenn man sieht, wie weibliche Anmut, Zaghaftigkeit und Heiterkeit verschwinden?« Wir sprachen von den Anschauungen über Liebe, Freundschaft und Kameradschaft, die in manchen jugendlichen Kreisen herrschen, nicht in den schlechtesten, wo man vergessen hat, daß die Jungfräulichkeit etwas Heiliges ist, daß ein Mädchen sich einem Mann nur geben darf, wenn sie sich ihm für immer gibt, der Mann ein Mädchen nur begehren, wenn er an einen ewigen Bund denkt über das Grab hinaus, an Kinder und Kindeskinder; und wir kamen dann auf die letzten Ursachen dieser Erscheinungen, die in dem Entstehen des Proletariats liegen, einer Klasse, welcher alle Voraussetzungen der Freiheit und Menschenwürde fehlen, und die es verstanden hat, in steigendem Maße dem gesamten Volk ihr Wesen aufzuprägen im Namen eben von Freiheit und Menschenwürde. Die beiden jungen Leute waren längst mit schweren Schritten die Straße hinunter gegangen und bogen eben um eine Ecke. Mein Freund wies auf das

Mädchen und sagte: »Das unglückliche Wesen glaubt freier zu sein wie ihre Mutter und Großmutter, dem Mann gleich zu sein, das Höchste erreichen zu können, der junge Mann glaubt treuherzig, daß er ihr Freund ist; die Beiden haben nichts erreicht, als daß sie den Lebenszweck des Proletariats zu dem ihrigen gemacht haben: jedes ein Mittel zu sein für die gemeinen Bedürfnisse des Andern und dadurch sich selber und den Andern zu zerstören.«

Wir schwiegen eine Weile, wir dachten in diesen Dingen dasselbe. Mein Freund hatte sich in seinen Lehnstuhl zurückgesetzt, der mir noch aus seinem väterlichen Hause vertraut war, dann erzählte er eine Geschichte aus seiner Jugend. Er hat über ein Menschenalter mehr wie ich, er hat noch die unerschütterte bürgerliche Zeit unseres Volkes mit Bewußtsein erlebt.

»Unser Heimatsort war ein Städtchen von etwa zehntausend Einwohnern. Die Leute ernährten sich vom Bergbau, der auf staatlichen Gruben betrieben wurde. Der weitaus größte Teil der Bewohner wurde deshalb durch die Bergleute gebildet. Außer ihnen gab es die nötigen Handwerker, dann einige Kaufleute. Landwirtschaft konnte nicht betrieben werden, weil die Gegend zu rauh war; aber rings um die Stadt lagen Wiesen, und ein Teil der Bergleute hatte ein kleines Häuschen, ein paar Morgen Wiese und eine Kuh oder zwei. Die obere gesellschaftliche Schicht wurde durch die höheren Beamten und übrigen Studierten gebildet; es waren die Bergverwaltung und obere Forstbehörde für einen größeren Bezirk am Ort, ein Landratsamt, ein Amtsgericht, eine höhere Schule; dazu kamen mehrere Ärzte. Die unteren Beamten waren früher viel weniger zahlreich wie heute, sie machten sich nicht besonders bemerkbar.

Wir werden ja heute einer höheren Gesellschaft von der Art, wie sie für diese Kleinstadt geschildert ist, sehr zweifelnd gegenüber stehen. Die Studierten sind heute gesellschaftlich gesunken, an ihre Stelle sind die Fabrikanten und Kaufleute jeder Art getreten, bei denen nicht mehr die Persönlichkeit das Ausschlaggebende ist, sondern der Reichtum. Damals waren die Menschen natürlich nicht an sich klüger wie heute; aber in einer solchen Gesellschaft waren doch eben die Voraussetzungen der höheren Bildung gegeben, sie lebte einfach und in natürlichen Verhältnissen, die Einzelnen stellten nicht falsche Ansprüche an das Leben und hatten dadurch Zeit, sich mit Geistigem zu beschäftigen. Die untern Schichten merkten, daß die höheren persönliche Eigenschaften hatten, die ihnen abgingen, und erkannten deshalb willig ihre Überlegenheit an. Es gab also keinen Neid und Haß der Unteren, dadurch auch nicht Mißtrauen und Furcht der Oberen.

Man konnte die obere Schicht aus etwa fünfundzwanzig Familien berechnen. Zählte man die Kinder mit, rechnete man die unverheirateten jungen Männer mit ein, so konnte man etwa anderthalb hundert Menschen annehmen, die sich und ihre Verhältnisse gegenseitig genau kannten und unter einander mehr oder weniger befreundet waren. Was das bedeutete, das macht man sich heute nicht mehr klar. Damals wurden die Beamten noch nicht auf weite Strecken versetzt, sie blieben in ihrer Heimat; und so gingen denn die Beziehungen nicht bloß zu den augenblicklich Lebenden, sondern es war ein weites Gespinst von Beziehungen vorhanden, daß über die Zeiten zurückreichte, zu Eltern, Großeltern und Urgroßeltern. Man nannte in unserm Staat eine Familie, die schon seit Generationen, so weit man sich entsinnen konnte, zu der herrschenden Klasse gehörte, eine ›hübsche Familie‹. Die ›hübschen Familien‹, das war also eine Aristokratie, die sich ganz natürlich gebildet hatte, wie auch unter den Handwerkern und Bergleuten eine Aristokratie war. Vielleicht das letzte Überbleibsel dieser Gesellschaftsverfassung vor der Revolution war der Offizierskörper; denn der Lehrkörper an unsern Universitäten ist ja schon längst zersetzt.«

Als mein Freund seine Geschichte beginnen wollte, da unterbrach er sich plötzlich und sagte: »Was will ich eigentlich erzählen? Es ist ja Nichts, das geschehen ist, wenigstens Nichts, das ich erzählen kann; aber vielleicht glückt es mir, die Worte zu finden, welche einen Eindruck von dem erzeugen können, was vorging, von den Menschen, von Gesinnungen, die nun unwiederbringlich verloren sind.

Es kam ein junger Gerichtsassessor in das Städtchen namens Schlözer. Er stammte aus einer hübschen Familie. Sein Vater war Landrichter, sein älterer Bruder war Arzt, sein Großvater war Kreisarzt gewesen.« Mein Freund wollte ihn schildern, er wurde ungeduldig und sagte: »Nun, damals sah man gut aus in unsern Kreisen und hatte anständige Formen. Schlözer las viel und brachte eine schöne Bibliothek mit. Es lebten mehrere junge Mädchen in dem gesellschaftlichen Kreis, welche in dem Alter waren, daß sie an Verlobung und Ehe denken konnten; zwei von ihnen waren schon verlobt, von dreien wußte man, daß junge Männer des Kreises sich um sie bewarben; nur ein Mädchen war frei, das einzige Kind des Landrats, ein Fräulein von Oppen.

Die Familie von Oppen hing mit Familien zusammen, die in der romantischen Zeit für unser Schrifttum bedeutend gewesen waren; der Landrat hatte eine große Bibliothek, die, von Vater und Großvater geerbt, sorgfältig gepflegt und vermehrt wurde; er bewahrte alte Briefsammlungen und Tagebücher auf; am Abend versammelte sich die Familie um den runden Tisch, die Frauen hatten eine weibliche Arbeit, der Vater las aus einem Dichter vor. Er hatte eine Vorliebe für die italienische Dichtung, er las italienisch, ebenso wie Frau und Tochter; damals konnte man noch nicht so einfach nach Italien reisen, die drei Leute waren nie in dem Lande gewesen, dessen Dichter sie so verehrten, aber sie hatten viele Bilder von Städten und Kunstwerken gesehen und wußten sich vorzustellen, was ihnen so lieb und teuer war.

Fräulein von Oppen war damals etwa zwanzigjährig, eine schlanke Blondine mit feinem Gesicht, guten und großen blauen Augen und starkem aschblonden Haar.

Assessor Schlözer machte seine Besuche in den Familien, er wurde freundlich aufgenommen, man erkundigte sich nach den Angehörigen, alte Herren erzählten aus der Universitätszeit, wo sie mit dem Vater des jungen Mannes zusammen gewesen waren; die Frauen wußten bald, daß er noch nicht weiblich gefesselt war; es war augenscheinlich, daß er nach seinem ganzen Wesen zu Fräulein von Oppen paßte, und wenn auch in dem Kreise nicht gerade erzählt wurde, daß die Beiden sich demnächst verloben würden, so wurde doch darüber gesprochen, daß eine solche Verlobung wahrscheinlich und natürlich sei, und daß Jeder die beiden wohlgeratenen jungen Personen einander gönnte.

Die Deutschen haben es ja nie zu einer gesellschaftlichen Form, einem Übereinkommen gebracht. Damals, auf dem Höhepunkt des Bürgertums, hatte sich so Etwas herausgebildet, aus dem sich ein Übereinkommen vielleicht hätte entwickeln können, wenn es natürlicher gewesen, wenn die Idee, welche das Bürgertum beseelte, weiter getragen hätte. Man hatte das, was man die »Geselligkeit« nannte: jede Familie gab einmal oder auch zweimal im Jahre eine Gesellschaft, in der man zunächst ein bescheidenes Festmahl genoß und dann die Älteren sich zu Spiel und Unterhaltung setzten, indessen für die Jüngeren das größte Zimmer zum Tanz ausgeräumt wurde; man veranstaltete gemeinsame Ausflüge im Sommer, Schlittenfahrten im Winter; dazu kamen noch gelegentliche Einzelbesuche der Familien unter einander oder der jungen Herrn in Familien, denen sie nahe standen. Es war herkömmlich, daß Verlobungen bei den größeren Veranstaltungen geschahen: bei Gesellschaften, wo das Paar neben einander saß, bei Schlittenfahrten und Ausflügen, wo der junge Mann sein Mädchen führte.

Ein solcher Zustand hat als Voraussetzung allgemeine Harmlosigkeit und guten Sinn, ein Gefühl der Zusammengehörigkeit und Gemeinschaft, wie es in einer großen Familie sein mag; und in Wahrheit bildeten ja die »hübschen Familien« auch eine einzige Großfamilie, zu der die untern Schichten in irgend welchen menschlichen Beziehungen standen.

So nahm denn nun auch hier die ganze Stadt Anteil an den beiden jungen Leuten, die für einander bestimmt schienen. Bei jeder Gesellschaft wurden sie zusammengesetzt, bei Ausflügen wurde es immer so eingerichtet, daß sie zu einander kamen. Man freute sich des stattlichen und vornehmen Paares. Nicht eine Anspielung wurde gehört; aber man fand es selbstverständlich, daß die Beiden sich immer fanden.

Wir verfälschen die Geschehnisse immer, wenn wir sie uns begrifflich klar zu machen suchen. Was nennen wir Liebe? Die beiden jungen Leute liebten sich. Sie hatten sich gefunden in einem Gespräch über die Verse am Anfang des Paradiso:

> Perchè appressando se al suo disire
> Nostro intelletto si profonda tanto,
> Che retro la memoria non può ire.

Sie wußten, daß das, was diese Verse von der Seligkeit sagten, auf ihren Zustand paßte. Was kann von einem solchen Zustand einem Andern mitgeteilt werden? Nichts, denn er ist nur zu erleben, zu erleben von Menschen, welche die höchste seelische Spannung haben – von der freilich die unglücklichen Menschen heute nichts mehr ahnen. Stellen wir uns vor, wie der Schlitten vor dem Haus der Geliebten hält, der Jüngling die Treppe hinaufsteigt, die Tür öffnet; die Jungfrau, welche ihn erwartet, kommt ihm entgegen mit dem Muff, in Pelzjäckchen und Pelzmütze, mit leuchtenden Augen; die Beiden gehen nebeneinander die Treppe hinunter, der Jüngling reicht dem Mädchen die Hand, sie gibt ihm drei Finger und springt in den Schlitten, dann springt er nach, ordnet Pelze und Tücher, knüpft die Decke zu, der Kutscher hinter ihnen treibt die Pferde an, und klingelnd fliegt das Gespann auf der glatten Bahn fort, trifft sich mit andern Gespannen, und bald fliegt die lange Reihe im Freien weiter und weiter. Ängstlich drückt sich das Mädchen zur Seite, um den Nachbar nicht allzu sehr zu berühren, scheu hält der Jüngling sich auf seinem Platz. Stellen wir uns dieses Bild vor und denken wir an das andere Bild des Mädchens, das wahrscheinlich nicht mehr Jungfrau ist, die in schweren Schuhen und mit hängenden Schultern einen halben Schritt hinter dem jungen Mann herschreitet: dann sehen wir die Unmöglichkeit ein, das Andere klar zu machen.

Damals lebte noch eine Sitte, die von den derberen Altvorderen übernommen war: das Schlittenrecht. Auf der Heimfahrt durfte der Herr seiner Dame einen Kuß rauben. Die Gesellschaft war zu einem entfernten Forsthaus gefahren; die Försterin hatte Kaffee gekocht, die Frauen und Mädchen hatten Kuchen mitgebracht, man hatte gegessen und getrunken, dann hatte man getanzt nach den Klängen eines alten Spinetts; auch die Försterin hatte es sich gefallen lassen müssen, mit umgedreht zu werden. Der Mond stand klar am Himmel, die Straße war hell, als man abfuhr. Die Reihe der Schlitten war nicht mehr geschlossen. Jeder war gefahren, wie die Herrschaften eingestiegen waren, so befanden sich denn unsere Beiden allein; hinter ihnen stand der Kutscher; auch er war mit in der unschuldigen Verschwörung der Stadt, gutmütig sagte er: »Das Schlittenrecht, Herr Assessor, ich sage es keinem wieder.« Lachend beugte sich der junge Mann über die Geliebte: da sah er in ihren Augen zwei große Tränen stehen, die Lippen zitterten, und sie blickte ihn flehend an. Er schreckte zurück, dann sagte er: »Ich bitte um Entschuldigung.« Sie drückte ihm unter der Decke dankbar die Hand.

Die Bäume standen im Rauhreif. Die Zweige waren tausendfach verästelt sichtbar, an jedem kleinsten Zweigstück waren die Eiskristalle angeschlossen. Der Schnee knirschte unter den Hufen der Rosse, es klirrte und rauschte in den Ästen, die abgestimmten Schellen der Pferde klangen. Ich habe nie wieder eine solche Winternacht erlebt.«

Unvermutet schloß mein alter Freund seine Erzählung mit dem Ich, und plötzlich wurde es mir klar, daß er mir unter fremdem Namen seine eigene Liebesgeschichte erzählt hatte. Er war unverheiratet. Ich fragte ihn: »Und hat Fräulein von Oppen später einen andern Mann geheiratet?« Er schüttelte den Kopf. »Ich habe sie kürzlich besucht, sie lebt noch in dem Städtchen. Das Städtchen ist noch das alte, aber die Menschen haben sich verändert.«

»Was ist das, was da geschehen ist?« fragte im Selbstgespräch mein alter Freund. »Wenn man meine Jahre erreicht hat, dann lebt man nicht mehr persönlich, man empfindet sein Leben als Gleichnis, wie man alles als Gleichnis empfindet, man ordnet es auch ein in die allgemeine Bewegung der Menschheit und weiß: magst du noch so unbedeutend sein, es hat sich doch in deinem Leben deine Zeit geäußert, wie sie sich in jedem Stuhl äußerte, den damals ein Tischler machte, in jeder Handschrift, die damals ein Mensch sich bildete.

Mir wurde es klar, als ich die Gedichte las, die heute erst, während des Krieges, aus Hölderlins Nachlaß herausgegeben wurden. Erst heute können wir Hölderlin verstehen.«

Mein Freund griff den Band aus dem Bücherbrett und las:

> »Denn sie, sie selbst, die älter denn die Zeiten
> Und über die Götter des Abends und Orients ist,
> Die Natur ist jetzt mit Waffenklang erwacht,
> Und hoch vom Äther bis zum Abgrund nieder
> Nach festem Gesetz, wie einst, aus heiligem Chaos gezeugt,
> Fühlt neu die Begeisterung sich,
> Die Allerschaffende wieder.

Ja, für Hölderlin war die Natur erwacht; aber nur für ihn allein, für keinen Deutschen sonst:

Drum, wenn zu schlafen sie scheint zu Zeiten des Jahrs
Am Himmel oder unter den Pflanzen oder den Völkern,
So trauert der Dichter Angesicht auch,
Sie scheinen allein zu sein, doch ahnen sie immer.

Sie scheinen allein zu sein, dachte Hölderlin: er war allein. Wäre er nicht allein gewesen, wir hätten uns gefunden; aber in uns fühlte nicht neu die Begeisterung sich. Was waren wir denn? Wir waren arme, kleine Menschen, welche den Dichter brauchen, um zu leben; wir hatten den Dichter nicht.«

»Es sei richtig, was Sie sagen«, erwiderte ich. »Aber was haben die Menschen von heute?«

Die Heiratsvermittlerin

In der Hauptstadt eines kleinen mitteldeutschen Fürstentums lebte ein Graf A. mit seiner Gattin in einem großen Haus, das in einem weitläufigen, von hoher Mauer umgebenen Garten lag. Die heutige Zeit verlangt von einem Mann, daß er irgend Etwas für das, was sie die Allgemeinheit nennt, leisten oder verrichten soll; er soll, wie sie sagt, ein nützliches Glied der Gesellschaft sein, und einen Handel treiben oder ein Amt ausüben, das man für nötig hält oder eine Arbeit verrichten an Dingen, von denen die Menschen, welche sie kaufen, annehmen, daß sie ihren nötigen Bedürfnissen entsprechen. Graf A. tat Nichts von alledem. Er hatte noch nicht einmal eine Stellung am Hofe, ja, er nahm sogar an den Hoffestlichkeiten nicht teil. Er lebte abgeschlossen in seinem Haus mit seiner Frau und einem einzigen Kind, einer Tochter Namens Maria, und vier alten und treuen Dienstboten, die gleichfalls mit der Außenwelt wenig Verkehr pflogen, und trieb, wie man heute sagen würde, in dilettantischer Weise, allerhand Künste und Wissenschaften: er erfreute sich an Musik und sammelte Radierungen und Handzeichnungen alter Meister, schöne Münzen und geschnittene Steine, las seiner Gattin und Tochter, gelegentlich auch den Leuten, aus den Dichtungen der großen Meister der Vergangenheit vor, und trieb allerhand Studien für sich in Geschichte und Philosophie.

Als die Gräfin Maria in ihrem neunzehnten Jahre stand, machten die Eltern mit ihr eine Reise nach Italien. Auf der Heimfahrt geschah dem Zuge, in welchem sie fuhren, ein Unglück. Er fuhr beim Verlassen eines Bahnhofs auf einen andern Zug auf, einige Wagen schoben sich in einander und eine Anzahl Personen verlor das Leben. Die gräfliche Familie saß in einem der betroffenen Abteile. Das junge Mädchen war gerade einige Wagen zurückgegangen, um sich beim Kellner nach dem Mittagessen zu erkundigen, so wurde sie gerettet; als sie zu der Stelle eilte, wo aus den hochgebäumten und umgestürzten Wagen die Toten und jammernden Verwundeten herausgeholt wurden, da fand sie die Mutter tot und den Vater im Sterben. Er konnte ihr nur noch sagen »Bleibe gut«.

Neben ihr stand der alte Diener, der in einem Abteil der dritten Klasse gefahren war. Er kniete nieder und drückte den toten Herrschaften die Augen zu. Maria kniete neben ihm, und die Beiden beteten. Der Diener hatte sich mit einem Mann in seinem Wagen bekannt gemacht, den bat er, bei den Toten zu bleiben, damit er das junge Mädchen erst in einen Gasthof bringen konnte.

Wir wollen die weiteren Geschehnisse nicht im Einzelnen berichten. Die Überführung der Leichen, die Beerdigung wurde von dem Diener geordnet, dem die junge Gräfin nach ihren Fähigkeiten hülfreich zur Hand ging. Es waren weder von der väterlichen, noch von der mütterlichen Seite Verwandte vorhanden, welche sich der Angelegenheiten der Waise annehmen konnten oder mochten, außer einem sehr entfernten Freiherrn von W., einem unverheirateten älteren Herrn, der sofort, nachdem er durch die Zeitungen von dem Unglück erfahren, in die Stadt eilte, die Gräfin Maria aufsuchte und tröstete mit den Worten, welche in solchen Fällen gesagt werden, und dann zum Gericht ging, um sich als Vormund und Vermögensverwalter anzubieten.

Er wohnte in dem Besuchszimmer, nahm die Mahlzeiten mit dem verwaisten jungen Mädchen ein, und erzählte ihr Allerhand, aus seinem Leben, aus der weiteren Familie, allerhand sonstige Ereignisse und Geschichten, von denen er annahm, daß sie der jungen Gräfin merkwürdig sein konnten, und suchte sie so, wie er sich ausdrückte, auf andere Gedanken zu bringen und aufzuheitern. Er war in seiner Jugend Offizier bei den Dragonern gewesen, hatte es aber nur bis zum Rittmeister gebracht, dann hatte er den Abschied genommen. An einem Abend, nachdem er reichlicher als sonst dem Wein zugesprochen, erzählte der dickliche, glatzköpfige und untersetzte Mann dem zerstreut zuhörenden Mädchen, wie das gekommen war. Er hatte Schulden gemacht und gemeint, der Alte werde bezahlen, aber der Alte war ein Knauser gewesen; nun hatte er sich nach einem reichen Mädchen umgesehen und hatte auch eine gefunden, Farben und Chemikalien, und wie es eben so weit ist, da platzt die Bombe, und der Schwiegervater schnappt ab. So blieb denn Nichts weiter übrig, als sich einen Zylinder zu kaufen. Wenn er beim Kommiß geblieben wäre, so könnte er heute General sein. Ein Ausdruck des Widerwillens glitt über Marias schönes Gesicht; der Erzähler verspürte, daß seine Reden übel gewirkt hatten und beschloß, sich zusammen zu nehmen; aber der Wein hatte doch schon zu viel Macht über ihn; und so kam denn Nichts weiter heraus, als daß er ihr unvermittelt sagte, um solche Dinge solle keine Feindschaft zwischen ihnen sein, aufstand, ihr die Hand schüttelte, und mit schweren Schritten abging.

Maria klagte dem alten Diener, sie habe Furcht vor dem Oheim, er sei so sonderbar. Der weißhaarige Mann tröstete sie und sprach, er habe wohl auch schon gedacht, der gnädige Herr sei nicht der richtige Vormund für die gnädige Gräfin, und er wolle gleich morgen zum Gericht gehen und den Herrn das sagen.

So ging er denn und wurde in das Zimmer des Amtsrichters gelassen. Der Amtsrichter saß vor seinem Tisch und blätterte mürrisch in den Akten, indessen der Diener bescheiden vor ihm stand und seine Ansicht und die Furcht seiner jungen Herrin vortrug. »Wie kommen Sie denn dazu, sich an mich zu wenden?« fragte der Richter. »Hat Sie jemand geschickt?« Der Greis wurde rot und erwiderte: »Ich tue meine Pflicht, Herr Richter.« Verdrießlich antwortete der Richter: »Der Freiherr von W. ist mit der jungen Dame verwandt, es liegt Nichts gegen ihn vor, was haben Sie eigentlich gegen ihn anzuführen? Aber Etwas Greifbares muß ich haben.« Der Diener sagte zögernd: »Der Herr Freiherr sind nicht der Mann dazu, eine junge Dame zu leiten.« Der Richter zuckte die Achseln. Dann sagte er: »Machen Sie mir einen andern Vorschlag, dann werde ich mir die Sache überlegen. So kann ich Nichts entscheiden.« – »Ich werde Erkundigungen einziehen und mir erlauben, wieder zu kommen,« erwiderte der Diener, der Richter entließ ihn mit einer stummen Handbewegung.

Der Diener war mit einem Gerichtsdiener befreundet, den er denn nun um Rat fragte. Der Mann erwiderte, die Herrn müsse man nur richtig zu nehmen verstehen; da seien so viel Sachen zu erledigen, daß sie sich um das Einzelne nicht immer so kümmern könnten, und deshalb dächten sie immer gleich, sie sollten wieder mehr Arbeit bekommen. Er rate ihm, einen Rechtsanwalt als Vormund vorzuschlagen; denn da denke der Richter, daß der schon alles machen werde und er selber keine Sorge mehr habe. Er wisse aber einen Rechtsanwalt, welcher dergleichen übernehme. Der gebe dann dem Vorsteher seiner Schreibstube Anweisung, ein Buch über Einnahmen und Ausgaben einzurichten, lasse sich die Abrechnungen von der Bank schicken und weise die Summe für die monatlichen Ausgaben des Haushalts an, und sonst werde er sich um die gnädige Gräfin nicht bekümmern, außer, daß er ihr etwa zu Beginn seiner Vormundschaft einen Besuch abstatte. Dem Diener leuchtete der Rat seines Freundes ein. Er ließ sich die Anschrift des Rechtsanwalts sagen und suchte den Mann auf, wurde mit ihm eins, ging dann wieder zu dem Richter und trug seine Sache vor; der Richter sagte: »Gut, das ist ein Vorschlag, der sich hören läßt«, und nach einigen Tagen wurde der Rechtsanwalt als Vormund bestellt, und der Oheim reiste betrübt wieder ab. Er nahm mit nassen Augen Abschied von dem jungen Mädchen und sagte, nun habe er gedacht, daß er auf seine alten Tage noch zu einem ruhigen und behaglichen Dasein komme, das sei jetzt auch wieder Nichts.

Die Gräfin Maria lebte nun für sich allein weiter in der Art, wie die Eltern gelebt hatten.

Alle Dienstboten des Hauses waren schon seit langen Jahren da, und sie alle fühlten sich mit der Herrin verbunden. Auch die Jungfer, welche mit Diensten beständig in ihrer Nähe war, stand schon in der Mitte der Vierzig. Sie erzählte, daß sie viele Heiratsanträge gehabt habe, aber sie habe sich immer gesagt, so gut wie bei der Herrschaft könne es ihr nirgends wieder werden, und wenn man so mit einem fremden Mann fortgehe, dann wisse man nie, was komme, und es habe schon manches Mädchen ihr Unglück geheiratet. Sie war auch nicht abgeneigt, diese Gesinnung auf ihre Herrin zu übertragen, denn da diese mit keinem Menschen sonst zusammenkam als mit ihren Dienstleuten, und sie sich nicht vorstellen konnte, daß man auch aus Büchern sich eine Welt aufbauen könne, in der man lebt, so nahm sie an, daß sie auf ihre Herrin einen großen Einfluß ausübte. Der Diener stand ihr aber entgegen, wenn diese Dinge besprochen wurden, was ja denn oft geschah. Er sagte, das große Vermögen müsse einen Mann haben, und die Ehe sei von Gott eingesetzt, und wenn die Herrin einen Gatten finde, der ihrer würdig sei, so werde sie eine gute Frau werden, und da sie gesund und kräftig sei, so könne sie auch gute und ordentliche Kinder bekommen. Nur war ihm bewußt, daß es nicht so leicht war, einen solchen Mann zu finden, denn er mußte doch aus dem Stande sein, und durfte nicht so ein Windhund sein und so ungebildet, wie die Herrschaften in diesen Kreisen oft sind, worüber die Dienerschaft ja Manches erzählen konnte. Und so gingen ihm denn allerhand Pläne durch den Kopf von einer großen Reise, welche er seiner Herrin vorschlagen wollte. Dabei dachte er sich denn, daß er die Augen offen halten wollte, denn als Diener erfährt man manches, davon die Herrschaft nichts ahnt.

Indessen nun dieser Zustand in dem gräflichen Hause war, wurde in der Stadt und am Hof viel über die junge Gräfin und ihre Verhältnisse gesprochen, und am meisten von den jungen Leuten, welche allgemein darauf aus waren, ihre Verhältnisse durch eine reiche Heirat zu verbessern. Man erzählte sich, daß das junge Mädchen schnurrig sei, viel lese in mehreren Sprachen, sogar Kant habe sie gelesen, und viel Musik treibe, und zwar keine Musik, wie sie einem jungen Mädchen angemessen sei, sondern ganz schwere Musik, nämlich Bach und noch ältere Musiker, deren Namen nur den Eingeweihten bekannt sind. Es war Allen klar, daß das junge Mädchen an ihren künftigen Gatten hohe Ansprüche stellen werde, was ja denn nicht angenehm ist; aber man sagte sich doch auch, daß sie ja das Leben noch garnicht kenne, denn auch ihre Eltern seien schon so schnurrig gewesen, und im Leben ändere sich dann Manches.

Es war damals ein Minister gewesen, ein Herr v. G., der eine gesellschaftlich sehr ehrgeizige Frau hatte, eine frühere Erzieherin. Das Ministergehalt war so gering, daß es nur eben für die nötigen Ausgaben des Haushalts und des Zuschusses für den einzigen Sohn ausreichte, wenn Frau und Tochter sparsam Alles zusammenhielten und mit Stopfen, Flicken und Wenden der Kleidungsstücke es verstanden, die Vorstellung der hohen Beamtenwürde ohne allzu hohe Kosten aufrecht zu erhalten. Da es nun im Lauf der Zeit nötig wurde, mehr Gesellschaften zu geben, als in dem regelmäßigen Haushaltsplan vorgesehen waren, und auch sonst einen höheren Aufwand zu treiben, so hatte der Minister sich nach einer Nebeneinnahme umsehen müssen. Es wurde damals eine Bank begründet, welche die Ersparnisse der kleineren Leute sammeln und für größere Unternehmungen bereitstellen wollte. Um den kleinen Leuten, welche gegen dergleichen neue Gründungen immer mißtrauisch sind, Vertrauen einzuflößen, wurde dem Minister ein Aufsichtsratsposten angetragen, und nach Rücksprache mit dem Fürsten übernahm Herr v. G. das Amt, das ihn keine Arbeit kostete außer der Teilnahme an zwei oder drei Sitzungen im Jahr, und ihm eine beträchtliche Summe einbrachte. Das war nun so einige Jahre gegangen; dank dem umsichtigen und rasch zugreifenden Leiter war die Bank schnell zu großer Bedeutung für das Land gediehen, und der Minister wurde vom Fürsten sowohl wie vom Lande sehr gelobt, daß er es verstanden habe, ein so nützliches Unternehmen den Untertanen zu gute kommen zu lassen. Nun kam aber nach einer Zeit sehr guter geschäftlicher Entwicklung ein Rückschlag. Die Bank, welche bei allen aussichtsreichen Neugründungen an erster Stelle stand, hatte sich im Verhältnis zu ihren Mitteln zu weit vorgewagt; es kam eine Unruhe und Besorgnis in die Kreise der Sparer und Geldgeber, und während die Gelder in den verschiedenen Unternehmungen beinahe oder völlig festlagen, wurden starke Rückzahlungen verlangt; so kamen zuerst Zahlungsschwierigkeiten, und dann, als die Angst weiter wirkte, brach die Bank zusammen mit schweren Verlusten für die Gläubiger. Die sozialdemokratische Zeitung brachte einen Aufsatz über die Verderbnis in den höheren Schichten, indem sie schilderte, wie hier das Großkapital wieder einen Raubzug gegen das Eigentum des Mittelstandes getan habe, der denn immer mehr verschwinden müsse, und wie der Adel und die hohen Beamten sich nicht scheuten, sich an solchen Plünderungen des gutgläubigen Volkes zu beteiligen. Der Minister erhielt von Ungenannten mehrere Zusendungen der Nummer des Blattes, in welcher der Aufsatz rot oder blau angestrichen war. Der Fürst, welcher gleichfalls den Aufsatz zu Gesicht bekommen, ließ Herrn v. G. rufen, machte ihm heftige Vorwürfe, daß er ihn in eine peinliche Lage gebracht habe, und gab ihm den Rat, seinen Abschied zu nehmen. Der unglückliche Mann stand mit bebenden Lippen vor ihm, er wagte nicht zu erwidern, daß sein Gehalt zu niedrig gewesen sei, daß er doch den Fürsten um Erlaubnis gefragt habe, ja, für seine Teilnahme an der Bank von ihm belobigt sei. Er ging nach Hause, schloß sich in sein Arbeitszimmer ein, brachte seine Papiere in Ordnung und erschoß sich dann.

Das war damals, als unsere Geschichte spielte, schon vor einigen Jahren geschehen. In dem sozialdemokratischen Blatt war noch ein weiterer Aufsatz gefolgt, in welchem von der gerechten Rache des Schicksals gesprochen war und von dem kostspieligen Leben der Großen, das denn zu erschütternden Tragödien führen müsse. Die Witwe hatte das Gefühl, daß sie nicht mehr in der Stadt wohnen könne, wo sie täglich Leuten aus dem Volk begegnete, welche durch den Zusammenbruch der Bank schwer geschädigt waren und ihr Unglück dem toten Manne zuschoben, und so war sie denn in einen größeren Ort gezogen, der einige Stunden entfernt lag. Das war ein Fabrikort, in welchem außer einem halben hundert Fabrikanten nur Arbeiter wohnten. Sie hatte hier keinerlei gesellschaftliche Beziehungen, das Unglück mit der Bank hatte hier nur geringen Eindruck gemacht, der Selbstmord ihres Gatten hatte wohl in den Zeitungen gestanden, war aber in den Gedanken der Leute bald in den Hintergrund getreten, und so konnte sie denn mit der nun ältlich werdenden Tochter in einer kleinen Wohnung zurückgezogen und unbeachtet von ihrem geringen Witwengehalt leben. Sie hatte drei Zimmer im Haus eines reichen Fabrikanten inne, welcher überall erzählte, daß er ja sonst nicht vermiete, weil er nicht darauf angewiesen sei, aber der Exzellenz habe er es nicht abschlagen wollen, denn man müsse sich doch gegenseitig Hilfe leisten, wo man es könne.

Nun stellte es sich aber heraus, daß der Sohn, welcher als Offizier in Berlin stand, beständige Geldansprüche an die Mutter stellte. Zunächst wurden noch Schmuckstücke und dergleichen verkauft, aber die Tochter wies mit Schärfe darauf hin, daß auch sie ein Recht auf Leben habe und daß nach dem Tode der Mutter und dem Erlöschen des Witwengehalts der Bruder gewiß nicht für sie sorgen werde; und so stellte sich denn als notwendig heraus, daß die alternde Frau nach einer Einnahme suchte, um diesen beständigen Anforderungen zu genügen. Diese bot sich ohne Mühe durch einen Zufall, an den sie mit Klugheit sich anzuhängen wußte.

Ihre Wirtsleute hatten nur eine einzige Tochter, welche später nun einmal ein Vermögen von mehreren Millionen erben sollte. Sie hatte das Mädchen, ein rundbackiges, gesundes und nicht sehr gedankenbeschwertes Ding, oftmals gesprochen, wenn sie die Treppe zu ihrer Wohnung hinaufging, denn die lauerte ihr auf und wußte es so einzurichten, daß sie gerade über den Flur ging, wenn die alte Dame die Haustür öffnete. So war denn in einigen Monaten eine Art Vertraulichkeit zustande gekommen, welche es ermöglichte, daß das junge Mädchen ihr Herz eröffnete. Es stellte sich heraus, daß sie fleißig Bücher aus der Leihbibliothek las und auch ein Jahr in Genf erzogen war, um Französisch zu lernen, und daß ihr die jungen Herrn aus ihren Kreisen nicht gefielen, weil sie alle so etwas

Gewöhnliches hatten. Kurz und gut, die alte Exzellenz hatte noch ihre Bekanntschaften unter den adeligen oder auch bürgerlichen Assessoren und Offizieren, es kam zu einer Verlobung des Wirtstöchterchens mit einem Leutnant, und der Vater der Braut hielt es nach einer Rücksprache mit seiner Frau für richtig, der alten Dame seine Erkenntlichkeit durch eine größere Geldsumme zu erweisen, die sie mit einiger Beschämung unter vielen Danksagungen annahm. An diese erste Ehevermittlung schlossen sich, wie von selber, andere, und in ein paar Jahren betrachtete sie sich schon halb und halb als eine Frau, welche dergleichen geschäftlich betreibt, und begann schon nicht mehr zu warten, daß die Gelegenheiten sie aufsuchten, sondern sah sich selber um, wo etwa ein reiches junges Mädchen im heiratbaren Alter war, dem ein passender Gatte verschafft werden konnte.

Die alte Dame hatte die Eltern der jungen Gräfin gesellschaftlich gekannt, sie wußte, wie die Verhältnisse waren; und es erscheint nicht wunderbar, daß sie sich dachte, sie könne auch hier eine Tätigkeit ausüben.

Nun war zu dieser Zeit in die Hauptstadt ein junger, vornehmer Herr zugezogen, ein Spanier, ein Conde Espinas-Belgioso. Es hieß von ihm, daß er für Kunst und Dichtung begeistert sei und sich hier aufhalte, um seinen geistigen Neigungen zu folgen, mit Künstlern zusammen zu kommen, Bilder zu kaufen, das Theater zu besuchen, von dem die Leute am Hof und in der Stadt annahmen, daß es sehr bedeutend sei, und anderes dergleichen mehr, das einem schönen, jungen, gebildeten und reichen Mann aus großer Familie anstehen mag. Er hatte sich gleich nach seiner Ankunft in den Künstlerverein aufnehmen lassen, in welchem sich in ungezwungener Weise die Herrn der Hofgesellschaft mit den Künstlern, den jüngern Herrn aus der Beamtenwelt, den Offizieren und Rechtsanwälten trafen, und nachdem der Hofmarschall sich über ihn erkundigt hatte, wurde er auch bei Hofe vorgestellt, und es hieß, daß er durch seine geistreiche Unterhaltung großen Einfluß bei der Fürstin Mutter habe, die für eine sehr gebildete Dame mit vielen geistigen Beziehungen galt.

Die Tochter der Frau v. G., die sich nunmehr bereits den dreißigen näherte, und oft bitter darüber sprach, daß in den guten Familien die Töchter den Söhnen aufgeopfert würden, ließ ihre Zähne von einem Zahnarzt in der Hauptstadt behandeln, der einen weiten Ruf genoß. Der Mann war Mitglied der Künstlergesellschaft, und als Fräulein v. G. wieder einmal bei ihm war und im Stuhl zurückgelegt ihm den geöffneten Mund für sein Arbeiten darbot, erzählte er ihr unter andern Neuigkeiten aus der Gesellschaft auch von dem Conde, den er im Künstlerhaus kennen und als einen weitgereisten, vornehmen und gebildeten Herrn schätzen gelernt hatte, dessen Unterhaltung ihm immer einen hohen Genuß gewährte. Da er bei der Gelegenheit einfließen lassen konnte, daß er in der Künstlergesellschaft mit den Herrn vom Hof auf gleichem Fuß verkehrte, und da der Conde der merkwürdigste Mann aus diesem Kreise war, so erzählte er sehr viel von ihm, und es mag wohl geschehen sein, daß er ihn in einem ganz besonders strahlenden Licht darstellte; das geschah nun zwar von seinem Standpunkt als Zahnarzt aus, aber da dieser im Grunde auch der Standpunkt der jungen Dame war, so wirkten diese Erzählungen bezaubernd. Als der Zahnarzt mit seiner Verrichtung fertig war und ihr mit einer hofmännischen Verbeugung das mitgeteilt hatte, ging sie aus dem Zimmer. Im Warteraum saß ein junger Herr, den sie sogleich nach der Beschreibung als den Conde erkannte.

Etwa eine halbe Woche nach dieser Begegnung machte der Conde der alten Frau v. G. einen Besuch. Er brachte Empfehlungen eines jungen Ehepaares mit, welches durch Frau v. G. sein Glück gefunden hatte, und die alte Dame merkte sogleich, daß der Conde der Absicht war, ihre Mühewaltung in Anspruch zu nehmen. Sie hatte ihre Tochter nicht in ihre Geschäfte eingeweiht, denn sie wollte nicht die unbefangene Jugend des Kindes mit den Sorgen und Gedanken ihres Daseins belasten. So fand sie einen Vorwand, die Tochter zu entfernen, welche denn mit heftigem Groll im Herzen ging, die aufgetragene Besorgung zu machen, denn sie fand, daß sie durch ihre Mutter von jeder Möglichkeit einer angemessenen Heirat fern gehalten wurde.

Die alte Exzellenz wie der junge Conde hatten beide eine große gesellschaftliche Gewandtheit und so kamen sie bald auf den Punkt, der ihnen beiden wichtig war. Der Conde hatte sich immer eine solche mütterliche Freundin gewünscht in dem Lande, welches ihm fremd war, das er aber doch so liebte, in solchem Maße, daß er sich seine Frau nirgends anderswo suchen wollte, die alte Excellenz fühlte sich verjüngt, wenn sie den edlen Schwärmereien zuhörte, sie dachte an so viele Schicksale, die ihr schon vor den Augen vorbeigezogen waren, an so manche Jugend, deren Liebe sie entstehen und durch einen glücklichen Ehebund hatte krönen sehen. Der Conde verlangte eine Gattin von Herz und Gemüt, eine Gattin von Geist, von einem Geist, der den Flug des seinen mitmachen konnte. Die alte Excellenz lebte ganz zurückgezogen, sie lebte nur noch ihrem Kinde, aber die alten Freunde ließen sich nicht abweisen, neue waren gekommen, sie wußte nicht, wie, und so konnte sie denn mit ihrem geistigen Auge einen großen Menschenkreis überschauen.

Kurz und gut: in der Fabrikstadt wußte sie zur Zeit kein junges Mädchen, das sie dem Conde hätte vorschlagen mögen. Aber da war die junge Gräfin.

So brachte sie denn das Gespräch auf die Gräfin. Sie erzählte, daß ihr verstorbener Gatte der beste Freund des Grafen gewesen sei, der mit seiner Gattin in so schrecklicher Weise ums Leben gekommen war, daß sie das Kind hatte aufwachsen sehen, sorglich behütet von den zärtlichen Eltern, nun in klösterlicher Strenge von der Welt abgeschlossen, nur der Erinnerung an die teuren Toten lebend und der Vorbereitung auf den Gatten, den sie einmal mit ihrer Hand beglücken werde. Sie machte sich Vorwürfe. Sie hatte sich so lange nicht nach dem Kind umgesehen, das eigene Leid macht uns ja blind gegen die Schicksale unsrer Mitmenschen; aber gleich im Anfang der nächsten Woche wollte sie nach der Hauptstadt fahren und ihr einen Besuch machen. Dabei drohte sie dem Conde mit dem Finger. Der Conde war unwiderstehlich, man konnte ihm nichts abschlagen. Der Conde ergriff ihre Hand und küßte sie, sie gab ihm einen leichten Schlag.

Der Conde war durch seinen Zug an eine bestimmte Zeit gebunden und mußte sich empfehlen. Als er dem Bahnhof zuging, selbstzufrieden den leichten Rauch einer Zigarette vor sich hinblasend und mit einem Stöckchen fechtend, begegnete er in einer menschenleeren Baumreihe Fräulein v. G. Er grüßte sie tief, und Etwas in den Augen des Mädchens bewirkte, daß er stehen blieb und einige gleichgültig höfliche Worte an sie richtete. Sie erwiderte ihm mit bebender Stimme, und er sagte sich im Innern: »Die sitzt an der Angel.« Er zog die Uhr, schließlich konnte er auch mit einem andern Zug fahren. Fräulein v. G. errötete tief, als er sie mit einer gewissen nachlässigen Frechheit fragte, ob er sie eine Strecke begleiten dürfe. Sie wollte stolz ablehnen, aber es war wie gegen ihren Willen, daß sie sich auf die Lippen biß und ihn mit einem heißen Blick von unten ansah. So gingen die Beiden langsam schlendernd neben einander. Der Conde erzählte aus Spanien, er ließ sein Stöckchen übermütig sausen, warf den Zigarettenstummel im Bogen von sich, holte ein goldnes Gehäuse mit großem Wappen vor und zündete sich eine neue Zigarette an, indem er das Zündhölzchen mit abgespreiztem kleinem Finger hielt; und Fräulein v. G. verglich bei sich sein Wesen in tiefem Behagen mit dem spießbürgerlich ängstlichen Benehmen der Regierungsassessoren.

Die Beiden waren gedankenlos dem Bahnhof zugegangen. »Wie oft war ich hier, löste mir eine Bahnsteigkarte und sah weit hinaus auf die Geleise,« sagte Fräulein v. G. »Ich stellte mir vor, daß diese Geleise aus unserer stickigen kleinen Wohnung in die Welt hineinführen.« – »Weshalb haben Sie sich nicht eine richtige Fahrkarte gelöst und sind gefahren?« fragte der Conde. »Gefahren?« rief sie erschreckt aus. »Irgendwohin in die Welt«, sagte er und sah sie mit heißem Blick an. Sie errötete und schlug die Augen nieder. »Und wenn wir zusammen führen?« fragte er lippenleckend, indem er hartnäckig seinen Blick auf ihrem blutroten Gesicht ruhen ließ. Ihre Haut hatte schon Rauheiten, das Gesicht zeigte schon Schärfen. Plötzlich machte sie eine eckige Bewegung. »Ich muß nach Hause«, sagte sie. »Meine Mutter erwartet mich.« Er begleitete sie zurück, als sei das selbstverständlich. Einige Straßen vor ihrem Haus blieb sie stehen. »Wir müssen uns hier trennen«, sagte sie und reichte ihm die Hand. Er zog die Finger in die Nähe seiner Lippen und verbeugte sich tief.

Frau v. G. fuhr nun in die Hauptstadt und ließ sich bei der jungen Gräfin anmelden. Die Gräfin wußte noch verloren, daß der Gatte der Frau Minister gewesen war; von den üblen Geschichten damals hatte sie nichts gehört, sie ahnte auch nicht, was man von der alten Dame munkelte. So wunderte sie sich wohl über den unerwarteten Besuch, aber als Frau v. G. nun eintrat und ihr mit offenen Armen entgegen kam unter den fließendsten Beteuerungen der Freundschaft und des Glücksgefühls, da ließ sie mit einiger Verlegenheit alles über sich ergehen und bot dem Gast einen Stuhl an.

Nun erzählte Frau v. G., wie nahe befreundet ihr teurer, ihr nur zu früh entrissener Gatte mit dem Vater der Gräfin gewesen sei, wie sie selber die Gräfin als kleines Kind oft auf dem Arm gehabt, wie sie der Gräfin Mutter Ratschläge gegeben habe für Pflege und Erziehung, und nun sehe sie ein so schönes, großes Mädchen vor sich, die sei ihr nun wie eine Tochter, und so merke sie, daß sie selber alt werde, aber in seinen Kindern lebe man ja weiter, und ihre Kinder machten ihr ja gottlob nur Freude. Hier vergoß sie einige Tränen. Die junge Gräfin konnte sich zwar an nichts erinnern, davon die redselige alte Dame erzählte, aber sie dachte, sie habe als Kind doch Vieles nicht gesehen, auch wohl Manches vergessen, und es schien ihr, als ob sie Tee bringen lassen müsse. Der Tee kam, Frau v. G. legte ihren Hut ab, und das Gespräch ging weiter. Sie erzählte, daß sie in die Fabrikstadt gezogen sei, sie war dem Zug der Zeit gefolgt, die Nähe des arbeitenden Volkes zog sie an, sie fand das so rührend. Aber ihre Freunde wußten sie auch in der fremden Stadt zu finden, fast täglich bekam sie Besuche, erst kürzlich war der Conde Espinas-Belgioso bei ihr gewesen. Und nun war sie da angelangt, wohin sie gewollt hatte. Sie nahm sich ein Stück Gebäck und pries den Grafen, seine Vornehmheit, seinen Reichtum, seine edle Gesinnung, sie erzählte nur noch von ihm, so daß die gute Gräfin in ihrer Harmlosigkeit dachte, er müsse denn wohl auch ein vortrefflicher junger Mann sein, und wahrscheinlich habe er die Tochter der Frau v. G. lieb und habe deshalb der alten Frau den Besuch gemacht, und die Mutter, welche sich nun über das Glück der Tochter freue, spreche deshalb so viel und so liebevoll über ihn.

Die Zeit, welche man auf einen solchen Besuch verwenden kann, verging dergestalt schnell, Frau v. G. sprang plötzlich entsetzt auf und rief, daß sie sich verschwatzt habe, daß sie noch viele Besorgungen machen müsse, daß ihre Zeit dränge; sie lud die junge Gräfin ein, sie solle sie doch einmal besuchen, ihre Tochter lebe auch immer so allein für sich, es wäre doch schön, wenn die Kinder die Freundschaft der Eltern erneuten, und der Conde werde sie auch einmal wieder besuchen, da könne sie ihn ja sehen, ganz unauffällig an einem dritten Ort. Dann verabschiedete sie sich, küßte die Gräfin auf beide Wangen und war schnell aus der Tür verschwunden.

Der alte Diener hatte Frau v. G. mit Mißtrauen betrachtet. Wenn es gegen den Abend ging, dann kam er immer in das Zimmer der Gräfin und ließ die Rolladen nieder. Dabei brachte er denn gern vor, was er mit ihr besprechen wollte. So begann er denn heute über Frau v. G. zu sprechen.

Er fing mit einer allgemeinen Betrachtung an. »Ja, ja, wie man sich bettet, so schläft man. Das glaube ich gern, daß es Exzellenz jetzt knapp haben. Ich habe noch die Zeit gekannt, wo sie sich den Wagen verschafften.« Die Gräfin wußte, daß der gute alte Mann nicht klatschsüchtig war, sondern irgend eine Absicht zu ihrem Besten hatte. Sie fragte ihn deshalb, was er meine, der Minister sei doch ein Freund ihres verstorbenen Vaters gewesen. Der Diener erstaunte. Der Herr Graf hatten ganz für sich und die Frau Gräfin gelebt, solange er, der Diener, im Hause war; der Minister war nie in das Haus gekommen. Dann räusperte er sich; und es kam heraus, daß er annahm, Frau v. G. habe einen verschämten Bettelbesuch gemacht. Er wußte Nichts davon, daß sie dafür galt, unter der Hand Heiraten zu vermitteln, auch gelegentlich einem verschuldeten, jungen Herrn ein Darlehen zu verschaffen, denn das wurde nur in den engsten Kreisen besprochen und kam nicht zur Kenntnis der Dienerschaft; aber er kannte die Verhältnisse ganz genau, wußte den Betrag des Witwengehalts, er hatte gehört, daß der Sohn in Berlin bei der Garde stand, und so hatte er sich denn Manches zurechtgelegt.

Als die junge Gräfin allein war, überlegte sie sich alles. Es erschien ihr nun, als ob die Erzählung von der Freundschaft mit ihrem Vater ein Vorwand sei, wie ihn die unglückliche Frau wohl erfinden konnte, sie machte sich Vorwürfe über ihre Kälte und Gefühllosigkeit, daß sie nicht gleich den Zweck des Besuches geahnt hatte, und rechnete aus, was sie der Armen wohl als Unterstützung zukommen lassen könne. Der Vormund erklärte, es sei seine Pflicht, dafür zu sorgen, daß das Vermögen sich während der Minderjährigkeit vergröße, und hatte ihr deshalb nur ein bestimmtes Taschengeld ausgesetzt, das für ihre Kleidung verwendet werden sollte. Immerhin war das recht beträchtlich, und die junge Gräfin verwendete sehr wenig auf ihr Äußeres; und so hatte sie einen Betrag von fast zweitausend Mark an der Hand, über den sie frei verfügen konnte.

Am anderen Morgen schrieb sie an Frau v. G. einen Brief, dankte für den freundlichen Besuch, und bat um Entschuldigung, daß sie es wage, den Betrag ihr zu schicken, den sie dann beilegte, aber es sei ihr eine solche Freude gewesen, von der Freundin der Eltern so Vieles zu hören, und sie bitte den Betrag zu verwenden, um ihrer Tochter ein Geschenk zu machen, denn sie selber sei so ungeschickt und unerfahren im Kaufen, wisse auch nicht, was die Tochter sich wünsche; und dieses Geschenk solle denn ein Andenken an ihre verstorbenen Eltern sein.

Frau v. G. las den Brief lächelnd und schloß das Geld fort. Sie nahm an, daß die Gräfin ihr das Geschenk mache, um durch sie mit dem Conde vereinigt zu werden. Sie fuhr mit ihrer Tochter in die Hauptstadt und suchte die Gräfin auf. Der Tochter hatte sie etwas über das Geld mitgeteilt, das dieser harmlos klingen konnte und sie doch nötigte, ihren Dank abzustatten. So kam denn wieder ein Gespräch zu stande, wie das erste Mal; auch von dem Conde wurde wieder gesprochen, und da die Gräfin annahm, daß eine Beziehung zwischen diesem und der Tochter stattfinde, so machte sie darüber einige freundliche allgemeine Worte, welche dem alternden Mädchen das Blut in die Schläfen trieben. Beim Abschied bat die Mutter dringend, die Gräfin möge sich einmal anmelden und sie besuchen, und das junge Mädchen konnte nicht umhin, das zu versprechen, trotzdem ihr die Beiden gleichgültig und nicht besonders angenehm waren. Auf dem Heimweg sagte die Tochter zu der Mutter: »Diese hochnäsige Person ist mir zuwider. Sie macht sich offenbar Hoffnung auf den Conde, weil sie Geld hat. Aber es geht eben nicht bloß nach dem Geld.«

Sie war heimlich im Verständnis mit dem Conde. Schon zweimal hatte sie sich ohne Wissen der Mutter mit ihm getroffen. Der Conde drang in sie, daß sie mit ihm eine Vergnügungsreise unternehmen solle. Sie war verletzt durch den Vorschlag und andere Gedanken und Pläne, welche er im Zusammenhang äußerte und sagte ihm, wenn er sie zur Gattin begehrte, so solle er sie von ihrer Mutter verlangen. Der Conde lachte und sprach von den Schwierigkeiten der Heiratserlaubnis bei seinem Hof, von dem er in diesen Dingen durch alte Verpflichtungen der Familie abhänge. Sie fühlte wohl, daß er leichtfertige Ausreden gebrauchte, die er sich auch nicht einmal mühte, wahrscheinlich zu machen, und eine verzehrende

Wut erfüllte ihr Herz; dennoch wagte sie nicht, ihm den Rücken zu kehren. Sie fühlte ja im Innersten ganz deutlich, daß er sie nur als ein Spielzeug betrachtete; aber sie wollte das nicht wissen, sie zwang sich zu dem Gedanken, daß er sie zu seiner Gattin machen werde.

An einem Tage fand die Mutter einen Zettel des Conde in einem Buch, das die Tochter las, und das Einverständnis wurde ihr klar. Sie weinte, beschwor die Tochter, erzählte ihr, daß der Conde sich um die Gräfin bewerbe, daß er sie, die Tochter, nur unglücklich machen werde. Das Mädchen wurde totenblaß. Sie richtete sich hoch und hager auf, ein Blutstropfen war auf ihrer Lippe. »So, jetzt will sie mir den Conde fortnehmen!« rief sie. »Du hilfst ihr, gegen die Tochter!« Händeringend stand die alte Frau vor ihr, sie sagte ihr, daß sie arm sei, daß vom Vater her der Fleck auf der Familie laste, daß die vornehme Gesellschaft sie, die Mutter, nie als voll habe gelten lassen, daß man sich klein machen müsse, wenn man leben wolle, aber daß man dabei doch immer seinen Stolz habe; weinend fuhr sie fort, daß sie Nichts auf der Welt habe als ihre beiden Kinder, an die denke sie allein, für die sorge und arbeite sie, und sie wisse ja ganz genau, daß ihre Kinder sie nicht liebten, trotzdem sie die Nächte durch ihr Gehirn zermartere, um sie in ihrem Stande zu erhalten. Die Tochter hatte ungerührt Schubkästen aufgezogen, den Schrank aufgeschlossen und sich für einen Straßengang umgekleidet. Sie ging zur Tür. Als sie die Klinke in der Hand hatte, sagte sie trocken: »Ich habe eine notwendige Besorgung. Warte nicht mit dem Essen.« Damit ging sie. Die Mutter siel erschöpft auf einen Stuhl und schlug die Hände vor das weinende Gesicht; sie war zu verwirrt und erschüttert, um zu bedenken, was der Ausgang bedeuten mochte.

Die Tochter hatte aber eine Verabredung mit dem Conde. Sie traf den jungen Mann an der bestimmten Straßenecke, wie er pfeifend, die eine Hand in der Tasche, mit dem Stöckchen auf das Pflaster hauend, sie erwartete. Sie war von hinten gekommen, und er hatte sie nicht gesehen. Plötzlich schob sie ihm den Arm unter und sagte mit erstickter Stimme: »Tu mit mir, was du willst, ich folge dir.« Er sah überrascht auf sie nieder, dann flog ein triumphierendes Lächeln über sein Gesicht und er sagte. »Das hatte ich doch erwartet« und drückte ihren Arm. Sie biß sich die Lippen aufeinander. – – –

Die Beiden erwachten am nächsten Morgen in dem üppig ausgestatteten Zimmer eines großen Berliner Gasthofs. Das Mädchen lag mit großen und dunklen Augen da, auf ihrem Gesicht waren gelbe Flecke. Er lachte, erhob sich, klingelte und bestellte das Frühstück.

Sie saßen am Tisch vor den bereiteten Tassen und Tellern. »Nun müssen wir den Tagesplan machen, wie wir uns vergnügen«, sagte er. Sie erwiderte Nichts und sah starr in ihre Tasse. Einen Gassenhauer zwischen den Lippen summend durchblätterte er ein Heftchen, das die Aufschrift »Vergnügungsanzeiger« trug. »Vormittags ist nur das Panoptikum«, sagte er.

Plötzlich richtete sie sich auf und sprach in einem Ton, der ihn beunruhigt aufblicken ließ: »Was soll nun werden? Hast du dir das schon gedacht?« Er sah sie verständnislos an. Ihr wollten die Sinne schwinden, aber sie hielt sich mit Zähigkeit. »Du mußt dem König nun alles schreiben, nun kann er die Einwilligung zur Heirat nicht mehr versagen.«

Er lachte. »Das hast du für bare Münze genommen? So etwas ist doch nur Unsinn, das sagt man doch nur so.« – »Das ist nicht wahr?« fragte sie entsetzt. Er spürte, daß nun die Entscheidung kam. So sagte er in noch forscherem Ton: »Mach doch nicht solche Albernheiten. Ein Mädchen, das auf Heiraten rechnet, reist doch nicht mit nach Berlin und bleibt mit Einem über Nacht in einem Gasthof, wo man ohne Koffer aufgenommen wird.« Er sah sie auf ihrem Stuhl schwanken. »Jetzt wird sie auch noch ohnmächtig«, rief er, »ich klingle dem Zimmermädchen.« Aber als er aufsprang und zur Klingel gehen wollte, da warf sie sich ihm mit erhobnen Armen entgegen und hielt ihn auf. »Na, was gibt es denn sonst?« fragte er grob. Ihre Lippen zitterten. »Du liebst die Gräfin?« fragte sie ihn. »Weshalb soll ich denn sonst zu deiner Mutter gekommen sein?« erwiderte er. »Ich brauche eine reiche Frau.«

Sie ließ von ihm ab, ging zur Tür, schob den Riegel vor und setzte sich dann auf einen Stuhl. »Du hast mir also das auch vorgelogen«, sagte sie. »Nun, ich kann mein Leben auch anders einrichten. Das habe ich gelernt, den Leuten Sand in die Augen streuen. Du scheinst es ja auch zu können.« – »Bist du denn ganz verrückt?« rief er. »Weshalb soll ich mich denn mit dir behängen?« – »Weshalb?« erwiderte sie ruhig; »weil du mußt.« Dann schob sie den Riegel wieder zurück und ging zum Spiegel, sich das Haar zurechtzustreichen. Er ergriff seinen Hut und eilte aus dem Zimmer.

Am Nachmittag fuhren die Beiden von Berlin zurück. Als der Zug auf dem Bahnhof der Fabrikstadt hielt, stieg das Mädchen aus und der Conde warf sich erleichtert in das rote Kissen seines Abteils zurück.

Die alte Exzellenz empfing ihre Tochter mit Tränen, hülflos auf dem Stuhl sitzend. Sie hatte das Verschwinden der Tochter der Polizei nicht gemeldet, denn als Stunde auf Stunde verrann, indem sie wartend saß, war ihr klar geworden, daß sie mit dem Conde zusammen war. Nun hob sie hülflos die Hände, wie zu einer Begrüßung, und ließ sie wieder matt sinken.

Gegen Abend fühlte sich das Mädchen plötzlich krank. Ein kalter Schweiß brach ihr aus, es wurde ihr dunkel vor den Augen, und sie spürte ein eigentümliches Würgen im Hals. »Er hat mich vergiftet«, sagte sie zu ihrer Mutter.

Die alte Frau jammerte laut auf, aber das Mädchen bewegte keine Miene des Gesichts. »Ich muß ins Bett gehen«, sagte sie, »laß den Arzt holen.« Der Arzt kam und traf sie im Bett, die Mutter auf dem Stuhl sitzend und die kalte Hand der Tochter haltend. Sie berichtete ihm die Erscheinungen, der Arzt wollte sie zum Erbrechen bringen, aber sie schüttelte den Kopf. »Es ist zu spät«, sagte sie, »ich habe das Gift unter Mittag bekommen«. Dann berichtete sie den Beiden, wie das gemeinsame Essen auf das Zimmer gebracht sei, während sie nicht anwesend war, und wie ihr aufgefallen war, daß der Conde ihr schon auf den Teller gelegt hatte, als sie zurückkehrte, aber sie hatte sich keine weiteren Gedanken gemacht. Und nun, während sie erzählte, erinnerte sie sich plötzlich an Worte und Wendungen. »Er ist ein Hochstapler«, sagte sie; »ich sehe es jetzt ein.«

Noch in der Nacht starb sie, die Polizei war sofort benachrichtigt, und der Conde wurde in seiner Wohnung verhaftet.

Die Umstände der Verhaftung wurden rasch allgemein bekannt; schon am Abend enthielten die Zeitungen genaue Berichte über die Reise des Paares, die Erklärung der Sterbenden, und die ersten Andeutungen darüber, daß der Conde sich Rang und Namen vielleicht fälschlich zugelegt habe. Nach einigen Tagen wußte man, daß er ein

Oberkellner von rumänischer Abstammung war, den man wegen verschiedener Verbrechen schon lange suchte.

Der alte Diener brachte seiner Herrin immer des Morgens mit der Post auch die Zeitung. Als die Berichte über den Mord kamen mit den abscheulichen Nebenumständen, da wollte der treue Mann nicht, daß das junge Mädchen diese Dinge lese, denn die Mutter der Ermordeten war doch zweimal bei ihr gewesen, sie selber hatte sich auf einen Gegenbesuch vorbereitet. Er gebrauchte Ausreden: Die Zeitung sei nicht gekommen, oder sie sei verloren gegangen; und die Gräfin merkte in ihrer Arglosigkeit nicht, daß der Mann ihr die Nummern verheimlichen wollte.

Sie war aber nun inzwischen dem einundzwanzigsten Jahre nahe gekommen. An einem Morgen wachte sie auf. Es war Frühling. Durch das offne Fenster sah sie in die weißen Blüten eines großen Apfelbaumes, eine Drossel schlug in die morgendliche Stille mit Schluchzen und Flöten. Sie dachte an ihren ernsten Vater, zu dessen gütigem Gesichte sie immer kommen durfte, eine süße Wehmut dehnte ihre Brust. Vor ihr lag es wie eine weite Ebene, aber sie konnte nichts Deutliches erkennen. »Ach, ein Weib ist schwach«, sprach es in ihr, und sie drückte die Augen in die Kissen. Halb ein Traumbild, halb ein Gedanke war in ihr, daß ein Mann ihre Hand nehmen und sie über die Ebene führen mußte, daß sie dann Alles sehen würde.

In ihren Ohren waren die Klänge des Klopstockschen Gedichtes an die künftige Geliebte:

»Dir nur, liebendes Herz, Euch, meine vertraulichsten Tränen,
    Sing' ich traurig allein dies wehmütige Lied.
Nur mein Auge soll's mit schmachtendem Feuer durchirren,
    Und, an Klagen verwöhnt, hör' es mein leiseres Ohr!
Ach, warum, o Natur, warum, unzärtliche Mutter,
    Gabst du zu dem Gefühl mir ein zu biegsames Herz?
Und ins biegsame Herz die unbezwingliche Liebe,
    Dauernd Verlangen, und ach! Keine Geliebte dazu?«

Ein Strom glücklicher Tränen brach aus ihren Augen. Nun dachte sie nicht mehr, ihr war wie einer Pflanze im Maienregen, welche sich reckt und die Blütenknospe formt. Sie trocknete sich das Gesicht und lachte silbern auf. Plötzlich erschrak sie und fragte sich innerlich: »Bin ich kindisch?« Da hörte sie unten im Hause Türen gehen und Klappern der Leute, richtete sich im Bett auf, faßte sich an das schwer lastende Haar, schlug die Decke zurück und schlüpfte in die zierlichen Morgenschuhe. Als sie sich vor dem Spiegel sitzend die Haare kämmte, fiel ihr plötzlich die alte Exzellenz ein und ihr Geschwätz über den Conde. Sie mußte lachen über die gute alte Frau.

Sie ging die Treppe hinunter ins Eßzimmer. Der alte Diener brachte das Frühstück, väterlich schmunzelnd und ehrerbietig.

Da klingelte es heftig an der Tür. Man hörte, daß geöffnet wurde, das Mädchen sprach mit einem fremden Mann. Der Diener hatte die Kannen zurechtgesetzt und verließ das Zimmer. Nach ein paar Augenblicken erschien er wieder, ein Schutzmann wollte die gnädige Gräfin sprechen.

Der Schutzmann trat ein. Er zog aus dem Ärmelaufschlag eine dienstliche Zuschrift, gab sie dem jungen Mädchen, unterschrieb am Tisch die Zustellungsurkunde und ging wieder.

Die Gräfin las verwundert die Zuschrift. Bei einer angegebenen Strafe wurde sie aufgefordert, zu einer bestimmten Stunde in einem Zimmer des Polizeigebäudes zu erscheinen, dessen Nummer angegeben war, zur Vernehmung in der Strafsache gegen den Kellner Carol Berendu. Sie klingelte. Der alte Diener kam. Sie reichte ihm das Schriftstück und er las.

Er wußte aus der Zeitung, daß es sich um den angeblichen Conde handelte und dachte, daß wohl ein Zusammenhang mit den Besuchen der alten Exzellenz sei. Er wußte aber nicht recht, wie er der Ahnungslosen den Mord erzählen sollte und die abscheulichen Umstände, welche ihn begleiteten, denn sie sah mit reiner Stirn und blanken, vertrauenden Augen zu ihm auf, indessen er vornübergebeugt lesend das Papier mit zitternden Händen hielt. So gab er denn das Blatt zurück und sagte mit stockender Stimme, er wisse nicht, was die Vorladung bedeuten könne.

Zu der festgesetzten Stunde ging die junge Gräfin Maria zum Polizeiamt und trat in das bezeichnete Zimmer. Ein Beamter erhob sich von seinem Schreibtisch und bot ihr höflich einen Stuhl an, dann nahm er ein Aktenstück, setzte sich und schlug es auf. Er begann, daß sie ja von dem Mord wissen werde und redete dann weiter, die alte Dame habe ausgesagt, daß sie, die Gräfin, ihre Vermittlung zu einer Heirat mit dem angeblichen Conde Espinas-Belgioso nachgesucht habe, daß die ersten Schritte in der Angelegenheit auch getan seien, und daß sie bereits eine Abschlagszahlung auf ihre zu erwartende Geldforderung erhalten habe. Frau v. G. sei zweimal in der Sache im Hause der Gräfin gewesen. Er sah von seinem Aktenstück auf, strich mit der Linken den Falz hinunter und fragte: »Stimmt das?«

Maria hatte erschreckt aufgesehen, als von einem Mord die Rede war, als dann Fräulein v. G. genannt wurde; und als der Beamte von der Heiratsvermittlung sprach, da wurde sie wie mit Blut übergossen. Die Tränen stiegen ihr in die Augen, hülflos sah sie um sich und sagte: »Ich weiß davon ja nichts, was ist denn das?«

Der erfahrene Beamte merkte wohl, daß Erstaunen und Scham echt waren, aber er hatte nicht die Fähigkeit, aus seinen gewohnten Formen des Denkens und Sprechens herauszugehen. Er erzählte, als er ihre völlige Unkenntnis sah, das Liebesverhältnis, die Reise, die Vergiftung, das Geständnis des Mörders, daß er seine Geliebte habe aus der Welt schaffen wollen, um die Gräfin Maria zu heiraten, indessen Maria zwischen Röte und tiefer Blässe abwechselte; dann fragte er, ob sie nicht gewußt habe, daß Frau v. G. sich gewerbsmäßig mit Ehevermittlung befasse, ob sie den Mörder überhaupt schon gesehen habe.

Tief rot, mit Tränen in den Augen, geneigtem Kopf und stockend erzählte Maria nun, was sie wußte, den Besuch der alten Dame, ihre Vorstellung, daß die Besucherin in Not sei, die Geldsendung und den zweiten Besuch. Der alte Beamte hörte teilnehmend zu und stellte zuweilen Zwischenfragen. Er stellte sie, weil er sie stellen mußte, denn die Gräfin erzählte unklar, aber der Gräfin schien es plötzlich, als glaube er ihr nicht. Am Schluß schrieb er ihre Erklärung auf und las sie ihr vor; da klang sie ihr selber, als wenn sie gelogen sei. Sie sagte bebend: »Aber es ist so, Sie können es mir glauben.« Der Beamte bat sie nur höflich um ihre Unterschrift.

»Muß ich denn öffentlich vor Gericht erscheinen?« fragte sie.

»Ich weiß nicht, was die Herren beschließen«, erwiderte der Beamte. »Ich nehme aber an, daß Sie geladen werden. Sie können versichert sein, daß mit aller Schonung verfahren wird.«

Sie ging verstört nach Haufe. Der alte Diener öffnete ihr und sah ihr Gesicht, sie sah seinen Ausdruck und dachte bei sich: »Er weiß schon, er hat es in der Zeitung gelesen.« Sie ging die Treppe hinauf und dachte: »Nun sprechen sie im Dienerzimmer davon, sie haben ja die alte Frau selber gesehen, ich weiß ja, wie sie sich über den Besuch gewundert haben.« Sie dachte, daß alle Leute in der Stadt die Zeitung lesen, die Geschäftsleute und Handwerker, daß sie sicher dann öffentlich vor Gericht erscheinen mußte.

Es war ein Vorhang mit einer dicken seidnen Schnur hochgebunden. Sie riß hastig die Schnur ab, machte eine Schlinge, band die Schnur am Haken fest, zog die Schlinge über den Kopf um den Hals und ließ sich in die Kniee fallen.

Für das Kind

In einer kleinen Stadt mit einem Gymnasium lebte ein Polizei-wachtmeister mit seiner Frau und einem Sohn. Der Sohn besuchte das Gymnasium und war nun schon in einer der oberen Klassen.

Der Vater war ein begabter Mann, der als Tagelöhner Soldat geworden war, durch Anstelligkeit sich ausgezeichnet hatte, zum Unteroffizier befördert wurde und nach seinen Dienstjahren seine jetzige Stelle als Versorgung erhielt. Aber, wie das mit solchen Männern oft geschieht, seine seelischen Eigenschaften hatten sich nicht gleichmäßig mit seinen übrigen Fähigkeiten entwickelt. Er hatte im Heer manche Unzulänglichkeit bei den Vorgesetzten bemerkt und mit Bitterkeit sich gesagt, daß er wohl auch leisten könne, was der Vorgesetzte leiste, aber wegen seiner Geburt und Erziehung sei ihm jedes Höherkommen unmöglich. Er hatte diesen oder jenen Mann gekannt, der gleich ihm den einfachsten Verhältnissen entstammte, und in jenen Jahren des wirtschaftlichen Aufstiegs im Geschäftsleben zu Wohlhabenheit und Ansehen gelangte, indessen er selber bei geringem Einkommen und kleinlicher Sparsamkeit immer in seiner bedrückten Lage bleiben mußte, obwohl er fähiger und tüchtiger war. So hatte sich bei ihm die Vorstellung gebildet, daß im Weltlauf keine Gerechtigkeit herrsche, wie doch eigentlich müßte, und daß es darauf ankomme, rechtzeitig sich einen guten Platz zu sichern, von dem aus man dann ohne große Anstrengung von selber weiter gelangen werde. Seinem Sohn sagte er häufig: »Du schlägst nach mir, da kannst sie alle in die Tasche stecken, aber wer bloß an seine Pflicht denkt, über den gehen die Räder fort. Du besuchst nun das Gymnasium, dann machst du das Examen, und dann lasse ich dich studieren; da brauchst du vor Keinem zu buckeln, da gehörst du mit zu den Obern, und das kommt bloß auf dich an, du kannst Reichskanzler werden.«

Dem jungen Menschen wurden alle Schularbeiten leicht. Er hatte nicht nötig, zu Hause noch zu lernen; das Wissen flog ihm in den Unterrichtsstunden zu; höchstens, daß er in den Pausen einmal ein Buch aufschlug und überlas, was gebraucht wurde. Die schriftlichen Arbeiten brachte er in größter Schnelligkeit fast fehlerlos auf das Papier. Es hätte ihn keine Anstrengung gekostet, immer der

Erste zu sein, aber er war gewöhnlich nur der Zweite oder Dritte; über ihm saß immer ein Anderer, der weit weniger begabt, aber fleißiger war.

Schon in den untern Klassen hatte es sich gemacht, daß Mitschüler zu ihm kamen, sich von ihm Auskünfte und Hülfe zu erbitten. Der Knabe, Karl war sein Name, machte seine Arbeiten in der guten Stube, hier empfing er auch die Mitschüler. Es geschah zuweilen, daß das Söhne von den höheren Beamten waren, von Männern, welche der Alte militärisch in strammer Haltung grüßte. Dann sagte der Alte wohl: »Jaja, so ist es. Stand und Verstand.« Dem Knaben war das peinlich, er bat endlich den Vater, dergleichen nicht zu sagen, denn in der Schule war ja allgemeine Gleichheit; der Alte verstand das nicht, denn er lebte nur in den Vorstellungen von einer durch eine unübersteigliche Kluft in zwei Teile geschiedenen Gesellschaft; aber er machte denn doch nachher nicht mehr solche Bemerkungen.

Es geschah von selber, daß die andern Knaben sich dankbar erwiesen durch Geschenke von allerhand Gegenständen, wie sie für Jungen wertvoll sind, Briefmarken und Schmetterlinge und Derartiges, daß der Eine oder Andere durch solche Gaben einen Vorzug zu erringen suchte. In den höheren Klassen, wo Jeder ein kleines Taschengeld hatte, traten an die Stelle solcher Dinge geringe Geldbeträge.

Es ist wohl überall, daß die ältern Schüler die Studenten nachäffen, und vornehmlich geht die Nachahmung naturgemäß auf Rauchen und Trinken. Der Alte, der von der strengen Zucht einer höheren Schule nichts wußte und der Vorstellung lebte, wenn ein junger Handwerker, der seine Lehrzeit hinter sich hatte, in das Wirtshaus gehen dürfe um seinen Schoppen zu trinken, so müsse das ein Schüler erst recht dürfen, denn dadurch werde er ein Mann, gab seinem Sohn ein Taschengeld, das bedeutend höher war wie das der meisten andern Jungen. Dazu kamen denn noch die übrigen kleinen Einnahmen, und so sah sich Karl in der Lage, über Geldmittel zu verfügen, deren Betrag das sonst Übliche nicht unbeträchtlich überstieg. Irgendwie wirkte das wohl auf sein Selbstgefühl, daß seine Familie geringer war, als die Familien aller Übrigen, und das Bewußtsein seiner Begabung allein bildete kein genügendes Gegengewicht. So suchte er sich denn durch größere Geldausgaben und durch besonderes prahlerisches Wesen bei gemeinsamen Ausflügen und Kneipen so hervorzutun, daß er bald als der Anführer des einen Teils der Klasse gelten konnte, und zwar des weniger wertvollen. Es kam denn auch dazu, daß er sich nicht mehr auf den höhern Plätzen halten konnte und allmählich tiefer kam; die Lehrer sagten oft zu ihm: »Sie könnten schon, aber Sie wollen nicht«, welche Ermahnungen er denn mit heimlichem Lachen anhörte.

Es lebte in einer Hintergasse eine übel berüchtigte Person, die sich mit allerhand zweifelhaften Gewerben durchbrachte: sie stellte ein Schönheitswasser her, flocht Rohrstühle, verkaufte Senf, wand Totenkränze, und Ähnliches. Sie hatte eine Tochter, ein hübsches, freches Mädchen von nur sechzehn Jahren, das schon auf der Schule Liebschaften gehabt hatte. Mit dieser kam Karl in Beziehung, das Mädchen war stolz, daß sich ein Gymnasiast mit ihr abgab, entließ ihre geringeren Liebhaber, und schloß sich eng an Karl an. Nach einiger Zeit stellten sich Folgen heraus.

Als Karl wieder einmal in das Häuschen kam, du begann die Mutter ein ernsthaftes Gespräch mit ihm. Sie sagte, sie sei eine arme Frau, aber ihr Stolz sei, daß sie immer ehrlich gewesen sei, denn ihre Mutter habe ihr schon immer gesagt: »Armut schändet nicht, aber Unehrlichkeit bringt Schande.« Ihre Tochter habe zwar keinen Vater, aber das habe der liebe Gott nicht gewollt, denn ihr Mann sei gerade in dem Augenblick gestorben, als sie hätten heiraten wollen. Dabei vergoß sie Tränen und wischte sich mit der Schürze die Augen. Ihre Tochter sei ihr Augapfel, wer der ein Leid zufüge, der habe es mit ihr zu tun. Und er solle ja doch nun so ein kluger junger Mensch sein, da möge er sich denn Mühe geben, daß er bald eine Stelle bekomme, damit er das Mädchen zu einer ehrlichen Frau machen könne, und der liebe Gott werde seinen Segen schon dazugeben, daß sie beide weiter kommen könnten, er habe sie selber ja doch auch sichtbarlich erhalten.

Karl bekam einen heftigen Schrecken und versuchte dem Weib klar zu machen, daß eine Heirat ganz unmöglich sei, da er auf lauge Jahre hinaus nichts verdienen werde, und daß das Mädchen auch nicht in seinem Stande leben könne, weil sie nicht die Bildung und Sitten danach habe. Hier stemmte das Weib die Arme in die Hüften und sagte ihm, was sein Vater sei, das sei sie auch, und sein Vater sei oft als Kind zu ihren Eltern gekommen und habe um ein Stück Brot gebettelt, und wenn er selber denn nun nicht studieren könne, so möge er sein Brot in anderer Weise verdienen, um Weib und Kind zu ernähren, und sie wolle zu seinem Vater und zu dem Schuldirektor gehen und mit denen sprechen, die würden ihr schon ihr Recht verschaffen.

Nachher winkte ihm das Mädchen zu, sich mit ihr auf dem Heuboden über dem Ziegenstall zu treffen, wo sie gewöhnlich ihre Zusammenkünfte hatten. Da sagte sie ihm lachend, er brauche gar keine Angst zu haben, ihre Mutter sei nicht so dumm und wisse ganz genau, daß er nicht heiraten könne; sie sei hauptsächlich ärgerlich, weil er ihr noch Nichts geschenkt habe; wenn er der Alten so ein zwanzig Mark in die Hand drücke, dann sei sie schon zufrieden; er solle sie nur lieb haben, ihr sei alles andere gleichgültig, und was die dummen Menschen von ihr dächten, das sei ihr ganz einerlei, die beneideten sie doch nur.

So kam es denn, daß Karl der Alten Geld gab; und da sie mit Betteln, Schmeicheln und Drohen immer mehr von ihm erpreßte, so geriet er bald in Verlegenheit, borgte bei seinen Freunden, verkaufte Bücher, kaufte schließlich Bücher bei einem Buchhändler auf Borg und verkaufte sie bei den andern und brachte auf diese Weise bald eine Schuldenlast zusammen, die für seine Verhältnisse beträchtlich war.

Schräg gegenüber dem Polizeiwachtmeister wohnte die Familie eines Arztes. Es waren sechs Kinder da, und das Einkommen war klein; die Frau wirtschaftete mit einer Zugeherin und richtete alles auf das Sparsamste ein; sie sah versorgt aus und über ihre Jahre alt durch die übermäßige Anstrengung.

An einem Abend in der Dämmerung klopfte Karl an dem Wohnzimmer der Familie. Die Frau deckte den Tisch, der älteste Sohn, ein Knabe von neun Jahren, half ihr. Der Mann machte Eintragungen in sein Tagebuch und benutzte dazu das schwindende Licht des Tages am Fenster. Mit stockender Stimme sagte Karl, er bitte den Herrn allein sprechen zu können. Der Arzt führte ihn in sein Sprechzimmer, setzte sich vor seinen Schreibtisch und ließ den Jüngling neben sich Platz nehmen.

Dieser berichtete, er komme mit einem großen Anliegen. Das Schlechte seines Lebenswandels sei ihm klar geworden. Er wolle sich bessern, aber dann müsse er in ganz neue Verhältnisse gelangen. Er habe in einem Laden einen Gelddiebstahl verübt. Er wolle nach Amerika gehen, er mache die Überfahrt als Kohlenzieher, aber er brauche die Summe von einhundertundacht Mark, um die Eisenbahn zu bezahlen und das gestohlene Geld zu ersetzen; der Diebstahl sei noch nicht entdeckt, und wenn er entdeckt werde, so müsse der Verdacht auf ihn fallen. Sein Vater werde durch die Flucht schon unglücklich genug sein, er wolle nicht, daß er auch noch wisse, er habe einen Spitzbuben zum Sohn. Er bitte, daß ihm der Arzt das Geld borge.

Den guten Mann überlief es kalt, als er die verzweifelten Worte hörte. Schon wollte er zusagen; da vernahm er gedämpft durch die verschlossene Tür aus dem Nebenzimmer die Stimme seiner Frau; er dachte an ihre abgehärmte Gestalt, ihre abgehetzten Mienen; er sagte: »Ich habe Familie, ich kann nicht.« Es würgte in ihm. Er fuhr fort: »Das Geld liegt ja da, ich müßte Ihnen helfen, aber ich kann nicht. Wenn ich könnte, dann müßte ich erst für meine Frau sorgen.«

Karl erhob sich, er entschuldigte sich schwer und verließ die Stube. Der Arzt ging in das Nebenzimmer zurück, die Frau sah ihn fragend an, er winkte sie zu sich, trat mit ihr auf den Flur und berichtete ihr flüsternd.

»Er ist noch nicht aus dem Haus!« rief sie, indem eilte sie die Treppe hinunter. Sie traf Karl, wie er zögernd an der Haustür stand, ergriff seine Hand und führte ihn nach oben, die drei traten in das Sprechzimmer zurück. Sie sprach zu ihrem Mann: »Du hast an mich gedacht. Es geht, es muß gehen. Du mußt ihm das Geld geben. Es ist für unser Kind.«

Der Mann wollte Einwendungen machen, sie sagte. »Bitte, mir zu liebe, gib ihm das Geld. Vielleicht kommt es einmal unsern Kindern zu gute.«

Der Mann schloß seine Schreibtischschublade auf, nahm das Geld, zählte es ab, und gab es dem jungen Mann. Der ergriff seine Hand, die sich sträubte, und küßte sie, dann sagte er zu der Frau hastig. »Das vergesse ich nicht« und lief fort.

Nach einem halben Jahr kam das Geld aus Amerika mit einem kurzen Dankbrief zurück.

Die Jahre vergingen. Die Kinder des Arztes wurden größer, die Söhne kamen aus dem Haus. Der älteste besuchte die technische Hochschule. Er lernte gründlich, aber es fanden sich in Deutschland keine Aussichten für ihn; so entschloß er sich, nach Amerika auszuwandern.

Damals war der Bürgerkrieg dort. Handel und Wandel lagen darnieder, er konnte keine Stellung finden, und so beschloß er, ins Heer einzutreten. In einer Schlacht wurde er schwer verwundet und in ein Hospital gebracht. Dort lag er bewußtlos.

Der Arzt erneuerte den Verband, dann sagte er zu einem Krankenwärter, dem er Anweisungen gab: »Der Mann ist nicht zu retten. Sehen Sie seine Sachen durch, um seinen Namen festzustellen, damit wir die Angehörigen benachrichtigen können.«

Der Mann durchblätterte die Brieftasche, da fand er den Namen, dann fand er einen zärtlich besorgten Brief der Mutter. Als der Arzt zurückkam, sprach er zu ihm: »Die Mutter dieses Mannes hat mich in Deutschland gerettet. Entlassen Sie mich aus dem Dienst und erlauben Sie mir, daß ich hier bleibe und mich allein ihm widme. Ich will suchen, ob ich ihn nicht doch durchdringe.« Der Arzt zuckte die Achseln, dann sagte er: »Machen Sie den Versuch. Ich will Ihre Stelle durch einen Andern besetzen.«

Karl war Tag und Nacht um den Kranken besorgt. Er erreichte, daß das Fieber nachließ; es gelang ihm eine Familie zu finden, welche ihn mit dem Kranken in ihr Haus aufnahm, um ihn aus dem überfüllten Lazarett zu befreien und vor den Ansteckungen zu behüten; und so glückte es ihm denn, den Verwundeten am Leben zu erhalten und zur völligen Heilung zu führen.

Die Bergstiefel

In einer hannoverschen Kleinstadt war in den achtziger Jahren des vorigen Jahrhunderts eine Familie Meyer hochangesehen. Was in der Familie geschah, das wurde von allen Leuten in der Stadt besprochen. Es geschah niemals Etwas in ihr, das die Mißbilligung der Mitbürger herausgefordert hätte, denn alle ihre Glieder wußten, daß sie unter strenger Beobachtung der Bürger standen. Es wurden ihnen aber auch freiwillig Achtung und Ehrerbietung gezollt.

Ein junges Mädchen aus der Familie namens Anna ging eines Tages durch die Straßen, die mit Katzenköpfen gepflastert waren. Sie machte einen falschen Tritt, ihr Fuß knickte ein mit einem heftigen Schmerz, und sie fiel zu Boden.

Das geschah vor dem Haus eines Schusters namens Bosch. Es gab in der Stadt zwei Schuster, von denen der eine die feinere Kundschaft hatte und der andre die kleinen Leute. Bosch hatte die geringere Kundschaft, er arbeitete also nicht für die Familie Meyer und wußte auch, daß er das nicht zu beanspruchen hatte.

Die Frau des Meisters war gerade in der guten Stube, in welcher den Kunden angemessen wurde, wo auf dem runden Sofatisch in einer Schale für die Besuchskarten die Kärtchen mit den Schuhknöpfen lagen. Sie begoß gerade ihre Blumen im Fenster. Als sie Anna stürzen sah, eilte sie aus dem Haus, hob das junge Mädchen auf und führte die Hinkende in ihre gute Stube zu dem Sofa, das mit einem grauleinenen Bezug versehen war, um den kostbaren roten Plüsch vor der Sonne zu schützen. Der Meister kam aus der Werkstatt, die dahinter lag; er hatte die Brille auf der Nase, einen Schuh, an dem er gerade gearbeitet, in der Hand. Er kniete nieder und befühlte den schmerzenden Fuß. »Es ist Nichts gebrochen, Fräulein Meyer«, sagte er. »Sie haben sich nur die Sehne verdehnt, aber das tut weh. Ja, das kommt von den Katzenköpfen! Heutzutage ist die Welt fortgeschritten, da macht man andere Pflaster, aber die Alten, die haben das nun nicht besser gewußt.«

Die Frau war inzwischen in den Keller gegangen. Dort lag dem Ehepaar eine Flasche Rotwein, die einmal vor Jahren gekauft war nach einer Krankheit der Meisterin zur Stärkung, jeden Vormittag ein Schnapsgläschen. Sie hatte aber die Flasche nicht angebrochen, weil sie auch ohne das Mittel sich wieder erholte. Diese Flasche nahm sie vom Gestell herab, brachte sie heraus, entkorkte sie, goß ein Weinglas voll, stellte Flasche und Glas auf ein Präsentierbrett und trug das in die Stube, es steif vor sich hinhaltend. Sie sagte: »Da bringe ich Ihnen ein Glas Wein, Fräulein Meyer, das müssen Sie auf den Schreck trinken, zur Stärkung.«

Anna wurde sehr verlegen, denn sie wußte ja, daß diese Flasche Wein in irgend einer Weise eine Kostbarkeit der guten alten Leute war. Aber nun war die Flasche aufgezogen; und wenn sie den Trunk verweigert hätte, so wäre das eine bittere Kränkung gewesen. So machte sie den Beiden denn Vorwürfe über die Umstände, und die Beiden wiesen die mit strahlendem Gesicht zurück, dann ergriff sie das Glas und trank ihnen zu, die andächtig vor ihr standen. Der Meister verbeugte sich und lüftete das Käppchen, die Meisterin machte einen zierlichen Knicks. Anna trank nur einen Schluck und setzte dann das Glas neben sich.

»Ja, den Wein hätten Sie trinken sollen, Meister Bosch«, sagte sie. »Das ist ein guter Wein.« – »Es ist eine große Ehre für mich«, sagte der Meister, indem er wieder das Käppchen lüftete, »wenn Sie den Wein loben. Aber den hat nun meine Frau für das Fräulein Meyer aus dem Keller geholt, und was meine Frau tut, das ist auch richtig.«

»Aber Sie stehen ja immer in Ihrer eigenen Stube«, sagte Anna. »Ich sitze hier vor Ihnen, ich junge Person. Aber Sie müssen sich auch setzen.«

»Wenn es das Fräulein Meyer erlaubt, dann setzen wir uns«, sagte die Meisterin, und die Beiden setzten sich, und dann wurde erzählt von allerhand Geschehnissen.

Nach einer Weile fühlte sich Anna im Stande, wieder zu gehen. Aber Meister Bosch ließ es sich nicht nehmen, sie zu begleiten. Die Frau mußte ihm aus dem Kleiderschrank den schwarzen Sonntagsanzug und den Zylinder holen, aus der Kommode ein gestärktes Hemd mit Kragen und Binde, dann ging er die Treppe hoch in die Schlafkammer und zog sich um, und kam wieder herunter, Anna mußte seinen Arm nehmen, und so geleitete er sie nach Hause.

Sie wollte, daß er mit ins Besuchszimmer kam, ihre Mutter, die im Flur erschien, forderte ihn auf; aber er weigerte sich. »Dahin gehöre ich nicht«, sagte er; »das ist nicht meines Standes. Fräulein Meyer hat uns Ehre erwiesen, wir danken ihr vielmals.« Mit diesen Worten zog er seinen Zylinder und ging.

Nun wurde in der Familie besprochen, in welcher Weise man sich dem Meister Bosch erkenntlich zeigen konnte. Das war sehr schwer. Es ging nicht an, daß man ihm ein Geschenk machte, das hätte er zurückgewiesen. Man konnte ihm auch nicht die Kundschaft zuwenden, denn damit hätte man den andern Schuster gekränkt, auch wäre ihm selber das peinlich gewesen. Da kam Anna auf einen Gedanken. Sie sollte mit einer befreundeten Familie in einigen Monaten eine Reise nach Tirol machen. Dazu brauchte sie Bergstiefel. Sie schlug vor, diese Bergstiefel bei Meister Bosch zu bestellen, denn die waren etwas Außergewöhnliches, das nicht an sich dem andern Meister zukam, und ein solcher Auftrag auf Etwas, davon man in dem Städtchen bislang noch nicht gehört, erschien zugleich als eine Ehrung für den Meister. Der Vater hatte Bedenken, ob Bosch auch einer solchen neuen Aufgabe werde gewachsen sein. Aber die Tochter beschwichtigte ihn und sagte, sie wolle ja doch gar keine gefährlichen Wanderungen und Klettereien machen, es seien nur ein Paar derbe Stiefel mit Nägeln, welche sie brauche, im Grunde nichts Andres, als was der Meister auch sonst herstelle für seine Kunden.

So wurde denn Meister Bosch nun zum Maßnehmen bestellt. Er kam am Sonntag im schwarzen Anzug, er nahm Maß mit Band und Schieber, vermerkte sich die Zahlen in seinem Notizbuch, und ging dann wieder.

Meister Bosch hatte die Bergstiefel zu einem bestimmten Tag versprochen. Sie kamen nicht. Anna suchte ihn in seiner Werkstatt auf, er entschuldigte sich und wies auf einen Haufen schadhafter Schuhe, die er flicken mußte. Noch mehrmals besuchte ihn Anna, um zu mahnen. »Er traut sich nicht an die Stiefel«, sagte ihr Vater, »du hast dem guten Mann zum Dank für seine Freundlichkeit eine große Sorge aufgehängt.«

Mit einem Male wurde erzählt: »Meister Bosch hat einen Gesellen eingestellt.« Seit Jahrzehnten arbeitete er in dem Stäbchen, er hatte nie einen Gesellen gehabt. Es war die höchste Zeit, in zwei Tagen mußte Anna reisen. Sie besuchte den Meister, um an ihre Bergstiefel zu mahnen; da sah sie den Gesellen dem Meister gegenüber sitzen, einen struppigen Kerl mit wildem Blick. Mit Stolz zeigte der Meister das Oberteil des einen Stiefels, das auf den Leisten genagelt war, indessen der Geselle den andern im Knieriemen hatte. »Die Stiefel werden fertig«, sagte der Meister. »Ich halte mein Wort. Ich weiß, mit welchem Zug Fräulein Meyer fährt. Wenn man in das Gebirge reist, so muß man Bergstiefel haben.«

Noch eine Stunde vor Abgang des Zuges waren die Stiefel nicht da. Das ausgeschickte Mädchen kam ohne sie zurück. Aber es bestellte, daß der Meister sie an den Zug bringen werde.

Und wirklich, als Anna im Abteil saß und der Schaffner eben die Tür zuschlagen wollte, erschien Meister Bosch, er winkte von weitem dem Schaffner zu, der hielt einen Augenblick an, und indem der Zug sich schon langsam in Bewegung setzte, schob er die Stiefel noch in das Abteil, wünschte glückliche Reise, und die Tür wurde zugeworfen von dem nebenher laufenden Schaffner.

Anna nahm die Stiefel auf und betrachtete sie. Sie waren schön gearbeitet, und waren fest, das Leder der Sohle war geglättet und blank geschwärzt, die Schnürsenkel waren in einer zierlichen Schleife zusammen gebunden. Sie hob ihren Koffer aus dem Netz, schloß ihn auf und packte die neuen Stiefel ein.

Nach der Verabredung traf sie sich mit den Freunden. Man fuhr nach München, wo man sich zwei Tage aufhielt, die Merkwürdigkeiten zu besehen, wie die Museen, das Siegestor, die Bavaria und das Hofbräuhaus, dann fuhr man weiter nach Tirol.

Am ersten Morgen zog Anna ihre Bergstiefel an. Sie drückten. Aber sie sagte sich, daß die Stiefel sich erst an den Fuß gewöhnen müssen. So ging sie mit den Freunden einen weiten Weg, den man als ersten geplant.

Es stellte sich bald ein heftiger Schmerz heraus; aber sie mochte den Freunden das Vergnügen nicht verderben, so bezwang sie sich und sagte Nichts. Man war fast den ganzen Tag unterwegs, die letzten Stunden war es Anna beständig, als solle sie ohnmächtig werden. Aber man kam doch glücklich in den Gasthof zurück, ohne daß die Freunde Etwas gemerkt hatten. Anna stieg sofort zu ihrem

Zimmer hinauf und zog mit großer Anstrengung die Stiefel von den geschwollenen Füßen; als sie sich vom Stuhl erheben wollte, sank sie mit einem leichten Aufschrei wieder zurück, sie konnte nicht auftreten.

Der Arzt mußte kommen, er stellte fest, daß sie sich durch die unpassenden Stiefel ein Fußleiden zugezogen hatte, das nur durch Schonung behoben werden konnte. Sie mußte die ganzen vier Wochen des Aufenthalts im Bett liegen.

Nach ihrer Rückkehr besuchte sie den Meister Bosch, um die Rechnung für die Stiefel zu verlangen und zu bezahlen. Der Geselle war nicht mehr da, Meister Bosch begrüßte sie mit strahlendem Gesicht, er rief: »Das sind gute Stiefel, nicht wahr? Auf so einer Reise, da ist gutes Schuhwerk die Hauptsache, sonst kann man sich die ganze teure Reise verderben.« Er hatte die Rechnung schon geschrieben; sie war sehr bescheiden.

Anna nickte ihm freundlich zu. »Da haben Sie recht, Meister, es ist ein schönes Paar Stiefel.«

Meister Bosch rieb sich die Hände. »Da habe ich also Ehre eingelegt,« sagte er. »Das ist gut. Das gibt mir Zuversicht. Da sind also die Herrschaften nicht betrogen. Sie werden ja nur gebraucht, wenn es Etwas gilt; da kann Fräulein Meyer sie noch haben, wenn ich schon lange tot bin, und wenn einmal die fremden Herrschaften nach den Stiefeln fragen, dann sagt Fräulein Meyer: die hat noch der Meister Bosch gemacht.«

Der verkaufte Hof

Bei einer Gebirgswanderung kam ich an einem einsamen kleinen Hof vorbei. Ein Mann von etwa dreißig Jahren pflügte mit zwei schönen Ochsen. Es war Frühstückspause; er hängte seine Ochsen ab, sie bückten sich und fraßen auf der Wiese, er setzte sich auf den Rand des Brunnentrogs an der Straße, sein Brot mit Speck zu verzehren.

Ich hatte mich auf der anderen Seite des Brunnentrogs niedergelassen, um ein Viertelstündchen zu rasten. Der Hof lag schön; das Feld war guter, etwas sandiger Lehmboden; die Wiese nebenan stand in üppigem Grün, die Apfelbäume blühten.

Der Mann beobachtete, wie ich mich prüfend umsah. »Ein schöner Hof!« sagte er zu mir. »Hat früher mir gehört. Jetzt muß ich den Knecht hier spielen.« Er sagte das mit einem leichten Ärger.

Die Art des Mannes wunderte mich. Ich fragte ihn nach den näheren Umständen.

»Ach, Herr!« erwiderte er, »das ist eine lange Geschichte, da kann man wieder einmal die Falschheit der Weiber sehen.« Er steckte ein Stück Speck auf das Messer gespießt in den Mund, dann begann er zu erzählen.

»Sehen Sie, Herr, der Hof hat meiner Mutter gehört, ich habe keine Geschwister weiter, was fehlt mir denn? Aber ich sage zu meiner Mutter: »Heiraten will ich.« Nun ja, meine Mutter redet mir ab, sie sagt: »Du kannst noch immer eine Frau kriegen, du hast noch Zeit, es gibt genug Mädchen in der Welt.« Mitgebracht hat sie auch Nichts. Aber das wissen Sie wohl, wie das ist, wenn man sich so ein Mädchen in den Kopf gesetzt hat, dann denkt man, das muß so sein. Also gut. Meine Mutter sagt: »Wenn du nicht anders willst, meinetwegen.« Nun, klagen konnte ich ja nicht, meine Frau war fleißig, und war sauber, alles was man will.

Nun fängt das so an. Da kommt der Briefträger. Eine Vorladung. Na, ich weiß das schon, was das ist. Der Herr Richter sitzt vor seinem Tisch, der Schreibersgeselle sitzt da, der Herr Richter sagt: »So und so, die ledige Amreiner . . .« na, der Herr wissen schon, was ich meine, das ist menschlich, also das Mädchen hat ein Kind und hat mich angegeben. Ich. »Wie komme ich denn dazu? Ich bin ein verheirateter Mann. Da sind denn noch andre da.« Also er liest aus seinen Papieren vor, er sagt, ich muß schwören. Na, das überlegt man sich denn doch. Also, der Richter sagt, ich muß zahlen, fünf Mark den Monat muß ich zahlen. Ich bin Knecht bei meiner Mutter, ich habe keinen Lohn, wovon soll ich denn fünf Mark monatlich zahlen? Sagen Sie selber, Herr! Das ist doch eine Gemeinheit!

Das war aber gerade damals, wie meine Mutter am letzten lag. Ich sage meiner Mutter: »Ich bezahle die Alimente nicht. Weshalb soll ich denn die Alimente bezahlen!« Andere, die, na, Herr, wir sind so Bauern, wir sagen das so heraus; weshalb soll ich Alimente bezahlen?

Nun sage ich zu meiner Mutter: »Weißt du, du stirbst jetzt, dann habe ich den Hof, dann fassen sie zu. Jetzt habe ich Nichts, aber dann können sie zufassen. Jetzt verschreibst du den Hof meiner Frau, dann gehört er meiner Frau, dann können sie zu mir kommen mit ihren Alimenten.«

Also gut. Der Herr Richter kommt, der Schreibergeselle kommt, meine Mutter sagt: »Den Hof erbt meine Schwiegertochter, meinen Sohn enterbe ich, weil er mir den Kummer gemacht hat mit den Alimenten.« Der Herr Richter hat das wohl gemerkt, weshalb sie das getan hat, die Herren sind nicht so dumm, wie die Leute denken, die merken so Etwas. Aber was soll er machen? Bloß, der hat gleich gewußt, wie das ausgehen wird, der hat die Weiber gekannt, daß man ihnen nicht trauen darf, erst tuen sie Einem schön, und wenn sie haben, was sie wollen, dann ist Nichts gewesen. Der Herr Richter, der hat es mir gesagt: »Paß auf«, hat er gesagt, »dich ziehst du aus, und die ziehst du an. Wir sprechen uns wieder«, hat er gesagt.

Also gut. Meine Mutter stirbt. Wir begraben sie. Ich lasse ein Kreuz machen auf dem Hügel. Gut. Ich habe nichts. Ich bin Knecht bei meiner Frau. Lohn kriege ich nicht. Ich diene für die Kost, und ein Paar Schuhe jedes Jahr, einen Anzug, ein Hemd, ein Paar Strümpfe.

Sehen Sie, Herr, nun ist das so. Da war der Pepi. Der war bei den Soldaten gewesen, der kam nun nach Hause. Habe ich recht? Wenn ich eine Frau habe, die habe ich doch für mich? »Pepi!« sage ich, »nimm dich in Acht! Wenn ich dich einmal erwische, dann geht's dir schlecht. Einmal nur, sag ich dir.« Der Pepi lacht bloß. Herr, das können Sie sich denken, das wurmt! Nichts hat meine Frau gehabt, wie ich sie heiratete, das Hemd auf dem Hintern hat ihr meine Mutter geben müssen. Und wissen Sie, ich habe Land bei dem Hof. Ich brauche nicht auswärts auf Arbeit zu gehen. Was will sie denn mehr? Aber meine Mutter hat's mir gesagt, der Herr Richter hat's mir auch gesagt.

Also gut. November ist's. Alles eingebracht. Schon das meiste gedroschen. Ich bin im Dorf, ich sitze im Wirtshaus. Da sticheln sie schon. Nicht sein Glas Bier kann man mehr in Ruhe trinken. Ich stehe auf, zahle, nach Haus.

Wie ich da komme, Herr, das sage ich Ihnen, das sind sie sich nicht vermuten gewesen, ich, gleich die Tür aufgerissen, da sitzen sie beieinander in der Ofenecke. Da nehme ich doch meinen Stock und dresche los! Alles einerlei, er und sie, immer feste! Sie springen auf, er zur Tür, reißt sie auf, hinaus, ich immer hinterher, immer auf ihn drauf, bis mir der Stock abbricht, da schmeiße ich ihm das Stück noch in den Buckel und gehe zurück.

Natürlich, Anzeige. Der Arzt hat ein Zeugnis ausgestellt, Flecke am ganzen Körper, drei Wochen arbeitsunfähig. Drei Monate habe ich gekriegt, und die Kosten. Ich sage zu meiner Frau: »Berufung lege ich nicht ein. Denn wozu? Das sind bloß neue Kosten, dann wird es vielleicht ein Monat weniger. In der Wirtschaft ist jetzt nicht viel zu tun, ich mache es gleich ab, dann bin ich fertig, wenn die Arbeit wieder angeht.«

Also gut. Meine Frau besucht mich auch, jeden Sonntag hat sie mich besucht, immer hat sie mir Etwas zu essen mitgebracht, denn das Essen ist ja schlecht da im Gefängnis. Sie weint, sie sagt: »Du gehst mir ab, du fehlst mir hier und fehlst mir da.« Ich tröste sie noch, ich sage: »Die Zeit ist bald herum, dann beginnt die Bestellung, ich will dieses Jahr mehr Roggen bauen.«

Herr, was soll ich Ihnen sagen, ich komme aus dem Gefängnis heraus, ich setze mich auf die Bahn, ich fahre, ich steige aus, ich gehe her, ich trete ins Haus, da sitzt da so ein Stadtherr in der Stube, mit einer Brille, und hat seine Frau bei sich. Der guckt mich an und fragt mich: »Was wollen Sie denn hier?« Nun, das wundert mich denn doch. Ich setze mich also, knöpfe mir den Rock zu, ich sage: »Nur manierlich! Wenn ich hier in mein Haus komme, hier bin ich doch der Herr!«

Herr, der Stadtherr guckt mich nur so an, über die Brille. »Ich habe diesen Landsitz gekauft. Er ist mein Eigentum«, sagt er.

Das wird mir denn doch zu toll. Ich springe auf, ich schlage mit der Faust auf den Tisch, ich schreie ihn an: »Machen Sie, daß Sie herauskommen!«

Indem geht die Tür auf, der Bürgermeister tritt ein. »Seppl«, sagt er, »nimm dich in acht, eben haben sie dich erst herausgelassen. Die Herrschaften haben den Hof von deiner Frau gekauft. Die ist nicht mehr da. Gestern ist sie in die Stadt gezogen. Sie hat einen Dienst angenommen.«

Herr, ich sage Ihnen, da war es mir, als wenn sich alles um mich dreht. Ich habe mich wieder setzen müssen. Die Stadtfrau ist zu mir getreten und hat mir gut zugeredet, aber ich habe Nichts gehört. Fünf Stück Vieh, zwei Ochsen! Alles weg.

Na, so bin ich denn nun Knecht geworden bei dem Stadtherrn. Der ist ein Professor. Gute Leute sind sie, das muß man sagen. Sie sind auch nicht oft da. Von meiner Frau habe ich mich scheiden lassen. Ich heirate nicht wieder!«

Gewissensbisse

In einer kleinen Stadt Deutschlands lebte in der zweiten Hälfte des neunzehnten Jahrhunderts ein Student der Theologie, wir wollen ihn Wilhelm nennen.

Die Entfremdung des protestantischen Volkes von der Kirche hatte schon begonnen, aber in der entlegenen Gegend von Wilhelms Heimat war doch immer noch ein gewisses Gemeindeleben vorhanden. In dem Städtchen war die wichtigste Persönlichkeit ein Fabrikbesitzer, wir wollen ihn Claus nennen. Der Mann hatte eine sehr gute Bildung und war sehr kirchlich: ein ernster, strenger Mann von damals etwa fünfzig Jahren, verwitwet. Sein Sohn, ein tüchtiger, kluger und liebenswürdiger Jüngling, war im Geschäft mit tätig; seine Tochter war in glücklicher Ehe an einen Universitätsgelehrten verheiratet.

An einem Ostersonntag verließ Claus mit Wilhelm zugleich die Kirche. »Sie wollen ja nun auch Pastor werden«, sagte Claus. »Glauben Sie denn, daß der Pastor, den wir eben hörten, weiß, was die Auferstehung des Herrn bedeutet?«

Wilhelm erwiderte wohl etwas, das seine Verwunderung über die Frage ausdrückte. Claus sagte: »Ja, Sie sind ja nun ein junger Mann, Sie haben noch nichts erlebt, Sie können das auch nicht wissen.« Er forderte den Andern auf, ihn zu einer bestimmten Stunde zu besuchen. Er sagte: »Ich muß zu Jemandem sprechen. So will ich denn Ihnen das sagen, was ich mitzuteilen habe. Einen Beichtiger muß der Mensch haben. Und Sie sind ein junger Mann von Ehre, bei Ihnen wird das Geheimnis gut aufgehoben sein.«

Der Fabrikbesitzer empfing den Studenten in seinem Kontor, einem schmucklosen Raum, in dem nur das Schreibpult, der Geldschrank und ein Tisch mit zwei Stühlen waren. Auf dem Tisch stand eine Flasche Wasser mit zwei Gläsern. Claus begann unvermittelt zu erzählen.

»Ich habe als junger Mann unter schwierigsten Verhältnissen angefangen. Damals besuchte mich ein Besitzer einer sehr großen Unternehmung in geschäftlichen Angelegenheiten. Ich zeigte ihm meine Anlage; dabei fiel ihm auf, daß ich eine große Menge Bruch auf einer Halde liegen hatte. Er fragte mich: »Weshalb verwerten Sie ihn nicht? Sie selber haben ja in Ihrem Betrieb nicht die Maschinen dazu, aber Sie können ihn doch verkaufen. Ich selber kaufe öfters Bruch ein, durchschnittlich zu 300 Mark den Waggon.« Ich erwiderte, ich habe keinen Abnehmer gefunden. Nun erinnere ich mich genau, noch heute weiß ich es, daß ich ihm den Vorrat für 300 Mark den Waggon loco seiner Fabrik verkauft habe. Aber ich habe nichts Schriftliches abgemacht, das wäre mir peinlich gewesen.

Nun, ich schicke dem Mann seine Ware zu. Ich weiß es noch heute, etwa siebenhundert Mark Unkosten hatte ich. Er schreibt mir einen erstaunten Brief, er habe keine Verwendung, es müsse da ein Irrtum vorliegen, die Waggons seien auf seinen Gleisanschluß geschoben, und er müsse mir die Ware zur Verfügung stellen.

Das sind so Geschäftskniffe. Davon wußte ich damals noch nichts. Kurz und gut, es kamen noch Prozeßkosten dazu, ich war meinen Bruch los und hatte noch einen Barverlust von etwa neunhundert Mark. Der Andere hatte natürlich Verwendung, er bekam die Ware fast umsonst.

Der Verlust war in meinen damaligen Verhältnissen ein schwerer Schlag für mich. Ich wurde fast tiefsinnig. Ich hatte eben geheiratet, meine Frau hatte ich sehr lieb, ich mochte ihr Nichts von meinen Sorgen sagen.

Ich war hoch versichert. Wie das so geht, mein Lager war zur Zeit sehr klein; wenn ich abbrannte, so machte ich ein gutes Geschäft. Ich war an einem Sonntagnachmittag allein in der Fabrik, da machte ich mir das klar.

Ich hatte vor Kurzem elektrisches Licht legen lassen. Plötzlich war es mir wie eine Ahnung: »geh auf den Boden, sieh nach, es ist etwas nicht in Ordnung.« Ich bezwang mich, ich ging nicht auf den Boden. Ich sagte mir, das weiß ich noch heute: »die Menschen, das ist alles eine Spitzbubenbande. Wenn ich abbrenne, weshalb soll ich das Geschäft nicht machen? Weshalb soll ich der Versicherungsgesellschaft Etwas schenken? Mir hat auch noch Niemand Etwas geschenkt.«

Noch heute weiß ich: ich habe noch nie so tief geschlafen, wie diese Nacht. Meine Frau rüttelte mich, der Pförtner stand vor dem Bett; sie riefen: »Die Fabrik brennt.«

Nun machte Claus eine lange Pause. Dann schluckte er und fuhr fort:

»Also mein Bodenmeister schlief in der Fabrik mit seiner Familie. Er hatte die Mansardenwohnung. Er war jung verheiratet, wie ich, und hatte einen kleinen Sohn. Als ich aus dem Hans trat, hörte ich schon die Feuerwehr anrasseln. Die Flammen schlugen um das Dach und spitzten sich hoch. Der Bodenmeister stand mit seiner Frau am Fenster, die Frau hatte das Kind im Arm. Ich rief ihm zu, er ließ einen Bindfaden nieder, an den band ich ein Drahtseil, das ich da liegen hatte. Er zog es hoch und befestigte es am Fenster, dann ließ er sich nieder. Die Frau stand oben am Fenster, und wagte nicht, herauszusteigen, der Mann sah seine blutig zerrissenen Hände an. Es war höchste Eile nötig, so kletterte ich selber hoch, nahm die Frau mit dem Kind in den Arm und ließ mich mit den Beiden am Seil auf die Erde zurück. Nun, und dann . . . dann ist das Kind gestorben. Es hatte sich in der Nacht eine heftige Erkältung geholt.

Meine Versicherung bekam ich ausbezahlt, auf den Heller. Ich habe dann Glück gehabt mit meinem Geschäft; Sie wissen, ich bin heute ein reicher Mann. Aber das Gewissen hat mir keine Ruhe gelassen, seitdem.

Sehen Sie, der Bodenmeister sagt, ich habe seine Frau gerettet. Gut. Seine Frau hat wieder ein Kind bekommen, wieder einen Jungen. Ich habe ihn studieren lassen, er ist jetzt Privatdozent, ich habe ihm meine Tochter zur Frau gegeben.

Sehen Sie, was mich so bedrückt, das ist, daß man so furchtbar einsam ist. Ich habe ein Verbrechen begangen. Dafür muß ich meine Strafe haben, das ist mein Recht. Mein Recht muß ich haben. Aber wenn ich zum Staatsanwalt gehe – das hat doch keinen Zweck! Er sagt mir: »Sie haben ja Nichts begangen, wir können da nicht einschreiten, was wollen Sie? Und zum Pastor – ja glauben Sie denn, daß er weiß, was die Auferstehung des Herrn bedeutet?«

Wilhelm verstand nicht, in welchem Zusammenhang die Lehre von der Auferstehung Christi mit dem Geschehnis stehen sollte, welches Claus erzählte. Aber er wagte nicht, zu fragen. Die Verzweiflung des Andern hatte ihn tief erregt.

Es war, als ob der Andere die Gedanken Wilhelms spüre. Er sagte: »Wenn mir mein Recht nicht wird, dann ist Christus für mich nicht auferstanden. Das muß man verstehen, daß Christus auferstanden ist. Das ist ja doch nicht so eine Geschichte, die vor fast zweitausend Jahren in Jerusalem geschehen ist, daß ein Rabbi unschuldig gekreuzigt wurde und dann von den Toten auferstand. Was geht mich das an? Es werden viele Menschen unschuldig gekreuzigt, täglich, stündlich.«

Claus fuhr fort: »Was soll ich tun? Ich habe gedacht: ich bin Mitglied der Synode. Ich stehe in einer Sitzung auf und sage: »So und so, ich bin ein Brandstifter und ein Kindsmörder.« Was geschieht? Die Leute halten mich für verrückt.

Oder ist das auch nur Feigheit von mir, daß ich das nicht tue?

Aber nun habe ich doch auch meine Kinder. Gute Kinder. Wenn ich nun auftrete und sage, was ich getan habe, dann fällt ein Fleck auf sie, dann wissen das alle Leute und zeigen auf sie; wie sollen sie dann leben? Mein Sohn ist ein stolzer Mensch, und meine Tochter, ja, es war ja doch das Brüderchen ihres Mannes, das ich ermordet habe!«

Claus sah Wilhelm fragend ins Gesicht; Wilhelm schwieg. Claus sagte: »Ich erzählte Ihnen ja das nicht, damit Sie mir einen Rat geben sollen. Das können Sie gar nicht. Nur: ich muß einem Menschen beichten. Und Sie sind ein unschuldiger Mensch. Sie verstehen mich, zu Ihnen kann ich sprechen.«

Er fuhr fort: »Es geschieht täglich und stündlich Unrecht in der Welt. Ja, die Welt könnte ohne das Unrecht nicht bestehen, das geschieht. Und vielleicht spüren das manche Menschen gar nicht; wenn sie Unrecht tun – ich weiß das nicht, denn Niemand kann in der Andern Seele schauen. Aber in mir, in mir brennt das Gericht.

Ich habe mir Etwas ausgedacht. Für meine Kinder ist gesorgt. Mein Sohn kann die Fabrik selbständig führen. Ich will heimlich die Stadt verlassen und nach Amerika gehen. Dort will ich harte Arbeit tun, die ich nicht gewohnt bin, Handarbeit. Ich lebe ganz dürftig. Alles Geld, das ich erübrige, schicke ich an den Bodenmeister. Ich richte mir das so ein, daß es ist, als wenn ich vom Gericht zu Zuchthaus verurteilt bin. Ihnen vertraue ich an, wo ich wohne. Sie sollen mir Nachricht geben von hier, denn ich will doch wissen, wie es meinen Kindern geht, das weiß ein Zuchthäusler doch auch.«

Claus verschwand plötzlich aus der Stadt. Niemand wußte, was geschehen war; man nahm schließlich irgend einen Unglücksfall an.

Der Bodenmeister bekam aus Amerika eine Geldsendung von einem Unbekannten. Nach einiger Zeit kam eine neue Sendung. Zuletzt erhielt er jeden Monat an einem bestimmten Tag eine Summe.

Der Mann besprach sich mit seiner Frau, mit dem Sohn; er schrieb an die aufgegebene Anschrift des Unbekannten, aber er bekam keine Antwort. In dem Städtchen wurde über die sonderbaren Geldsendungen gesprochen, allmählich gewöhnte man sich an den Zustand.

Die Frau des Bodenmeisters sagte zu ihrem Mann, ihr Sohn sei nun doch ein Universitätsgelehrter, da schicke es sich nicht für sie, daß sie nur eine Stube und Küche habe; sie müsse nun auch eine gute Stube einrichten, wenn etwa einmal Besuch komme, daß man den hineinführen könne; und das Geld sei ja da. Dann klagte sie ihrem Mann, daß sie älter werde und der Arbeit nicht mehr so recht verstehen könne; sie müsse sich ein Mädchen nehmen, das ihr bei der Hausarbeit helfe, wie es andere Leute ihres Standes auch haben.

Der Student war inzwischen älter geworden. Er hatte keine Pfarrstelle gesucht, denn es schien ihm nicht möglich zu sein, Seelsorge zu üben; er war nun Lehrer an dem Gymnasium des Orts. Er schrieb pünktlich jedes Vierteljahr an Claus einen Brief, in welchem er über das Ergehen seiner Kinder und Enkel berichtete. So schrieb er auch über die Wirkungen des Geldes bei dem Bodenmeister.

Claus schrieb zurück: Solche Wirkungen habe er erwartet. Aber er sei nicht verantwortlich für sie. Der Wille des Menschen sei frei, und so beginne mit jedem Menschen eine neue Kette von Ursachen. Was die Leute mit dem Geld machten, das er schicke, ob sie sich vielleicht Bedürfnisse angewöhnten, die sie später nicht mehr befriedigen könnten, das sei nicht seine Sache. Ihm komme es nur auf seine eigene Seele an.

Der Gattenmörder

Am Tor des Gefängnisses zu O – – schellte an einem Abend ein Bauer namens Carlsen. Der Schließer öffnete; er kannte den Mann und wollte ihn freundlich begrüßen; aber der sagte kurz angebunden: »Ich habe meine Frau gemordet. Ich stelle mich.«

Verwundert ließ der Beamte den Mann ein, schloß hinter ihm sorgfältig das Tor und führte ihn zum Leiter der Anstalt. Er versuchte ein Gespräch anzuknüpfen, aber Carlsen schwieg hartnäckig.

Der Leiter des Gefängnisses saß gerade mit seiner Familie beim Abendbrot, als der Schließer mit dem Mann eintrat. Verdrießlich erhob er sich. Der Schließer stand in dienstlicher Haltung bei der Tür und hielt den Andern am Ärmel. Er sagte: »Melde gehorsamst, bringe den Bauern Carlsen, der sich selbst des Gattenmords bezichtigt.«

Die Frau des Hauses und die beiden Kinder blickten die zwei Männer erschrocken an. Der Herr ging in sein Arbeitszimmer, die Männer folgten ihm; er setzte sich an seinen Schreibtisch und schrieb den Bericht auf. Erst sprach der Schließer; dann sollte der Bauer erzählen. Er sagte nur: »Ich habe meine Frau gemordet. Ich stelle mich«. Als ihn der Andere nach den näheren Umständen fragte, wiederholte er nur seine Worte und fügte hinzu. »Das andere können die Herren unter sich ausmachen. Ich bin geständig, ich will meine Tat nicht verhehlen.«

Im Ort entstand am andern Vormittag, als das Geschehene bekannt wurde, eine Aufregung. Carlsen war ein sehr großer und breitschultriger Mann von außergewöhnlichen Kräften, der immer mit vorgebeugtem Kopf und finsterem Gesicht ging. Die Leute sagten, daß sie ihm immer schon das Schlimmste zugetraut haben. Er war in zweiter Ehe vermählt gewesen. Seine erste Frau hatte man vor etwa anderthalb Jahren an ihrer Bettlade erhängt gefunden, dann hatte er in unanständiger Eile die zweite Frau geheiratet, die er nun in schrecklicher Weise ermordet. Sie lag in der Wohnstube auf der Diele, der Schädel war ihr bis auf die Zähne mit einer Holzaxt gespalten; die Mordwaffe lag neben ihr. Die Wohnstube war abgesperrt gewesen, Carlsen hatte den Schlüssel dem Gefängnisleiter übergeben. Damals schon, bei dem Tod der ersten Frau und der eiligen Heirat, hatten manche Leute gemunkelt, es liege nicht Selbstmord vor, sondern der Gatte sei der Mörder. Nun wurde das als sicher angenommen, und aus zufälligen Vorkommnissen, welche neu gedeutet wurden, und Vermutungen und Schlüssen bildete sich schnell in der Bevölkerung ein Charakterbild Carlsens als eines rohen, zuchtlosen, ja, fast tierischen Verbrechers.

Der Richter, welcher die erste Untersuchung leiten mußte, war ein junger Mann, der mit heutigen Anschauungen noch nicht lange die Universität verlassen hatte. Er sagte sich, daß da ein interessanter Fall vorlag, der psychologisch angefaßt sein wollte. Es war ihm klar, daß er sich nicht durch Erzählungen und Urteile durfte einnehmen lassen, welche in dem Städtchen umliefen, daß nur die Tatsachen sprechen durften, die reinen Tatsachen.

Aber an Tatsachen war nun eben Nichts vorhanden, als daß man die erste Frau erhängt gefunden hatte und daß Carlsen fest dabei blieb, sie habe sich selbst getötet; und daß die zweite Frau mit zerspaltenem Schädel neben der Axt in der Stube gelegen, welche der Mann selber abgeschlossen hatte, und daß er den Mord an dieser zweiten Frau gestand. Nichts weiter war aus ihm herauszubekommen, als daß er sie ermordet hatte; er sagte Nichts über die Begleitumstände, Nichts über Ursachen und Gründe; er sagte immer nur: »Ich habe meine Frau ermordet. Ich will meine Tat nicht fortlügen. Das Andere müssen die Herrn unter sich ausmachen«. Zeugen wurden vernommen, ob Unfrieden zwischen den Eheleuten geherrscht habe, ob der Mann trinke, ob ein Teil Anlaß zu Eifersucht gegeben, ob ein Teil verschwendet habe, und so weiter nach allen möglichen Ursachen einer solchen Tat: kein Zeuge konnte irgend Etwas aussagen, das irgend einen Anhalt gegeben hätte.

Die Voruntersuchung wurde abgeschlossen. Der Verbrecher wurde in das Landesgefängnis gebracht. Der Gefängnisgeistliche bemühte sich um ihn, er sprach von den Qualen des Gewissens, von Erleichterung durch das Geständnis, vom irdischen und himmlischen Richter; auch ihm eröffnete sich der Mann nicht.

Nun war da ein Rechtsanwalt, der noch nicht allzu lange seine Tätigkeit ausübte. Er wurde Carlsen als Verteidiger gegeben.

Als er den Gefangenen das erste Mal besuchte, fiel ihm seine besonders bleiche Farbe auf. Er sagte: »Sie sind an die freie Luft gewöhnt und an harte körperliche Arbeit. Ich kann mir vorstellen, daß es für Sie hier sehr schwer ist.« Im Gesicht des Gefangenen leuchtete Etwas auf, er sagte: »Ja, die Menschen wissen ja Nichts von Einem«. Dann verfinsterten sich seine Mienen; er fuhr fort. »Es ist gut so«.

Als der Mann so sprach, da wurde dem Verteidiger eigentümlich zu Mute. Er war ein junger Mann, er hatte das Leben noch vor sich. Gestern hatte er sich verlobt mit dem Mädchen, das er schon als Student geliebt; der Tag der Heirat war festgesetzt; es dichtete und träumte in ihm unbestimmt von Glück, Frieden, Heiterkeit – als der Mann so sprach, da war es ihm, als ob er sich schämen müsse.

Er war einer von denen, welchen das Herz auf der Zunge liegt. Er sagte: »Ich muß mich vor Ihnen schämen, wenn Sie so sprechen.«

Erstaunt, fassungslos sah ihn Carlsen an. Dann ging er erregt in der Zelle auf und ab. Dann ergriff er die Hand des Verteidigers und sprach: »Herr Rechtsanwalt, ich habe meine Frau gemordet. Ich weiß, daß ich bestraft werden muß. Ich will meine Strafe auf mich nehmen. Weshalb fragen mich denn die Herrn noch? Ich will meine Strafe auf mich nehmen.«

Der Rechtsanwalt erwiderte ihm: »Ich bin fünf Jahre jünger wie Sie, Sie haben Schreckliches durchgemacht, da sind Sie reifer. Aber ich habe solche Dinge studiert. Wenn ich Alles weiß, dann sehe ich mehr, als Sie sehen können. Sie können Ihre Tat nicht selber beurteilen. Einem Andern würde ich sagen: mir dürfen Sie Alles erzählen, ich bin wie ein Beichtvater und darf von Ihren Geständnissen keinen Gebrauch gegen Sie machen. Ihnen sage ich das nicht, denn Sie sind ein stolzer Mann.«

Carlsen schwieg. Dann sagte er: »Ja, man hat seinen Stolz.«

Der Rechtsanwalt fuhr fort: »Ich muß Sie verteidigen. Sie haben getan, was Sie getan haben, und ich will Sie nicht herauslügen –«

Der Andere wurde rot: »Ich will auch nicht herausgelogen werden. Ich will meine Strafe.«

Der Rechtsanwalt fuhr fort: »Aber ich muß wissen, was Sie eigentlich getan haben. Sie sind doch kein Mörder.«

»Nein, ich bin kein Mörder«, sagte Carlsen.

»Nun, auch ich will richtig handeln«, schloß der Rechtsanwalt. »Ich bin für Sie verantwortlich. Ihnen mag es gleich sein, ob Sie zu hart bestraft werden; vielleicht ist es Ihnen nur jetzt gleich, und nachher nicht mehr, wenn es zu spät ist; aber ich muß dafür sorgen, daß Ihre Strafe im richtigen Verhältnis zu Ihrer Tat steht.«

Der Mann schwieg lange. Dann sagte er: »Ich will Ihnen Alles erzählen. Ich vertraue Ihnen, daß Sie öffentlich nur berichten, was ich Ihnen erlaube. Sie geben mir vorher an, was Sie in Ihrer Verteidigungsrede sagen wollen. Aber lassen Sie mir Zeit, mich zu sammeln. Ich bin das Knören nicht gewohnt. Kommen Sie morgen wieder.«

Am andern Tag erzählte der Mann Folgendes:

»Ich bin als Junge immer für mich allein gewesen. Sie wissen, wie es auf dem Dorf ist, da haben die Jungen schon mit den Mädchen zu tun. Das paßte mir nicht. In der Schule war ich der Erste. Der Lehrer sagte, ich habe Kopf, ich solle das Seminar besuchen, aber ich wollte nicht anderer Leute Diener sein. Nun, wie das so ist, da war ein Mädchen im Dorf, ihr Vater war Schreiber beim Landrat, die hatte etwas Feineres, in die verliebte ich mich. Ich sagte zu meiner Mutter: ›Die will ich heiraten.‹ Meine Mutter erschrickt, spricht: ›Du kennst deinen Vater, der gibt das nicht zu.‹ Ich sage: ›Dann gehe ich ins Wasser, das drückt mir das Herz ab, wenn ich das Mädchen nicht haben soll.‹ Nun, an einem Abend bringen sie den Vater tot nach Hause, er hat ein Hornissennest angepflügt, die Hornissen fallen über die Gäule her, mein Vater will sie vom Pflug abhängen, da wird er umgerissen, die Gäule über ihn hin, er hatte einen Schlag auf das Herz bekommen. Wie das Trauerjahr vorüber ist, heirate ich das Mädchen. Herr, kein Hemd hatte sie auf dem Hintern. Meine Mutter hat mich gewarnt: ›Das ist keine Frau für dich, die macht dich unglücklich. Du bist noch zu jung; du hast noch nicht die Umsicht, warte noch.‹ Aber wenn der Mann verliebt ist, Herr, Sie wissen ja, da hat er den Verstand nicht mehr an der Leine. Meine Frau paßte nicht auf einen Hof, die wollte immer in der Stube am Fenster sitzen und nähen. Ich dachte, wenn sie erst ihr ordentliches festes Essen hat und kommt in die Luft, dann kriegt sie Farbe. Immer Kopfschmerzen. Nichts war in Ordnung. Glauben Sie, daß sie das

Melken gelernt hat? Bis um sieben lag sie im Bett. Und, Herr, ich hatte mich geschont, ich wußte, ich bin von Gott nicht zum Mönch bestimmt, aber sie weinte und schrie. Die letzten Jahre lag sie immer im Bett. Der Arzt sagte, es ist Hysterie, das kommt bei solchen Personen. Aber sie hatte ein gutes Gemüt. Ein Andrer hätte den Stock genommen; aber sie konnte doch nichts dazu, sie war nun einmal so, und den guten Willen hatte sie ja. Auf mir lag die ganze Last, sogar die Eier habe ich zählen müssen; die Andern lachten mich aus und sagten, ich bin ein Windelwäscher. Ja, die Windeln hätte ich auch gewaschen, aber Kinder waren nicht da; und wozu arbeite ich denn, wenn ich keine Kinder habe?

Nun, da hatte mein Nachbar ein Mädchen. Er war ein großer Bauer, er sagte: ›Art gehört zu Art, mein Mädchen hättest du nehmen sollen, mit der wärst du ein Mann geworden.‹ Ich wußte wohl, was er dachte, man hat doch seine Augen, das Heu war hitzig, er hätte sie gern unter die Haube gebracht, aber es fand sich keine rechte Gelegenheit. Sie war etwas jünger wie meine Frau, aber sie war eine werkhafte Person, das flog ihr nur alles so von den Händen. Herr, es heißt ja: ›Wer ein Weib ansieht, ihrer zu begehren, der hat schon die Ehe mit ihr gebrochen in seinem Herzen.‹ Ich habe gekämpft, Herr, aber wenn mich die Person anblitzte mit ihren dunklen Augen, dann war mir, als würde ich in einen Kessel mit kochendem Wasser geworfen. Ja, Herr, es war eben so, es kamen Feuer und Stroh zusammen. Aber Keiner hat Etwas erfahren, das war ganz heimlich unter uns.

Meine Frau wußte wohl, was mir alles fehlte, sie wird ja auch wohl Etwas geahnt haben, denn einer Frau kann man in solchen Geschichten nichts vormachen, aber gesagt hat sie mir kein Wort. Aber ich selber, Herr, Sie müssen nicht glauben, daß das Liebe war mit der Andern, ich schämte mich, und sie war mir zuwider, aber wenn sie mich nur mit dem Finger anrührte, dann drehte sich mir alles vor den Augen wie ein Feuerrad, und ich sah Nichts mehr. Und die Liebe zu meiner Frau, ja, die war auch fort, ich dachte immer: wenn sie doch tot wäre, dann könnte ich eine Frau heiraten, bei der ich meine Ordnung hätte. Aber dann tat sie mir immer auch leid, denn sie hatte keinen schlechten Charakter, sie klagte sich auch immer selber an, und das konnte ich nicht hören, so schnitt es mir ins Herz. Sie sagte oft, was ich selber dachte: ›Wenn mich doch der liebe Gott erhörte, dann würde mit dir alles gut.‹

Ja, Herr, der Mensch hat sich nicht in der Hand. Wie sie mir das einmal wieder sagt, da sage ich: ›Wer immer vom Sterben spricht, der lebt noch lange.‹ Wie ich das heraus habe, da bin ich über mich selber erschrocken; aber was soll ich tun, das gesprochene Wort bringen keine zehn Pferde mehr zurück. Ich tue grob und sage: ›Nimm regelmäßig deine Tropfen ein, dann wird es schon besser.‹ Sie sieht mich so an, so sonderbar, dann sagte sie: ›Wenn du aber wieder heiratest, das versprichst du mir, das Mädchen vom Nachbarn heiratest du nicht.‹ – ›Die Betze kommt mir nicht ins Haus‹, sage ich noch, und damit gehe ich aus der Kammer.

Dann war es, wie ich nach ein paar Stunden wieder in die Kammer kam, wir waren gerade in der Heuernte, da fand ich sie an ihrem Bettpfosten erhängt. Sie hatte sich richtig die Beine hochgezogen und einen Schwung gegeben.

Sie war noch nicht unter der Erde, es schläft Alles im Haus, ich sitze allein in der Wohnstube und lese in der Bibel; da klopft es ans Fenster, ich schiebe auf, da steht die Andere; ehe ich mich es versehe, ist sie eingestiegen und steht im Zimmer, da sagt sie: ›Dazu bin ich dir gut genug gewesen, nun bin ich auch gut genug, daß du mich heiratest.‹ Ich werde verlegen, ich sage: ›Meine Frau steht noch nebenan‹; sie antwortet: ›Du meinst wohl, ich weiß nicht, was du denkst? Das weiß ich ganz genau. Aber da habe ich auch noch ein Wort zu sagen. Glaube nicht, daß du ein freier Mann bist.‹ Da hätte ich ihr nun eine Ohrfeige geben sollen und die Haustür aufschließen und sie aus der Tür stoßen. Aber ihre Hand berührte meinen Arm, und da wurde das Andere so stark, daß ich Nichts mehr dachte; sie hatte ihre Besinnung, sie blies das Licht aus, sie hat das alles ganz genau vorher gewußt. Die Frauen wissen da viel besser Bescheid wie wir, die wissen vorher genau, was sie wollen.

Nun Herr, ich sage es Ihnen, und es ist wahr, ich wollte sie nicht heiraten. Sie stieg durch das Fenster zurück, da würgte es mich vor Ekel. Ich hatte ein ordentliches Mädchen im Auge, das auf sich hielt, ich dachte, die wollte ich freien, wenn die Trauerzeit vorüber war. Die Andere, ja, die wollte ich abquittieren. Weshalb wollte sie mich denn haben, die Hure, sie wußte doch, daß ich sie nicht liebte! Da gab es doch noch Andere! Weshalb mußte ich es denn sein!

Herr, das sage ich Ihnen, was ein Weib will, das setzt es durch. Sie hat mir gesagt, sie will es allen Leuten erzählen, was wir vorgehabt haben, sie will mich anzeigen, sie hat gesagt, ich hätte meine Frau selber ums Leben gebracht, weil ich eine Andere heiraten wollte, und dann war ich immer wieder schwach; und zuletzt sagte ich mir. ›Es ist ja doch alles eins, dein Leben ist doch verpfuscht, heirate die Hure, dann hast du Ruhe vor dem Stachel des Fleisches, und in der Wirtschaft ist sie tüchtig, und Kinder kommen doch nicht, das ist nun einmal nicht, und schließlich hast du ja doch auch nicht das ewige Leben, dann hast du Frieden.‹ Aber wenn ich jetzt zurück denke, dann war es wohl hauptsächlich, weil ich mich scheute, daß die Leute Alles von mir wissen sollten. Herr, das Weib hat keine Scham, selbst die Beste nicht. Scham hat nur der Mann.

Also, nun Heirat. Sie wollte gleich. Ich ließ ihr ihren Willen. Werden Sie es mir glauben? Ich hatte Angst. Ich bin ein großer, starker Kerl, wenn ich ihr die Hand auf die Schulter legte, dann hätte ich sie zusammen drücken können. Aber ich hatte Angst. Und nach der Heirat, da habe ich die Hölle gehabt.

Sie wußte genau, wie sie mich fassen konnte. Vor den Leuten war sie dienstbeflissen, war sie gehorsam, sie war zärtlich, sie wußte, daß ich die Schleckereien vor den Leuten nicht ausstehen konnte, aber ich konnte sie auch nicht fortstoßen, denn dann hätten die Leute ja gesehen, daß es nicht in Ordnung war. Und wenn wir dann allein waren, dann nannte sie mich immer: ›Du Schuft.‹ Sie sagte: ›Du Schuft, tu dies, du Schuft, tu das.‹ Ich habe mir die Lippen blutig gebissen, die Leute sollten Nichts merken. Wenn ich Etwas gegen sie gesagt hätte, dann hätten die Dienstboten Alles gehört; ich habe ein hölzernes Haus, das ist hellhörig. Ja, auch im Bett sagte sie ›du Schuft‹.

Was soll ich sagen? Ich habe mit den Knechten im Holz gearbeitet, ich komme als Erster zurück, um beim Füttern aufzupassen, ich trete in die Wohnstube und will die Axt an die Wand lehnen. Da sagt sie: ›Du kannst es wohl nicht ohne mich aushalten, du Schuft, deshalb mußt du wohl von der Arbeit fortlaufen, du Schuft!‹ Da war es soweit, da kochte der Topf über, ich habe Nichts gesehen und Nichts gedacht, mir war, als ob ein Anderer handelte. Ich hörte, wie ich schrie: ›Ich kann es wohl ohne dich aushalten, du Hure!‹ da lag sie schon. Wie ich zugeschlagen habe, das weiß ich selber nicht.«

Der Mann schwieg. Dann sagte er: »Nun habe ich so viel durchgemacht, damit meine Sachen nicht in die Mäuler der Menschen kommen. Ich weiß, ich soll auf vorbedachten Mord an beiden Frauen angeklagt werden, und das ist ja auch nicht Anders möglich. Wenn Sie es durchsetzen können, daß ich nur wegen Totschlag verurteilt werde, dann ist es gut. Aber Sie dürfen Nichts vorbringen, was ich Ihnen eben erzählt habe.«

Der Rechtsanwalt versprach ihm, was er verlangte. Dann ging er an seine Arbeit. Es glückte ihm, den Staatsanwalt zu bestimmen, daß er die Frage an die Geschworenen auch auf Totschlag stellte. In seiner Rede wußte er, ohne das Geheimnis preis zu geben, den Geschworenen das Urteil beizubringen, daß der Angeklagte bei der zweiten Frau nicht mit Überlegung und Vorbedacht gehandelt habe und daß bei der ersten Frau der Verdacht nur durch seine Tat an der zweiten rege geworden sei, denn der Arzt hatte bezeugt, daß ihre seelische Erkrankung in vielen Fällen zu Selbstmordanwandlungen führe. So wurde der Mann nur zu einigen Jahren Gefängnis verurteilt.

Als er seine Strafe abgebüßt hatte, verkaufte er seinen Hof und wanderte aus. Er war damals ein Mann von etwa fünfunddreißig Jahren. Nach langer Zeit bekam der Rechtsanwalt einen Brief von ihm: es ging ihm gut in der Fremde, er hatte wieder geheiratet und hatte vier Kinder, und er dankte dem Rechtsanwalt von Herzen, daß er ihm das neue Leben möglich gemacht hatte.

Beten

Ein Bauer lebte auf seinem Hof rechtschaffen nach seiner Väter Art. Mit dem Mitgebrachten seiner Frau hatte er die Geschwister ausgezahlt, so daß er schuldenfrei saß, und so konnte er jedes Jahr eine hübsche Summe sparen, die er dann sicher anlegte. Haus und Stall waren in gutem Stand, er hatte schöne Pferde, im Kuhstall stand nur auserlesenes Vieh, alles Geräte war neu und in schönster Ordnung, und die Felder waren gut bestellt. Er pflegte zu sagen, wer ihm in seinem Weizen eine Tremse zeige, dem zahle er fünf Silbergroschen.

Auch in der Familie ging dem Mann alles gut. Die Frau war arbeitsam, heiter und gesund; und zwar hatte er nur ein einziges Kind, einen Knaben von zehn Jahren, allein das Kind war wohl kräftig, hatte ein ruhiges Gemüt und zeigte sich schon anstellig und willig in allerhand Arbeit.

Eines Tages bekam er ein Gerichtsschreiben mit der Aufforderung, sich in einer Erbschaftssache – es waren der Name und das Aktenzeichen genannt – auf der und der Amtsstube des Gerichts einzufinden. Er schüttelte den Kopf. Ihm war nicht bekannt, daß er irgendwoher eine Erbschaft zu erwarten hatte; aber da die Aufforderung nun einmal gekommen war, so suchte er seine Geburtsurkunde und noch andere Papiere zusammen, welche in dem Schreiben aufgezählt waren, bestieg das Bauernwägelchen und trieb den Braunen an, daß er lustig auf der Landstraße hintrabte. Die Frau sah ihm nach, wie er stattlich mit breitem Rücken, die Schöße sauber zurückgeschlagen, sich auf dem lederbezogenen Sitz hielt.

Eine Schwester seines Großvaters hatte vor langen Zeiten in eine ganz andere Gegend von Deutschland geheiratet; der einzige Nachkomme war kinderlos gestorben; die Gerichte hatten Nachforschungen über die Verwandten angestellt, und neben andern Erben hatte man auch unsern Bauern ausfindig gemacht. Er mußte nur noch einige fehlende Papiere beibringen, dann konnte er sein Teil ausbezahlt erhalten; das waren an zehntausend Mark.

Der Bauer hatte sein Geschirr in dem Gasthof eingestellt, wo er immer verkehrte, wenn er in die Stadt kam. Noch ganz wirr von

dem Gehörten kam er in die Gaststube zurück, der Wirt setzte sich
zu ihm und fragte, er erzählte, und mitten in der Erzählung hieb er
mit der Faust auf den Tisch und rief: »Da muß Geld alle werden,
bring eine Flasche Champagner, du trinkst mit!« Der Wirt holte den
Wein und zwei Gläser, der Pfropfen schoß knallend hoch. Es kamen
noch andere Gäste, ein Holzhändler und ein Sägemüller; sie stellten
sich vor dem Tisch auf, hörten die Erzählung mit an und wurden
gleichfalls eingeladen; es folgten weitere Männer, der Bauer hatte
seine Geschichte schon oft erzählt, der Wein wirkte auch, es wurden
andere Geschichten aufgebracht von plötzlichen Erbschaften, großem Los und Ähnlichem; eine Flasche nach der andern wurde geholt und entkorkt; in halbtrunkenem Mut befahl er, daß gleich ein
Dutzend Flaschen bereit gestellt werden solle, und der Wirt ließ
eine Waschwanne mit Eis bringen, in welche die Flaschen gelegt
wurden; schon war der lange Tisch besetzt von allerhand Leuten,
welche der Bauer frei hielt; und als der Mann endlich aufstand, da
hatte er eine tüchtige Zeche von einigen hundert Mark zu zahlen.
Der Wirt entschuldigte sich über die Höhe der Summe; aber der
Bauer hieb ihm lachend auf die Schulter und sagte, eine solche Erbschaft mache man nicht alle Tage.

Der Hausknecht hatte den Braunen an das Wägelchen gespannt
und erwartete den Bauern. Der kam, und einige der Männer, die er
freigehalten, schlossen sich ihm an, um ihm draußen Lebewohl zu
sagen. Unter ihnen war ein Handwerksbursche auf der Wander-
schaft, ein Wagenbauer. Dem zeigte der Bauer das Wägelchen, das
er erst vor drei Wochen gekauft. Der Bursche besah es mit fachkun-
digen Blicken, dann sagte er: »Ganz gut gearbeitet. Die feine Arbeit
ist es ja nicht. Wir haben nur Gigs, Chaisen, Landauer und so feine
Herrschaftsware gebaut. Da muß man ja anders aufpassen.« – »So
eine Kutsche kann ich auch haben, wenn ich will,« sagte der Bauer,
»komm mit, setz dich auf, du sollst mit bei dem Handel sein, in vier
Wochen habe ich das Geld, da bezahle ich sie.« Der Bursche
schwang sich zu dem Bauern auf, der Braune zog an und trabte,
und der Bauer lenkte zu einem Geschäft, wo hinter einer Spiegel-
scheibe ein ausgestopftes Pferd angeschirrt vor einem feinen zwei-
rädrigen Wagen stand, auf dem Bock eine Wachsfigur, der kutschie-
rende Herr, und hinten, ihm den Rücken wendend, mit unterge-
schlagenen Armen ein Diener in steifem Hut. Der Bauer rief und

klopfte mit dem Peitschenstiel an die Glastür. Der Geschäftsmann, in schwarzem Gehrock mit neumodischem Bindeschlips kam eilfertig heraus, rief einen Arbeiter, den Braunen zu halten, und führte dann die beiden Männer dienernd und händereibend in den Laden.

Nach dem Hof hinaus standen unter einem Glasdach eine Anzahl verschiedener feiner Wagen. Der Geschäftsmann erklärte, der Bauer horchte ihm aufmerksam zu, indem er ihm angestrengt ins Gesicht sah, und der Bursche kroch zwischen die Räder und untersuchte alles. In kurzer Zeit hatte der Bauer einen schönen Landauer gekauft.

Es ist nicht nötig, das Folgende im Einzelnen zu erzählen. Der Bauer war in eine Wut des Geldausgebens geraten: er kaufte ein Klavier, noch andere Gegenstände, die er nicht brauchte, er hielt die Leute frei und trank selber und aß im Wirtshaus, und noch ehe die Erbschaft ausbezahlt wurde, hatte er schon mehr vertan, als sie ausmachte. Er sagte lachend: »Das freut mich doch, daß ich das Geld so schnell klein gekriegt habe.« Aber nun hörte er nicht auf, sondern er fuhr fort in seinen sinnlosen Ausgaben; wahrscheinlich überkam ihn eine heimliche Angst vor sich selber, die ihn zum Trinken trieb, zu leichtsinniger Gesellschaft, sogar zum Spielen; zu Hause machte ihm die Frau Vorwürfe, er antwortete grob; der Knabe ging schweigend aus dem Zimmer, wenn er eine Auseinandersetzung der Eltern kommen sah.

Nicht allzulange währte es, da war das ausgeliehene Bargeld verschwunden. Hier stutzte der Mann. Er hatte der Frau immer erwidert, was er ausgebe, das gehe sie nichts an, das sei sein Erspartes; nun hatte er weder Papiere mehr, noch Hypotheken, noch ein Guthaben auf der Sparkasse, und als der Schmied die Rechnung schickte, da konnte er nicht bezahlen, weil er kein Geld liegen hatte. Es standen auch hier und da Schulden in den Wirtschaften. Aber die Besinnung währte nicht lange, das alte Leben begann bald wieder, und nun ging es Schritt für Schritt rückwärts auf dem schönen Hof.

Der Sohn war inzwischen achtzehn Jahre alt geworden. Er ging, an der Lippe nagend, durch den Stall, in welchem die mageren und struppigen Kühe standen, er sah die elenden Pferde an, das zerrissene und übel geflickte Geschirr, die verkommenen Wagen; die Jauchepumpe im Hof war längst zerbrochen. Fensterscheiben waren mit Lumpen verstopft, auf dem Dache fehlten Ziegel. Die Hände in den Hosentaschen ging er in die Stube, wo der Vater vor dem Tisch saß, dumpf auf die Platte stierend, und sprach: »Ich wollte dir nur sagen, Vater, daß ich mich als Knecht nach auswärts verdingt habe. Ich mag die Wirtschaft hier nicht mehr mit ansehen.«

Der Bauer hob langsam den Kopf und sah mit blutunterlaufenen Augen nach ihm hin, die Ader auf der Stirn schwoll ihm; aber er sagte nichts; der Sohn ging aus dem Zimmer und schlug krachend die Tür hinter sich zu; der Alte sank wieder in sich zusammen und murmelte leise vor sich hin.

Indem er seine Wirtschaft nun so weiter trieb, überlegten sich die Nachbarn, wohin das führen mußte. Die Gründe lagen in Gemenglage; und so hatte fast jeder Bauer im Dorf einen Acker, eine Wiese, die ihm anstanden. Die Schulden waren so hoch, daß der Zusammenbruch bald erwartet werden mußte; es war bekannt, daß die Zinsen seit Jahren nicht bezahlt wurden; und die Güterschlächter, das wußte man, würden den Hof schlachten, wenn es zum äußersten kam.

Nun war es schon so weit, daß es hieß, der Hof solle von dem Hauptgläubiger übernommen werden. Da starb plötzlich die Frau. Lange schon war sie blaß, mit weißen Lippen, aufgeregt, herumgeschlichen, unfähig, noch etwas zu arbeiten und doch immer noch ängstlich besorgt um alles. An einem Morgen, als der Bauer spät mit wüstem Kopf aufwachte, lag sie im Bett, kalt, wächsern und mit gebrochenen Augen. Zitternd sprang der Bauer auf und kleidete sich schnell an. Im Haus war alles ruhig, die Leute waren längst im Feld bei der Arbeit. Er ging in den Stall, da war ihm, als ob der Stier sich losgerissen habe, er lief eilig dazu, ihn wieder anzuketten; der Stier hatte seine Stelle neben der Wand, und der Bauer war zwischen Stier und Wand getreten; unruhig gemacht drückte ihn das Tier an die Mauer und zerquetschte ihm den Brustkasten.

Nun kam der Sohn nach Hause, besorgte die Beerdigung und übernahm die Arbeit auf dem Hof. Sein früherer Herr besuchte ihn, ein hochgewachsener alter Bauer mit glatt geschabtem Kinn und scharfen Augen. Er besah sich alles, blieb ein paar Tage da und fuhr dann wieder ab. Im Dorf erzählte man sich, daß er dem jungen Mann eine Hypothek gegeben habe, um die nicht festgelegten

Schulden und die fälligen Zinsen zu bezahlen; so war denn den gierig Wartenden der Verkauf des Hofes wieder in die Ferne gerückt.

Nun ging der junge Mann an die Arbeit, den Hof wieder in die Höhe zu bringen. Er entließ Knechte und Mägde, welche verbummelt waren, und suchte sich tüchtige neue Leute. Der Dachdecker kam und besserte die Dächer aus. Aus dem Viehstall verschwanden die elendsten Kühe und schönes Jungvieh wurde angeschafft; es wurde wieder ordentlich gepflügt, die Mägde wurden angestellt, die Quecken aufzusammeln, Kunstdünger wurde gekauft, und als die erste Ernte stand, da sahen die Äcker schon so aus, als ob aus dem Hof von jeher alles in Ordnung gewesen wäre.

Der junge Mann war unermüdlich. Er stand als Erster auf und weckte die Leute, und wenn schon alles schlief, dann machte er erst noch einmal die Runde. Er war kein gutmütiger Mann, aber seine Leute ehrten ihn, denn er war der fleißigste von allen und verstand alles am besten. Einer sagte einmal: »Er läßt einem ja keine Ruhe, aber lieber ist mir das doch, wie das Bummelleben bei seinem Vater.«

Nach dem ersten Jahr besuchte ihn sein alter Herr wieder, er hatte diesmal seine Tochter mitgebracht. Der Bauer führte die Beiden überall herum und erklärte, was er getan. Er war nun schon fünfundzwanzig Jahre alt, er war schlank und sehnig, die Nase ragte ihm scharf aus dem Gesicht heraus, er hatte einen raschen Gang, und seinen Händen sah man es an, daß sie zugreifisch waren. Der Herr sagte zu ihm: »Es geht gut, ich bin zufrieden. Du mußt hier eine Frau haben, ich bin einverstanden, daß Ihr heiratet. Aber vergiß eines nicht: der Mensch ist auf der Welt, um den Willen Gottes zu erfüllen, und das geschieht nicht bloß durch die Arbeit.«

Der jüngere Mann hörte auf die letzten Worte kaum hin, er zeigte dem Gast eben eine neue Drillmaschine.

Die junge Frau zog ein, und nun ging das Leben seinen Gang weiter, wie es angefangen.

Schon im ersten Jahr war einmal eine kaum gekaufte schöne Stärke plötzlich krank geworden und hatte an den Fleischer abgegeben werden müssen. Als sie geschlachtet war, da zeigte es sich, daß sie mehrere Brettnägel in den Eingeweiden hatte. Der Fleischer sagte zu dem Bauern, indem er ihm die Nägel brachte: »Nimm dich in Acht, du hast Feinde im Dorf, das wird dir nicht gegönnt, daß du wieder hoch kommst, die haben deine Äcker schon unter sich verteilt gehabt«. Der Bauer preßte die Lippen zusammen, nickte mehrmals, und sagte: »Kann sein, kann sein«. Nun wurden plötzlich fünf Stück Vieh freßunlustig und magerten ab. Der Fleischer kam und sah sie sich an. »Es ist wieder dasselbe«, sagte ihm der Bauer. »Von meinen Leuten ist es keiner gewesen, es muß Einer gewesen sein, der in den Stall gekommen ist. Ich habe ja einen Verdacht, aber der hat den Stall nie betreten.« – »Du tust mir leid,« erwiderte der Fleischer, »du kannst solche Verluste nicht brauchen«. »Ich wollte dieses Jahr anfangen mit Abzahlen, daran kann ich nun nicht denken«, schloß der Bauer, und eine Träne glänzte ihm in den harten Augen.

In der nächsten Nacht hörte er im Pferdestall eine auffällige Unruhe. Schnell sprang er aus dem Bett, zündete die Laterne an und ging in den Stall. Da sah er einen Mann, den Bauern, auf den er den Verdacht hatte, wie er neben dem schönsten Pferd stand, den Hinterfuß auf seinem Knie hielt und ihm eben die Sehnen durchschneiden wollte. Im Wasserbottich standen Kartoffelhacken, die anziehen sollten. Er ergriff eine Hacke, stürzte sich auf den Menschen, und indem er schrie »Du mußt hin sein, du Hund!« schlug er ihm, der sich eben erschreckt aufrichten wollte, mit der scharfen Hacke über den Schädel, daß er stürzte. Das Pferd riß erschrocken an der Kette und stampfte in seinem Stand; der Mensch war unter die Hufe gekommen und wurde von dem ängstlichen Tier zerstampft; er schrie, aber der Bauer rief dem Pferd zu »Recht so, Hans« und zog ihm mit dem Hackenstiel eine über, daß es vor Schreck hochstieg und dem Unglücklichen Gesicht und Brust zertrat.

In der Tür stand die junge Frau, entgeistert, mit aufgerissenen Augen, die Hände erhoben.

Das Jammern des Menschen verstummte, der Bauer kam zur Besinnung und zog ihn unter den Hufen vor.

Als der junge Bauer in der Untersuchungshaft war, besuchte ihn der Schwiegervater. Er saß auf seiner Pritsche, den Kopf in die Hand gestützt und blickte nicht auf. Der Schwiegervater bot ihm die Hand. »Du willst so Einem die Hand reichen, wie ich bin?« fragte er. Da setzte sich der alte Mann neben ihn.

»Du willst gut zu mir sein«, sagte der Verbrecher. »Meine Frau ist ja auch gut. Aber mein Herz ist ein Eisklumpen, den könnt ihr nicht schmelzen.«

»Was du getan hast, das hast du getan«, sagte der Alte. »Du weißt, ich bin ein vernünftiger Mann, du bist der Mann meiner Tochter, und ich habe sie dir gern gegeben. Nun wollen wir uns überlegen, wie eure Sachen wieder in Ordnung kommen.«

»Ich bin ein ehrlicher Kerl, und der war ein Schurke. Aber nun bin ich ein Mörder. Wie kommt das? Das verstehe ich nicht«, sagte der Junge.

»Hast du denn mit den Herrn vom Gericht schon gesprochen?« fragte der Alte.

Der Andere zuckte die Achseln und schwieg. Dann sagte er. »Vater, das nutzt nichts. Der Untersuchungsrichter, ich weiß nicht, soll ich sagen, so ein Herr ist dumm? Das geht mich gar nichts an, was der spricht. Und dem Staatsanwalt, dem habe ich gesagt, er soll gehen. Was so bestraft wird, das tut er nicht, das ist alles. Dem Pastor habe ich gesagt, daß er selber nicht glaubt, was er mir da vorpredigt. Da ist er böse geworden und hat erwidert, ich bin verstockt. Nun weiß ich nicht, bin ich wirklich verstockt? Da liegt die Bibel. Was nutzt mir die? Ich habe gelesen, was soll man den ganzen Tag tun? Das Gewissen, das Gewissen! Was ist das?«

»Siehst du«, sagte der Alte, »ich habe mehr durchgemacht. Du mußt nun auch durchmachen. Der Mensch, den du erschlagen hast, war ein Schurke, und du denkst, es war nicht schade um ihn. Du bist ein ordentlicher Kerl, und du fragst dich, weshalb muß ich gerade das Unglück haben?«

Der Junge blickte erstaunt auf und sagte: »So ist es, woher weißt du das?

»Nun, und unsere Vorfahren in der heidnischen Zeit«, fuhr der Alte fort, »haben so etwas einfach mit Geld abgemacht. Das ging auch. Die Bibel aber verstehst du noch nicht. Das ist es eben. Da muß die Gnade kommen«.

Der junge Mann sah erstaunt auf. »Was ist das?«

»Ja«, erwiderte der Alte, »das ist nun bei dir so. Du kannst nicht beten.«

»Du hast recht«, sprach der Junge. »Das weißt du auch.«

Hier stand der Alte auf und zog aus seiner Tasche ein schlechtes, buntes Bild des Gekreuzigten. Dann wickelte er aus Papier vier Nadeln aus und pickte das Bild an die Wand. »Du weißt ja noch gar nicht«, sagte er, »was Christus ist. Siehst du, du bist immer ein ordentlicher Kerl gewesen, die sind selten heutzutage, deshalb habe ich dir auch mein Kind gegeben. Wenn das nun so weiter gegangen wäre, was wäre da geworden?«

»Nichts, wenn ich ehrlich sein soll«, sagte der Andere.

»Ich habe dir einmal gesagt«, fuhr der Alte fort, »daß der Mensch auf der Welt ist, um den Willen Gottes zu erfüllen. Ich merkte, daß du das gar nicht verstanden hast und da hat es denn ja keinen Zweck, weiter etwas darüber zu sprechen, das gibt bloß Gesalbader. Nun bist du ein Mörder geworden und kannst verstehen. Jesus Christus war Gottes Sohn, und die Menschen haben ihn ans Kreuz geschlagen. Da hat er gesagt: Herr, vergib ihnen, denn sie wissen nicht, was sie tun«.

Da strömten dem Jungen die Tränen aus den Augen und er sagte:

»Vater, nun kann ich beten«.

Über tredition

Eigenes Buch veröffentlichen

tredition wurde 2006 in Hamburg gegründet und hat seither mehrere tausend Buchtitel veröffentlicht. Autoren veröffentlichen in wenigen leichten Schritten gedruckte Bücher, e-Books und audio-Books. tredition hat das Ziel, die beste und fairste Veröffentlichungsmöglichkeit für Autoren zu bieten.

tredition wurde mit der Erkenntnis gegründet, dass nur etwa jedes 200. bei Verlagen eingereichte Manuskript veröffentlicht wird. Dabei hat jedes Buch seinen Markt, also seine Leser. tredition sorgt dafür, dass für jedes Buch die Leserschaft auch erreicht wird.

Im einzigartigen Literatur-Netzwerk von tredition bieten zahlreiche Literatur-Partner (das sind Lektoren, Übersetzer, Hörbuchsprecher und Illustratoren) ihre Dienstleistung an, um Manuskripte zu verbessern oder die Vielfalt zu erhöhen. Autoren vereinbaren direkt mit den Literatur-Partnern die Konditionen ihrer Zusammenarbeit und partizipieren gemeinsam am Erfolg des Buches.

Das gesamte Verlagsprogramm von tredition ist bei allen stationären Buchhandlungen und Online-Buchhändlern wie z. B. Amazon erhältlich. e-Books stehen bei den führenden Online-Portalen (z. B. iBookstore von Apple oder Kindle von Amazon) zum Verkauf.

Einfach leicht ein Buch veröffentlichen: **www.tredition.de**

Eigene Buchreihe oder eigenen Verlag gründen

Seit 2009 bietet tredition sein Verlagskonzept auch als sogenanntes "White-Label" an. Das bedeutet, dass andere Unternehmen, Institutionen und Personen risikofrei und unkompliziert selbst zum Herausgeber von Büchern und Buchreihen unter eigener Marke werden können. tredition übernimmt dabei das komplette Herstellungs- und Distributionsrisiko.

Zahlreiche Zeitschriften-, Zeitungs- und Buchverlage, Universitäten, Forschungseinrichtungen u.v.m. nutzen diese Dienstleistung von tredition, um unter eigener Marke ohne Risiko Bücher zu verlegen.

Alle Informationen im Internet: **www.tredition.de/fuer-verlage**

tredition wurde mit mehreren Innovationspreisen ausgezeichnet, u. a. mit dem Webfuture Award und dem Innovationspreis der Buch Digitale.

tredition ist Mitglied im Börsenverein des Deutschen Buchhandels.

Dieses Werk elektronisch lesen

Dieses Werk ist Teil der Gutenberg-DE Edition DVD. Diese enthält das komplette Archiv des Projekt Gutenberg-DE. Die DVD ist im Internet erhältlich auf **http://gutenbergshop.abc.de**